西北民族大学“双一流”和特色发展引导专项资金项目资助

西北民族大学·西北少数民族文学研究中心资助出版

XIDU YU CHANSHI
BIJIAOWENXUE YU
SHIJIEWENXUE
YANJIU

细读与阐释

比较文学与世界文学研究

主编 陈召荣 张天佑

东北师范大学出版社
NORTHEAST NORMAL UNIVERSITY PRESS

图书在版编目（CIP）数据

细读与阐释：比较文学与世界文学研究 / 陈召荣，张天佑主编. —— 长春 ：东北师范大学出版社，2018.7

ISBN 978—7—5681—4816—0

Ⅰ. ①细… Ⅱ. ①陈… ②张… Ⅲ. ①世界文学—比较文学—文学研究—文集 Ⅳ. ①I106—53

中国版本图书馆 CIP 数据核字（2018）第 183154 号

□责任编辑：高占胜　　□封面设计：宗彦辉
□责任校对：张志文　席建海　□责任印制：张允豪

东北师范大学出版社出版发行
长春净月经济开发区金宝街 118 号（邮政编码：130117）
电话：0431—84568157
传真：0431—84568122
网址：http：//www. nenup. com
电子函件：sdcbs@mail. jl. cn
北京百川嘉汇文化传媒有限公司制版
三河市腾飞印务有限公司印装
三河市黄土庄镇小石庄村
2018 年 11 月第 1 版　2018 年 11 月第 1 次印刷
幅面尺寸：170mm×240mm　印张：19.25　字数：310 千

定价：68.00

序

兰州地处西北地理要塞，自古即为中外文化交流的重要节点，丝绸之路从这里经过，撒下了一串串中外文化交流的璀璨之珠，留下了深厚的文化印记。承接历史的余续，在当今“一带一路”倡议的背景下，兰州这一古老重镇焕发青春，在中外文化新的交流浪潮中仍然发挥着重要的作用。

作为文化先导的兰州地区的三所重要高校——兰州大学、西北师范大学、西北民族大学在当今中外文化交流中责无旁贷，而这几所学校的比较文学与世界文学专业更是得天独厚，充当着排头兵的角色。三校的比较文学与世界文学专业在教学与研究方面有着良好的交流、合作传统，自 21 世纪初，三所学校的比较文学与世界文学硕士学位点相继设立以来就开展了广泛的学术交流活动。从 2012 年起，举办的三所学校比较文学与世界文学专业研究生学术论坛，更是兰州地区诸高校研究生教育的首创和特色。将学生的学术交流活动制度化，每年一次，三所学校轮流举办，并在一定程度上辐射到本科生教学，在各校的积极支持和配合下至今在兰州和外地高校已成功举办了六届活动。活动形式主要是由各校学生围绕一个主题撰写文章进行讨论，对学生的学习起到了良好的促进作用，也得到了各方面的好评。

2017 年，三所学校研究生学术论坛由西北民族大学文学院主办，河西学院文学院承办。6 月初，兰州大学、西北师范大学、西北民族大学三校比较文学与世界文学专业师生约 30 人赴位于丝路重镇张掖的河西学院参加了题为“丝绸之路视野下中外文学（文化）关系”的研究生学术论坛。配合这次活动，三校研究生围绕中心论题撰写了内容丰富的论文，并在论坛上宣读，活动组织者为每位发言者安排了一位教师进行点评，就论文的内容及优缺点加以评述和指导，这样的学术活动对学生的学习积极性提高起了积极的作用。为了展示三校研究生的学习研究成果，以此为契机进一步推动研究生从事学术研究的热情，三校学位点负责人商议将学生撰写的论文在进一步修改、完善的基础上结集出版，这便是该论文集得以产生的缘由。

从论文集收集的文章来看，学生的论文在选题方面有所拓展，已经不仅仅囿于本次论坛的主题，而是扩大了研究的范围，涉及外国文学、比较文学乃至中国文学的诸多领域。例如，兰州大学研究生熊翠的《后殖民动物批评视域中〈辛格顿船长〉的动物书写》，避开18世纪英国小说家笛福被人们比较熟悉的小说《鲁宾逊漂流记》，而去从后殖民主义的视角探讨不为人们所熟知的另一部小说《辛格顿船长》中的动物意象书写问题，认为《辛格顿船长》是在殖民主义背景下塑造了辛格顿船长等殖民主义者形象。在后殖民动物批评视域中，从动物意象这一层面揭示了殖民历史，折射了深层的殖民内涵。文章既显示了选题的新颖，也反映了对后殖民主义等相关理论的了解与运用的程度。西北民族大学研究生弓敏的论文《论〈黑猫〉哥特风格的“向内转”》，探讨19世纪美国著名作家爱伦·坡的小说《黑猫》的“哥特式”小说特征，认为小说自始至终都以“我”的第一人称叙述视角展开，主人公回忆了自己杀害黑猫普路托和爱妻的恐怖经历，小说的哥特风格从恐怖场景向内转到了人物的心理恐怖，并将这一特点称为哥特风格的“向内转”倾向，这个观点在对爱伦·坡小说创作的研究上也是颇有新意的。值得称道的是研究生们的研究视野不仅投向西方文学，也把目光投向了东方文学。兰州大学研究生李阳的论文《对现代犬儒主义的反抗——村上春树〈世界尽头与冷酷仙境〉的现实性讨论》，以日本当代著名作家村上春树在小说《世界尽头与冷酷仙境》为文本对象，探讨了犬儒主义这个古希腊哲学命题在现代东方社会中的表现，指出村上春树在创作中对自我独立性和社会责任感的强调，以积极的战斗姿态表现出了对现代犬儒主义的反对态度及它的现实性意义。

从本书入选的文章可以看出，不少研究是从比较文学的角度、运用比较文学的基本方法来展开的。其中既有影响研究，也有平行研究，既有文学范围内的比较研究，也有跨学科的研究，从而反映出三校研究生对比较文学基本理论和基本方法的良好理解与掌握。例如，西北师范大学研究生张群的论文《试论文学翻译中的创造性叛逆——以〈飞鸟集〉冯唐译本为例》，结合泰戈尔《飞鸟集》冯唐译本的特色及其利弊，对文学翻译中的创造性叛逆做了尽可能客观的阐释，使读者能够对翻译中的“创造性叛逆”有进一步明确的认识和理解。西北师范大学研究生靳毓的文章《“五四”时期的“泰戈尔热”研究述评》，也是从译介学的角度整体介绍了印度著名文学家泰戈尔在“五四”时期对中国文坛的影响情况，对了解泰戈尔及其创作在中国的传播具有一定意义。西北民族大学研究生李丹的《劳改文学研究——以苏联劳改文学书写为例》，虽未直接从影响与接受的角度谈论苏联的劳改文学，但文中大量涉及国内对此类作品的译介情况，也从侧面证明了国内对苏联文学的接受与传播。

入选的论文中有相当一部分是从影响研究的角度切入的，例如，西北师范大学研究生吴珲的论文《从〈情人〉到〈一个人的战争〉——杜拉斯对林白创作的影响散论》和西北民族大学研究生朱杨的论文《论杜拉斯对林白小说中女性书写的影响——以〈情人〉与〈一个人的战争为例〉》都是从女性主义批评的角度探讨法国当代作家玛格丽特·杜拉斯的创作对中国当代文学的影响。吴珲文章认为杜拉斯在《情人》中所表现出的独特爱情观和新颖的写作方式对林白表达女性价值观和人生观产生了深远的影响，并以林白小说《一个人的战争》为文本对象，从题材、主题和叙述方式三个方面入手加以探讨。朱杨的文章则指出从林白的小说中不难看出，无论是对女性个体经验的书写，还是对女性成长过程中的情感心理的叙述，林白都深受杜拉斯的影响。通过对杜拉斯的《情人》和林白的《一个人的战争》的比较，从私语化的叙事风格、身体的欲望化书写、主人公的自恋倾向三方面来探讨杜拉斯与林白小说中女性书写的影响与被影响关系。这两篇论文尽管研究角度不同，但都揭示了中国当代女性作家的创作对杜拉斯影响的接受事实。

此外，西北师范大学研究生王婧娴的《追求对现实的独特反映——从〈变形记〉和〈第七天〉看卡夫卡对余华的影响》，黄盼盼的《论福克纳〈喧哗与骚动〉的叙事艺术对余华〈此文献给少女杨柳〉的影响》，侯超君的《从〈交叉小径的花园〉到〈迷舟〉——看格非对博尔赫斯的接受》，高淑婷的《〈白鹿原〉与〈百年孤独〉的意象比较》，王琴的《已婚男性的“逃离”——浅论霍桑对苏童创作的影响》等论文，都从不同的侧面探讨了中国当代作家对西方文学影响的接受，基本也都是符合实际的。

平行研究是比较文学研究的一个基本的、也是更为普遍的研究方法，入选论文集的文章更多是用这种方法来撰写的。西北师范大学研究生刘娟的

《〈美狄亚〉与〈炸裂志〉中女性复仇主题比较》，代佳欣的《现代与传统夹缝中生存的人们——〈别人的房间，别样的景观〉与〈台北人〉之主题比较》，王坤的《丝绸之路上自我救赎的女人——以“大漠三部曲”与〈灿烂千阳〉的女性形象比较》，潘昱蓉的《冲破藩篱的“反向”出走——以毛姆和李学辉小说中的人物为例》，李志宇的《伍尔夫与丁玲笔下的女性形象比较研究——以〈远航〉和〈莎菲女士的日记〉为例》等文章都属于这一类型。刘娟的文章认为《美狄亚》和《炸裂志》这两部作品虽然分属不同的民族、不同的时代，也没有直接的事实联系，但是它们之间却有很多的相似之处，比较的主要理由是两部作品都表达了女性复仇的主题。文章运用比较文学平行研究的方法，从复仇行动的直接执行者、复仇方式与手段、复仇主体对复仇对象的情感变化三个层面来探讨《美狄亚》和《炸裂志》中女性形象的复仇，从而揭示东西方民族对于复仇及其目的的不同理解及在价值趋向上的差异。这样的研究及其结论是具有一定新意的。代佳欣的文章价值在于把中国台湾地区作家白先勇的创作与南亚巴基斯坦作家达尼亚尔·穆伊努丁的创作进行比较研究，拓展了研究的领域。文章通过《台北人》与《别人的房间，别样的景观》两部作品集的比较，分析了两部作品在主题表达、切入角度以及作家的情感向度等方面都有相似之处以及二者的创作因各自的文化背景和个人经历所呈现出的不同，得出了白先勇在作品中更多地体现出了对人世沧桑的感时伤怀，而达尼亚尔的创作中更多的是一种不动声色的远距离观照的观点，也是有一定见地的。王坤的文章《丝绸之路上自我救赎的女人——以“大漠三部曲”与〈灿烂千阳〉的女性形象比较》，以甘肃当代作家雪漠的“大漠三部曲”与当代阿富汗作家胡赛尼的《灿烂千阳》为文本对象，探讨两部小说中的女性形象及其命运。尽管在研究的深度上还有欠缺，但也不失为一种积极的尝试。潘昱蓉的文章《冲破藩篱的“反向”出走——以毛姆和李学辉小说中的人物为例》将甘肃作家李学辉和英国作家毛姆的作品加以平行比较，分析两部小说中的“出走”型的主人公，认为他们的出走方向“相反”。毛姆笔下的人物是从“繁华”走向“质朴”，李学辉笔下的人物则是从“质朴”走向“繁华”。并指出了这两种出走行为的差异及其原因，前者追寻的是精神上的安宁，后者追寻的是物质上的富足，这一研究及其结论是有一定价值和意义的。而王坤和潘昱蓉文章的一个共同特点，就是把甘肃当代作家的创作与国外作家的创作进行比较研究，从而彰显了该论文集的地域特色，也体现了甘肃当代作家的世界胸怀及研究者的国际视野。

此外，入选的论文还涉及比较文学研究的其他类型和方法。例如，西北民族大学研究生赵敏的《悉达多的形象流变》，石夏的《利玛窦和他札记里的"中国"》，韩媛的《杜梅齐尔"三重功能"视域下的猪八戒形象研究》等，基本属于比较文学中的形象学研究。西北师范大学研究生杨佩珍的《从民族秘史到文化寓言——新历史主义视域中的〈白鹿原〉》，兰州大学研究生三爽的《赛珍珠〈大地〉中黄家大院的空间叙事解读》属于比较文学中的阐发研究。西北师范大学研究生王梓涵的文章《"现代性"视域中当代中国先锋派小说的写作历程探析》则是从文学思潮的角度，整体梳理了西方现代、后现代主义对中国当代"先锋"小说的影响，体现了对这个问题的宏观把握。

除了以上这些，还有不少文章以文学文本为基础，从文化研究的角度切入对一些问题进行阐发。例如，西北民族大学研究生卡力哈尔·哈哈曼的《丝路上的歌》，从历史上的三首歌谣出发，一直谈到了当代的音乐家与作家在丝绸之路上开启了怎样的新篇章，总结了丝绸之路作为民歌之路如何在文化交流与传播的过程中发挥自己的价值。张曦萍的《河西宝卷与〈一千零一夜〉的思想脉络研究》，以两种文本的民间性与宗教性为切入点，探讨了其内容展现上的诸多相似之处，并进一步阐释了民间文学艺术如何在建构异世界的过程中同时发展自身。还有一些文章也从不同方面对中外文学做了有意义的探讨，在此就不一一论及了。

整体来看，入选的文章研究的视角与方法丰富多样，充分体现了比较文学学科的开放性和跨越性特点，也反映出三所学校的研究生对这个学科学习和掌握的广度。尽管在研究的深度上还显得稚嫩，有待进一步深入和提高，但毕竟已迈出了可喜的步伐，取得一定成就，实属不易。作为一个在此领域耕耘多年的教师，看到这些成果即将结集出版，为兰州的比较文学研究写下厚重的一笔而深感欣慰！并希望以此为契机，进一步推动兰州各高校比较文学事业的发展。

西北师范大学文学院　李晓卫

2018 年 6 月 21 日

目　录

比较文学研究

现代与传统夹缝中生存的人们 …………………… 代佳欣 3

《白鹿原》与《百年孤独》的意象比较 …………………… 高淑婷 13

杜梅齐尔“三重功能”视域下的猪八戒形象研究 …………………… 韩　媛 22

从《交叉小径的花园》到《迷舟》 …………………… 侯超君 29

论福克纳《喧哗与骚动》的叙事艺术对余华《此文献给少女杨柳》的影响 …………………… 黄盼盼 37

“五四”时期的“泰戈尔热”研究述评 …………………… 靳　毓 44

影的意蕴研究 …………………… 雷　银 54

伍尔夫与丁玲笔下的女性形象比较研究 …………………… 李志宇 69

《美狄亚》与《炸裂志》中女性复仇主题比较 …………………… 刘　娟 79

冲破藩篱的“反向”出走 …………………… 潘昱蓉 88

丝路上的歌 …………………… 卡力哈尔·哈哈曼 98

利玛窦和他札记里的“中国” …………………… 石　夏　108
追求对现实的独特反映 …………………… 王婧娴　116
丝绸之路上自我救赎的女人 …………………… 王　坤　126
已婚男性的“逃离” …………………… 王　琴　137
赛珍珠《大地》中黄家大院的空间叙事解读 …………… 王　爽　145
“现代性”视域中当代中国先锋派小说的写作历程探析 …… 王梓涵　152
从《情人》到《一个人的战争》 …………………… 吴　珲　163
从民族秘史到文化寓言 …………………… 杨佩珍　171
悉达多的形象流变 …………………… 赵　敏　181
论杜拉斯对林白小说中女性书写的影响 …………… 朱　杨　192

世界文学研究

《如果在冬夜，一个旅人》中的欲望书写 …………… 陈亚楠　203
论《黑猫》哥特风格的“向内转” …………………… 弓　敏　212
《变形记》的“苹果叙事”传统疏论 …………………… 胡　朗　221
劳改文学研究——以苏联劳改文学书写为例 ………… 李　丹　232
“倒车”视角中的世界——《喧哗与骚动》中的时间观 …… 李　敏　240
从《驼背小人：1900 年前后的柏林童年》
　中看本雅明的童年经验与记忆 …………………… 李天石　249
对现代犬儒主义的反抗 …………………… 李　阳　255
后殖民动物批评视域中《辛格顿船长》的动物书写 ……… 熊　翠　264
试论文学翻译中的创造性叛逆 …………………… 张　群　271

比较文学研究

现代与传统夹缝中生存的人们

——《别人的房间，别样的景观》与《台北人》之主题比较

代佳欣

（西北师范大学文学院）

巴基斯坦作家达尼亚尔·穆伊努丁在中国或许并不出名，但他的代表作《别人的房间，别样的景观》在2009年曾入围美国国家图书奖最终提名，并入选2009年美国《时代》杂志十佳英文小说，书中呈现的一个在现代与传统夹缝中挣扎的当代巴基斯坦令人印象深刻，获得一致好评。而《别人的房间，别样的景观》与白先勇的《台北人》从主题内涵到情调氛围，再到艺术技巧，都有一定的相似之处。从主题上看，两本短篇小说集都表现出了在时代潮流的冲击下，处在传统与现代的夹缝之中的人们的生活，表现了传统文化的崩溃和衰落，都在不同程度上哀叹传统文化的式微，但由于两位作家在个人经历和文化背景上的不同，两部作品又呈现出“别样的景观”。

一

对于《台北人》所表现的主题，白先勇曾这样说：“我的《台北人》《纽约客》的主题，都是在写历史的转折，确实在写中国传统的崩溃，确实可以说是一种怀念，一种哀悼。”①

① 白先勇. 台湾文学的两次浪潮兼答问——白先勇在广州中山大学的学术报告［J］. 中国现当代文学研究，1988（5）.

他在《台北人》书前引用的刘禹锡的《乌衣巷》(朱雀桥边野草花，乌衣巷口夕阳斜，旧时王谢堂前燕，飞入寻常百姓家)就点出了他在整本书中所要表达的主题，即由一种强烈的今昔之比而产生的怆然、无奈和沧桑感。

白先勇作为台湾较有影响的当代作家，他的父亲是国民党高级将领白崇禧。他自幼熟读中国古典文学，后又精研西洋文学，两者对他影响甚巨。他的童年时代在大陆度过，青少年时期来到台湾，而那时的大陆和台湾都处在农业社会时期，白先勇一直生活在一个传统的生活节奏当中。1963 年，白先勇到美国留学，可以说是一只脚从农业社会踏入了工商业发达的现代社会，处在这两种背景之中的白先勇深刻感受到了西方现代文明对中国传统文化的压迫和消解。这种文化巨变和两种文化之间的裂层所产生的阵痛使他发现了中国传统文化的纤细和美丽，也发现了在现代社会的不断冲击之下，它面临着一个即将被时代浪掷的结局。于是，在白先勇的作品中，我们往往可以清晰地看到强烈的今昔之比，以及作家本人对传统消逝的不舍与感伤之情。

在《梁父吟》里，我们强烈感受到了作者对传统精神价值的礼赞以及对于它们逝去的哀叹。主人公朴公曾经是一位叱咤风云的将军，但是随着时间的流逝，当他在文中出现时，已经是英雄暮年，不复当年风采。他不仅衣着打扮十分传统，他的房间的室内装饰也带有浓浓的传统意味。从衣着到家居，都可以看出朴公对于传统文化的深深眷恋，这也可以说是朴公这一代人对于传统对于过去的眷恋和不舍。也正是出于这种感情，他给自己的外孙起名为效先，教他背诵唐诗，当效先因背诵《凉州词》获得雷委员长的称赞时，他虽表面谦虚，但也难掩得意之情；也因这种眷恋，他十分看不惯好友王孟养留洋回来的儿子对待父亲丧事的态度，认为他不懂中国传统的人情世故和传统礼仪。即使朴公如此重视中国传统文化和传统精神，但当他死后，效先还是被父母接回美国，成为一个“小洋人”，时间的流逝和社会的变革是他无可奈何的，是他无法阻挡的，他和王孟养一样，都面临着传统无人可继承的尴尬处境。

而在《思旧赋》中，传统文化的隐退已经不是一种趋势和未来，已然成为一个已经客观存在的现实。从小说中两个女仆的对话中我们大约知道李家作为旧日的名门贵族，虽然曾经显赫一时，但随着历史变迁，李家已经没落不堪。夫人去世多年，长官缠绵病榻，小姐勾搭上有妇之夫离家出走不知所踪，而李家少爷留学回来却精神失常，两个年轻佣人也背弃长官，偷了一箱玉器后逃走了。欧阳子认为，“《思旧赋》主角，看起来好像是顺恩嫂和罗伯娘两个老女仆，实际上却是李长官这个没落的贵族家庭与其所影射之中国传统社会与文化，也就是说，这篇小说的主角是一个看不见的抽象观念”①，中国传统社会与文化这个抽象概念具体化后在文中即表现为文中那座如同荒野一样的李宅，它是整座巷子里唯一的一座旧屋，它呈现了传统与现代之间的最后的关系形式。除此之外，那个精神失常后痴痴呆呆的李家少爷，他作为李家唯一的儿子，却变成了一个废人，也不能再为李家传宗接代，李家的绝后象征着一个时代的终结，“也象征中国传统社会的瓦解，与传统文化的无人‘接棒’”②。

再比如在《游园惊梦》中，女主人公蓝田玉年轻时是南京昆曲名角，因一曲《游园惊梦》而在一夜之间成了将军夫人，享尽荣华富贵，后来又因丈夫死去而独居台南。小说中，随着岁月流转，钱夫人青春不在，荣华富贵也随之逝去，她失去了丈夫，失去了情人，到最后连自己的一把好嗓子也没有留下，连自己最拿手的《惊梦》都无法完成演唱。而《游园惊梦》这出戏，是昆曲这个中国古典文化中的代表。白先勇作为一个资深的昆曲爱好者，已经深深体会到，昆曲这种戏剧在现代社会中已经到了尾声。钱夫人的嗓子哑掉，不能把这出戏唱完，实际上就是作者暗示中国的古典文化，到今日而戛然中断。白先勇虽然在表面上仅仅描写了钱夫人的失落心理，实际上却暗暗地把她个人韶华易逝的感慨怅惘与传统文化联系起来。在小说的结尾隐含了答案：

窦夫人问钱夫人：“你这么久没来，可发觉台北变了些没有？”

钱夫人沉吟了半晌，侧过头来答道：“变多唆。”

走到房子门口的时候，她又轻轻地加了一句：“变得我都快不认识了——起了好多新的高楼大厦。”③

一个“变”字，就点明了这篇小说的中心主题。“起了好多新的高楼大厦”，暗示了社会的变迁，即农业社会的没落和工业社会的兴起。更与这种变化直接呼应的，如《梁父吟》里的王家骥，他放弃了中国的传统文化，转而认同西方社会的商业文明。他显然是一个被完全西化、抛弃了中国传统的人。

---

① 欧阳子. 王谢堂前的燕子. 广州：花城出版社［M]，2000：285.

② 欧阳子. 王谢堂前的燕子. 广州：花城出版社［M]，2000：285.

③ 白先勇. 台北人［M]，桂林：广西师范大学出版社，2010：274.

父亲王孟养去世后，他从美国回台北来办丧事，但却对中国人的人情礼俗非常不耐，也不想去了解，治丧委员会的人和他商量事情，他也都一件件地给驳了回来。富有浓浓的人情味的中国传统礼仪在他这里已经完全成为“时代的糟粕”。

在白先勇这里，当传统文化与现代文明相撞时，处在这一夹缝中的人们，或是如王家骥这样完全抛弃中国传统礼仪，变得十分理性但却对人与人之间的关系和情感十分冷漠；又或者如《思旧赋》中的李少爷那样，在一个对他而言完全陌生的文化环境中失去自我，最终走向精神崩溃。中国传统文化的未来在这些主人公身上体现出来，尽管作家本人对于传统文化的消逝是无限惋惜的，但随着现代文明的不断发展，旧时的传统农业文明终归只能在无可奈何当中走向衰亡。在理智上，白先勇清醒地认识到中国传统文化的日益式微，但在感情上，他却对于传统文化难以割舍。就这样在历史的不断向前推进中，他通过个体生命的悲剧命运，对中国传统文化的失落和衰败发出了一声长叹。

二

达尼亚尔·穆伊努丁虽然比白先勇晚生将近半个世纪，但二人的身世却有相似之处，同样经历了国际化和地域化文化的洗礼。穆伊努丁作为一名巴基斯坦人，家境优渥，于 1963 年生于洛杉矶，但他的童年却是在巴基斯坦度过的，一直到 13 岁才搬到美国生活。自达特茅斯学院毕业之后，他曾应父亲的要求回到巴基斯坦经营家族农场。而后他又于 1993 年于耶鲁大学法学院就读，毕业后从事律师和企业法律顾问工作，但他后来厌倦了这种单调无趣的生活，立志要成为一名作家，为此，他攻读了亚利桑那大学的创意写作硕士学位，目前在开罗和巴基斯坦两地生活。

穆伊努丁在巴基斯坦传统社会中所度过的那段童年时光使他对巴基斯坦传统社会充满无限感情，他眷恋童年时巴基斯坦的农田，乡间小道，传统的房屋等，但同时，在他离开巴基斯坦去往美国生活之后，他同白先勇一样，也是一只脚从传统农业文明踏入发达的现代工商业文明之中，美国发达的现代社会与巴基斯坦传统的农业社会的不同，让他在观照自己的故乡时，不但能够发现其中的传统文明所包含的美好一面，也让他看到了巴基斯坦传统社会的压抑和丑恶。

他同白先勇的不同之处在于，他始终是以一种不动声色的叙述方式，一种局外人的视角来讲述当代巴基斯坦人的悲喜情爱和欲望失意，但同时，他也注意到了这些不同的悲欢背后当代巴基斯坦社会所面对的挑战，即传统的不断消解和社会变革的不断冲击，和在这些冲击下的现代文明与封建传统所呈现出的面貌，以及现代社会与旧有的社会形态之间所形成的巨大反差。

在《别人的房间，别样的景观》中这种跨地域、跨文化的特点就表现得十分明显，表现在传统的巴基斯坦与现代的西方世界之间，巴基斯坦的各个阶层之间，传统生活与现代社会之间，男女之间，家族与个人之间，等等。在这部作品中，我们看到了穆伊努丁对传统的留恋和批判，他既留恋巴基斯坦传统生活中那种朴素美好的感情，但同时，他受到的西方现代教育又使他清楚地看到巴基斯坦传统文化中的那些封建糟粕。

在《电工纳瓦布丁》中，穆伊努丁通过对主人公生动的形象塑造，为我们展现出传统巴基斯坦人的普通生活和他们的美好品质。纳瓦布丁是受雇于大地主 K. K. 哈鲁尼的一名技师，技术高超的他会一种“通过降低电表转动速度骗过电力公司的技术”[①]，这个技术帮他的雇主每月能节省一百卢比，他还不懈地通过自己的修理技术来扩大自己的收入来源。他之所以这样努力生活，是因为他与他挚爱的妻子生养了十二个女孩，生活压力可谓巨大，“别的男人可能早就撒手不管了”，他却没有将自己的十二个女儿视为某种压力，而是将她们视为自己工作的动力，将自己比作一个“冲锋陷阵的武士”，每日奔走在田头，为修理抽水机而不停奔忙着。但在一天夜里，纳瓦布丁却因遭遇劫匪抢夺摩托车，险些被杀害，穷人与盗贼之间，都因为贫困而不得安生，最终盗贼死于枪击。

在纳瓦布丁的身上我们看到的更多的是一种传统美好品质的彰显，即使自己已经十分贫困，但是当他知道劫匪来自格什莫尔，一个更为贫困的地方时，他的善良促使他停下摩托，即使在最后因此挨了枪子。穆伊努丁通过这篇小说让我们看到了普通巴基斯坦人身上的传统文明所带来的美好品德与他们的勤劳善良，但是，随着现代化的不断推进，贫富差距的扩大，巴基斯坦

---

① 达尼亚尔·穆伊努丁. 别人的房间，别样的景观［M］. 上海：上海文艺出版社，2014：12.

的下层阶级的生活却是如此令人不忍。从这个劫匪身上，我们看到了巴基斯坦穷人的下场，当他们因为穷困，无法保有纳瓦布丁身上的那种传统美德时，当他们别无选择之时，他们只得走向堕落，正如纳瓦布丁所说："你有你的生活，我有我的生活。我生活中迈出的每一步，都是正路，而你走的是一条错误的路。"①

穆伊努丁对于传统的眷恋还表现在他对于巴基斯坦种种生活细节的细致和精心的描绘之上。在《供给，供给》中，生活在杜尼亚布尔的贾格拉尼，他政治事业上的平步青云和他最后因身患不治之症而功亏一篑的惨败，以及贾格拉尼和伊布娜之间的爱情故事，都与农场上诸如脱粒机的运作、抽水机的维修、发电设备的整饬、天上浮云的变幻、大地草木的枯荣一样重要，穆伊努丁以一种痴迷的笔调描绘了杜尼亚布尔的一切美好、朴素的传统和巴基斯坦乡村生活的细小之处。

在《莉莉》这篇小说中，穆伊努丁描写了巴基斯坦中产阶级的生活与情感。如果说在《电工纳瓦布丁》中的位于下层阶级的纳瓦布丁和《供给，供给》中的以传统农场主身份走上政治舞台的贾格拉尼身上，传统与现代之间的撕扯还不是十分明显，那么在《莉莉》中的女主人公莉莉身上，我们可以清晰地看到现代社会与传统文明之间的撕咬。

莉莉自小被送往美国读书，但同许多被送往美国读书的衣食无忧的巴基斯坦孩子一样，她堕落于灯红酒绿之中，不停更换男友，并最终染上了毒瘾，于是中途退学。回到巴基斯坦后她仍沉醉在各种派对和欢宴之中。但在伦敦出了一次车祸之后，她突然醒悟过来，感到曾经的自己犯下了许多错，但与此同时，她也感到自己已被"宽恕"，她感觉自己仿佛变成了另外一个人。一天，她与同样从美国留学回来现在正在经营家族农场的穆拉德相遇，并最终相恋成婚。二人婚后住在穆拉德的农场之中，但是在农场里长期的封闭生活令莉莉感到单调乏味，她体内那个熟悉并习惯了城市生活的自己开始复苏了，她不再满足于这种无聊的农场生活，开始无比怀念过去那种放纵的生活。于是她邀请城里的朋友来农场做客，试图通过这种方式来寻回城市生活的激情。但是，骨子里仍旧是一个十分传统的巴基斯坦人的穆拉德却并不欣赏她婚前的这些朋友，在这样的环境之下，莉莉心里矛盾丛生却又无可奈何，于是，

① 达尼亚尔·穆伊努丁．别人的房间，别样的景观［M］．上海：上海文艺出版社，2014：25．

她没有恪守婚姻准则，出轨了。她觉得自己欺骗了穆拉德，心中懊悔不已，这段婚姻似乎已经走到了尽头，但在故事的最后，莉莉仍被困在这个自己并不喜欢的农场之中，虽然懊悔，却也无路可走。

莉莉与穆拉德同样都是在美国接受过教育的新一代巴基斯坦人，两个人虽然互相吸引并坠入爱河，但事实上，两个个体之间却体现出传统与变革碰撞下的种种差异。

莉莉无疑是一个当代巴基斯坦青年一代中相当多的一部分青年的代表，她在美国的生活中遗失了自己作为一个巴基斯坦人应有的传统的美好品质，她吸毒，滥交，不知悔改，即使在一次车祸后，她身上的某些品质回归，使她重获新生，让她告别过去，使她感到自己已被"宽恕"，并因这次改变而收获了爱情。但是，已经发生的事情不能再次改变，时间向前流逝，人也在不断向前、不断改变，不论这些改变是好是坏，但也已经发生。莉莉已经在现代生活的冲击下迷失了自己，她已经告别了传统社会，成了一个"彻头彻尾的城里姑娘"①。于是，在那样的传统生活中继续下去，只能让她感到无边的压抑。

而穆拉德作为一个家境优越的大地主家庭的后人，虽然也在美国读书，也曾开着超级跑车在公路上飙车，但是，现代社会无法使他感到绝对的安全，最后，他还是回到了传统文化的怀抱，只有在农场生活才能使他的心灵得到安宁。正如他在自己的日记里写的那样，他渴望和莉莉过得是一种"正派、体面而安详的生活"②，但是莉莉的"混乱、任性"却不能使他的愿望得到满足。农场美丽的田园风光和恬静的生活是他所渴望的，莉莉也是因为爱她才与之结婚的，但是他的爱情是建立在莉莉是一个他所期待的样子的基础上的，一旦莉莉有任何不能合他心意的地方，他便无法忍受，他骨子里的传统封建思想是无法抹去的，这是所谓传统生活的"余威"。

再反观莉莉，她是处在传统与现代的夹缝之中的典型人物，一方面，穆拉德渴望的这种所谓的传统、体面且安详的传统社会令她感到压抑和窒息，

---

① 达尼亚尔·穆伊努丁．别人的房间，别样的景观［M］．上海：上海文艺出版社，2014：226－246.

② 达尼亚尔·穆伊努丁．别人的房间，别样的景观［M］．上海：上海文艺出版社，2014：226－246.

但另一方面，或许她感到无聊也正是因为她“没有精神寄托”①，不仅如此，她也离不开穆拉德的财富以及这些财富支撑下的富足生活。正如在文章最后，莉莉与穆拉德争吵之后想要离开农场，去往环绕园子一周的杧果园之外的田野，但是杧果树下的紫花苜蓿令她望而生畏，虽然白天的它是如此美丽迷人，但是她想起紫花苜蓿中或许藏着毒蛇，于是她便不敢向前。莉莉已经被现代社会改造成一个再也无法适应传统生活的人，但她将独立性与任性混为一谈，她的懦弱让她无法完全挣脱传统，最后仍然屈服于传统的生活之下。

穆伊努丁对即将逝去和已经失去的一切无疑是怀着深深的眷恋的，对于与巴基斯坦传统相撞的现代工商业文明虽然持怀疑的、批判的态度，但他也看到了这种现代文明带给传统巴基斯坦的改变和其可取之处。他对于传统的态度，更多的是在不动声色的叙述背后的一种冷静的观照，尽管他对传统巴基斯坦生活充满感情，但也对巴基斯坦传统世界的负面有着深刻且清醒的洞察。

三

在20世纪以来的世界文学之中，现代文明在不断融入我们的生活，但是对于正在逝去的传统文化，白先勇和穆伊努丁都表现出不同程度的眷恋，他们对于传统文化和生活都有着一种无法割舍的情感，他们书中的人物都在时间的两端，在过去与现在的不停碰撞中或挣扎，或沉沦。白先勇和穆伊努丁笔下的人物都受到了传统文化与现代文明的双重影响，都在传统与现在的夹缝中生存，但是对两位作家而言，“传统”与“现在”却有着不同的意味。

在对两位作家的比较中，我们可以看出，传统对于白先勇始终是一种之于青春、之于理想、之于一切美好的事物，他对于传统的感情更多的是一种无奈的感伤。

《台北人》这个书名就包含过去与现在之间的纠葛，“台北人”并不是指自小在台北长大的人们，而是指随着国民党败退台湾的大陆人，于是，在这些“台北人”身上，过去与现在就成为一个人的正反两面，在台北的现在与

① 达尼亚尔·穆伊努丁．别人的房间，别样的景观［M］．上海：上海文艺出版社，2014：226－246．

在大陆的过去两相映照，互为呼应。过去的美好与现在的境遇两相对照之下，显得过去愈加美好，而现在愈加不堪，在过去与现在的巨大落差之下，凸显出人的命途多舛，人的命运的不幸。

传统之于白先勇，更多的是个体生命所包含的一种在记忆中熠熠生辉的过去。在《台北人》中，所有的主要人物都拥有一段或辉煌或美好的过去，不论是大人物如李浩然将军（《国葬》）、朴公、王孟养（《梁父吟》）等都曾在过去创造了轰轰烈烈的历史；或是小人物如《花桥荣记》里的卢先生、《那片血一般红的杜鹃花》中的王雄等人，都曾在过去拥有过美好的青春与爱情；抑或女人们，如《秋思》中的华夫人、《游园惊梦》中的钱夫人等，她们都有过花一般的青春，她们的过去或是荣华富贵傍身，或是青春美貌与甜蜜爱情相伴。而这些美好又辉煌却都只属于不复存在的过去之时，就更加凸显出现在一无所有的凄凉。在这种过去与现在的对比中，显现出人生的无常与不可捉摸，更促使人们能更沉痛地意识到人生之惨痛。

而在穆伊努丁笔下，我们同样可以看出他对巴基斯坦传统生活和传统美好品质的迷恋与热爱，比如他对巴基斯坦传统生活中那些恬静的田园生活细致入微的描绘，那些固守传统礼仪的佣人们身上所具有的忠诚品德和他们身上所迸发的爱的光芒。但传统之于穆伊努丁，既有其中的令人怀念的失落的美好，也有其中的传统封建文化对人的压迫，他更多的是看到传统的历史文化对人的影响。他始终是以一种冷静的旁观者视角来观察这一切的。

于是，在穆伊努丁作品中我们也看到了，在现代文明和现代社会的不断影响和冲击之下，在传统和变革的夹击之下，巴基斯坦人的困惑与痛苦、迷茫与悲伤，看到了巴基斯坦这种传统封建社会的种种弊端和落后，也看到了现代文明带给巴基斯坦的除了美好也有种种可怕之处：妇女的地位之低，贫富差距之大，巴基斯坦的普通百姓和上层阶级所面临的共同挑战，即传统和变革的碰撞和传统的消解，现代化对传统的不断侵蚀，面对这种挑战时巴基斯坦各阶级所共有的生命体验，以及随着所暴露出来的当代巴基斯坦社会中的种种问题。比如在《一个被烧死的女孩》中，两兄弟合谋偷父亲的钱，不料被兄长的妻子发现，兄长烧死妻子后嫁祸弟弟，计划私吞所有财产。于是，兄长、弟弟、被害妻子的娘家人以及偏袒弟弟的老父，各自动用所有能够调动得起的人脉，打通政府机构和社会舆论的关节，使这桩原本事实清楚、证据确凿的案件成为不能告破的悬案。这篇小说再完美不过地表现了巴基斯坦绵密烦琐的人事、权利和寻租空间之争。再比如在《萨莉玛》《一个被宠坏的男人》《别人的房间，别样的景观》中，随处可见的对于当代巴基斯坦底层女性生存境况的描述，她们或是成长在一个瘾君子和妓女组成的家庭里在十四岁就沦为地主小公子的玩物，或是由于智力残缺而被自己的父亲和哥哥卖给老头子做儿媳妇，或是由于家道中落不得不出门谋生，在作品中的巴基斯坦社会，女性想要致富只有嫁给富人或是成为富人的情妇。

总之，在穆伊努丁和白先勇的小说中，过去对现在的影响，更多的是一种在过去与现在的撕扯中所产生的失落和矛盾，以及这种感情和体验，对人的心灵所造成的剧烈冲击。可以说，两位作家的身世都经历了国际化和地域化文化的洗礼，他们都对逝去的传统充满怀念之情，但不同的人生经历和文化传统又使他们的情感倾向呈现出不同的“景观”，亲历巨变使白先勇对人世的沧桑和无常充满感慨，而穆伊努丁的旁观者一样的远距离观照，使他能够在不动声色的喜与悲中获得观照巴基斯坦社会更为客观的角度。

参考文献

［1］白先勇．台北人［M］，广州：花城出版社，2000.

［2］欧阳子．台北人［M］，桂林：广西师范大学出版社，2010.

［3］朱立立．时间之伤与个体存在的焦虑——试论白先勇的时间哲学［J］．烟台师范学院学报：哲学社会科学版，2003（1）.

［4］朱立立．个体存在焦虑与民族文化忧患——兼论白先勇与存在主义的关系［J］．江苏大学学报：社会科学版，2002（4）.

［5］达尼亚尔·穆伊努丁．别人的房间，别样的景观［M］．上海：上海文艺出版社，2014.

《白鹿原》与《百年孤独》的意象比较

高淑婷

（西北师范大学文学院）

20世纪拉丁美洲的“魔幻现实主义”的突然爆发，惊艳了世界，让这个一直处于默默无闻状态的区域获得全世界的瞩目，也因为长期处于落后状态的拉美文学的突然爆出冷门而称其为“爆炸”文学。这其中最受瞩目的还属哥伦比亚作家加西亚·马尔克斯。其代表作《百年孤独》在1982年获得了诺贝尔文学奖，这一成就把这一“爆炸”文学带到了全世界。全世界各地不同程度地刮起了“百年孤独热”的文学风。对于有着深厚的“诺贝尔”情节的中国作家来说，作为第三世界的加西亚·马尔克斯的得奖极大地鼓舞了中国作家的创作热情。2012年中国第一个获得诺贝尔文学奖的莫言在谈及自己1985年创作时期明确表示其在思想与艺术上都受到《百年孤独》的影响，并将马尔克斯视为自己写作资源的“两座灼热的高炉”之一①；郑万隆认为拉美魔幻现实主义“运用一种荒诞的手法反映现实，使‘现实’变成一个‘神秘莫测的世界’，充满了神话、梦和幻想，时间观念也是相对性的、循环往复的，而它的艺术危机感正是存在于它的‘魔幻’之中”②；贾平凹在1986年谈及拉美文学成为热点时指出：“我特别喜欢拉美文学，喜欢马尔克斯……我首先震惊的是拉美作家在玩熟了欧洲的那些现代派的东西后，又回到他们的拉

① 莫言．两座灼热的高炉——加西亚·马尔克斯和福克纳［J］，世界文学，1986（3）．

② 郑万隆．生命的图腾［M］．北京：中国文联出版公司，1986：314．

美，创造了他们伟大的艺术。这给我们多大的启迪呀!"① 在一次访谈中，陈忠实提到对自己产生影响的中外作家时提到马尔克斯的《百年孤独》《霍乱时期的爱情》，尤其指出："马尔克斯的两部作品则使我的整个艺术世界发生震撼。"② 在上述作家看来，《百年孤独》对中国的文学有着深刻影响，本文就从陈忠实的《白鹿原》入手，从孤独、女性的陨落、"蝶"与"娥"三个方面分析，看《白鹿原》对《百年孤独》的借鉴以及所选意象意义的异同。

一、固执的坚持，孤独的人生

列夫·托尔斯泰的《安娜·卡列尼娜》开篇有云："幸福的家庭都是相似的，不幸的家庭各有各的不幸。"《百年孤独》中的布恩蒂亚家族与《白鹿原》中的白家与鹿家中的人物虽然有过短暂的幸福，雷梅苔丝对马乌里肖·巴比洛尼亚的悸动的爱恋，雷蓓卡与皮埃特罗·克里斯庇从恋爱到结婚的美好感情，田小娥与黑娃炽热的不顾世俗眼光的感情，但是这些美好都是暂时的，这些美好中的主人公或是自己陨灭或是毁灭了他人，各自有着各自的不幸。除了用"不幸"二字概括两书中人物的结局，孤独也伴随着两书中的人物。《白鹿原》中的白嘉轩与《百年孤独》中的霍塞·阿卡迪奥·布恩蒂亚的孤独令人印象深刻。

《白鹿原》以陕西关中地区白鹿原上的白鹿村为缩影，通过讲述白姓和鹿姓两大家族祖孙三代的恩怨纷争，表现了从清朝末年到20世纪七八十年代长达半个多世纪的历史变化。全书以白嘉轩作为叙事核心，以白鹿两家的矛盾纠葛来组织情节，反映出以白嘉轩所代表的宗法家族制及儒家伦理道德在时代变迁中的颓败以及白嘉轩个人的孤独无援。

《百年孤独》以加勒比沿岸马孔多小镇为背景，描写了布恩蒂亚家族七代人的传奇故事，表现了拉丁美洲一个世纪风云变幻的历史。这所有的传奇故事以布恩蒂亚家族创始人霍塞·阿卡迪奥·布恩蒂亚的举家搬迁为始，虽然霍塞·阿卡迪奥·布恩蒂亚不是全书的叙述核心，但是布恩蒂亚家族的男性成员继承了其精神，第三代奥雷里亚诺·特里斯特修铁路、奥雷里亚诺·森特制冰表现出的事业建设的创造欲是对其创始马孔多的变形继承，第五代何塞·阿尔卡蒂奥依靠宗教寻求解脱的依赖性是其后来沉迷炼金术的再次呈现。

---

① 贾平凹. 贾平凹文集·求缺卷［M］. 北京：中国文联出版公司，1995：339.

② 孔范今. 陈忠实研究资料［M］. 济南：山东文艺出版社，2006：21.

这个曾经呼风唤雨的家族创始人最后与大树为伴，并孤独死去。

白嘉轩作为“仁义”的化身，一生恪守“仁义”两字。他对自己的帮工鹿三仁至义尽，让他与自己一起吃饭，供鹿三的儿子黑娃上学堂，让自己的女儿拜鹿三为干大。他对原上的人一视同仁，即便是自己的亲生儿子犯错他也绝不手软，用刺刷鞭打白孝文，并把他赶出家门，在白孝文被饿得奄奄一息的时候也绝不让他进家门。任凭外面的世界风云变幻，他始终对那些事情不参与，不多言。对参加革命的女儿，他深感不安，甚至把女儿锁起来不让她“蹚这摊浑水”。在鹿子霖费尽心机想要混个一官半职的时候，他在自己家的弹棉花机前忙得不亦乐乎。女儿、儿子对父亲的这种做法很是不解，不惜与父亲断绝关系去反抗他的“冥顽不化”。这种“仁义”使白嘉轩成为众矢之的，他也被描述为“仁义”的俘虏，是冥顽不化的化身。但我觉得，这种人物在现实生活中还是比较常见的，并且这种人物的品质还是比较可贵的。抛去他对所有新鲜事物的置之不理来说，他不为官位所动，他对朋友的慷慨大度，他对一而再再而三地陷害自己的“对手”的不计前嫌的品质是他在读者心中留下深刻印象的原因。虽然黑娃把自己的腰打折，但他弯着腰四处为黑娃说情，并一反常态地“参加”了镇压黑娃的集会。他对这类热闹事从来缺乏热情和好奇，宁可脱了衣服热汗蒸腾地踩踏轧花机，也不想挤到人窝里去看耍猴的卖大力丸的表演，即使是十年不遇的杀人场合。镇嵩军枪杀纵火犯时，他没有去；田福贤在小学校西围墙外枪崩鹿兆鹏的那回，他也没有去；这回镇压反革命岳维山、田福贤和黑娃的集会他参加了[①]。一个“仁义”的老人虽然一生固执，恪守乡约，但他的仁义大度还是感动着万千读者，虽然不被儿子、女儿理解，被黑娃痛恨，被鹿子霖嫉妒，如此有原则又孤独地坚守着“仁义”，不改初衷的做法，实为我们所敬佩。

马孔多小镇的布恩蒂亚七代人尽管相貌各异，性格万千，但是每个人都散发着孤独气息。从这种独特的气质中就能使人们不加辨认就知道他们属于布恩蒂亚家族的一员。家族中的他们之间缺乏信任与关怀，很少进行沟通与交流，互不了解彼此的心理状态，没有共同语言和感情的共鸣，每个人都以自己的方式排遣着自己的孤独情绪，无一不在承受着孤独、寂寞的煎熬。阿玛兰塔与死神一道在过道里为自己编织裹尸布，她白天织好晚上又拆掉，最

---

① 陈忠实．白鹿原［M］．北京：人民出版社，2001：673.

后裹尸布织好了她也就随之躺入棺材中死去了；俏姑娘雷梅苔丝喜欢在浴室里消磨大量的时光，最后坐在床单上飞走了。如此种种，孤独与布恩蒂亚家族如影随形，挥之不去。其中霍塞·阿卡迪奥·布恩蒂亚作为家族的创始人，一生被孤独缠绕，并在孤独中死去，是孤独的代言人。

作为马孔多的创始人，霍塞·阿卡迪奥·布恩蒂亚以其旺盛的精力，指挥大家播种，指导畜牧，提倡教育。为了全族的兴旺，他和大家同心协力地参加体力劳动。他家建造的房屋是村里人模仿的典范。就是这个人人敬仰的年轻的族长，随着吉卜赛人的到来，开始对家庭不管不顾，一心要实现吉卜赛人给予他的种种幻想，没有家人理解他的怪异行为。最后他与被自己杀死的普罗登肖·阿基拉尔的鬼魂进行了彻夜长谈，互诉衷肠。他问儿子奥雷良诺今天星期几，儿子告诉他今天星期二，他说我也觉得是星期二，但感觉今天又和昨天一样是星期一，由于霍塞·阿卡迪奥·布恩蒂亚经常这样胡言乱语，奥雷良诺也就习以为常，没再理他。可是当天晚上他大哭，哭普罗登肖·阿基拉尔，哭墨尔基阿德斯，哭雷蓓卡的父母，哭自己的爸爸妈妈，哭所有记忆中的、如今在阴间里孤孤单单的人。直到星期五早晨，他还是没想出今天与星期一有什么区别，他抓起一根门闩，用他超人般的蛮力，把炼金器具、照相冲洗间和金银工作间全砸得稀烂，他正要砸家里的其他的地方时，奥雷良诺叫来了邻居。十个男人把他按住，十四个人才把他捆起来，二十个人才把他拖到屋外的栗子树下。就这样，这个年轻有为的族长，在栗子树下，接受风吹日晒，等待死亡的到来。可以说孤独是他的宿命，使他绝望，难以摆脱。在墨尔基阿德斯来之后，他受到现代文明的冲击，他对妻子乌苏娅唠叨：“不可思议的事情正在发生，在河的对岸，就有各式各样的神奇的机器，但我们还像蠢驴一样地生活。”① 他想把马孔多迁到更适合的地方，妻子觉得荒唐至极，用死来逼霍塞·阿卡迪奥·布恩蒂亚留下，打消他的不切实际的念头。霍塞·阿卡迪奥·布恩蒂亚看妻子如此坚决，无可奈何地摇了摇头。霍塞·阿卡迪奥·布恩蒂亚虽然在妻子离开期间暂时担任管理家庭的重任，但这种不被理解的状况并未减弱，并且随着他对各种实验的痴迷，愈来愈严重。家人觉得他的胡言乱语是家常便饭，没有什么实质意义，也对自己毫无用处，一般就是置之不理，霍塞·阿卡迪奥·布恩蒂亚最后甚至与普罗登

---

① 马尔克斯．百年孤独［M］．彦芳，等译，呼和浩特：内蒙古出版社，2000：6.

肖·阿基拉尔的鬼魂交流。在这种郁闷的环境中，在自己的问题始终得不到答案中，霍塞·阿卡迪奥·布恩蒂亚丧失了理智，在栗子树上孤独地死去。

白鹿原一直在变，而白嘉轩誓要作为原上的仁义道德的守护者的信念一直未变，因此他的精神得不到理解，他的行为被儿女斥为“冥顽不化”，可以说他的孤独多是外在环境造成的。而霍塞·阿卡迪奥·布恩蒂亚的种种想法也得不到家人的理解，但是他的绝望更多的是源自自己的疑问得不到解决，他是在寻求自我的道路上迷失了方向，精神世界的崩溃导致其孤独。

二、起于爱情，止于毁灭——女性的陨落

与两部书给予男性守卫家族、开疆拓土的重任不同，书中的女性的命运、结局则随着感情的离合聚散变换。在《百年孤独》浩如烟海的人物中，阿玛兰塔这个让人对她恨多于爱的可怜女人与《白鹿原》中陈忠实浓墨重彩刻画的田小娥有着几分相像，两人对爱情有着强烈的渴望，阿玛兰塔在对感情的追逐中向人们展示了毁灭他人与自我毁灭的残酷过程，而田小娥对爱情的大胆追求并没有毁灭他人却遭到他人的强烈反对，在他人与社会环境的压制中走向毁灭。

阿玛兰塔是家族的第二代的唯一女性，她在家中一直在为自己缝制殓衣，缝了拆，拆了缝，直到死去。她每天都在重复同样的工作，不受外界打扰，生活不起一点波澜，古怪至极。但是这种古怪行为真的只是古怪而已吗？是天性使然还是后天所致？

乌苏娅一直对阿玛兰塔的铁石心肠感到心寒，但渐渐她发现并不是那样的。她以惋惜的心情完全弄明白了，阿玛兰塔对皮埃特罗·克里斯庇的一切蛮不讲理的折磨，并不是大家所认为的是出于报复心理；她那让赫里奈多·马尔克斯上校终生失望的慢性摧残，也不像人们认为的那样是出于她的极度的悲伤。所有这一切都是她那强烈的爱情与不可抑制的怯懦之间的殊死斗争，而最后那种荒谬的恐惧占了上风，阿玛兰塔的这种恐怖感始终笼罩着她那颗备受苦难的心[①]。乌苏娅这一段对阿玛兰塔的解读准确地解释了阿玛兰塔所有在外人看来不可理解的行为的原因。她对爱情充满了憧憬，有着强烈的欲望。她与雷蓓卡同时爱着意大利科技师皮埃特罗·克里斯庇，在得知皮埃特罗·

① 马尔克斯. 百年孤独［M］. 彦芳，等译，呼和浩特：内蒙古出版社，2000：176.

克里斯庇要与雷蓓卡结婚时，她不惜一切代价要阻碍两人的婚礼。她想过往咖啡因里掺进一剂鸦片酊，这种得不到就要毁灭的心理只有爱得发狂的人才能理解。然而当雷蓓卡精神失常，皮埃特罗·克里斯庇也明白自己爱的是阿玛兰塔，并一而再再而三地向阿玛兰塔求婚时，却被阿玛兰塔宣告了无期徒刑，皮埃特罗·克里斯庇感到绝望，选择自杀。阿玛兰塔对婚姻的恐惧不仅害了皮埃特罗·克里斯庇，也伤害了赫里奈多·马尔克斯上校以及自己的侄子奥雷良诺·霍塞。她也一直在谴责自己的一些无心的话语以及行为，给别人带来了伤害，她选择以自残的方式来赎罪。她把手放在炉子的炭火上，直烧得再也感觉不出灼痛，只闻到自己皮肉的焦臭味，她把这只烧伤的手用黑色绷带缠起来，终身不再拆开，并下定决心永不嫁人，以此作为自己爱情悲剧的祭奠。至此，她对爱情的憧憬、对幸福的追求也就戛然而止，在孤独中日复一日地为自己编织裹尸布，直至死亡。

在《白鹿原》中，田小娥被认为是风流浪荡的女子，这与原上的封建思想有着极大的关系。正值花季的田小娥因为家里没钱就被卖给了六十多岁的郭举人，但却只是一个“泡枣儿”的工具。遇到了血气方刚的黑娃，小娥被压抑的欲望被激发出来，两人同时尝到了爱情的滋味，不可自拔。两人在一起的这段时间是田小娥也是黑娃在过去的人生中最幸福的时光，尝到甜头的两人决定不顾一切要在一起，对未来有着无限的憧憬。但是也由此开始，这种幸福变了味。重情重义的黑娃把小娥带回原上，但是恪守“仁义”的白嘉轩对来路不明的小娥坚决不予接受，最后两人勉强在原上的一个窑洞中留了下来。大手大脚又没有积蓄的两人很快没钱，迫于生计，黑娃不得不再次远走他乡。不能靠干活养活自己的田小娥被独自留在原上，小娥想要在原上安身立命就不得不委身于鹿子霖，并参与鹿子霖想要击垮白嘉轩的计划，与白孝文也有一段往事，就这样田小娥在多个男人之间周旋得以勉强维持生活，最终她的这种行为激起了黑娃的父亲鹿三的愤恨，鹿三忍受不了田小娥带来的耻辱结束了她的生命。

一个是自己得不到就让别人也得不到的极端女子，一个是得到了爱情却得不到原上人认可，前者选择先毁灭他人后毁灭自己的道路，后者为了在灾荒中苟且偷生而不惜出卖自己肉体而被他人惨杀。阿玛兰塔的悲剧主要是自己爱而不得的嫉妒所导致的，而田小娥的悲剧则杂糅了个人品行、封建主义、灾荒等原因，更显示出在强大的现实环境中女子的无能为力，与走向毁灭的必然性。

三、“蝶”与“蛾”的幻灭

《百年孤独》中的“黄蝴蝶”与雷纳塔·雷梅苔丝和马乌里肖·巴比洛尼亚的爱情一路相随，最后一只黄蝴蝶也伴随着马乌里肖·巴比洛尼亚的死去而飞走，也象征着雷梅苔丝的爱情从此破灭，她的幸福也随之而去。而作为伴随这一故事始终的黄蝴蝶不仅是生物学上的物种，其象征着美好事物在《百年孤独》中特指爱情的幻灭。在《白鹿原》中作者则选择“蛾”作为田小娥幻灭的对应物。这种对应绝不是巧合那么简单，是作者借鉴再创造的结果。

首先，“蝶”与“蛾”在外形上极为相似。其次，在西班牙语中，蝴蝶与蛾可以用同一个单词（maripos）表示，大多的译者将“mariposilla”（蛾、灯蛾）“maripos”（蝴蝶、蛾）都译为“蝶”，构成了中文版的《百年孤独》中“蝴蝶”这一意象前后的连贯性。也是因为中文版中用黄蝴蝶的缘故，陈忠实选取与蝴蝶有相似意思的蛾作为田小娥幻灭的象征。

在《百年孤独》中，“黄蝴蝶”与雷梅苔丝和马乌里肖·巴比洛尼亚的爱情有关。雷纳塔·雷梅苔丝与马乌里肖·巴比洛尼亚的爱情得不到母亲的支持，这也为这一对恋人的悲剧埋下了伏笔，这个悲剧与黄蝴蝶伴随始终。这个时候，她发觉在见到马乌里肖·巴比洛尼亚之前总可以看到很多黄色的蝴蝶。她以前也见过这些蝴蝶，特别是在机修厂里，那时她以为是油漆味引它们来的。有一次，在昏暗的电影院里她也感到有蝴蝶在她的头顶飞舞。但是当马乌里肖·巴比洛尼亚像一个幽灵般的开始追求她的时候，她才知道原来这些黄蝴蝶与他有关。① 这些黄蝴蝶见证了两人之间的爱情的发生、发展，同时黄蝴蝶也象征着这段美好的爱情的终结。每天晚上雷梅苔丝洗完澡后，菲南达总要用杀虫药去驱赶夜蝴蝶，并说听别人说夜蝴蝶是要招来灾祸的。果不其然，在一天晚上马乌里肖·巴比洛尼亚要掀开瓦片进入雷梅苔丝的洗澡间的时候，他被当作偷鸡贼而被射伤，至此他只能孤独地躺在床上老去。而就在那一晚，雷梅苔丝赤条条地在蝎子和夜蝴蝶的陪伴下，一直在等着自己的爱人。马乌里肖·巴比洛尼亚死去了，雷梅苔丝始终无法接受这个事实，直到她看到最后一只黄蝴蝶在风扇的叶子里丧生的时候，她才确信马乌里

---

① 马尔克斯．百年孤独［M］．彦芳，等译，呼和浩特：内蒙古出版社，2000：202.

肖·巴比洛尼亚跟随黄蝴蝶一起走了，再也回不来了。

这里蝴蝶有“美好”与“噩运”的双重意义，但从全书来看黄色总是与死亡相连的，如墨而基阿德斯死前假牙的缝隙中长出开着黄花的小水生植物；老布恩蒂亚临死前，天空中降下许多小黄花……所以黄蝴蝶与马乌里肖·巴比洛尼亚的死也有着必然的联系，透露着作者所要表达的悲剧情绪。

在《白鹿原》中，“蛾”的出现与悲剧女主人公——田小娥的去世也有着必然的联系。在得知田小娥死了后，白孝文悲伤不已，一下跪倒在窑洞前。他似乎听到窑顶空中有咝咝声响，看见一只雪白的蛾子在翩翩飞动，忽隐忽现，绕着油灯的火焰，飘飘闪闪[①]。小娥的骨殖在炽烈的火焰中燃烧了三天三夜后，要被压入六棱砖塔下。修塔的匠人请示主事的白孝武说，即可封底。白孝武一个封字刚说出口，站在一边的白嘉轩用手势示意匠人暂缓执行孝武的指令，他正出神地瞅着窑垴塄坎上的草丛，众人这才惊异地发现，雪后枯干的蓬蒿草丛里，居然有许多蝴蝶在飞舞。白嘉轩说：“那是鬼蛾儿，大伙把那些鬼蛾逮住，一个也甭给飞了。”族人们脱下衣衫，摘下帽子，满坡坎上追撵扑打着，把被打死的蛾子捡起来扔到白嘉轩脚下。那是许多彩色的蝴蝶，纯白的纯黄的纯黑的以及白翅黑斑的……白嘉轩从旁人手里借过一把锨，把那些死蛾铲到塔基下的瓷坛根，然后才让匠人封底[②]。

围绕田小娥尸骨的蛾被铲除干净才能使得村民心安，这些被村民垫在瓷坛根上的死蛾再也没有起死回生的能力，也意味着被村民视为祸害的田小娥再也不能祸害村民，搅乱秩序。

黄蝴蝶与蛾都代表不吉利的东西，黄蝴蝶的飞走预示着感情的灰飞烟灭，带走了雷梅苔丝的精神，她从此一言不发。蛾的被彻底处理象征着以田小娥为代表的“瘟疫”再也不能扰乱白鹿村，田小娥的魂魄也彻底被驱散。一个如同行尸走肉，一个再无翻身余地，幻灭得如此彻底。

《白鹿原》的基本倾向是现实主义的，展现了从清末到20世纪七八十年代中的人事变迁，涉及辛亥革命、土地革命、抗日战争和解放战争等重大历史事件。在现实主义的基调上，作者加入了民间传说以及对《百年孤独》中的意象的借鉴，为小说增添了传奇色彩。

本文通过对白嘉轩与霍塞·阿卡迪奥·布恩蒂亚、阿玛兰塔与田小娥、

---

① 陈忠实．白鹿原［M］．北京：人民出版社，2001：340．

② 陈忠实．白鹿原［M］．北京：人民出版社，2001：473．

蝶与蛾的比较中发现，两者同中有异，而因为两者的时代背景等不同所造成的异是主要的。借鉴不是照抄照搬，也不是全文的亦步亦趋，正因为这样，《白鹿原》才能成为当代文学中不可多得的经典，才能经受住时代的检验。

杜梅齐尔“三重功能”视域下的猪八戒形象研究

韩　媛
（兰州大学文学院）

作为研究印欧文明的大师，杜梅齐尔在印欧文明中发现了三重功能。简而言之，印欧社会存在共同的社会意识，在历史上，印度的三个种姓分别是婆罗门，刹帝利和吠舍，分别对应祭祀、武士和按照氏族组织起来的生产者大众。在神话、史诗与宗教中可以概括来讲：神界主要由主神、战神、丰产神构成三元体系，与现实社会中的祭祀、武士、生产者三个主要阶层相对应，并分别体现上古印欧社会的三种社会分工之功能：宗教王权、防卫、生产福利。《新大英百科全书》中《史诗》一文的作者写道：“这三个基本原则或功能之间的相互作用构成大多数印欧史诗的中心主题：（1）宗教和王权；（2）肉体力量；（3）丰产、健康、财富、美人儿等等。”[①]

这种三重结构在印欧神话与史诗中广泛存在。在罗马，有三位重要的等级化的神，分别是朱庇特、马尔斯和基林努斯，朱庇特是最大的神，确保着罗马的生存；马尔斯是战神，基林努斯则是个职责多样的神，他对立于马尔斯，如同和平对立于战争，且在他的姓名中含有集合在他教廷中的所有民众的意义；印度神话中的大梵天是创造之神，毗湿奴为保护之神，湿婆是毁灭之神，同时又是生殖崇拜的对象；印度伟大史诗《摩诃婆罗多》的中心英雄由般度族五兄弟构成，“其中每个人都具有三种功能之一，他们的出生顺序与

① 叶舒宪．英雄与太阳［M］，上海：上海社会科学院出版社出版，1991.

其功能的等级相符：首先出生的是君王，基本上是公正且诚实的；随后是两个武士：一个粗鲁，拎一根大棒；最后是一对孪生子，被指定为其兄长们的侍从”①。琐罗亚斯德教徒被称为“拜火教徒”，其寺庙有三圣火，分别是：祭祀之火、王者与武士之火、公社社员之火。

在玄奘所著《大唐西域记》中，有关于种姓的记载：“若夫族姓殊者，有四流焉：一曰婆罗门，净行也，守道居贞，洁白其操。二曰刹帝利，王种也，（旧曰刹利，略也。）奕世君临，仁恕为志。三曰吠舍，（旧曰毗舍，讹也。）商贾也，贸迁有无，逐利远近。四曰首陀罗，（旧曰首陀，讹也。）农人也，肆力畴陇，勤身稼穑。凡兹四姓，清浊殊流，婚娶通亲，飞伏异路，内外宗枝，姻媾不杂。妇人一嫁，终无再醮。自余杂姓，实繁种族，各随类聚，难以详载。”② 由此可知，自唐代以来，印度的种姓制度就已经为我们所了解，作为后世文学中人物形象的最初原型，玄奘的记叙有非常重要的参考价值，这种社会化的阶层分工，在某种程度上影响了《西游记》中人物形象的最终确定。

《西游记》的人物结构完全符合这三重功能结构：唐三藏承担着宗教功能，在取经人中的地位崇高，无出其右；孙悟空是典型的战神形象，以肉体力量震撼人心；沙悟净则是忠心耿耿的侍从形象，代表着普通生产者。

《西游记》中，唐三藏是取经队伍的核心人物，对于取经的目的，《西游记》借其口说得非常清楚：“祈保我王江山永固。”唐三藏是典型的宗教与王权的代表，他与世俗王权有着密切联系，既是最高王权的代言人，也是神圣的宗教神职人员。作为祭祀之王，取经路上十之八九的妖魔鬼怪都在叫嚷着要吃唐僧肉，这与献祭童男童女有着同样的行为意义，其核心是追求生命力的永续。

孙悟空承担着保卫的职能：“浑做金刚之躯，急不能伤。入火不能焚，入水何曾溺？光明一颗摩尼珠，剑戟刀枪伤不着。”以其肉体力量震撼人心。在取经路上，往往获得极高的评价：神灵启示乌鸡国众僧：他“专秉忠良之心，与人间抱不平之事，济困扶危，恤孤念寡。”

沙悟净相对于孙悟空与猪八戒，其形象并不突出，取经路上，主要负责挑担喂马这些杂事。他是忠心耿耿的侍从，抱定了“宁死也要往西天去”的

---

① 迪迪耶·埃里邦．神话与史诗［M］，孟华，译，北京：北京大学出版社，2005：91.

② 玄奘，辩机．大唐西域记校注［M］．季羡林，等校注，北京：中华书局，1985：197.

志向，坚信“且只挨肩磨担，终须有日成功也”。

猪八戒是一个内涵极为丰富的艺术形象，他手执九齿钉耙，与孙悟空一起承担武士的功能，肩负着保卫唐三藏的职能；另一方面，猪八戒亦承担着丰产职能，其外在表现为贪食好色。

一、作为武士的猪八戒

孙悟空与猪八戒在某种程度上可以说是双生子。两个形象在身体特征与事业事迹上都呈现出某种相似性：从身体特征来说，两人的原型都属动物，分别为石猴与野猪；另外在两人的武器上，孙悟空的如意棒大有来头，猪八戒的九齿钉耙却也自有“身份”；两人在本事上也极为相似，孙悟空习得七十二般变化，猪八戒熟悉三十六般变化。取经路上，两人总是一起行动，做同样的事情。不过，两人在取经路上呈现出两种截然不同的性格：一位坚毅勇敢，一位鲁莽冒险。

(1) 武士的三重罪

杜梅齐尔在《武士的命运》[①] 一书中提到了武士的三种罪，三种罪对应着三重功能：希腊神话中赫拉克勒斯的事业实际上分为三部分，每一部分都以严重的罪行结束，要求赎罪。接下来的是一系列的冒险，作为其结果。第一个是他的精神健康，第二个是他的身体健康，第三个是他的生命本身。这位被赫拉嫉恨的半神，因为出生的时间问题注定要接受一些考验，他去德尔斐神庙求神谕，神谕要求他完成国王交给他的十二项工作，但这位半神不愿意成为一个人类的仆役，不愿服从。赫拉使他疯狂，在疯狂中，他杀死了自己的三个孩子。他的第二重罪是对伊菲托斯的谋杀，因为疯病的爆发，他将自己忠诚的朋友从城头上扔了下去。神祇惩罚他，使他患有重病，最后赫拉克勒斯被告诫，如要疾病痊愈，必须卖身为奴三年，并将卖身的钱送给死者的父亲。第三重罪与赫拉克勒斯的新妻子得伊阿尼拉有关，半人半马的涅索斯沉迷于得伊阿尼拉的美貌，被愤怒的赫拉克勒斯杀死，垂死的涅索斯诱惑得伊阿尼拉搜集他有毒的血液来涂抹赫拉克勒斯的紧身衣，让这位无辜的新妇误以为可以永葆丈夫的爱情，却给丈夫带去了死亡与毁灭。

---

① WF Hansen, G Dumezil, A Hiltebeitel. *The Destiny of The Warrior* [J]. Journal of American Folklore, 1972, 85 (338): 378.

我们不如大胆地做一个主题的类比，《西游记》中三重罪由孙悟空与猪八戒共同犯下，孙悟空所犯的第一重罪是反对王权：孙悟空在天宫不满自己官职，离开天宫回到花果山，自封“齐天大圣”；偷蟠桃，盗仙丹。其挑战王权，随之而来的惩罚是精神力量和威严的丧失：被压在五指山下五百年。其后的一系列取经路上的冒险行为都表现为一种赎罪，即对最高权威的接近与顺从，其行为的意义正如同赫拉克勒斯最终决定服从神谕，完成十二项任务。

第二重罪贯穿整个取经之路，每次危难之时，猪八戒都会叫嚷着散伙。作为一位武士与战神，其怯懦与鲁莽的性格贯穿始终，其惩罚在取经回来之后被确定，猪八戒被封为“净坛使者”，虽然享天下供奉，但其作为武士的力量被忽略，肉体力量被剥夺。

第三重罪也与猪八戒有关，这位天蓬元帅对自己所犯的罪并不隐瞒，这重罪与不可遏制的情欲有关：“带酒戏弄嫦娥”，接下来的惩罚剥夺的是他的“美丽的外形”：“玉帝把我打了二千锤，贬下尘凡；一灵真性，竟来夺舍投胎，不期错了道路，投在个母猪胎里，变得这般模样。”其模样甚是凶恶：“卷上莲蓬吊搭嘴，耳如蒲扇显金睛。獠牙锋利如钢挫，长嘴张开似火盆。”这一重罪的后果是严重的，其天神的身份被剥夺（代表着死亡的降临）。我们在印度的两大史诗中也可以找到对这一重罪的书写，在《摩诃婆罗多》与《罗摩衍那》中都因为对妇女的不尊重而引起了战争与死亡。

这三重罪，正如他们受到的惩罚一样，分别处于宗教秩序、战士理想和典型的繁殖的范畴。①

（2）武士的动物形态

印欧社会中，武士以动物形象的化身资料丰富，《阿维斯塔》中胜利之神韦勒斯拉纳有十种化身：1. 一阵带来灵光、力量、智谋强劲的风；2. 一头健壮金犄角的公牛；3. 一匹白色骏马；4. 一头雄性骆驼；5. 一头凶猛好斗的公野猪；6. 一位容光焕发、双目有神、双腿短粗的十五岁的英俊少年；7. 一只飞行速度冠百鸟的矫健雄鹰；8. 牡绵羊；9. 公羚羊；10. 一位威武的战士。其中有七种是动物化身，同样的情形我们在印度神话中也可以找到，毗湿奴十大化身救世。似乎，杰出的战士都拥有动物性质。我们在希腊的神

① WF Hansen，G Dumezil，A Hiltebeitel. *The Destiny of The Warrior* [J]. Journal of American Folklore，1972，85 (338)：378.

话中也可以窥见这种动物性的形象与性质：雅典娜，这位重要的女战神，不仅主管武艺与战争之事，还拥有超群的智慧，从文化渊源上来看，雅典娜的动物性标志有猫头鹰、蛇、鸽子等。

猪八戒作为典型的战神，他的动物形象（一头凶猛好斗的公野猪）典型地体现了武士对力量与敏捷的要求。我们需要注意的另外一点是，猪八戒的化身并非一种，在“高老庄行者降魔”一回中，猪八戒被行者抓住，狼狈不堪，“化狂风脱身而去。”其化身狂风，体现的是武士对速度的要求，在所有的取经人中，只有速度获得大家认可的武士，才能在各种任务中扮演侦查员的角色。不过，从某种程度上讲，猪八戒是不合格的侦查员。另外，在与孙悟空的对话中也可以窥见猪八戒的幻化之术，猪八戒告诉孙悟空：“我虽是有些儿丑陋，若要俊，却也不难。”可见，猪八戒也可以化身为手拿九齿钉耙的武士。正如韦勒斯拉纳最后的变形所揭示的那样，他是人类武士的典范与保护者，猪八戒就是一个典范的武士形象。

二、作为丰产神

值得注意的是：第三功能的概念准确地说是来自印度—伊朗或印度—欧洲，而不是来自印度的第三个社会阶层。第三个功能是一个大杂烩，杜梅齐尔没有专门的论著来论述第三功能，不过，他指出，在印欧语系的时代，在吠陀时代第三个功能，富裕和繁殖，其中包括其他属性。美丽和感官，属其自身的条件和后果。功能女神阿佛洛狄忒也没有在那个众所周知的传说中忽视他们，作为主权赐予者赫拉和战神雅典娜的竞争对手，她向帕里斯提供的是“最美丽的女人”。

猪八戒是一个由神而猪的形象，猪八戒自述：“我不是野豕，亦不是老彘，我本是天河里天蓬元帅。只因带酒戏弄嫦娥，玉帝把我打了二千锤，贬下尘凡；一灵真性，竟来夺舍投胎，不期错了道路，投在个母猪胎里，变得这般模样。是我咬杀母猪，打死群彘，在此处占了山场，吃人度日。不期撞着菩萨，万望拨救拔救。”猪八戒原本是一位天神，他是由神而猪的形象，猪这一形象在人类学上与神是一体的。

弗雷泽关于“猪”形象的考察分为两部分，一是猪与谷精，二是猪与神。在欧洲的某些民间习俗中，猪就是谷精，在图林根，当风吹得谷苗摆动时，人们常说："那公猪在谷苗中跑动了"[①]。其在播种季节出现，到收获时又在成熟了的谷物中出现，其目的都是祈求丰收。在这一考察中，猪代表着丰产，指向"丰产—繁殖"这一核心。

在希腊神话中，得墨忒尔是五谷女神，猪是献给她的动物。像我们已经谈到过的那样，由于把动物看成神，或把神看成动物，于是有时候就出现神脱去了动物的外形，而完全具有了人形的情况，以及起初动物是以神的身份被杀，后来却把它当作祭品献给神（因为它敌视神）等情况，总之，神成了自己的敌人，杀神以祭神形态出现。总而言之，谷精以动物的形式存在，杀神（杀猪）都是为了谷精精力的持续或更新。

猪八戒是典型的半人半兽形象，而在阿卡迪亚的菲盖里亚洞穴里黑色的得墨忒尔以女身马头的形象存在，使我们在欧洲找到了相似的形象。

众多学者在探究猪八戒的形象时总是不免谈到其贪食好色，不过，在张掖大佛寺正殿后的壁画，以连环画的方式刻画了唐僧师徒四人西天取经的故事。壁画中，猪八戒帮师父化缘取水，身兼探路先锋，一路上挑着重担，勤勤恳恳，其艺术形象与《西游记》中的艺术形象大相径庭。不过这两种解读：勤恳踏实与贪食好色，指向的是一个核心：猪八戒的丰产职能。

三、猪八戒与"美人儿"

作为承担丰产职能的神，具有旺盛的生命力是极其重要的，女性成为这种生命力的表征，猪八戒对女性的追逐是其旺盛生命力的展现，猪八戒的婚姻也有了合理的解释。

值得思索的是：野蛮状态中的人们既凶残而又未经驯化，究竟有什么办法才能使他们由野兽般的自由转到人道的社会呢？因为要使那些原始人形成原始的社会，也就是有婚姻制的社会，他们就既要有野兽般淫欲的刺激，又要有可怕的宗教来加以严厉的约束。因此，婚姻作为世间最初的一种友谊而出现。所以荷马为了表示天神与天后在一起睡觉，就以英雄式的严肃态度来说："他俩庆祝了他俩的友谊"。[②]

猪八戒与高家小姐的婚姻无疑具有了"始嫁娶，以修人道"的意味，猪八戒由最初"占了山场，吃人度日"过渡到参与社会生活："我也曾替你家扫

① 詹姆斯·乔治·弗雷泽. 金枝［M］. 徐育新，译，北京：大众文艺出版社，1998：665.
② 维柯. 新科学［M］. 朱光潜，译，北京：人民文学出版社，1997：270.

地通沟，搬砖运瓦，筑土打墙，耕田耙地，种麦插秧，创家立业。”

“四圣试禅心”这一章的描写特别让人困惑，我们始终好奇，为什么会是四位菩萨（神职人员）化身为世俗女性来考验这群取经人，这种描写我们在《吉尔伽美什》中找到了相似的结构，神为了惩罚吉尔伽美什创造出了恩启都这一形象，在这位兽人摆脱了野兽的形象的过程中，神妓扮演着重要的角色，在这里，她既是宗庙中的神职人员，又是代表城邦社会施行“人道”的“妓”，四位菩萨在这里具有相似的功能：她们既代表着神圣宗教约束，又代表着世俗社会中广大女性形象。四位菩萨身兼维柯笔下“既要有野兽般淫欲的刺激，又要有可怕的宗教来加以严厉的约束”的双重职能。

猪八戒对“美人儿”的追逐展现了其旺盛的生命力，在三重功能中，其丰产职能是一个社会性的功能，其水神的身份与充足的水源、灌溉相联系，无疑是一种社会化的细节表征。另一重要的社会化表征是猪八戒的“九齿钉耙”，在高老庄，猪八戒“耕田耙地”靠的就是这农具“钉耙”。整个社会容纳了不同的功能的形象，让各种形象服从与顺从是最重要的任务，这种强制性的力量对猪八戒来说，是无处不在的考验，是可怕的宗教约束。

结　语

《西游记》中的人物结构继承了印欧文明的三重功能，其中，猪八戒的形象，既是典型的武士形象，又是丰产神的代表。一方面，他与孙悟空共同构成了一组不同性格的武士形象，履行保卫职能，正如印度史诗中的怖军与阿周那一般；另一方面，他对女性的追逐是其旺盛生命力的表征，正如帕里斯选择了“最美丽的女人”一般，猪八戒在某种程度上与帕里斯是血亲。

参考文献

[1] 詹姆斯·乔治·弗雷泽. 金枝 [M]. 徐育新，译，北京：大众文艺出版社，1998.

[2] WF Hansen, G Dumezil, A Hiltebeitel. *The Destiny of The Warrior* [J]. Journal of American Folklore, 1972.

[3] 迪迪耶·埃里邦. 神话与史诗 [M]. 孟华，译，北京：北京大学出版社，2005.

[4] 杜梅齐尔. 从神话到小说——哈丁古斯的萨迦 [M]. 施康强，译，上海：生活·读书·新知三联书店，1999.

从《交叉小径的花园》到《迷舟》

——看格非对博尔赫斯的接受

侯超君

（西北师范大学文学院）

博尔赫斯是阿根廷著名文学家，享有“作家们的作家”这一美誉，他的作品对世界各国文坛有着重要影响。20 世纪 80 年代末，中国文坛出现先锋派小说，代表作家有马原、残雪、苏童、余华、格非等，他们不同程度地接受了博尔赫斯的影响，并通过对文学创作方式的大胆革新，开启中国文坛一场新的文学革命。作为先锋派作家代表之一的格非，被称为“中国的博尔赫斯”，拥有着和博尔赫斯相似的生活经历、个人气质和创作态度，受到博尔赫斯较多的影响。本文分别选取两位作家主要代表作品之一《交叉小径的花园》和《迷舟》，通过分析两篇小说在主题、叙事技巧等方面的相似，且结合两位作家的人生观、文学观、价值观的不谋而合，来论证格非对博尔赫斯的接受。

讲到中国作家对博尔赫斯的接受，不得不提的是博尔赫斯在 20 世纪八九十年代在中国的译介。1961 年 4 月份的《世界文学》刊登了一则简讯，记叙了阿根廷进步作家召开的一次有关阿根廷小说的座谈会，其中写道：“……他（坎托）举出以描写人物心理见长的博尔赫斯和玛莱亚为例，他们作品中反映的现实是畸形、混乱的，那是因为他们那时候的社会是畸形、混乱的，因此还是真实的。”这可能是博尔赫斯之名在中国的最初出现。

1979－1985 年为中国译介博尔赫斯作品的初始阶段，主要是介绍作者及其小说。其中影响最大的是 1983 年上海译文出版社出版、王央乐译的《博尔赫斯短篇小说集》，收入了小说四十二篇，其中有《交叉小径的花园》等名篇。这本小说集对一些中国读者尤其是年轻的诗人与小说家们都产生了明显的影响，博尔赫斯因此在这些中国读者中建立起了自己的声誉，一度掀起了一场“博尔赫斯热”。20 世纪 80 年代兴起的中国先锋派小说家与这部小说集渊源颇深，格非更是如此。

格非自称在刚踏入华东师范大学就已经开始系统地涉猎外国文学作品，到了 1985 年后，他对当时社会流行的那些象征主义、未来主义、达达主义等流派有着浓厚的兴趣，其中卡夫卡、加缪、普鲁斯特等作家对他的影响比较大。在记者追问他是否受到博尔赫斯的影响时，他毫不避讳地说：“坦率地说，直到今天，我仍然对博尔赫斯有所眷恋。”[①] 在其著作《博尔赫斯的面孔》一书中，他也讲道：“在 20 世纪 80 年代中后期的文学圈子里，博尔赫斯这几个字仿佛是吸附了某种魔力，闪耀着神奇的光辉，其威力与今天的村上春树大致相当。”由此可见博尔赫斯对格非的影响非常大。

1987 年发表的《迷舟》使格非一举成名，他与余华、苏童并称“先锋作家的三驾马车”。有学者认为《迷舟》完全模仿了博尔赫斯的《交叉小径的花园》。下面将从主题——命运的不确定性；叙事技巧——空缺叙事；艺术特色——真实与虚构的杂糅，三方面分析两部作品的相似处，以论证格非对博尔赫斯的接受。

一、主题——命运的不确定性

《交叉小径的花园》讲的是英国一个中国通史蒂芬·阿尔贝在自己家花园中被一个来历不明的、叫俞琛的人所暗杀。至于为什么这个来历不明的俞琛会杀死一个和自己毫无纠葛的陌生人，其中的秘密竟然是阿尔贝的名字指明了在安克雷的英国大炮新阵地的名字。杀死了史蒂芬·阿尔贝，新闻见报，俞琛这个德国间谍间接地把情报信息发送到柏林。对人生和命运的思考一直是博尔赫斯小说表达的内容之一，这源于博尔赫斯的人生哲学：世界是一团混乱的，时间是循环交叉的，空间是同时并存的，充满着无穷无尽的可能性和偶然性。正如小说中崔朋的残简“我将我的交叉小径的花园，遗给各种不同的（并非全部的）未来。”这交叉小径的花园就是时间。正如史蒂芬·阿尔贝所讲的：“在其他所有的小说里，人们每当面临各种选择的可能性的时候，

① 格非. 卡夫卡的钟摆［M］. 上海：华东师范大学出版社，2004：187.

总是选择一种，排除其他。但是这一位几乎无法解释的崔朋，他却同时选择了一切。他就这样创造了各种的未来，各种的时间，它们各自分开，又互相交叉。小说的矛盾就是这样产生的。譬如我们说：范生有一个秘密，有一个陌生人来敲他的门，范生决定把他杀死。当然，有各种可能的解决方法：范生可能杀死闯进来的人；闯进来的人也可能杀死范生；两个人都可能活命；两个人都可能死去，如此等等。……例如：您到这所房子里来了，然而在从前的某个时候您可能是我的敌人；在其他的时候，又可能是我的朋友。”史蒂芬·阿尔贝的命运正如他自己的阐述，是在时间的交错中偶然生成的。博尔赫斯对人生、命运的认识源于他的哲学观点，据有关传记材料介绍，博尔赫斯喜欢读伯克莱、休谟、叔本华等人的作品，而博尔赫斯的人生哲学确实就是不可知论、宿命论、唯我主义的混合物。对他来说，梦和现实、生和死亡间往往没有明确的界限。

格非的《迷舟》也表达了这一主题。《迷舟》讲的是北伐战争时期，孙传芳麾下32旅旅长萧没有在战争中牺牲，却死在自己的警卫员枪下的故事。1928年3月21日，北伐军先头部队突然出现，孙传芳31师面对北伐军不战而降，北伐军控制了涟水和兰江交接处的重镇榆关，孙传芳麾下的32旅迅速占据涟水下游棋山要塞，旅长萧接到命令须潜入棋山对岸的小河村，摸清那里的情况，并把它作为一个防御点。而小河村就是萧的故乡。在还没来得及动身之前，萧接到了村里媒婆马三大神带来的父亲病故的消息。萧不得不回到家乡奔丧，由此，萧开始一步一步地走向自己的命运终点。在小河村停留的几日里，通过萧的回忆介绍了自己及哥哥各自从军的过程，他的哥哥参加的是北伐军，也就是在21日占领榆关的部队。在回家奔丧的过程中萧和自己的表妹——杏旧情复燃，却被杏的丈夫发现了。杏的丈夫——三顺，盛怒之下把杏阉割了，并送回了娘家——榆关。萧懊悔之际，连夜赶到榆关。等到第二天萧返回小河村时却被自己的警卫员一枪打死。在作者笔下萧的警卫员是“愚钝”且“沉默寡言”的，对他的描述也只是在萧的视角下进行的。不承想自31师失败后，他一直担负着监视萧的使命，最终因怀疑萧向占据榆关的哥哥的军队通风报信而把萧杀死了。萧没有死在情敌三顺的刀下（三顺曾扬言要杀死他），也没死在敌军的枪口下，最终却死在了自己的警卫员手中，命运的不确定性让人唏嘘。

在一次采访中，格非讲了自己创作《迷舟》的初衷：“我记得很清楚，每天我们在固定的地点——一棵树边上，拿报纸垫着，坐在那里聊要写什么，然后我就给她（他女友）讲了这个故事——我要写一个警卫员，一定要把他隐藏得很深，任何人都察觉不到这个人会杀死他的旅长。我有这个想法以后就很兴奋，于是我们就商量怎么写。我就是要写命运的偶然性、不可捉摸，因为我当时对这个题材已经很着迷了，在我看来所有的事情你都是不可能去把握的。”① 在《迷舟》这篇小说中，格非要表达的就是命运的不确定和不可捉摸，这和格非农村出身却几经波折进入县里最好的高中，最后考取了大学的经历密切相关。

为什么两个作家不约而同地表达了对命运不确定性的看法？一方面，可能是作家们对世界的认识不谋而合；另一方面，也不排除博尔赫斯《交叉小径的花园》类似的作品给格非以启迪，格非结合中国的国情创作出符合中国特色的、具有相似命题的作品。不容置疑，20 世纪 80 年代的先锋小说家们受到了西方现代主义思潮的影响，但作家们对世界文学的接受也不是照单全收的。只有当外来影响与本土文化以及作家本人的表达需求相一致相契合时，外来影响才可能真正表现在本土作家的创作中。博尔赫斯的不可知论恰巧迎合了格非对世界的认识，这是格非有选择地接受的前提。

二、叙事技巧——空缺叙事

20 世纪 80 年代西方现代派创作手法的涌入，开阔了中国文人的视野。先锋派受其影响最深，由此先锋派开启了一条模仿西方的、形式创新的道路。有论者称：博尔赫斯对中国先锋派作家的影响主要体现在叙事革命、语言实验、文化象征三方面。其中叙事革命在文学界掀起了一场声势浩大的改革运动，先锋派小说家们纷纷效法西方叙事艺术，进行自己的创作实验。格非也不例外。

学者王钦峰认为，“博尔赫斯的小说预示了此后数十年的后现代主义小说几乎所有的写作模式”②，这些写作模式包括：互文（极限性互文）、无穷后退的叙事实验、文本的开放性结构（解构）、元小说、书评小说、反体裁、迷宫小说等等，其中迷宫的塑造尤为深入人心。《交叉小径的花园》也提到迷宫，

① 格非，任赟．格非传略［J］．当代作家评论，2005（4）：115.

② 王钦峰．是后现代主义小说之父——论博尔赫斯对后现代主义小说的首创之功［J］．国外文学，2011（1）：41－49.

它是间谍俞琛的曾祖父——崔朋的作品。崔朋花了三十年时间做了两项工作：造迷宫和写小说。最后事实证明写小说和造迷宫是一回事，崔朋写的小说就是一座迷宫。“在崔朋的作品里，各种解决办法都发生了，每一个办法都是与其他交叉的出发点。”恰如这交叉花园的小径，它包含“各种不同的（并非全部的）未来”。也正如史蒂芬·阿尔贝的命运，是众多交叉小径中的一支。而博尔赫斯迷宫的塑造和他空缺的叙事手法密切相关。正如史蒂芬·阿尔贝的命运一样，小说的情节也是扑朔迷离、层层推进的。在俞琛快要被逮捕的时候，他想到了一个计划。这个计划，谁也不敢说没有危险，把它实现也是相当的可怕。“我就这么干了，因为我觉得，我的首领有点怕我这个民族的人，怕我身上汇集着的无数祖先。我要向他证明，一个黄种人能够拯救他的军队。”这个计划究竟是什么呢？俞琛在为自己的宏大构想激动不已的同时，读者不免疑惑起来。随后，俞琛登上火车，去一个叫阿希格罗夫的地方，找一个叫史蒂芬·阿尔贝的人。“有一会儿，我想理查·马登已经用某种方式看透了我这绝望的意图。”俞琛绝望的意图是什么呢？是把情报传出去，找到这个唯一能帮助他传递情报的人？可是，史蒂芬·阿尔贝怎样才能帮助他呢？这一切都是个未知数。在和史蒂芬·阿尔贝讨论了一番俞琛的祖先——崔朋之后，俞琛十分仔细地开了枪，阿尔贝立刻倒了下来。至于为什么要杀了阿尔贝，小说在最后才给予交代，原来阿尔贝就是俞琛要传递的情报，就是英国在安克雷的大炮的新阵地的名字。阿尔贝被杀的消息见诸报端，间接地将消息传递给了远在柏林的首领。在这里，俞琛的计划一直避而不谈，实质上是重要内容的空缺。有空缺的存在，才使得情节变得扑朔迷离、引人注目。直到最后，小说才揭示了俞琛的计划，我们才明白原来是阿贝尔名字里暗含玄机。

《迷舟》里也有重要内容的空缺，它缺少的是第六天和第七天之交的那个夜晚，萧去榆关的具体活动。小说没有具体描写萧去榆关的那晚究竟发生了什么，是去看望自己被阉割的情人——杏，还是和哥哥所在的北伐军“暗通款曲”，这一切都是一个谜。从杏被送回娘家——榆关这一情节来看，萧去榆关是为了看望情人。然而，从警卫员枪杀萧的结局来看，萧当晚是为了联系哥哥的军队。随着萧的死亡，萧去榆关的原因就淹没在历史中了。正是因为这段情节的不存在，才使小说文本生发了无限的可能，才使读者产生了无限的遐想。这空缺的叙事手法显然借鉴了博尔赫斯等西方现代派作家的写作手法。

三、艺术风格——真实与虚构的杂糅

博尔赫斯的《交叉小径的花园》所表现出来的似是而非、亦真亦假的特色和博尔赫斯对时间、人生等的看法有密切的关系。博尔赫斯在细节描写上常常以假乱真，把幻想与现实相糅合，甚至真实的地名、人名、书名，也常常故意弄错，因而成功地营造了一种扑朔迷离、亦真亦幻的氛围。《交叉小径的花园》成功地印证了这一点。

博尔赫斯把《交叉小径的花园》故事的发生背景设置在"一战"中，且有《欧战史》的记载为证："十三个团的英军（配备着一千四百门大炮），原计划于1916年7月24日向塞勒—蒙陶朋一线发动进攻，后来却不得不延期到29日的上午。倾泻的大雨是使这次进攻推迟的原因（利德尔·哈特上尉指出）。"然而正史中的叙述和俞琛博士的口述却完全不同。在俞琛博士的叙述中，英国推迟进攻的原因并不是大雨，而是军事机密的泄露，且俞琛就是秘密泄露的重要见证人。正史是真实历史的记录，博尔赫斯引用正史中的记载似乎是为了证明自己并没有凭空虚构，可事实是正史中的记载与小说中的叙述存在完全相反的情况。深究作者的用意，大概是有意让读者混淆现实与虚构的界限，造成一种真假难辨的现象，提高小说的可读性。

关于现实和虚构的关系，格非在一次访谈中讲道："可到了先锋小说已经不管这些东西了，题材的界限被彻底打破了。完全进入了'虚构'的状态，'虚构'取得了某种程度的胜利，对想象力的解放是有价值的。暂且不管很多人说莫言小说中的狂欢、酒神精神什么的，更重要的是他对历史的判断发生了很大的变化。就是说，到了先锋小说——我个人也是这样——不再把历史教科书作为信史加以接受了，历史不断被历史情境歪曲、篡改，变成了一个神话性的东西，需要首先被我们反问、辨别。既然这样，我们为什么不能通过'虚构'历史表达我们的想象性的看法？为什么一定要遵循'正史'的脉络呢？"① 通过虚构、篡改历史表达自己想象性的想法奠定了《迷舟》的构思基调。

与《交叉小径的花园》的开头相类似，《迷舟》讲述的发生在北伐战争时

① 格非，李建立. 文学史研究视野中的先锋小说［J］. 南方文坛，2007（1）：83－88.

期的故事：1928年3月21日，北伐军先头部队突然出现在兰江两岸。孙传芳部守军31师不战而降。北伐军迅速控制了兰江和涟水交界处的重镇榆关。……棋山守军所属32旅旅长萧在一天潜入棋山对岸的小河村，七天后下落不明。旅长萧的失踪使数天后在雨季开始的战役蒙上了一层神秘的阴影。很多学者认为格非的这种写法完全是模仿博尔赫斯的《交叉小径的花园》，笔者认为很有道理。作为引子的这段叙述交代了故事发生的时间、地点、基本情节，引子中的地点——榆关、涟水、兰江都是真实的。作者的家乡在江苏丹徒，大学期间在浙西做过方言调查，所以对涟水等地区非常熟悉。然而故事情节的叙述却完全是作者凭借想象构筑的，给予读者似真似假、虚实相济的阅读体验。同时也营造出一种扑朔迷离的氛围，为故事情节的发展增添了更模糊难辨且迷人的色彩。在这一点上，格非是受博尔赫斯启发的。

学者季进总结到，中国先锋派作家对博尔赫斯的借鉴主要从两方面：一是观念，比如时间、迷宫等；二是技巧层面，如原小说、空缺等。其中技巧层面的影响掀起了文学界形式模仿的狂风大浪，在先锋派作家的作品中表现得也比较集中。进入新的时代，博尔赫斯对先锋派作家包括对格非的影响渐渐淡化。从另一个方面看，我们对博尔赫斯的接受也更加深入，不再仅仅停留在技巧层面。这也是中国当代文学借鉴、吸收外来文化的正确之路。格非在接受博尔赫斯的影响时，并非盲目接受，完全模仿，而是有自己的创新和发展。比如说空缺的叙事手法，格非的空缺是一种更有意义的空缺，使小说更具有想象空间，丰富了小说的意蕴。对于命运不确定性的理解，格非显然是对自己人生体验进行了发掘，而博尔赫斯则上升到人生哲理思考中，把命运的不确定性归结为更具形而上的观点——时间这一主题中。在外来文化的接受中，我们必须立足本土文化，创作出有自己特色的文学作品，这样才能在文化交融的大环境中，不至于处于被动的境地，才能更好地增强本土文化的力量。

参考文献

[1] 豪尔赫·路易斯·博尔赫斯. 博尔赫斯短篇小说集 [M]. 上海：上海译文出版社，1983.

[2] 残雪. 解读博尔赫斯 [M]. 上海：华东师范大学出版社，2008.

［3］格非．小说艺术面面观［M］．南京：江苏文艺出版社，1995.

［4］格非．欧美作家对我的创作启迪［J］．外国文学评论，1991（1）.

［5］季进．作家们的作家——博尔赫斯及其在中国的影响［J］．当代作家评论，2000（3）.

［6］张汉行．博尔赫斯与中国［J］．外国文学研究，1999（4）.

论福克纳《喧哗与骚动》的叙事艺术对余华《此文献给少女杨柳》的影响

黄盼盼

（西北师范大学文学院）

威廉·福克纳（William Faulkner）在美国现代文学史上占有重要的地位，他的文学创作与当时欧洲的文学先驱伊斯、伍尔芙、普鲁斯特等人遥相呼应，并且还影响着中国的当代作家。中国的改革开放政策不仅影响着中国的经济，同时也解放了作家的思想。随着国外各种文艺理论和思潮的涌入，国内作家也开始大胆尝试新的文学创作。在这种大环境下，福克纳作品中富含试验性的创作手法得到众多中国作家的青睐。20 世纪 80 年代中后期，文坛上出现了一批先锋小说，这些小说兼具现代派小说和后现代主义的特点，由于当时的文学界对于后现代主义比较陌生，所以有些人将其归入现代派小说中，但更多的人称其为“先锋小说”。余华、马原、格非、孙甘露等作家都是先锋小说的领军人物，他们以独特的话语方式进行小说文体形式的试验，从小说叙述美学意义上对传统小说美学进行了改造，从叙事视角、叙事时间等方面，进行了一场毫不夸张的先锋叙述游戏。先锋派作家都是沐浴着“西风”进行文学创作的。在先锋作家中，受福克纳的影响较大的有余华、莫言、苏童等人。

余华曾在采访中谈道：他从川端康成那里学会了细节描写，从卡夫卡那里学会了自由的想象力，从托思妥耶夫斯基和海明威那里学会了心理描写，而在福克纳那里找到了叙事的奥妙。余华曾说过：“影响过我的作家其实很多……可是成为我师父的，我想只有威廉·福克纳。我的理由是做师父的不能只是纸上谈兵，应该手把手传徒弟一招。”① 在余华的创作中，叙事上的探索使他成为“先锋派”的一员。叙事作为他创作中的一个符号，使他和福克纳之间产生了种种联系。本文将从叙述视角和叙述时间两个层面，以《此文献给少女杨柳》和《喧哗与骚动》这两个文本为例，来探析福克纳对余华的创作影响。

福克纳的小说《喧哗与骚动》是美国现代主义文学的经典之作，被称为20世纪英美意识流小说的典范。小说以美国南方杰弗生镇为背景，讲述了南方贵族康普生家族的衰败史。书名《喧哗与骚动》源于莎士比亚悲剧《麦克白》中的台词“人生如痴人说梦，充满着喧哗与骚动，却没有任何意义”。

余华说：“当我们把这个过去世界的一些事实，通过时间的重新排列，如果能够同时排列出几种新的顺序关系，那么就将出现几种不同的新意义。这样的排列显然是由记忆来完成的，因此我将这种排列称之为记忆的逻辑。所以说，时间的意义在于它随时都可以重新结构世界，也就是说世界在时间的每一次重新结构之后，都将出现新的姿态。”② 他的中篇小说《此文献给少女杨柳》便是出于此动机写成的。这是一部难读的作品，主要是因为叙事手法和叙事时间的离奇。

一、叙述视角

叙述视角是当代叙述学中非常重要的一个问题。叙述视角，简称视角或视点，即叙述的角度，它所指的是作品中叙述者与被叙述者的事情之间的关系。在划分视角类型时，我将引入热奈特叙事视角的观念。热奈特认为叙事视角有三种，即无聚焦、内聚焦叙事和外聚焦叙事。无聚焦是指叙述者大于人物，也就是叙述者比任何人物知道的都多，他全知全觉，而且可以不向读者解释这一切他是如何知道的。这种视角可以超越一切，任何地方发生的任何事，甚至是同时发生的几件事，他全都知晓。在这种情况下，读者只是被动地接受故事和讲述。内聚焦形式，叙述者等于人物，也就是叙述者所知道的同人物知道的一样多，叙述者只借助某个人物的感觉和意识，从他的视觉、听觉及感受的角度去传达一切。叙述者不能像“全知全觉”那样，提供人物自己尚未知的东西，也不能进行这样或那样的解说。由于叙述者进入故事和

---

① 余华. 奥克斯福的威廉·福克纳［J］. 上海文学，2005（5）.

② 吴义勤. 余华研究资料［M］. 济南：山东出版集团，2006：12.

场景，一身二任，或讲述亲历或转叙见闻，其话语的可信性、亲切性自然超过全知视角叙事，这种类型，法国结构主义批评家热奈特取名为“内焦点叙事”。这种内视角包括主人公视角和见证人视角两种。外聚焦形式，叙述者小于人物。这种叙述视角是对“全知全能”视角的根本反驳，因为叙述者对其所叙述的一切不仅不全知，反而比所有人物知道的还要少，他像是一个对内情毫无所知的人，仅仅在人物的后面向读者叙述人物的行为和语言，他无法解释和说明人物任何隐蔽的和不隐蔽的一切。①

纵观西方文学的发展历史，在20世纪之前的西方小说中，叙述视角的问题并没有引起大家的注意，作家们认为：写小说的人应该无所不知。从最初的《荷马史诗》到十八世纪文学，大部分的小说都有一个全能的上帝般的叙述者在向读者诉说一切。直到亨利·詹姆斯站出来反对这种全知全能的叙述视角，叙事问题才引起读者和评论家的注意。

福克纳更进一步，打破了传统小说的处理方式，在《喧哗和骚动》中采用了多角度的叙述方法，把叙述视角的转换发挥得淋漓尽致。在《喧哗与骚动》中，作者为了讲述康普生一家衰落的故事，尤其为了塑造凯蒂这个中心人物，福克纳分别让凯蒂的三个兄弟，白痴班吉、自杀的哈佛大学生昆丁和自私的杰生各自讲一遍自己的故事，接下来作者又用全能的视角，将叙述方式转为第三人称，并以迪尔西为主线讲剩下的故事。从三兄弟的限制性视角和最后的全能视角中，读者了解到了康普生一家人的生活片段以及这家人对彼此的看法，尤其是三兄弟对凯蒂的看法，虽然凯蒂从始至终在作品中都没有出现，但三兄弟的叙述都是以她为主线的。在杰生的眼里凯蒂是堕落的，在昆丁的眼里凯蒂是既可恨又可爱的人，在班吉的眼里凯蒂是善良美丽的。三兄弟从个人不同的角度论述了凯蒂这个人物形象，读者只有把三兄弟的论述加在一起才能全面地了解凯蒂。这种从不同人物视角讲述同一个故事的手法，也叫“对位式结构”。从叙述学的角度来看，作者采用了多角度叙述，也就是热奈特所说的“多重式内聚焦”。不同的叙述者以各自的眼光诉说同一个故事，使小说失去了唯一性、确定性，使文本充满了神秘色彩，同时也增加了作品的层次和逼真感。《喧哗与骚动》采用的多角度的叙述方法为提高叙事艺术的表现力提供了更多的方式，同时也使叙事方式与叙事内容同样获得了

---

① 谭君强. 叙事学导论［M］. 北京：高等教育出版社，2014：91—92.

叙事效果。

《此文献给少女杨柳》就是余华借鉴福克纳的这种多重视角创作的杰作，小说读起来很艰难，到处充满了叙述迷宫，但是仔细阅读后，读者会发现故事存在三个层次：第一，我的生活，包括出现于我幻想中的少女，以及车祸、手术、与外乡人相遇、访问曲尺胡同26号的经过；第二，外乡人与少女杨柳的故事。外乡人因为眼疾，在上海的一家医院移植了一个因车祸死亡的少女的眼角膜，这少女恰好是杨柳；第三，由外乡人转述沈良讲述过的有关谭良和十颗定时炸弹的故事。通过叙述角度的转换，余华把这三个层次交织起来：我的梦境中出现了一个少女，我一看见这个少女就有种似曾相识的感觉，后来我遇到了一个外乡人，这个外乡人给我讲述了一个有关谭良和十颗定时炸弹的故事，并且还告诉我，他做过眼角膜移植手术，捐给他眼角膜的是一位叫杨柳的少女，这个姑娘死于车祸。后来我因为看见了杨柳的目光，我的目光也开始变成杨柳的目光，因而我喜欢看杨柳喜欢看的东西。接着，杨柳和我置换，造成我遭遇车祸，杨柳患白血病死亡的结果。最后当我找到杨柳时，杨柳的父亲告诉我，杨柳从来都没有离开过自己的家乡，她既没有遭遇车祸也没有死于白血病，而是一觉睡下再也没有起来。此时我在杨柳家看到了外乡人的素描，之前外乡人也画了一张杨柳的画像。此刻，我也想起，我的妻子和杨柳死于同一天。余华以叙述视角的交叉、错位和融合向读者展示了一个在虚幻掩盖下的荒诞与错乱的世界，但是余华却认为这样的世界才是真实的。除了《此文献给少女杨柳》以外，余华的《在细雨中呼喊》也深受福克纳在《喧哗与骚动》中所运用的叙述视角的影响。

二、叙述时间

余华说："在我开始以时间为结构，来写作《此文献给少女杨柳》时，我感受到闯入一个全新世界的极大快乐。我在尝试使用时间的分裂、时间的重叠、时间错位等方法以后，收获到的喜悦出乎预料。"[①] 传统小说中的时间通常是：作者首先要确定一个明确的时间，然后再根据这个时间点向前或者向后展开叙述。但余华的叙事则打破了物理时空的界限，某种物理的时间标记（即明确的时间）反倒成为一个时间之谜。这就是叙述学上认为的叙述时间：

① 吴义勤. 余华研究资料［M］. 济南：山东出版集团，2006：13.

“叙述的时间问题，最贴近叙述的本体存在。叙述时间的最基本问题，是叙述行为时间，与被叙述时间的分离、对比、错位等造成的。”① 余华之所以产生这种时间观念，也是因为受到福克纳的影响。萨特曾经说《喧哗与骚动》是一本关于时间的书。时序倒错手法的运用是《喧哗与骚动》的一大特点，它是“作家借以打乱事物运动变化的客观时间次序、颠倒事物因果关系的一种文学手法。”②在《喧哗与骚动》中，作者以意识流的形式在时间上不断地跳跃、分离。班吉的故事发生在 1928 年 4 月 7 日，通过班吉的讲述，读者知道了康普生家孩子童年的事。昆丁的部分讲述的是 1910 年 6 月 2 日的事与不久前发生的事，杰生的部分时间为 1928 年 4 月 6 日，这部分讲杰生当家后康普生家的情况。而迪尔西讲的是当前的情况。但福克纳却以错乱的时间顺序来诉说康普生家的故事，在时间上给读者扑朔迷离的感觉。同时也使读者真切地认识到凯蒂的善良可爱，发现杰生的卑鄙无耻，感受到一个南方贵族家庭的分崩离析。福克纳对时间的这一处理，使他在《喧哗与骚动》中的叙事活动获得了极大的自由。除此之外，也吸引读者去寻找叙述线索、重建时间顺序，客观上也提高了读者的参与程度，增强了小说的艺术效果。

在《此文献给少女杨柳》中，读者很容易发现余华借鉴了福克纳的这种叙述时间的创作手法。文章写的是同一个少女杨柳，但是通过“我”和外乡人叙述，读者会发现，少女杨柳在同一个时间以不同的方式死去，而“我”和外乡人又因为杨柳在同一个时间相会。文中的少女杨柳是怎么死的？谭良是否就是沈良？文中的时间给文本带来了多种可能性。作者应用这种叙述时间，把现实和想象融为一体，让读者了解到了不一样的世界，这个世界在作者的建构下，看似荒诞，却是真实的世界，因为真实的世界并不是大家所看到的。余华说：“我觉得生活实际上是不真实的。生活是一种真假参半的、鱼龙混杂的事物。”③ 所以余华认为：在我的创作中，也许更接近个人精神上的一种真实。我觉得对个人精神来说，存在的都是真实的。

在《此文献给少女杨柳》中，有一个完全错时的例子可以用来解析余华的叙述时间观，这个例子在第二章第四节的结尾处，余华写道：“……直到八月十四日的下午，他才被推进了手术室。九月一日他眼睛上的纱布被取了下

---

① 赵毅衡. 当说着被说的时候［M］. 成都：四川出版集团，2013：95.

② 舒玲娥. 论《喧哗与骚动》的叙事艺术［J］. 湖北函授大学学报，2005（2）：50.

③ 吴义勤. 余华研究资料［M］. 济南：山东出版集团，2006：1.

来。于是他知道了八月十四日上午，一个十七岁的少女因车祸被送入了这家医院，她在下午三时十六分时死于手术台上。她的眼角膜被取出来以后，医生给他施行了角膜移植手术。他九月三日出院以后并没有回家，他打听到死去少女的地址，来到了小城烟。他的目光注视着河岸上的一棵柳树，他在长久的沉思之后才露出释然一笑，他说：‘我记起来了，那少女名叫杨柳。’”接下来他并没有按照打听到的地址去寻找杨柳，计划的改变是因为他在长途汽车上遇到了一个名叫沈良的人。沈良告诉他一九四九年初国民党部队撤离小城烟时，埋下了十颗定时炸弹，及一个名叫谭良的国民党军官的简单身世。[①]文本提到的第一件事是八月十四日下午的手术，接下来作者又告诉我们八月十四日上午杨柳的车祸。按照传统的物理时间来说，杨柳的死应该排在最前面。然后是外乡人根据地址来到了小城烟。“我记起来了，那少女名叫杨柳。”这句话应该是小说里面最后的事件，它表明了这是一个“追述”的场景。最后两个事件的叙述顺序仍然是错位的，十颗定时炸弹又是外乡人改变计划的原因。我们以其在故事中所呈现的顺序分别以 A、B、C、D、E、F 表明这六个小部分。以事件的时间先后顺序，它们的位置是 2，1，3，6，5，4，所以错时可以以 A2－B1 －C3 －D6 －E5－F4 来表示。这一片段以我的手术开始，以一个不相干的国民党军官的简单身世作为结束，这样的对照可以引起读者的重视。谭良的出现绝不是偶然的，被明显破坏的故事逻辑在整个文本中反复出现，而这一混乱的片段给予我们的是余华错位的叙述时间。

结　语

作为先锋派代表人物之一的余华，以其独有的叙述手法在当代作家中独树一帜，他以冷漠超然的态度在其小说叙述模式上所进行的大胆变革，颠覆了传统小说对生活的认知，开拓出了一个新的审美艺术空间。特别是在 20 世纪 80 年代，余华被认为是最有前途的先锋作家之一，甚至可以说余华就是先锋小说创作队伍中的领军人物。从此余华确立了自己独特的叙事话语、叙述艺术，形成了不可替代的余华风格，也确立了余华在当代文坛上的重要地位。生活阅历平淡的余华，之所以能够取得如此高的艺术成就，和其“外国文学老师”不无相关。自言让“外国文学老师抚养成人”的余华，在他的随笔中

---

① 余华. 余华精选集［M］. 北京：北京燕山出版社，2008：21－22.

不断表明对其“外国文学老师”的感激之情，“我一下子面对了浩若烟海的文学，我要面对外国文学、中国古典文学和中国现代文学，我失去了阅读的秩序……最后我选择了外国文学。我的选择是一位作家选择，或者说是为了写作的选择，而不是生活态度和人生感受的选择……作为一位中国作家，我却有幸让外国文学抚养成人。”①

余华在他的随笔《奥克斯福的威廉·福克纳》中描写了去福克纳故乡的经过，由此可见余华对福克纳的尊敬。余华在《此文献给少女杨柳》中，借鉴了福克纳《喧哗与骚动》的叙述视角和叙述时间手法，在多个叙述者和多维的时间下呈现出怪诞诡秘的“非理性世界”，这个世界看似是荒诞的、奇特的，却是作者想向我们表达的真实世界。余华曾说过：“我的所有努力都是为了更加地接近真实，当我发现以往那种就事论事的写作态度只能导致表面的真实以后，我就必须寻找新的表达方式。寻找的结果使我不再忠诚所描绘事物的形态，我开始使用一种虚伪的形式。这种形式背离了现状世界提供给我的次序和逻辑，然而却使我接近了真实。”② 余华正是用了虚伪的形式，用各种叙事视角和变换的叙事时间手法，力图去表达他对这个世界的真实感受。

---

① 余华．我能否相信自己：余华随笔选［M］．北京：人民日报出版社，1998：193．

② 吕作民．时间和虚构的真实［J］．社会科学战线，2010（2）．

“五四”时期的“泰戈尔热”研究述评

靳　毓

（西北师范大学文学院）

泰戈尔是印度伟大的诗人和作家，同时也是中国人民心目中情谊深厚的朋友。诺贝尔奖获得者阿玛蒂亚·森在《泰戈尔与中国》一文中指出，拉宾德拉纳特·泰戈尔深受博大精深的中华文明的吸引，他很早就对中国产生了浓厚兴趣，这个兴趣一直持续了一生。泰戈尔精通中国哲学和文化。他不仅崇拜中国文化，也深深同情中国民众。20 世纪初期他的作品开始传入中国，在中国文坛出现了“泰戈尔热”，这次“泰戈尔热”在 1924 年泰戈尔访华时达到顶峰。不仅在人民大众间激起很大的反响，还在中国思想文化界引起了颇为热闹的争论，鲁迅、陈独秀、吴稚晖、郭沫若、茅盾、郑振铎、徐志摩等文人作家都不同程度地被卷入其间，成为新文化运动退潮之后的一个著名的文化事件。而这一时期中国文学界对泰戈尔的接受中所表现出来的选择与阐释、误解和契合，折射出中国现代文学思潮中现代民族意识和开放的世界意识，同时凸显又相互矛盾的特点，反映了中国文学在弱势文化起点上启动的现代进程中所包含的一种现代特质。

一、中国新文学界对泰戈尔作品的译介和接受

（一）“五四”时期对泰戈尔作品的译介

中国最早对泰戈尔作品的翻译见于 1915 年 10 月的《青年杂志》（即后来的《新青年》）第 2 期上刊登的四首题为《赞歌》的短诗。是陈独秀从英文

《吉檀迦利》中转译过来的，以五言古体诗形式发表。其后，泰戈尔的诗歌、小说、戏剧、论文、书信、演讲、自传等便大量出现在当时的中国报刊上。对泰戈尔作品的中文翻译，从1915年10月到1929年底，主要有《新青年》《小说月报》《少年中国》《东方杂志》《文学周报》《晨报副刊》《京报副刊》《时事新报·学灯》《民国日报·觉悟》等报刊和杂志，发表泰戈尔作品中文翻译350篇次以上；有商务印书馆、泰东图书局等五家出版机构出版了《泰戈尔戏曲集》《泰戈尔短篇小说集》等中译本18种，31个版本；译者近90人，包括当时活跃在文坛上的沈雁冰、郑振铎、赵景深、叶绍钧、许地山、徐志摩、沈泽民、瞿世英、王独清、李金发、梁宗岱、胡仲持等；涉及泰戈尔诗集7部以上，如《吉檀迦利》《采果集》《新月集》《园丁集 》《游思集》《飞鸟集》等；长篇小说2部：《沉船》《家庭与世界》；戏剧10部：《齐德拉》《邮局》《春之循环》《隐士》《牺牲》《国王与王后》《马丽尼》等；短篇小说集多部；还有论文、书信、讲演、自传，如《我底回忆》《人格》《创造与统一》《人生之实现》《国家主义》《海上通信》《欧行通信》等。18种译本中有16种出版于1920—1925年，250余篇次的译文中亦有92%以上在此间刊出，在这短短的五六年时间里，泰戈尔的主要作品几乎都有了中译本。①

（二）“五四”时期对于泰戈尔的研究、介绍及报道。

海外泰戈尔研究的译介，报刊上时有刊载，除此之外，上海新文化书社还发行了Emest Rhys所著《泰戈尔》的中译本（杨甸葛、锺余荫译）。从1921年起，报刊上也开始出现国人自己所写的较具深度的评论性文章，如瞿世英、郑振铎的《泰戈尔研究》（1921年4月17日至21日《时事新报·学灯》）、冯友兰的《与印度泰戈尔谈话（东西文明之比较观）》（1921年10月《新潮》第3卷第1号）、愈之的《泰戈尔与东西文化之批判》（1921年8月《东方杂志》第18卷第17号）等。泰戈尔1924年访华前后，评介的声势更大。历史悠久的大型综合性杂志《东方杂志》于1923年7月设立“泰戈尔专号”。《中国青年》第27期（1924年4月18日）设立“泰戈尔特号”。作为新文学重要阵地的《小说月报》，先后四次集中地译介泰戈尔。第13卷第2号（1922年2月）的“ 文学家研究”专栏（实际上是泰戈尔专栏）：《泰戈尔传》

① 北京图书馆文献研究室. 泰戈尔著作中译书目［M］//张光璘. 中国名家论泰戈尔. 北京：中国华侨出版社，1994.

（郑振铎）、《泰戈尔的人生观与世界观》（瞿世英）、《泰戈尔的艺术观》（郑振铎）；第 14 卷第 9 号（1922 年 2 月）：王统照的《泰戈尔的思想与其诗歌的表象》、徐志摩的《泰戈尔来华》、张闻天的《泰戈尔对于印度和世界的使命》。《小说月报》自第 12 卷第 1 号改革始，泰戈尔是第一个享有封面标明作家专号殊荣的作家。改革后前两期《小说月报》从装帧到内容都显示出编者的热情与用心。封面均有泰戈尔像，正文前有画像、摄影与手迹插页。“泰戈尔号”（上）录《飞鸟集》与《新月集》诗句和叶芝的《〈吉檀迦利〉序》为卷首语，“泰戈尔号”（下）摘引泰戈尔《跟随着光明》诗句作卷首语，正文包含欢迎、研究、著作选译等三个方面的内容。

（三）泰戈尔在中国的接受与批评

随着“泰戈尔热”在“五四”时期的风靡，泰戈尔在中国文学界和思想界引起了巨大的争论。各种态度针锋相对，推崇泰戈尔的一派视泰戈尔为文明的使者，当时持这种观点的代表性人物有郑振铎、徐志摩、梁启超、瞿世英等。郑振铎不仅是泰戈尔作品热情的翻译者，还是泰戈尔作品思想的最早评价者，他的《泰戈尔传》是我国最早的系统评价泰戈尔的传记文章；徐志摩和泰戈尔的交往很深，他从浪漫主义的角度来接受泰戈尔，作品显得清新明快，缥缈空灵；[①] 王统照的《泰戈尔的思想与其诗歌的表象》一文明显受泰戈尔“爱的哲学”思想的影响，他的诗追随泰戈尔崇尚自然，追忆童心，探索人生；提及泰戈尔 1924 年的访华，鲁迅说：“诗人诸公不将泰戈尔制成一个活神仙，青年们对于他是不至于如此隔膜的，这可是老大的晦气。”泰戈尔离开多年之后，鲁迅不得不承认：“我以前从未看得如此清楚，现在我晓得了，他也是一位反帝国主义者。”鲁迅在 1927 年演讲时又提到：“我们试想现在没有声音的民族是哪几种民族。我们可听到埃及人的声音？可听到安南、朝鲜的声音？印度除了泰戈尔，别的声音可还有？”[②]

而反对泰戈尔的一派主要以陈独秀、沈雁冰、郭沫若、吴稚晖、瞿秋白等为代表。沈雁冰在《对泰戈尔的希望》一文中指出：“我们绝不欢迎高唱东方文化的泰戈尔，”因为我们中国“当此内忧外患交迫，处在两重压迫——国外的帝国主义和国内的军阀专政之下的时候，唯一的出路是中华民族的国民

① 乐黛云．中西比较文学教程［M］．北京：高等教育出版社，1988：112－113．

② 鲁迅．鲁迅论泰戈尔［M］//沈益洪．泰戈尔谈中国［M］．杭州：浙江文艺出版社，2001：241．

革命；而要达到这目的方法，亦唯有如吴稚晖先生所说的‘人家用枪打起来，我们也赶铸了机关枪打回去’，高谈东方文化实等于‘请王经退兵’！我们要普告全国青年，我们应该欢迎的泰戈尔是实行农民运动的泰戈尔，鼓舞爱国精神激起印度青年反抗英国帝国主义的诗人泰戈尔！”郭沫若在《泰戈尔来华的我见》一文中提出泰戈尔的思想是一种“泛神论的思想，他只是把印度的传统精神另外穿了一件西式的衣服。”①

泰戈尔受到非议较多的还有其非暴力反抗论。这一思想在印度尚且有激烈的反对意见，何况是正在酝酿着剧烈的社会革命的中国。泰戈尔的社会政治题材长篇小说——《家庭与世界》，表现出了非暴力的思想倾向，小说中既有作者的主观思想，也有甘地的和平主义投影。小说发表后，在印度引起了轩然大波。一些女士认为作者侮辱了印度教妇女，还有一些爱国者认为作者反对民族运动，为英国说话，污蔑了爱国主义，这点最让泰戈尔难以接受。②这部作品虽然在几年之后再版过，但对于20世纪上半叶的中国来说，显然是不合时宜的，因而也就鲜为人所熟知了。

由于泰戈尔是一个极其复杂而又矛盾的人物，加之我国社会不同阶层也怀着各种不同的目的去扩大他积极方面或消极方面的影响，所以对泰戈尔作品思想的介绍评价就有所不同。如复古派大力宣传他的封建宗法思想；玄学派专门宣传他的唯心主义与形而上学；资产阶级改良主义者则鼓吹他的抽象的人性论等。

二、泰戈尔作品在中国译介和接受的特点

最先在中国面世的泰戈尔作品《赞歌》，是《吉檀迦利》的前四首。这样的选择固然与诗集是诺贝尔文学奖获奖作品有关，但诗中对新生命的渴求与获得新生命的喜悦，显然暗合了陈独秀发动新文化启蒙运动的意向。洋溢着乐观精神的诗歌一直是“五四”时期泰戈尔作品翻译中的一个重要方面。后来，有学者批评当年邀请泰戈尔访华的“主人们”没有看到，或者故意不想看到泰戈尔“怒目金刚的一面”，而竭力宣扬他那光风霁月的一面。翻译作品也只选择《新月集》《飞鸟集》《园丁集》《春之循环》《吉檀迦利 》等，好像诗人一生只写了一些这样的作品，其他密切联系实际的作品根本不存在，诗

---

① 张羽. 泰戈尔与中国现代文学［M］. 昆明：云南人民出版社，2005：125.

② 侯传文. 寂园飞鸟　泰戈尔传［M］. 北京：人民出版社，1999：217—220.

人似乎终生只与春花秋月为伍，远远脱离现实，遨游在虹之国、白云之国里。[①] 这一批评忽略了“光风与霁月”本身的意义。春光、秋色、清风、明月、白云、森林、月夜、星空、海浪、海滩 、莲花、鸟儿、细雨、露珠等自然景象在泰戈尔文学世界的象征系统中，寄寓着诗人对民族解放与人类未来的坚定信念以及由此形成的乐天达观的生活态度，表明了他对印度传统文化中悲观厌世思想的超越。“五四”时期是一个理想主义激情高涨的时代，新文学的先驱者与读者需要这种精神的鼓舞与激励，所以有意识地选择这方面的作品便在情理之中。并且，“自然”在泰戈尔那里，并不是一般意义上的文学意象，而是与印度文化中的“神”融为一体的。在他看来，神不是虚无缥缈、不可企及的，也不只在被人供奉的庙里，而是存在于宇宙、自然之中，寄托在童心、母爱、友爱里面，神无处不在，无时不有。这种带有泛神论色彩的自然观与神人一体观，对于急需打破中国延续几千年的封建礼教一统天下、争取自我解放的人们来说不无积极意义，因而在“五四”文学中引起了热烈的呼应，较典型的代表有郭沫若的《女神》中那种物我合一的胸襟、气冲斗牛的豪情、凤凰涅槃的庄严和女神再生的悲壮，都看得出泛神论的投影。

泰戈尔终其一生，都在冥想与现实中徘徊与求索，展开对人生与宇宙问题的哲理玄想，同时又对现实生活与社会问题予以深切的关注，创作了大量触及印度现实的作品。而中国“五四”时期处于中国社会的转型阶段，更强调对现实社会黑暗面的批判和对现实的人性关怀。从 1918 年 12 月起，泰戈尔“密切联系实际的作品”的翻译就不断面世。在泰戈尔访华前后，更是达到高潮。具体说来，主要有以下几个方面。泰戈尔许多悲剧题材的作品在“五四”时期被大量地翻译介绍。对当时中国影响较大的有《河阶》，作品以不动声色的叙事与带有反讽意味的结尾，揭示了男权桎梏下女性命运的可悲与心理的脆弱，对古老的殉夫传统提出了尖锐的质疑。泰戈尔主张女性通过对自由恋爱的追求与个性尊严的捍卫来显示新女性的风采，女性要敢于争取爱情并追求爱情的质量，不仅要有外形美，更要有人格美，希望得到男性的爱，但不做男性的附庸，泰戈尔在神话浪漫色彩的描写下面，隐含着对现实生活中女性命运的思考与对爱情本质的哲学探索。这一主题正与“五四”时期新文化启蒙思潮十分吻合，因而，泰戈尔有关这一主题的作品受到了当时

---

① 季羡林：泰戈尔与中国［J］．社会科学战线，1979（2）：287－297.

译介者的青睐。"五四"文学婚恋题材中最多的是争取婚姻自主，自由恋爱的目的只是婚姻的实现，至于两性结合之后怎样，像鲁迅的《伤逝》那样的作品实在是凤毛麟角。

个性解放、人性解放是"五四"新文化运动的重要指向，也是新文学的母题之一，因而，中国在对泰戈尔作品的翻译中对有关这方面的作品做了有意识的选择。作品在寓言体的色彩下，对印度的种姓等级制、封建文化及国民性弱点等多有辛辣的讽刺，对个性解放与人性解放做了热情的弘扬。与西方文化相比，东方文化中个性精神明显缺乏，对此，印度与中国的现代文化先驱者具有共识，因而在个性精神的呼唤上很容易产生共鸣。"五四"时期的个性解放与人性解放，主要从西方援引了两种思想资源，一个是个人主义，另一个是人道主义。在泰戈尔作品的翻译中，颇有一些作品属于人道主义主题。譬如短篇小说《喀布尔人》，剧本《牺牲》，选择对这一类作品进行译介，恐怕不只是为了迎接泰戈尔的来访，也有中国国情的内在动因。辛亥革命的成果被袁世凯篡夺之后，中国政局一直处在不稳定之中，北京成为各派系军阀角逐实力与玩弄阴谋的擂台，总统、总理走马灯似地更换，各地军阀割据一方，贪官污吏横征暴敛，新文化运动虽有波澜壮阔之势，但由于封建礼教、愚昧迷信等社会弊病根深蒂固，不肯轻易退出历史舞台，严重妨碍着中国现代化进程。《牺牲》在一定程度上可以折射出中国从传统社会迈向现代社会之艰难，所以引起翻译界的兴趣。

泰戈尔作品中还有明显的爱国激情，反对殖民主义、封建主义的鲜明倾向，这与"五四"时期彻底的反帝反封建的精神是十分合拍的。印度与中国同属东方文明古国，近代以来先后沦为西方列强的殖民地或半殖民地。东方文明究竟还有没有一点存在的价值？这给东方人带来了巨大的困惑。泰戈尔对东方精神文明的弘扬，对于中国人来说，至少在感情上很容易得到认同。泰戈尔对东方精神文明的倡导，与他反对殖民主义与西方中心主义的民族主义立场密切相关。他在沦为英国殖民地的印度长大，深知在殖民统治者压迫与剥削下生存的屈辱与痛苦，因而，他对中国近代以来的创伤能够深深理解与同情。这似乎也是我们中国读者最能认同泰戈尔的一个层面。早在1881年，泰戈尔写了《死亡的贸易》，痛斥英国殖民者向中国走私鸦片的强盗无赖行径。1916年夏，泰戈尔在访日期间，抨击日本的扩张侵略行径，以致受到冷遇，离开日本时没有任何欢送仪式，与刚到日本时受到的热烈欢迎构成强烈的反差。泰戈尔这一态度赢得了中国人的好感。泰戈尔的人格和思想闪烁着爱与美的光芒，对于“五四”时期洋溢着理想主义激情的国人来说，正如一盏黑夜里的启明灯。

泰戈尔的创作，无论是诗歌还是小说，其实都是作者心灵世界的再现。泰戈尔在《文学的本质》中说：“外界世界一旦进入我们的内心，就构成了另一个世界。在这个世界里，不仅有外界世界的色彩、形态和声音等，而且包含着个人的情趣爱好，人们的喜怒哀乐等，外界世界与我们心灵上的感情结合，就有了许多表现形式。”① 诗人可以把人内心最深处最隐秘的感情拿到显微镜下放大解析。在语言的构制中，阅读者可以听到心灵的律动，因而也更容易产生共鸣。正如同 1920 年 9 月，冰心在《燕大季刊》第 1 卷第 3 期上发表《遥寄印度哲人泰戈尔》：“泰戈尔！谢谢你以快美的诗情，救治我天赋的悲感；谢谢你以超卓的哲理，慰藉我心灵的寂寞。这时我把笔深宵，追写了这篇赞叹感谢的文字，只不过倾吐我的心思，何尝求你知道！然而我们既在‘梵’中合一了，我也写了，你也看见了。”字里行间流露的是精神的交汇，是心灵的理解。而且继承了童心、母爱与人类之爱的母题，给予了酣畅淋漓的发挥。王统照 、叶绍钧等早期歌颂爱与美的小说，也都能从泰戈尔那里找到源头。

三、“泰戈尔热”及其消退的原因

20 世纪 20 年代中国的“泰戈尔热”，并非直接来源于近邻印度，而是间接来源于隔洋跨海的西方与日本。泰戈尔在赴欧前从自己的孟加拉文诗集中选译出来的 103 篇英文诗歌，在英国引起热烈反响，泰戈尔因而声名大振。瑞典学院诺贝尔委员会主席哈拉德·雅恩在《颁奖辞》中，也从西方的文化视角肯定了泰戈尔作品的文化价值：一是间接地体现了西方文化的影响力，二是展示了与西方文化迥然相异的另一种文化，“这个文化，在印度广大的、平静的、奉为神圣的森林中达到了完美境界，这个文化所寻求的灵魂的恬静和平，与自然本身的生命日益和谐”。这种文化与征服自然、强调竞争、喜好利益的西方文化构成了一种互补性。② 1914－1918 年的第一次世界大战的巨大的创痛使西方社会在反省与批判自身文化的同时，获得了重新认识东方文

---

① 泰戈尔．泰戈尔全集：第 22 卷［M］．石家庄：河北教育出版社，2000：48.

② 陈映真．诺贝尔文学奖全集［M］，新北：远景出版事业公司，1981.

化的契机，泰戈尔作为东方文化的代表，其价值在西方得到重新审视。日本近代以来对西方紧追不舍，西方有什么热，日本马上就会效仿来个什么热；再则日本作为东方国家，其传统价值观在急骤的近代化步履的冲击下，受到越来越强烈的挑战，东西方的文化冲突以及由此带来的困惑，使得日本人也希望从东方色彩极为鲜明的泰戈尔那里有所借取。因而，日本也兴起了“泰戈尔热”。中国远学西方，近追日本，对于由西方到日本的“泰戈尔热”自然要追学一次了。

作为一个多元现代性的拥护者，泰戈尔在中国或日本谈起“日本民族主义”时，就已经为现代性给出了详尽的定义。他在日本说道：“真正的现代主义是精神的自由，而非感觉的奴隶。它应是思想与行动的独立，而非听从欧洲老师们的指导。”而后他又在《现代诗歌》一文中指出：“超然洒脱地看待事物，这种快乐不局限于哪一段年龄，它属于每一个知道自己的眼睛应如何游走于赤地上的人。中国诗人李白写下的诗歌距今已有一千多年，但他却也是一位现代的人，他用初次睁开的眼睛来看待这个世界：问余何意栖碧山，笑而不答心自闲。桃花流水窅然去，别有天地非人间。”[①] 泰戈尔受到欢迎的又一个重要因素，在于他的诗中不仅展现了印度古老文化的智慧，还吸纳了中国文化中的意象和神思，甚至有些诗歌在结构和意境上也模仿了中国诗歌，他对中国古诗的成就给予了高度的评价，这也更容易提高当时中国人民的认同感。

“五四”前后的“泰戈尔热”更为深刻的原因还在于当时中国社会有着自身的内在需求，即中国的社会文化现状同泰戈尔的契合。“五四”文坛出于对文化体系建设的迫切需求对泰戈尔作品进行热情的译介，当时正值新文学初创期，新诗、话剧、小说等，急需从外国文学中汲取营养。泰戈尔是艺术多面手，从体裁来看，话剧，小诗，散文诗，游记，短、中、长篇小说，均有出色的创作；从文类来看，表现儿童世界的文学更是他的一大建树。因而，新文学前驱者自然要把目光投向泰戈尔。泰戈尔的作品对中国新文学的艺术建构的确多有启迪，也促成了“泰戈尔热”的形成。

文坛巨匠泰戈尔在“五四”时期盛极一时，之后便浪潮退却，很难再次在中国文坛引起如此巨大的轰动，对于这一文学现象，究其根源，是有深刻

① 泰戈尔．泰戈尔全集：第20卷［M］．石家庄：河北教育出版社，2000：312.

的社会渊源和历史必然性存在的。

首先，从中国社会实际情况来看，“五四”新文化运动落潮之后，文化启蒙走向潜层，而政治斗争则成为社会的焦点。1925 年的五卅运动、省港大罢工，革命军东征、南征，肃清广东境内军阀势力。1926 年 7 月，国民革命军北伐。1927 年相继发生“四·一二”政变、“七·一五”政变，中国共产党开始领导武装起义，进入了第二次国内革命战争时期。紧接着是八年抗战和第三次国内革命战争，战火不断。中国当时急需的是行动和与之相适应的文学；而泰戈尔非暴力与和平主义的思想倾向以及带有空灵之秀、清淡之雅的艺术风格，就失去了“五四”时期的巨大吸引力。所以，在“五四”时期特定的时代氛围中应运而生的“泰戈尔热”，后来的冷落就自然而然了。其次，一些批评性的意见也诠释了不久之后热潮变冷的原因，泰戈尔的作品影响了中国一代作家的思想与创作，到今天看来，泰戈尔在中国的影响本身已经蒙上了历史尘埃，但只要拭去灰尘，我们就会发现，泰戈尔研究中有很多“问题点”，值得我们去作进一步的研究和思考。当前，一些学者即使研究泰戈尔，也是把兴趣集中在泰戈尔的个体研究和泰戈尔与中国作家的比较方面，而相对忽略了泰戈尔在中国文学转型期间所起到的虽不十分重要但也不可或缺的作用。也就是说，泰戈尔在中国现代文学转变过程中所扮演的角色，始终未被中国人看清过。其人其文在中国的“传播”和“影响”，中国文学对其的“学习”程度，以及这其中的“成功”和“失败”，我们应该重新去思考，将泰戈尔影响中国文学的独特性展现出来。

“五四”时期的“泰戈尔热”对中国文学文化界产生了轰动性的影响。由于泰戈尔自身体现出了种种矛盾纠缠在一起的复杂性，在“五四”那个错综复杂的、思想文化斗争活跃的时期，自然便会引起中国文学文化界的不同反应。泰戈尔思想艺术本身丰富多彩，他以自己的独特方式言说了自己，而且在不同的层面上，他被不同的解释者演绎、解读，这些解释又在不断地重新书写着泰戈尔，使之变得更加丰满、多元，对他的认识也就呈现出复杂的形态。无论是顶礼膜拜，还是认真的辨析与审慎的选择，都促成了“泰戈尔热”的形成。在泰戈尔影响发生的同时，始终伴随着中国思想界的过分抵制和文学者的过分模仿，在中外文学交流和批评史上，还没有哪个外国作家在中国受到过如此矛盾的批评和模仿。但不可否认的是，泰戈尔文学作品为中国的诗歌、戏剧、小说的发展，提供了适宜的模仿和学习的对象，体现了泰戈尔对中国文学的重要影响。回顾这段历史，我们发现，发生在“五四”时期的“泰戈尔热”仍然会给予人们心潮澎湃之感。其中的成败得失也有助于我们今天找寻消解跨文化交流的障碍的锁匙以推动跨文化交流的顺利进行，有助于我们在继承中国优秀文化和吸收外来先进思想的基础上推动当今社会的文化建设。

参考文献

[1] 郑振铎. 泰戈尔传 [M]. 郑振铎全集，第 15 卷.

[2] 郑振铎. 欢迎泰戈尔 [J]. 小说月报，1923，14 卷 9 号.

[3] 王统照. 泰戈尔的思想及其诗歌的表象 [J]. 小说月报，14 卷 9 号.

[4] 张光璘. 中国名家谈泰戈尔 [M]. 北京：中国华侨出版社，1994.

[5] 泰戈尔. 泰戈尔全集：22 卷 [M]. 石家庄：河北教育出版社，2000：154.

[6] 泰戈尔. 泰戈尔全集：20 卷 [M]. 石家庄：河北教育出版社，2000：312.

[7] 韦斯坦因. 比较文学与文学理论 [M]. 沈阳：辽宁人民出版社，1987：47.

[8] 乐黛云主编. 中西比较文学教程 [M]. 北京：高等教育出版社，1988.

[9] 徐志摩. 致泰戈尔 [A]. 徐志摩书信 [C]. 长沙：湖南人民出版社，1986.

[10] 徐志摩. 泰戈尔来华 [J]. 小说月报，1923，14 卷 9 号.

[11] 沈益洪编. 泰戈尔谈中国 [M]. 杭州：浙江文艺出版社，2001.

影的意蕴研究

雷　银

（西北民族大学文学院）

一

在许慎的《说文解字》中，影同景，他的解释是："景，光也。从日京声。居影切。"[①] 可以说影就是光，有光必有影，有影子便是有光，两者是共现共存的一种关系。光和影被看作是一体的，那么对人来说，影子到底意味着什么？古代哲人很早以前就思索过这个问题。庄子在《齐物论》中就有过一小段关于影子的思考。

"罔两问景曰：'曩子行，今子止；曩子坐，今子立。何其无特操与？'"

"景曰：'吾有待而然者邪？吾所待又有待而然者邪？吾待蛇蚹、蜩翼邪？恶识所以然？恶识所以不然？'"[②] 罔两意为影子的影子，影子的影子问影子，你为何没有主见，一会行一会坐。影子回答："我是有所凭借而这样的吗？我所凭借的又是有所凭借而这样的吗？我要凭借着蛇肚皮下的横鳞（只会爬）、蝉儿的翅膀（只会飞）吗？我又怎么知道所以是这样，怎么知道所以不是这

---

① 许慎. 说文解字［M］. 徐铉校订，北京：中华书局，2004：138.

② 庄子（上）［M］. 杨柳桥译注，上海：上海古籍出版社，2007：37.

样呢?”[1] 流沙河在《庄子现代版》中重新解读了这一段对话，他将这段对话命名为“影子的困惑”，“本影的周廊上有窄窄的一带，若明若暗，半阴半阳，那就是半影，名叫罔两。”[2]人是影子的主人，影子又是半影的主人。“本影的主人是你的身躯。身躯的主人是你的心灵。心灵也不是独立的，也有主人，那就是外界的召唤。”[3] “如影随行”，影子自古便跟随人这个本体的行动而行动。罔两埋怨本影没有主见，主影回答说自己就像是世间的万物一样不能随心所欲。庄子本意是借影子来表达世间万物都是不自由的。但在另一个层面来说，他也说出来半影（罔两）和影子相对自由和独立的一面。在庄子眼中，影子是没有感情的投射物，他又如何让影发出自己的声音呢！不得不说，庄子在某种程度上将影子和半影想象成一种有独立精神的个体。那么，影子就不再仅仅是人的附属品，它们有着自己的独特性。因为影子随着本体或坐或行，半影又随着本影或坐或行，在这个层面上，影子是陪伴着本体的一种客观存在。罔两为自己不能控制自己的行而苦恼，而发出牢骚；本影为罔两解答疑惑。由此可见，罔两和本影自然是可以表达自己精神诉求的个体存在，而非无生命投射物。

在中国古代诗文中常常会出现“月”这个意象，根据每首诗表达的不同意境，月也被寄寓了不同的感情。因为“景，光也”；那么月亮这个发光体自然也可以等同于影了。在这里，笔者想以陶渊明和李白两位诗人的一些诗句为例，探讨月与影之间的联系。

在《辛丑岁七月赴假还江陵夜行涂口》中陶渊明写道：“凉风起将夕，夜景湛虚明。”[4] 其中“夜景湛虚明”解意为月光映照天空，澄净而透明，而夜景指意为月，景同“影”。那么“夜景”就可以直译为“月影”。无独有偶，在他的《杂诗》（其二）中也有类似的表述：“白日沦西阿，素月出东岭；遥遥万里辉，荡荡空中景。”[5] 这里的“景”同“影”，指的是月影。[6] 由此可见陶渊明在写月时，其实是在写影。因为月出现的时间是夜里，那么是否可以理解为月就是夜的影子呢？因为其他一切事物都是黑色的，只有月是皎洁的、

---

① 庄子（上）[M]. 杨柳桥译注，上海：上海古籍出版社，2007：3.
② 流沙河. 庄子现代版 [M]. 上海：上海古籍出版社，2001：52.
③ 流沙河. 庄子现代版 [M]. 上海：上海古籍出版社，2001：53.
④ 陶渊明诗文选 [M]. 李华选注，北京：北京文学出版社，1981：4.
⑤ 陶渊明诗文选 [M]. 李华选注，北京：北京文学出版社，1981：32.
⑥ 陶渊明诗文选 [M]. 李华选注，北京：北京文学出版社，1981：32.

明亮的，就好像白天在阳光下，一切都是明亮的，只有影子是黑色的。如果说明亮的影子是黑暗的，那么在相反情况下，黑暗的影子可能就是明亮的。皎洁的月亮便是黑色的夜的影子。

在《归园田居》中，“晨兴理荒秽，带月荷锄归”毫无疑问是在讲述陶翁农耕的辛苦和内心的平静。诗人多次在诗中表示自己对辞官回乡生活的赞美。农耕生活虽然没有了官场上的尔虞我诈，但会有一些枯燥和无聊，诗人作为一个接受了传统文化教育的知识分子和一个普通的农民在本质上是不同的。他会看到普通人在生活中发现不了的诗意美。农民一年四季都在辛苦劳作，日出而作日落而息，期间的辛苦自然可以想象。但诗人在诗句中却淡化了辛苦的体验，将美的一面加以强化。“带月荷锄归”是说在田间劳作了一整天后，有月光和自己的影子相伴归程。漆黑的夜空中有一轮明月，脚下有自己的影子，诗人望着这两个伙伴，心里感到宁静。这种内心的宁静大概只会发生在月光下，因为在白天里忙于耕作忙于与人的交往而忽视了自己的影子，再者在夜间人会变得感性，影子也会在这时苏醒。

日间，人或是忙于手头的工作，或是忙于与人交谈，因为忙碌人往往会忽视自己影子的存在。到了夜里，人则趋向于向内发掘自己的内心世界，此时影子成为他的伙伴，或者是另一个从身体分离出的自己。陶翁在《饮酒》的小序中写道：“余闲居寡欢，兼比夜以长，偶有名酒，无夕不饮。顾影独尽，忽然复醉。”① 人独自在夜间饮酒，无人相伴，只能“顾影独尽”。没有可以交往说话的人，诗人选择对影举杯，与影同饮。这个夜里的影子实际上起了白天和他交流说话的人的作用，成为陪伴他的另一种存在。这时候的影子对于诗人是有很大意义的，因为他闲居寡欢无人相伴，影子就是他的一个陪伴者、一个知己。影子不再只是白天阳光下身体的投射物，而是代表了一种精神寄托。

李白的诗继承了陶翁对影饮酒的精神，最为著名的就是《月下独酌》（其一）：“花间一壶酒，独酌无相亲。举杯邀明月，对影成三人。月既不解饮，影徒随我身。暂伴月将影，行乐须及春。我歌月徘徊，我舞影零乱。醒时同交欢，醉后各分散。永结无情游，相期邈云汉。”② 诗被命名为“月下独酌”，既然是独酌又怎会有“举杯邀明月，对影成三人”呢？看似诗句与诗名互相矛盾，但其实这两者代表的是诗人的一种心境。“独酌”是在传统意义上、社

---

① 陶渊明诗文选［M］. 李华选注，北京：北京文学出版社，1981：46.

② 李白诗选注［M］. 上海：上海古籍出版社，1978：51.

会意义上的一个人，诗中所讲述喝酒的人只有诗人一个，因此称为“独酌”。但同时李白认为“月”与“影”都代表了独立的人格，他们虽然不是社会意义上的人，但他们是具有独立精神的“自然人”。诗人认为不管是夜的影子还是人的影子都可以与自己进行互动，也就是他所说的“我歌月徘徊，我舞影零乱”。尽管是因为“我”的行动，月与影来做出反应和配合。但月和影却并非是“我”行动的附属品，在“我”行动的时候他们的反应是有相应感情色彩的。我用歌舞助酒兴时，月和影相伴舞蹈。我喝醉之后失去了清醒的意识而陷入一种半迷狂的境界时，月和影也陪同我进入了沉思的状态。

《玉壶吟》中的“三杯拂剑舞秋月，忽然高咏涕泗涟”[①]在秋月下诗人独自舞剑，观众就是月与影。李太白对着月与影抒发自己在政治生活中的不得意，聊以自慰。尽管月与影无法通过说话交流的方式排解诗人的苦闷，但却可以用沉默的陪伴化解诗人心中的郁结。

由此可见，陶渊明和李白在夜间独饮时，喜欢对月、对影来抒发自己的情感。这在阳光下几乎是不可能的，因为阳光下是人与人交往的时间，这时候人往往是非常理性的，他们会克制自己的感情。在理性胜于感性的时间里，影子的独特性被藏匿起来，变成和万物的投影一样，不再具有特殊性。因为人与人之间的紧密交往，人会忘记自己的影子。但到了夜间，当人与影独自相处时，影子开始苏醒与人交流。

诗歌发展到现代，影子这个意象仍然熠熠生辉。汉园三诗人之一卞之琳，在早期创作时期，就写了一首名为“影子”的诗。到了秋天，总觉得自己丢了点东西——影子。“虽是瘦长点，你知道，那就是/老跟着你在斜阳下徘徊的。”[②] 我的影子随着你，来回徘徊。他代替我去伴随着你，从此不再回来。这个随着你而徘徊的影子，显然代表的是诗人本体的一种感情，或许代表着诗人的眼睛，随着“你”行走。“现在寒夜了，炉边的墙上/有个影子陪着我发呆：也沉默，也低头，到底是知己呵！”[③] 到了寒夜，我看到一个影子陪伴着我，我还以为是你暗地里派来，来陪我的。我也想让自己的影子去陪伴你。可是我却早已不知道你现在在哪里了。在这里，“你”代表什么，似乎不再重要。可影子代表的是什么呢？影子体现了一个人最为真挚的感情世界，影子

---

① 李白诗选注［M］. 上海：上海古籍出版社，1978：55.

② 卞之琳. 雕虫纪历［M］. 北京：人民文学出版社，1979：8.

③ 卞之琳. 雕虫纪历［M］. 北京：人民文学出版社，1979：8.

代替诗人的本体，去陪伴自己想要追求的人。寒夜里，在炉火边的墙上，有一个影子陪伴着诗人。它随着诗人沉默、低头，被诗人称为自己的知己。这个影子似乎不是诗人自己的，因为自己的影子早已经在秋天的时候，追随着你而去。那么这个影子是谁的呢？是那个诗人曾经追求的人的影子吗？诗人想要去陪伴和追求的那个人早已经不知去向。那诗人的影子又去了哪里呢？这个映在火炉墙上的影子难道不是陶渊明诗中“顾影独尽，忽然复醉”的“酒友”吗？

诗人无法向同伴诉说一些心里话，他便借助自己的影子倾诉。影子似乎比起人类更加适合做一个倾听者。影子是一个忠诚的听众，它不会嘲笑你，也不会出卖你。所以，影子才会频繁地在文学作品当中出现。

发展到现当代，影子开始出现在童话的作品里。金波就写过名为“盲孩子和他的影子”的童话，还曾经被选入了初中语文课本当中。故事主要讲述了一个盲人男孩，因为他看不见，没有小伙伴愿意和他一起玩耍。男孩的日子过得很寂寞，有一天一个声音和男孩说话，表示自己愿意和男孩玩，原来他就是男孩的影子。从此之后，男孩和他的影子就在一起玩耍，男孩感到无比的快乐。人们都夸赞他有一个很好的影子。夏天的一个夜晚，男孩提着灯笼和影子一起去小树林里散步，他们遇到了美丽的萤火虫。男孩将萤火虫放在手心，他看到了一个淡淡的光点。男孩特别高兴地发现自己的世界不再是一片黑暗了，他们和萤火虫一起玩了很久。夜深了，男孩提着灯笼和影子一起回家。可暴风雨突然来了，风吹灭了他的灯，影子也不见了。男孩在风雨中等待天晴，过了很久雨停了。一群萤火虫飞来了，萤火虫为男孩聚集成了一盏灯，在灯光中影子也回来了。盲孩子发现自己能够看见影子了。他伸出手，拥抱了自己的影子——自己的好朋友。天很快就晴了，月亮出来了，很快太阳也出来了，男孩慢慢看清了周围的一切，天空中的月亮、太阳还有雨后的彩虹……。他的影子慢慢褪去了黑色，变成了一个有着红润面庞的男孩。人们都说他们像是一对孪生兄弟。

在这个故事当中，影子由中国古代诗人的酒友变成了有真正肉身的人。不仅在黑夜的月光和灯光下陪伴着男孩，在没有光的夜间也可以陪伴着男孩。影子不再是简单的光源下人的投射物，他确切地代表了一种精神力量。他有自己的独立性，他陪伴在盲孩子身边为他带来了快乐。在这种快乐的环境下，盲孩子奇迹般地恢复了视力。可以说影子为盲孩子带来了光明。同时，盲孩子认为影子不只是影子，还是他的好朋友。盲孩子和影子之间的这种真诚的友谊，让影子变成了一个有着真正肉体的人。自然，这种想象源自人们对影子固有的一种看法，那就是影子代表着另一个自己。文中的“人们”很容易接受盲孩子和自己的影子成为“形象不离”的好朋友的结果。影子不再只是一个影子，而是一个有感情的自然人。影子最终变成了盲孩子的孪生兄弟，成为和他一样的真正的男孩。故事的结尾是人们对他们的认同，为他们感到高兴，却没有提及盲孩子和他变成了真正男孩的影子是否还存在以往的关系。如果影子变成了男孩，那盲孩子是否还会出现一个新的影子，这个由影子变成的男孩是否拥有自己的影子呢？盲孩子的精神力——影子，成为真正的男孩，如果他们都再各自拥有一个新的影子，这个影子又代表什么呢？

二

在原始思维中，影子可以与人分离，而被分离的本体会遭受一定的伤害。影子可以巩固新房的地基，因此便产生了专门贩卖影子的人。这也许就是《出卖影子的人》的创作灵感。

《出卖影子的人》是19世纪法裔德国作家阿达贝特·冯·沙米索的代表作品。主要讲述了一个名为彼得·史勒密的贫困年轻人带着介绍信去拜访了富人托马斯·约翰，却遭到冷遇的故事。在拜访约翰时，他意外结识了一个“穿着灰色上衣的人”，这个人拥有神奇的魔力。穿着灰色上衣的人提出要用一个可以不断取出金子的钱袋来交换史勒密的影子，史勒密便将自己的影子卖给了他。这个故事看似荒诞，人怎么会和自己的影子轻易地分离呢？但是在原始思维中人又坚定地相信影子是可能被人偷走的，并借此来损坏影子拥有者的健康。

当穿着灰色上衣的人把史勒密的影子取走时，“我捏紧了钱袋的带子，环绕我的是阳光普照的大地，但我却昏昏沉沉，失去了知觉”。[①] 可见当史勒密的影子被取走的时候，他失去了知觉昏倒在地上。先民认为人如果失去了自己的影子，他就会死去。史勒密失去了影子，虽然没有立刻死去，但他失去

① 沙米索．出卖影子的人［M］．白永，译，北京：人民文学出版社，1987.

知觉昏了过去。死亡和昏厥的共同特点是人会失去意识，在这里史勒密失去影子后立刻昏倒其实是对原始思维的一种集体记忆的沿用。只是作者用暂时失去知觉的形式取代了死去永久失去知觉的结果，由此也可反证影子与人的意识的关系。

因为史勒密失去了自己的影子，遭到了人们的猜忌和议论。于是，他千方百计地想要换回自己的影子来重新赢得人们的尊重。但穿着灰色上衣的人提出只有将他死后的灵魂交给自己，才会将他的影子交还给他。穿着灰色上衣的人设下一个圈套，先是买走了史勒密没有太过在意的影子，然后史勒密因为失去影子，被群众排挤。这时穿着灰色上衣的人再次出现用他卖掉的影子作为筹码来诱惑史勒密出卖灵魂。可以说穿着灰色上衣的人一开始的目的就是收购史勒密的灵魂，但因为灵魂在人的心中占有重要的位置而不会被轻易地出卖，于是他采用了迂回的方法先去收购人的影子。影子在人心中的地位相比较灵魂似乎是无关紧要的，所以史勒密能轻松地卖掉了自己影子让穿灰色上衣的人轻易得手。但是失去影子之后史勒密才恍然大悟，原来影子是灵魂的一部分，或者可以说影子就是灵魂的等价物。

史勒密丢掉影子的事很快被别人发现，妇女对他缺失影子表示同情，孩子们向他投掷泥巴并向他喊道："正经的人走在太阳底下，都是有影子的。"①他得到钱袋后，首先做的事情是租住几间最阔绰饭店里朝北的房间，因为这样就不用担心太阳，确切地说不用担心自己或是别人发现他在阳光下没有影子的事。夜晚，史勒密艰难地决定要亲自出门打听一下群众对于他失去影子这件事的看法，于是他小心地走出了房子的阴影，走进了月光下。在这里值得注意的一点是史勒密对于阳光和月光的态度。他出卖影子的时候是在白天，继而很快被群众发现他是没有影子的，并且遭受到了嘲讽。因此，他白天里不敢出门，因为害怕阳光下别人异样的目光，他尽量避免自己被阳光照射。但是在夜里，有皎洁月光的晚上，他却独自出门来听取群众的看法。月光同样可以使他没有影子的事暴露在群众面前，但他还是出来了。阳光和月光在这里就有了较大的反差，在太阳下行走的人和他们的影子是和别人进行交流的，具有外指性。而在夜里，在月光下，人们往往更加注重自己的心理感受。这可能也是史勒密能够鼓起勇气出现在月光下的原因。

---

① 沙米索．出卖影子的人［M］．白永，译，北京：人民文学出版社，1987.

史勒密找到一个有名的画家，希望他可以给自己画一个假的影子。但是画家对史勒密丢掉影子的事表示了鄙视并且对他说："一个人要是没有影子就别走进太阳地里去，这是最贤明而又稳妥的办法。"[①] 画家和野孩子都对失去影子的史勒密进行了嘲讽，他们认为没有影子的人不应该出现在阳光下。其实人们知道只要有一定的光源就会出现影子，但文中的代表性群众都只说了"不要出现在阳光下"这样的字眼。那么阳光就与其他的光源产生了很大的差异，阳光下的人的社会性、交往性表现得更为强烈，没有影子的"异类"就不能加入这样的群体活动。文中不管是野孩子、有身份的画家还是自诩深爱史勒密的女人，都在发现他没有影子之后"遗弃"了他。可以说这些人代表了不同社会阶层和不同年龄段的人对史勒密没有影子事件的看法。群众表现出来的感情不论好与坏，其突出的特点就是极为简单而夸张。他们在发现史勒密没有影子的情况后，不管之前他们对待史勒密的态度怎样尊敬，现在都选择马上变脸并与他划清界限。群众认为阳光是属于他们所认同的正常人的，那没有影子的异类就不可以混杂于正常人所生活的阳光下。至于生活在夜晚的月光下，群众没有提及但可以认为他们持默许态度。因为在原始思维中漆黑的夜晚是"异类"的活动时间，一个没有影子的异类应该是可以出现的。

在这个故事中影子所代表的意义沿袭了原始人的看法，影子是代表灵魂的。一个没有影子的人，像史勒密，尽管他用自己的影子去交换了金钱，但是他并没有做什么有损他人的事，甚至可以说他是很慷慨大方并且友善的，但是他却遭到了别人的恶语中伤，就连他的一个流氓成性的仆人拉斯克尔也在发现他没有影子后，对他大肆嘲讽并辞职。富商约翰和史勒密在一定程度上形成了对比，约翰为人傲慢，对当时还是穷小子的史勒密很是不以为然，并且他为人虚伪，喜欢和朋友们取笑不在场圈子里人的罗曼史。但这样的约翰先生却赢得了人们的尊重，因为他不仅有钱还有影子。但是故事发展到后面可以得知穿灰色上衣的人拥有了约翰先生的灵魂，约翰先生的灵魂已经变了形，他告诉史勒密自己已经被上帝公正的法庭定罪了。

我们可以推测出约翰先生与穿着灰色上衣的人也是有了某种约定的，可能与史勒密的情况相同，先是出卖了自己的影子获得了大量的金钱，后来又通过出卖自己的灵魂来赢得重新走在阳光下的权利。

---

① 沙米索. 出卖影子的人［M］. 白永，译，北京：人民文学出版社，1987.

如果说群众尊重的是可以在阳光下行走的人，一个有影子的人。那么影子在这里是否就可以代表一个人的灵魂了呢？作品中史勒密用自己的影子去做了交易，换取了大量的金钱。他并没有用这些钱去凌辱贫穷者，他为人是较为大方的。尽管给群众发放金币是为了满足自己的虚荣心，但在本质上来说他并不吝啬。而富商约翰却从心里看不起贫穷的史勒密，尽管史勒密拿着他哥哥的介绍信，他还是对史勒密不以为然。可正是因为史勒密没有影子，这样一个还算善良的人，却处处遭到非议。他出卖的是自己的影子，而不是灵魂。富商约翰才是真正出卖灵魂的人，他却因为可以在阳光下行走有影子而得到尊重。约翰生前拥有大量金钱和名望，死后却因为出卖自己的灵魂被上帝审判定罪，被穿着灰色上衣的人折叠着放在口袋里，不得安息。那么这里的影子是否真的与灵魂对等呢？

在太阳下能映照出影子，让别人能看到自己的影子代表着怎么样的意义呢？人们认为有影子的人，是正直的人。这样在阳光下行走所产生的影子似乎只是给别人看的，为了可以和别人一样，是不变成异类的一种伪装。而在月光下，作品中史勒密独自一人时似乎更能坦然面对自己，而不是急于让群众认同。

作品中史勒密拒绝他与魔鬼之间的联系——钱袋，丢下深渊，选择离开人群独自一人生活。后来他无意间得到了一双神奇的鞋子，帮助他进行动植物学的研究。史勒密失去了影子，也就失去了在日光下行走的权利，失去了社会性，因此他选择回到月光下独自生活。

影子在光和物同时存在的情况下，才能得以存在。那么如果没有肉体，只有一个精神，这样的一个存在，会不会有影子呢？意大利作家卡尔维诺的一部名为“不存在的骑士”的小说就写了这样的一个没有肉体的精神存在。

阿季卢尔福是一个没有肉体存在的穿着雪白盔甲的骑士。他因为没有身体，所以不需要休息和进食。他必须保持头脑时刻的清醒状态，否则便会化为乌有。阿季卢尔福事事苛求精准和完美，不肯敷衍了事。他对光有着一种偏执地追求。“在这黎明时分，阿季卢尔福总是需要进行一番精准性的练习、计算，把什么东西排列成几何图形，解数学题。这是物体挣脱在夜里一直紧追不舍的黑暗的包围，逐渐恢复本色的时刻……”① 他希望在一个确实、清楚的世界里生活，因为如果世界一直处于类似半明半暗的状态时，他无法保持

① 卡尔维诺．不存在的骑士［M］．吴正仪，译．南京：译林出版社，2017：16.

清醒的思考。“他会感到自己沉沦于这柔和的半明半暗之中，无力在空虚里产生出清晰的思想、果敢的决断、执着的追求。他感到很痛苦，这是他发生眩晕的时候，往往要竭尽全力才能使自己不致消散。”① 在黎明和黄昏时分，人的影子是最为虚幻的，被光拉得过分的修长，却不再浓烈。阿季卢尔福正是在这样的时刻感到眩晕，感觉自己快要消散了。他是一个“不存在”的骑士，没有实在的肉体，仅仅靠意志力来存活。可以将他等同于影子，在黎明时感到虚弱，靠计算来追求光的痕迹；并且像影子一样，不可触摸；依靠盔甲保持人的形态，但在盔甲里，却什么都没有。那么盔甲就是规定了他形体的一个器物，就像是影子也是由本体的形体来决定自己的形体一样。

阿季卢尔福本身就是一个影子，这个影子没有依附于本体——肉体，独立存在。那么影子的独立性在这里就发挥到了极致，影子成为一个“人”。影子可以独自完成各种任务。而这个影子存在的唯一条件就是保持意志力的清醒。

影子具有这样神奇的魔力，可以与本体分离，被“魔鬼”收藏或者使用，或是独立存在。在《偷影子的人》中，影子也是被赋予了类似的魔力。

《偷影子的人》是法国著名作家马克·李维的第十部作品，它成为2010年法国最畅销的文学作品。在这本书中讲述了一个男孩可以“偷走”别人的影子，并且可以和影子进行对话的故事。因为男孩是班上年纪最小的孩子，个子又矮，于是经常受同学们的欺负。男孩和班上最强壮的马格同时喜欢上了一个女孩，他更加受到欺压。学校的警卫伊凡是男孩交到的第一个朋友，也是让他首先发现自己能通过别人的影子，了解别人的想法的人。他和伊凡交谈之后，在回家的路上发现自己的影子被掉了包。“我发现我的影子大得诡异，比平常还要高大许多。我停下脚步，近距离地观察影子，我发现它的身形和我的大不相同，就像是立在人行道上的影子不是我的，而是别人的一样。我再度仔仔细细地端详，突然看到一些不属于我的童年片段。”② 这是男孩第一次“偷”走别人的影子，他的影子和伊凡的影子进行了交换。他通过影子了解了伊凡童年时发生的一些事情。故事中，伊凡对男孩来说是一个特别的朋友。因为就在男孩发现自己偷走了伊凡影子的那天，他的爸爸离开了他和他的妈妈。他为此伤心难过了整个童年。伊凡作为他当时唯一的朋友，在他

① 卡尔维诺．不存在的骑士［M］．吴正仪，译．南京：译林出版社，2017：17.

② 李维．偷影子的人［M］．段韵灵，译，长沙：湖南文艺出版社，2012：11.

难过的时候给了他很多温暖，就像是他缺失的父亲的角色。这也许是男孩拥有“偷”影子的能力，开始于他的原因。

男孩慢慢发现他可以从影子那里得到勇气，他还可以和影子进行交谈。男孩和马格的影子在无意间交换了，刚好马格要威胁男孩不可以与他一起竞选班长的位置。“我突然感到有一股力量从背后升起，一股强大的推力，让我不但没听令于他走开，反而向前朝着他跨了几步。”① 后来，男孩在自己的秘密基地——阁楼里，在月光的照射下，开始了第一次与影子的对话。马格的影子对男孩说：“其他影子一直说我们没得选择，终此一生只能成为一个人的影子……我推开了你的影子，占了它的位置。”② 马格的影子认为马格是一个没有光荣未来的笨蛋，于是当它发现自己有机会改变自己主人的时候，它推开了男孩的本影，自己成为男孩的影子。马格长得高大、强壮，他的影子也比男孩的影子要强壮得多，于是它可以轻易地推开男孩的影子。同时，它成为男孩的影子之后，也给了男孩反抗马格的勇气。这也就是男孩会一反常态地反驳马格的原因。由此可见，影子确实依附于自己的主人，代表着本体的力量。但影子并非只是个附属品，它有自己的想法，和控制自己行为的能力。马格的影子认为马格是个笨蛋，它经常被其他的影子嘲笑。影子和人的判断标准就有了一个很大的差异性，因为马格在同龄人里长得比较高大，为人也比较粗鲁。孩子们对他的感情多是害怕的，而影子却为自己主人的行为感到丢脸。这充分地说明了影子的思想独立性。

一次，学校里发生了爆炸事件。所有的小孩都被安置在操场上，这时伊凡的影子穿过操场找到了我：“伊凡的影子一直引导着我，我走向冲天的黑烟中，热气渐增，越来越难前进……”③ 原来，伊凡被困在了工具间，在雪佛太太的帮助下，伊凡被救了出来。伊凡的影子在伊凡面临生命危险的时候，独自离开本体，穿过人群找到了救星。在伊凡得救之后，它又独自前往男孩所在的阁楼向男孩致谢。影子尽管能表现出自身的独立性，但主要还是依附于本体的感情。伊凡是一个善良的大人，是男孩的好朋友。伊凡的影子有着本体的善良和敏感，它告诉男孩伊凡心理的压力，他放不下的心结，让男孩帮助它打开伊凡的心结。

---

① 李维．偷影子的人［M］．段韵灵，译，长沙：湖南文艺出版社，2012：26．
② 李维．偷影子的人［M］．段韵灵，译，长沙：湖南文艺出版社，2012：33．
③ 李维．偷影子的人［M］．段韵灵，译，长沙：湖南文艺出版社，2012：41．

男孩通过影子，帮助自己的朋友吕克找到了自己真正感兴趣的职业；通过妈妈的影子了解了爸爸离开的真正原因；通过伊凡的影子得知了他对母亲的想念，帮他走出了自我埋怨的困境……

影子代替本体说出了他们内心的某种伤痛，男孩则用自己的努力去缓解他们的难过。影子变成了本体的传声筒，希望为主人化解某种心结。尽管有类似马格影子那样想要逃离主人的类型，但这也从另一个侧面说明，影子的性格其实像它的主人一样，也有背叛性“人格”的存在。影子拥有本体的敏感、善良等性格，从一般意义上说，影子是本体的精神伴侣，是一直陪伴在本体身边的“人”。

男孩被妈妈认为是一个敏感并且想象力丰富的人。他在爸爸离开之后不停地责备自己，认为自己是一个不值得爸爸为他留下的孩子。正是因为他的这些性格特点，他才会拥有了别人没有的能力——“偷走影子”。男孩和影子的对话一般在有月亮的晚上进行，在自己的安全空间——阁楼里。夜晚，静谧的环境里，影子和他可以放心地交谈，而不被人认为是异类。他不敢将自己拥有和影子对话的能力告诉别人，因为害怕被别人当成异类抓去做心理治疗。曾经他的一个同学就因为说了自己看到了过世的爷爷，每周三都被叫去进行心理治疗。他不想成为一个异者，因而在白天，在阳光下他尽力地避免被人发现自己的影子的异常情况。但到了夜里，在月光下自己的阁楼里，他开始和影子交谈，了解他们的故事。

影子代替本体说出来他们自己说不出的话，代替本体请求帮助。影子代表了本体的敏感和脆弱，也代表了本体隐藏在内心深处的真诚。

三

作品认为，因为人都是有社会性的，所以人所携带的影子也跟着有了社会性，社会不允许没有影子的人出现在阳光下。阳光下没有影子的人在有影子的群众面前属于异类，而群众绝对不能容忍一个异类可以正大光明地出现在他们面前，而自己却不采取任何行动的。这就是作品中为什么史勒密没有妨碍到任何人，却遭受到社会的排挤，连自己贪财狡诈的仆人也可以大义凛然地拒绝为他继续工作的原因。他只是拿自己的影子去换取了更好的物质生活，在某种意义上来说他所损害的只有他自己的利益，与他人并未发生利害关系。但是一个没有影子的人就意味着他和别人不一样，一个不一样的人是不会被认可的。在鲁迅先生的作品中就出现了大量的异类主人公，例如祥林嫂、孔乙己等。他们并非至纯至善之人，但也绝不是大恶人，但是因为他们的一些经历，群众不允许他们正常地活着。群众成了这些“异类”的法律，而这法律判处了他们死刑。

人人都有影子，影子似乎没有什么了不起的。可一旦出现了史勒密这样没有影子的异者，影子的地位马上就会被群众提高到无以复加的地位。群众认为没有影子的异类，就应该被判处远离人群独自死去。群众爱戴拥有大量钱财的史勒密，可当发现史勒密没有影子的时候，他们认为自己被欺骗了而感到异常的愤怒，并很快将这种愤怒扩散到整个城镇。

《出卖影子的人》告诉我们，人的本性是贪婪的，但是有些东西却似乎不能用钱财买到。即便是狡猾的仆人也没有因为金钱的诱惑继续为失去影子的史勒密服务，尽管他后来通过抢劫的方式获得了主人的一些财产。可以说拉斯克尔在拒绝继续为史勒密服务的时候，其实是用“超我”控制了贪财的“本我”的。后来，他带人抢劫了自己主人的财产，社会和群众并没有认为他的做法有违法的地方。在某种程度上，群众认可他的做法。一个没有影子的人的财产就该被有影子的人任意处置。拉斯克尔巧妙地利用群众的心理，将主人赶出城镇并强行占有了他的财产。在拉斯克尔和主人对峙之前，城里的居民还只是猜测史勒密是一个没有影子的人。当拉斯克尔确认史勒密没有影子之后，全城的人都迅速得知了这个消息。“在聚集的人中间，所有情绪都会迅速传染，这解释了恐慌的突发性。”[①] 于是，群众的愤怒很快被点燃，他们代表“正义”来惩戒史勒密。正如群众迅速得知他们的城镇要来一位大人物并迅速地做好迎接的准备一样，他们迅速地得知这个他们奉为伯爵的人是一个没有影子的骗子，并开始排斥他。

拉斯克尔掌握了群众仇恨异己的这种心理，并利用他曾经作为史勒密的仆人的这种身份，进一步引导了群众对“没有影子的人”的想象。于是史勒密在群众的想象中从一个受人尊重的“主人”变成了一个“不正派”的异类。拉斯克尔掌握了群众的心理也就掌握了统治他们的艺术。于是他借着舆论的

① 勒庞．乌合之众［M］．冯克利，译，北京：中央编译出版社，2004：103.

压力赶走了史勒密，并正大光明地抢走了他主人留下的财产。

影子此时就变得更加的不可或缺，因为社会所认同和在意的不是人有没有作恶，他们在意的仅仅是有没有一个可以行走在阳光下的影子。影子也许不能完全代表一个人灵魂，但却代表了进入群众的必要凭证。拥有影子的人在失去影子的人面前就拥有了绝对的权威，因为他们是大多数。那么如果世界上大多数人都突然失去了影子，只有少数人拥有影子的话，情况又会是怎样的呢？

在作品表述里我们知道，夜里，人独处的时间较长，独处时人往往向内探究自己的内心世界。当一个人感性超过理性的时候，他的影子就变得重要起来。人不会像在阳光下那样武装自己，相应的影子也呈现了一种本真的状态。史勒密敢在有月光的夜晚出门打听消息也是因为他听从了本我的意愿。阳光下被群众嘲笑的恐惧被本我强烈的探知欲望打败。黑夜里人似乎更能坦诚地听从自己的内心要求，变得更加不顾所谓的被排斥后果，也就变得更感性和脆弱，所以李白在月下独酌时才会举杯与影对饮。影子有了自己的意识，不再只是一个投射物，它可以承载人的某种情感，分担人的某种苦闷。影子成为一个有意识的个体，并且与月共同存在。夜间人影所依附的是夜的影子——月，这让月光下的影子有别于阳光下的影子，它因此成为一种诗意的存在。

那么，影子究竟是什么样的一种存在呢？在《出卖影子的人》这部作品里，我们感受到，不论是阳光下还是月光下，影子总是与光相伴，却未必与人这个本体相伴。“如影随形”不再成为一种常态，影子可以自己挑选主人，就像马格的影子背弃自己的主人那样；影子也可以被主人出卖，像史勒密那样；影子可以是本体的朋友、知己，像陶李和卞之琳那样……。可以看出一个比较有趣的现象，在中国的文学作品当中，影子的形象是比较统一的。早在《庄子》之中，罔两问景，虽然主要表达的是万物都有不自由的一面，但可以看出影子与本体是共存的关系。到了陶李的诗中，影子真实地成了诗人的酒友。卞之琳也在诗中沿用了影子的这个形象——知己的形象。金波的《盲孩子和他的影子》更是将影子最终变成了另一个男孩，一直陪伴着“盲孩子”。在西方的这些有关影子的文学作品中，影子的形象并非都是忠实于本体的，马格的影子就瞧不起自己的本体，希望可以交换本体。另外，影子可以真正地脱离本体独自存在，在《不存在的骑士》中阿季卢尔福就是一个“影子”骑士，尽管他是一个没有实在肉体的“人”，他却能将自己的工作做得一丝不苟。《出卖影子的人》中的史勒密就可以将自己的影子卖给“穿灰色上衣的人”。

但不管影子与本体的关系表现如何，影子所代表的意义，在上述作品中有较为一致的体现。那就是影子是“人”的某种精神力。庄子认为万物都不自由，他以影为例来说明这个道理。在世人看来，影子要随着本体的一笑一颦来规范自己的行为，这确实无可厚非。可庄子为何举此例来论证自己的观点呢？那是因为影子代表人的某种内在精神力，既然影子不自由，人自然也就不会自由了。影子所代表的这种精神力不能确切地表明为所谓的“灵魂”。尼采和鲁迅都曾讨论过本体与影子之间的关系，他们都认为影子可以与本体分离。鲁迅“驱逐”自己的影子，让他去寻找光明。影子若是代表灵魂，人离开影子不就要变成行尸走肉了吗。史勒密在失掉影子之后，所失去的也只是群众的认可和支持，他仍然拥有自由选择的权利。所以影子不能说等价于人的灵魂，只能说代表了人的某种精神力。这种精神力是保证一个人不成为异者，可以和群众共同存在的一个必要的凭证。

参考文献

[1] 弗雷泽．金枝［M］．徐育新，等译，北京：商务印书馆，2015.

[2] 许慎．说文解字［M］．徐铉校订．北京：中华书局，2004.

[3] 杨柳桥．庄子：上［M］．上海：上海古籍出版社，2007.

[4] 流沙河．庄子现代版［M］．上海：上海古籍出版社，2001.

[5] 李华．陶渊明诗文选［M］．北京：北京文学出版社，1981.

[6] 李白诗选注［M］．上海：上海古籍出版社，1978.

[7] 卞之琳．雕虫纪历［M］．北京：人民文学出版社，1979.

[8] 金波．盲孩子和他的影子［M］．北京：外语教学与研究出版社，2011.

[9] ［德］沙米索．出卖影子的人［M］．白永，译，北京：人民文学出版社，1987.

[10] 卡尔维诺．不存在的骑士［M］．吴正仪，译，南京：译林出版社，2017.

[11] 李维．偷影子的人［M］．段韵灵，译，长沙：湖南文艺出版社，2012.

[12] 勒庞．乌合之众［M］．冯克利，译，北京：中央编译出版社，2004.

[13] 弗洛伊德．释梦［M］．孙名之，译，北京：商务印书馆，1996.

伍尔夫与丁玲笔下的女性形象比较研究

——以《远航》和《莎菲女士的日记》为例

李志宇

（西北师范大学文学院）

一、作家的创作背景

《远航》是伍尔夫创作的第一部小说，表面意义上指她的一次航行，地理位置的移动，实际上象征着她成长的心理航程。它既是主人公的远航，也是作者的初次心理航程。故事的主人公蕾切尔正是伍尔夫本人的写照，作者出生在一个知识精英家庭，家庭给她的思想发展提供了足够的空间，但也无法摆脱男权社会的种种偏见，她和姐姐们一样要忍受“维多利亚”式的男权化传统，她的兄弟们顺利接受了最好的教育，而伍尔夫和姐姐们只能在家中接受家庭教师的知识传授或通过自学来完成知识的积累，从小在家庭中所受到的不公正的待遇，激发了她对男女不平等现象的质疑，渴望重新建构男女关系。满载着对生活的憧憬她创作了第一部心理探询小说。可能是由于伍尔夫对第一次创作长篇小说的胆怯和担忧，《远航》不自觉地染上了自传色彩，作者伍尔夫与蕾切尔就像两眼昏花时看到的重影，不可割舍难辨真伪，在这样的背景下伍尔夫才能克服初次“远航”的忧虑，信心坚定地扬帆起锚。

丁玲作为中国文学史上一朵奇葩也在用她的笔触记录着自己的初次远航。《莎菲女士的日记》写于 20 世纪 20 年代初期，处于中国社会大变革时期，这个时期是新与旧，父与子，进步与反动，光明与黑暗激烈搏斗的时期，在

“五四”革命潮流的猛烈冲击下，延续了几千年的封建堤坝开始崩塌了，一些神圣不可侵犯的家族都开始解体了。一群觉醒的青年男女从封建家庭的罗网中冲了出来，他们走进社会寻找光明追求人的解放。莎菲就是这些觉醒的青年男女中的一个。因而，她笔下的莎菲女士也是一个拥有新思想，希望冲破旧社会的枷锁与牢笼，打破世俗的禁锢去追求自由的青年形象。

两部作品都是作者的第一部作品，作者的影子都在里面，伍尔夫与丁玲都是要冲破来自生活、来自社会的樊篱，社会有形或是无形的压力深深地约束着两位女性，她们为寻求属于自己的路开始探索。创作背景直接决定了作者的创作方向与人物塑造，两位女性作家塑造的女性形象都具有很强的社会代表性，反映了她们所处时代的特征，女性的心路成长历程。

二、远航中的漫长航程

《远航》在描写主人公远航的过程中，展示了作者的初次心理航程，主人公蕾切尔幼年丧母，父亲常年在外，是两个姑姑将她带大，她没有受过正规教育，只是喜欢音乐，生活圈子异常狭窄，几乎连像样的街道都没有去过，这导致了她在成年后对社会、政治、爱情、婚姻、两性关系等的一无所知。为了拯救蕾切尔，海伦自愿担当起领路人的角色，将蕾切尔带到南美去旅游。于是，蕾切尔开始了她的离家远行，离家就是主人公脱离家庭的庇护，进入充满无数未知事物的复杂世界，海伦带领她看到了真实的人生，蕾切尔开始慢慢觉醒，获得思想觉悟，意识到自身不足，开始了进步的人生之旅。她开始重新审视周围的人和物，追求生命中的真实，用音乐来表达自己的心声；同时，她与作家特伦斯的交往促进了蕾切尔对两性关系以及对婚姻和爱情的认识和了解。这种建立在平等交流基础上的与特伦斯的爱情，让蕾切尔受到了尊重，并使她充满了极大的自信。但就在他们想要订婚之际，各自却陷入了矛盾的思考中。特伦斯憎恶婚姻的虚伪，蕾切尔害怕婚姻会让她刚刚建立的自我意识丧失。小说最后以蕾切尔的突然生病死亡为结局。迫于当时社会对进步未婚青年的压力，作者对婚姻产生恐慌，只有通过死亡来逃离现实，获得解脱和幸福。

丁玲这位中国现代女作家，像伍尔夫一样也发出了对异性世界的呼唤。作为丁玲的代表作品，《莎菲女士的日记》记录了中国在 20 世纪 20 年代初期社会大变革的背景下，一群以男女青年为代表的进步势力与落后腐朽的封建势力相抗争的过程。他们打破封建家庭的禁锢，摆脱世俗的观念，发出了觉醒的呼唤，表现了对自己命运的不屈服和对未来的抗争。但同时又因为环境的影响，使得他们在孤独绝望中彷徨、徘徊、失落。对于莎菲而言，父亲是她温暖的港湾，姐妹们也“都能如此盲目地爱惜她”，尽管如此，倔强而执着的她宁愿选择面临失败的结局也没有想到要回去，而是决计南下，在无人认识的地方“悄悄地活下来，悄悄地死去”①，因为在那个时代，回去就意味着走过去的路，意味着失去真正的自由。执着、倔强的莎菲身上体现出来的是小资产阶级女性在黑暗环境下的挣扎和呐喊。尽管作者心目中的莎菲并没有受到封建思想束缚，但从她对云霖恋爱的嘲讽中，我们读到了一个企图挣脱婚姻家庭束缚的知识女性形象。面对爱情的得失，更是一种心灵上的摧残。而这样一个只有十九岁的少女要想在如此灰暗的环境中摆脱整个压抑的时代所带来的苦痛，对她来说无疑是心灵上的一次挫折，是一种对人生绝望的呐喊。她发出了叛逆的绝叫，表明她要摆脱困境，追求新的道路，但她最终又无法挣脱时代的禁锢。

莎菲与蕾切尔都在试图冲破各自的束缚来进行心灵的航程，但她们都受到来自外界的压力和挑战，不论这种挑战来自于对婚姻和自由的难以抉择，还是对爱情的求而不得，最终都迷失了自我。莎菲决计南下，蕾切尔在孤独中走向死亡，作者探索的脚步在迷失中停滞。远航的行程既短又长，说其短是因为主人公最终都没有达到自己期望的目的地，说其长是因为这个不断摸索前行的道路很曲折，充满太多未知和挑战。这也真实地反映了女性在人生道路上，追求自我和实现理想的艰辛与痛苦，因为社会忽略了女性的价值，追求理想更像雾里看花。这一点，两部作品有着极相似的主题。

三、女性追寻完美爱情

两部小说都详尽地描述了女主人公对人生的初次爱情探寻，而这正是少女蕾切尔成长历程中的一个节点，在《远航》中，海伦作为蕾切尔的领路人，在她的成长中，给她指出探索的方向，解释人生的真谛，蕾切尔开始了她的生命历程、心路历程和认知历程，蕾切尔的成长在女性的指导下开始，在与男性的真正接触中结束，在那个陌生的环境里与异性接触的过程中，两性之

---

① 丁玲．莎菲女士的日记［M］．北京：人民文学出版社，2004：127

间的差异更加凸显了她作为女性的独立性。这样，性别意识在无形之中就会得到强化和升华，男性所受的教育以及对世界的了解开拓了蕾切尔的视野，而他们对事物的看法以及对女性的看法又会激发蕾切尔作为一名女性做出自己的思考，得出作为女性自己的真正想法，从懵懂少女对性的无知，成长为结识形形色色的人，她看到了两性婚姻模式，有厚颜无耻的调情，有被逐出旅馆的妓女，有新近订婚的年轻人，有不停争吵的夫妻，在遇到特伦斯之前，蕾切尔很少接触异性，当她遇到特伦斯并陷入情网时，她正常的性意识开始觉醒，渴望与异性接触，她有一种越来越强烈的感觉，想要和特伦斯合为一体，一种奇异的想要占有对方的欲望压倒了她，她伸出手来，轻轻抚摸他的脸庞，"这是恋爱中的女性的正常的自然生理需求"，克服了对性的恐惧，是蕾切尔走向成熟的一大突破，特伦斯喜欢写作，蕾切尔则用音乐来触摸世界，他们的感情建立在心心相印的基础上，这使"她宽慰地感受到，自己与特伦斯谈起话来是多么的轻松，那些能把友情的面纱撕破的荆棘和棱角都抹平了"①。在特伦斯那儿她感受到了自己突然变成一个令人享受、给人愉悦的女孩，她突然间不再无忧无虑，而是充满了自我意识。这对于蕾切尔来说是精神的再一次飞跃。他们沿着爱的路途不断前进，但是和其他男性一样，特伦斯又希望他的未婚妻能安心于家庭生活，恪守传统的女性准则，但蕾切尔似乎要超出习俗所规定的范围，去做更多的事情，这又引起特伦斯的极大的不安。作为男性社会的维护者，他绝不会允许她破坏现行的秩序，而此时的蕾切尔已经开始成熟，她担心婚姻会影响她人格的独立完整，害怕两人的结合会损伤自己刚刚觉醒的女性意识，坠入爱河的她本能地对未来有种担心和忧虑。蕾切尔从初次的爱恋到发展为对自我认识的肯定，充分证明着她的成熟与坚定。

而莎菲的执着更是体现在对爱情生活的理解和处理上。作品塑造了两个和莎菲产生爱情纠葛的人物，一个是苦苦地追求她然而她却不爱的威弟，他一出场，就确定了他们的关系只能局限在"姊弟"之间。莎菲绝望于难觅知音的苦闷之际，一个刚从新加坡回来的橡胶园资本家的公子凌吉士，紧紧地攫住了她的心，然而敏感的莎菲即使曾经沉醉在爱河中也保持着一定的清醒，莎菲渴望得到理解，却总是被误解，她热切地想得到心灵的充实，得到的却

① 伍尔夫．远航［M］．北京：人民文学出版社，2003.

是空虚。复杂的思绪只有自己才清楚，内心的痛处只有自己去默默承受，最后聪明冷静的莎菲毅然斩断了情丝，保持了自己的贞洁、尊严和人格。这不仅包含着自我否定、自我批判，更是她心灵的反省、否定和升华的痛苦呻吟。莎菲追求纯洁美好的爱情，要求个性解放，要求尊重女性，要求男女平等，这本身就散发着时代的光芒，就是对封建思想的叛逆，是几千年来女性的共同心愿。这进一步说明她是多么执着地坚持理想，追求光明，渴望一种真诚美好的生活。

在爱情的世界中，当由男人垄断时，女人很容易发现自己在男权世界的渺小和男人在此世界的庞大，于是爱情令人迷醉的特性与性别等级制度结合后，就产生了波伏娃认为的现象：女人成为爱情的奴隶。在她的《第二性》中讲道："男女的不同处境反映在他们对爱情的不同观念上。男人是主体，他就是他自己，他在她面前代表绝对，代表主要者，她通过她的肉体、她的情感、她的行为，将会把他作为最高的价值和现实加以尊崇。"① 可能波伏娃的理论对于男女的权利和地位定位，有些太过于绝对化，但是也真实地反映了男女权利的不平等性。宣称爱情是女人至高的杰作的男人比比皆是。尼采说过，"女人要像个女人去爱，才能变成更女性化。"巴尔扎克也说，"生命的最高目的，男人为名，女人为爱情。"但是随着女性自由主义思想的进步与发展，她们敢于反抗不公正待遇，敢于追求自由民主。将来有一天，女人可以没有致命的弱点但有充满独立的精神去爱，她就可以不去逃避真正的自我，也不会降低她的自尊——当那一天来临，爱情对她如男人一样，是生命的源泉而没有毁灭生命的危机。现在或是过去，爱情都是在一种最令人感动姿态下出现，这对禁闭在纯女性化的世界中的女人——不能独立生存的女人是一个当头痛击的厄运。无数的爱情受难者，是这种不公平的命运见证者，给她们的是一片不毛之地以作她们的解脱。

因而，在两位作家笔下塑造的两位女性形象，在面对爱情的时候，都曾经迷失自我，陷入其中不能自拔。但是对自我价值的追求，对理想的执着让她们理性地找到出路，即便付出死亡的代价，来换取心灵的自由也心甘情愿，两位女主人公形象都向我们展示了女性会沉醉爱情，但也会勇敢地坚持自我人格，当两者发生冲突时，女性能够执着地坚持自我独立，这绝对是难能可

---

① 西蒙娜·德·波伏瓦. 第二性［M］. 上海：上海译文出版社，2011.

贵的。很多女人不能单独去面对经济和道德上给她的压力而逃避现状，她们在接受男人的照顾同时抛弃了对自主权利的要求，她们禁不住安逸生活的诱惑，心甘情愿地成为男人的附属品。这是一条不幸的道路，无论谁走上这一条路，一定会迷失，最后走向毁灭——从此听任男人主宰。今日的女人有相当不错的实力有能力去废止关于女性的神话传说；我们可以说她们的独立性相当强；但是她们仍然无法成功地过一种完全自由的生活。她们被女人教养长大，生活在一个纯然是女性的世界中，她们将来应当走的路是结婚，而婚姻的意义对男人而言实在不是生命的全部意义所在，因为男人所求的不是传宗接代，而是稳固的经济基础和社会地位。我们一定要小心探求传统认为女人应该要求的命运，应该意识到女性自我崛起的重要性。女性在自由平等道路上首先要战胜的便是自己，唯有自我意识的独立与价值的实现才是真正的自由与独立。

四、女性追寻过程中的迷茫

蕾切尔在小说中找到了与她心心相印的特伦斯，却又本能地对未来有种担心和忧虑，他们之间的关系一直在疏远、害怕和亲密之间痛苦地摇摆。她爱特伦斯，但她不愿刚刚萌发的自我意识被扼杀在婚姻的摇篮里，这和作家本身对婚姻的态度是一致的。蕾切尔带着一个女性清醒的意识每天苦苦追问，苦苦探索，却每每发现这是一种徒劳。就在她感到痛苦失望又不可摆脱的时候，她的生命走到了终点，在一场热病中逝世了。在那个时代，理想的维多利亚女性形象是“房子里的天使”，她们不应有自己的想法，不应有自己的声音，而是应按照男性的意志来过完自己的生命。蕾切尔用音乐来表达自我，在远航中寻求独立的自我，最后与周围的环境格格不人，以死亡而告终。蕾切尔这种精神上的矛盾与痛苦到了必须毁灭自我的地步，因而死亡成了顺理成章的结局。看起来是悲剧的结局，但不乏是一种解脱。

而莎菲作为一个十九岁的少女，凭着个人奋斗来寻找光明，在那风雨如晦的年代，尤其是封建势力还十分强大的北京，怎样才能实现她的梦想呢？因此莎菲苦闷、挣扎、反叛的心理历程，铸就了双向欲求的悲剧，这正是大革命失败后黑暗社会的投影，正是作者思想混乱后的产物。因此莎菲的苦闷正是“五四”以后那些脱离革命而又不甘沉沦的女知识分子孤寂的苦闷。她的苦闷、挣扎是直接对黑暗社会的男权主义的挑战和惩罚，是对凌吉士之流玩弄女性的嘲笑和诅咒，是对社会的反抗。她发出叛逆的绝叫正表明了她要摆脱困境，追求新的道路。这是一个时代的症候，是“五四”以后觉醒了的叛逆的小资产阶级知识分子反抗社会而又找不到出路的必然表现。而一个爱情至上者，是不会有这样多而且这样强烈深沉的不满和苦闷的。由于莎菲还没有接受革命理论，她对自己对社会都还不能做出切中要害的分析，因此，她苦苦追求的是什么，她自己也不知道，这是一个真正有理想的人找不到真正理想而感到苦闷的结果，这是一个要求进步的青年在没有找到正确道路之前对社会采取反抗的表现。

著名的哲学家康德说，启蒙就是人类脱离自己所加之于自己的不成熟状态，启蒙除了自由而外并不需要任何别的东西，可是四面八方都发出这样的呐喊：不许争辩！军官说：不许争辩，只能操练！税吏说：不许争辩，只许纳税！神甫说：不许争辩，只许信仰。其实男权社会认可的所谓真正女人就是强加于女性的不成熟状态，并且处处都限制着女性自由。蕾切尔的迷茫来自于她对于未知婚姻的恐惧，家庭责任对她人身自由的道德绑架，还有特伦斯的男权主义对她的限制约束。莎菲的迷茫来自于社会的不开化程度，约束着她对于爱情的热忱与期盼，当求而不得时强烈自尊心驱使她选择放弃，并且找回自我。两位女性的迷茫看似不同，实则相近，都是来自于男权社会对女性的价值判断和约束，以失去自我为代价才能适应男权主义的社会。

五、两位女性作家间的相互影响

在“五四”思想解放运动的推动下，国内众多学者开始翻译外国的名著，传播西方尤其是欧洲启蒙主义的思想，在众多译著中，易普生的《玩偶之家》，伍尔夫的《远航》等具有非常重要的意义。

在这些作品中，涉及了在以男性为统治者的中国封建社会里最敏感的两个问题——妇女问题和婚姻问题。例如娜拉走后，鲁迅先生给了我们这样的答案：“一个女子离开家庭之后，如果没有社会的保障，那不是回来，就是堕落。”这句话深刻揭示了女性问题的社会根源，也从某种程度上表现出对时代的不满。我们固然需要女性勇敢地与封建家庭划清界限，争取属于自己在婚姻和生活中的各种权利，但是社会的进步才是实现这种理想的最终保障。以《玩偶之家》《远航》等为代表的，反映西方女性主义思想的外国作品，在“五四”时期就被大量地翻译并且引发中国文坛的相关论争，郭沫若曾在《写在〈三个叛逆的女性〉后面》明确提出了使用“女性主义”这一概念，并将其放置在与男性主义对立的位置。

而丁玲的创作起步于“五四”时期，在思想上受到了西方思潮潜移默化的影响。同时，丁玲本身就是生活在当时社会中的普通女性，她对于女性的社会地位、婚姻问题、恋爱问题都有着极其深刻的体会。丁玲作为20世纪初期中国女性的代表，道出了中国妇女千百年来的心声，也在某种程度上呼应了西方女性主义思想。

尽管两位女性的人生历程千差万别，有不同的文化背景，反映不同的民族意识领域中的女性意识，但她们都经历了大致相同的发展轨迹。

在西方，英国著名女作家弗吉尼·伍尔夫一向被认为是女性主义的先驱。她提出了女性要从事写作首先要有一间房间，这个房间不仅指物质上的私人空间，也指精神上心灵的空间，物质上的空间是心灵空间的基础；女性必须先要有经济上的独立，然后才能谈得上精神上的独立。伍尔夫强调：“女性写作首先要有一定的物质基础，在此基础上才是心灵的自由、艺术的提高。”同时，她还强调了创作的焦点应由外部客观条件转向人的内在精神世界。她指出，小说家的职责是探索“心理学暧昧不明的领域，捕捉人物瞬息万变的心理印象”。她认为只有这样，才能“更加接近生活，更能真诚确切地表现生活”。正因如此，伍尔夫开始了她的小说的试验，将她的女性主义文学理论体现在她的文学实践中。从在《一间自己的房间》中开始探索女性的经济地位开始，继而创作《远航》展现主人公蕾切尔的心灵航程，到探索作《夜与日》中主人公凯瑟琳接近婚姻的追逐，成熟作《到灯塔去》中的莉莉完成画作进行价值的自我实现，都在向我们描述故事中女主人公的觉醒的过程。

在中国，孤独叛逆的莎菲，让一大批处在困惑、迷茫中的青年洒下了同情的眼泪。随之一系列鲜明、独特的女性形象在丁玲的笔下诞生，莎菲、丽嘉、贞贞、陆萍等成为中国20世纪20—40年代女性形象中一组不可忽略的风景。纵观丁玲的创作，不同时期塑造的女性形象有着不同的特点。早期塑造的孤独、苦闷、彷徨的莎菲们，“左联”时期创作的走向社会、寻找希望的丽嘉们，延安时期创作的融入社会、实现自身价值的陆萍们，在丁玲的笔下她们一步步走出阴影，完成自我救赎。伍尔夫和丁玲创作的孤独苦闷的蕾切尔与莎菲都经历了彷徨与迷茫。作者通过寻找希望的丽嘉、接近婚姻的凯瑟琳、自我价值实现的陆萍、完成画作的莉莉，勾勒出了一系列女性形象，对女性的认识进入到一个新的历史层面和历史境界，实现了作者对女性意识的突破。两位作家都揭示了女性由懵懂走向成熟的过程，都是提倡女性的独立自主，维护女性的权利与地位，带有女权主义思想，创作的主题思想相互渗透、相互补充。

结 语

伍尔夫与丁玲的初次心理远航结束了，由于受到作者经历和时代背景的影响，蕾切尔走向了死亡，莎菲在孤独彷徨中迷失了自我，她们的个人探索表面来看结束了，但心灵的远航才真正开始，伍尔夫在随后的作品《一间自己的房间》《到灯塔去》中对女性的成长进行了更深一步的探讨，随着作家本人的阅历和婚姻状况的稳定，她对此也有了更成熟而理性的思考。丁玲也由一名小资产阶级成长为进步的革命青年，从孤独苦闷的莎菲到寻求出路的丽嘉们再到后来走上革命道路的陆萍们，都是作者心路成长的缩影。她们都描写了女性的心路历程，反映女性的抗争，创作的主题思想相互渗透、相互影响，她们是中西文学史上两位女权主义思想的代表作家。她们的笔下塑造的女性形象，体现了女性主义的深刻主题。“没有一个女人能说出大写的我，如果她不是自己不是一个完整的主体的话——完整的主体即是没有被性别化的，是普遍而完整的。”所以我们可以说女性的远航是对真正自我的寻找。只有真实地面对自己，寻找自己生命的价值，女性才能获得尊重和重视，才是真正的独立。

参考文献

[1] 丁玲．莎菲女士的日记［M］．北京：人民文学出版社，2004.

[2] 伍尔夫．远航［M］．北京：人民文学出版社，2003.

[3] 西蒙娜·德·波伏瓦．第二性［M］．上海：上海译文出版社，2011.

[4] 金朝霞．家中的娜拉与出走后的娜拉［J］．河南大学学报．1996 (9).

[5] 许华斌．丁玲小说研究［M］．上海：复旦大学出版社，1990.

[6] 张永泉．个性主义的悲剧——解读丁玲［M］．北京：中国社会科学出版社，2005.

[7] 武厚恺．弗吉尼亚伍尔夫．存在的瞬间［M］．成都：四川人民出版社，1999.

[8] 夏志清．中国现代小说史［M］．上海：复旦大学出版社，2005.

［9］宋建元．丁玲评传［M］．西安：陕西人民出版社，1989．

［10］林德尔，戈登．弗吉尼亚伍尔夫——一个作家的生命历程［M］．伍厚恺，译，成都：四川人民出版社，2000．

《美狄亚》与《炸裂志》中女性复仇主题比较

刘　娟
（西北师范大学文学院）

《美狄亚》是古希腊悲剧作家欧里庇得斯的戏剧作品，塑造了一个通过杀害自己儿子向负心丈夫伊阿宋复仇的女性形象。美狄亚原是科尔卡斯的公主，是太阳神的后裔，也是月神的祭司，她出身尊贵，见到前来盗取金羊毛的伊阿宋时便坠入爱河，为了爱情不惜背叛国家，残害亲人，只身跟随伊阿宋来到陌生的国度。来到雅典之后，美狄亚利用法术帮助伊阿宋报了父仇，同时为他生下了一对可爱的儿子。可是好景不长，美狄亚并没有得到长久的爱情与幸福，利欲熏心的伊阿宋背信弃义，决定迎娶科任托斯国公主格劳刻为妻，并伙同岳父将美狄亚母子驱逐出境。这时候被愤怒和仇恨蒙蔽了双眼的美狄亚展开了一系列冷酷无情的报复，其先后设计杀死了科任托斯国的国王和公主，又亲手杀死了两个亲生儿子，使得伊阿宋失妻丧子，子嗣绝尽，最终达到复仇的目的。《炸裂志》是阎连科用神实主义的写作手法创作的小说，讲述了耙耧山脉一个火山口边形成的叫作炸裂的小村，由百人之村巨变为超级大都市的故事。文章以孔朱两家的恩怨情仇为主线。改革开放后孔明亮当上劳模万元户，成了村里致富的榜样。乡长就让他代替朱庆方当了村支书，孔明亮以对着朱庆方吐一口痰奖励 10 元的做法，使得老支书被村民所吐的痰活活呛死了。村支书的女儿朱颖埋葬了父亲后，毅然离村，两年后做妓女发迹的朱颖回到炸裂村，开始实施她的复仇计划。从小说的叙事模式来看，讲述子女为父亲报仇的故事，“尽管‘复仇’是中外文学的共同母题，但是小说作为复仇模式的特别之处在于，这不仅是一般的快意恩仇，就小说主体看，它既是女性复仇的故事，更是仇家子女相爱模式的翻版。”①

《美狄亚》和《炸裂志》的背景虽然分属不同的国家、不同的时代，而且二者之间并无直接的事实联系，但就女性复仇主题这一点而言，将两部作品放在一起来探讨可以发现一些值得探讨与思考的问题。“平行研究是对那些没有事实联系的不同民族的作家、作品进行研究，比较其异同，并在此基础上引出有价值的结论。它不仅注意到文学现象之间的相似和相同，也注意到文学现象之间的相异，重点是发现和辨析这些相同与相异，通过异同来发掘文学作品的美学价值，探讨它们之间的内在联系，研究文学的共同规律以及它们各自的民族特性。”② 本文就是运用比较文学平行研究的方法，来揭示这两部作品就女性复仇主题所呈现出来的相同与相异，并从时代背景与文化背景出发来探寻造成这种相异的深层次原因。

一、复仇行动的直接执行者

从表面上看，美狄亚和朱颖这两位女性都是复仇行动的直接执行者，在复仇过程中处于主导地位。实则不然，她们二人都是先受到了迫害，然后才展开的反击，主观上她们并不是悲剧的始作俑者，推动两部作品中悲剧形成的主要动因是男性的行为。美狄亚那个时代的女性，被笼罩在英雄时代男权的阴影之下，她们被社会教条严格地束缚起来。当时的古希腊婚姻制度为一夫一妻制，然而这种婚姻制度只对妇女具有约束作用，对男子没有任何约束，离婚再娶对于男性来说很容易，但是对于女性来说却是难上加难，况且女人一旦离了婚，便会名誉扫地，被人鄙夷。所以在当时社会，爱恨对于女性来说，是个绝对的奢侈品。尽管社会环境如此，美狄亚还是为了伊阿宋放弃了高贵的公主身份，亲手杀死自己的弟弟，做了自己国家的叛徒，勇敢地去追求爱情。犹如飞蛾扑火般壮烈、悲戚。可是这样的牺牲并没有换来她想要的结果，丈夫以为儿子着想为借口，选择了更有权势的一方，与科任托斯国公主订下了婚约，无情地抛弃了美狄亚，并试图将美狄亚母子驱逐出境。这个时候痛彻心扉的美狄亚才展开了强烈的反击。所以说，美狄亚并不是主动展开复仇行动的，主导这场悲剧的是伊阿宋的背叛与欺骗。全剧反映了当时社

① 焦洪涛.《炸裂志》与当代文学的“中国经验”[J]. 平顶山学院报，2015，30（4）：4.

② 陈惇，孙景尧，谢天振. 比较文学 [M]. 北京：高等教育出版社，1997：67.

会贫富分化的加剧和社会道德的沦丧，以及妇女遭受凌辱和家庭崩溃的普遍现象。美狄亚的遭遇是当时妇女的共同命运。与其说她是向伊阿宋发起挑战，倒不如说她是向当时的社会，向男权和夫权制度发起了反抗。

《炸裂志》中孔朱两家的仇恨源于“文化大革命”期间，“孔明亮的父亲孔东德弯腰锄地时，后背上有鸟粪下落，那鸟粪被汗水浸湿，渐化开来，在他的白衬衣上形成中国地图，而他又半个月不洗衬衣，那鸟粪地图就日日扛在肩上，终于被人发现，报告给村支书朱庆方。村支书发觉情势严重，上报公社，再报县里，孔东德被捕入狱，从此孔朱两家结下世仇。”① 后来孔明亮荣升村支书，在他的教唆下村民利用吐痰的方式呛死了老村支书朱庆方，孔家的仇恨得到了宣泄，然而朱颖的仇恨却在心底生根了。目睹了这一切的朱颖，在之后的几十年中不择手段地对孔家展开了报复。为了满足复仇的心理，朱颖不止一次地让孔明亮下跪。在她看来，每次孔明亮跪在她面前就是向她妥协了，由她控制了。实际上，孔明亮从未妥协，他在朱颖面前的妥协也只是权宜之计，没有任何妥协的实际意义。如果要说妥协，朱颖的报复在很大程度上才是一种妥协，一种出卖女性自尊的妥协。她所培养的“身体工具”们反倒成了孔明亮获取权力与政治地位的坚实保障。写到这里，我们不难看出，朱颖实际上并不是复仇行动的直接执行者，她深受儒家文化影响，替父报仇是行孝尽伦的体现。无辜的朱颖只是一个为父报仇的弱女子。就时代背景来看，造成朱颖悲剧的主导是社会矛盾，以及人们对权力和欲望的膜拜。

美狄亚和朱颖两位女性在各自的复仇过程中表面上优势占尽，运筹帷幄，好像也尝到了快意恩仇的喜悦。实际上只是两个可怜的女人，虽然在经历了迫害之后都展开了报复，但那是被迫出手的。假如说，美狄亚没有遭遇伊阿宋的遗弃，那么故事的结局就是他们幸福地生活在一起了。同样，若不是朱颖看到父亲犹如雕塑一般死在自己的面前，她也许就会有另外一番人生了。这两位女性在不同的社会背景下，均充当了男性的玩物，是男性实现权力和政治目标的工具。她们最终都报仇雪恨了，但都为复仇付出了巨大的代价；都渴望爱情，但始终没有得到过爱情，所以只能一次次发出无奈的呐喊。两部作品在整体上体现了女性的弱势地位，从而揭示了她们在复仇中并不是直接的执行者，而是处于假支配地位。

---

① 阎连科．炸裂志［M］．上海：上海文艺出版社，2013：8．

二、复仇方式与手段

康德的义务论对美狄亚的杀子行为从道德层面宣判了死刑，虽说美狄亚是因为丈夫的背叛而展开的强烈的反击，但是她并未通过正常的途径去解决问题。她复仇的第一步是让自己的儿子为科任托斯国的公主献上有毒的金冠和衣袍，受到魔力的驱使，“当孩子还没走远的时候，公主便把那彩色的袍子拿起来穿在身上，更把那金冠戴在卷发上，接下来这个可怜的人便坠入了陷阱里，坠入死亡的厄运中，逃不了命运的毁灭！”① 闻讯而来的老国王悲痛万分，抱住女儿的尸身，同她接吻，他那年迈的身体也沾在了精致的袍子上，同样死于非命。然后她告诉众人：“她已经下定决心，马上要做一件事情——杀掉孩子，再逃离这个地方。”美狄亚这种残害自己亲生骨肉的手段让人总是会将她同恶毒、心狠手辣、违背人伦等词语联系起来，这一行为更是为读者所诟骂与唾弃。那她为什么要这么做呢？古希腊英雄时期，男尊女卑，子嗣更是男人身份的象征，老来无子，在古希腊人看来是非常凄凉的，所以杀掉丈夫的新婚妻子，再杀掉儿子，才从根本上报复了伊阿宋。孩子是伊阿宋的，那不也是美狄亚自己的吗？她能够做出利用牺牲孩子的方式来打击丈夫，就已经体现了她作为女性的弱势地位，暴露了她骨子里对夫权和男权制度的认可。美狄亚杀子除了报复伊阿宋，还有一个更重要的原因，就是她不希望自己的孩子死在“更残忍的人”手上，不希望仇人侮辱自己的孩子。她不愿带走孩子，因为这样，她就会想起令她伤心的伊阿宋，但是如果将孩子留下来，死了国王和公主的科任托斯国人不会放过他们。文中这一描写也加大了读者对美狄亚的同情与理解，她的复仇方式也更加悲切壮烈。

相比之下朱颖的复仇方式不及美狄亚那么轰轰烈烈，她凭借出卖自己的身体获得原始积累，随即创办大型娱乐场所，创办女子特技学校，整个复仇过程无不充斥着女色，欲望。朱庆方头七那天，“朱颖在坟前磕了头，烧了纸，毅然离开村庄，穿着耙耧人都爱穿的自己缝制的笨衣裤”。两年后，她回到村里时，竟穿了一身说是每件要上千元的洋衣服。甚至根本没有经过村委会的证明和公章，她就从县里取得了一块宅基地的土地证，盖起了比村委会还高出一层的楼房。此时此刻的她，已是孔明亮能否当选村支书的唯一竞争

① 欧里庇得斯悲剧五种．第四卷［M］．罗念生，译，上海：上海人民出版社，2016：117.

对手。朱颖的发迹靠的是当妓做娼，出卖身体。她用自己的身体换来金钱向炸裂村发起挑战，向孔明亮发起挑衅。回村之后，炸裂村换届选举村支书，朱颖的票数远远高于孔明亮，但是朱颖将村支书之位拱手让于孔明亮，条件就是孔明亮给她下跪，并娶她做妻子。对权力极度渴求的孔明亮服了软，并顺利让朱颖成为孔家的儿媳妇。然后朱颖就一步步展开了报复，她为孔家找来一个保姆——小翠，看起来老实肯干，但三个月之后，老大孔明光就要与结发之妻离婚，与小翠结婚。小翠看起来柔弱不堪，实则是个很有心机的女人：一方面色诱老大孔明光，向镇长索要离婚证书，等老大欣喜若狂回来之后，她却消失得无影无踪；另一方面向孔东德抛出橄榄枝，临走之前，约孔东德在偏僻杂树林见面，让孔东德看见自己的裸体，然后对她日思夜想，一蹶不振。朱颖此举一箭双雕，既让孔明光家庭破碎，又让公公对小翠思念不止，最后踏入“天外天”的门槛，陷入女人的温柔乡之中，死在一个小姐身上。除此之外，朱颖也对孔明亮三弟孔明耀下手：让自己手下的姑娘葛粉香色诱明耀，放着即将升职的机会不顾，退伍。孔明耀果然上当了，退伍之后，四处寻找粉香，可是都无果而终。后来只能培养各种各样的兵，自己当司令，做着将军的梦。我国古代就有“三教”“九流”之分，九流又分为上流、中流和下流。下九流依次是“师爷、衙差、升秤、媒婆、走卒、时妖、盗、窃、娼”。由此可见，娼妓自古就是最下层、最低贱的职业。中华人民共和国成立后，禁娼更是国家对娼妓问题的一贯主张。那么朱颖为什么又会选择通过出卖自己身体的方式来达到复仇的目的呢？因为纵观当时的社会，改革开放初期，乡村在摆脱贫穷，改变命运时，资本和力量的匮乏，女性似乎面临着更为艰难的生存境遇。女性想要在社会中崭露头角，身体成了她们唯一的依靠。作为女性的她，让人不得不生出怜悯之情。

通过比较我们发现，美狄亚和朱颖两位女性在遭遇迫害之后选择了不同的复仇方式与手段。但其中有一点是相同的，她们都没有向主要复仇对象展开报复，而是向他们身边最亲近的人下手。毫无疑问，美狄亚的主要复仇对象是伊阿宋，伊阿宋的不道德行为是她复仇的原动力。那么她为什么不向伊阿宋直接展开报复，而是将毒手伸向科任托斯国的公主、国王以及自己的儿子？我们可以理解为，这种让伊阿宋失妻丧子，断送希望的报复对他来说打击更大。那么朱颖的选择又是出于什么目的呢？同样，孔明亮是朱颖的主要复仇对象，小说中朱颖也不止一次说出，我要让你跪在我面前的话，并且确实也有孔明亮向朱颖下跪的场景。但是作为复仇主体的朱颖的报复对象却一直是孔家老父亲孔东德、老大孔明光与老三孔明耀，她将孔明亮身边的人各个击破，使之退化腐朽、断送前程，甚至命送黄泉。而对孔明亮却一直帮助扶持。文中在孔东德死后，朱颖的仇恨暂时得到了纾解，她对孔明亮说："我该做的事情做完了，剩下的就是好好做你的女人，让你当上县长了。"[①] 由此可见，是不是随着故事情节的发展，孔明亮对朱颖的感情也发生变化了呢？

三、复仇主体对复仇对象的情感变化

美狄亚出场时，保姆说："她来到这里，事事都顺从她的丈夫，不同丈夫争吵，家庭最是相安。"可以说，抛弃家国的她与伊阿宋度过了一段幸福美好的日子，她安心相夫教子，甘心做伊阿宋背后的女人。但是遭到丈夫的欺骗与背叛后，发出诅咒般的呼喊："至大的宇宙和威严的忒弥斯呀，让我亲眼看见他，看见他的新娘和他的家一同毁灭吧，他们竟然首先害了我！啊，我的父亲，我的祖国呀，我现在惭愧我杀害了我的兄弟，离开了你们。"前文中说过，假如伊阿宋没有出现后面的变故，那么美狄亚还是一个沉浸在幸福中的小女人，她还会一如既往地为丈夫解除忧患，帮助他、支持他。但是伊阿宋变了，他由一个勇敢的英雄变成了一个卑劣的小人；美狄亚则由一个多情的少女变成一个恶毒的妇人。此时此刻她心中不光有自己爱情被背叛的仇恨，还有自己亲人、家国的仇恨，伊阿宋的所作所为让她想起了背井离乡的苦楚与残杀兄弟的痛楚。她对伊阿宋由爱到恨的感情变化成功地诠释了什么叫作"爱之深，责之切"。

朱颖与孔明亮的结合，原初动力是为父复仇，当然也是对命运的妥协。只不过，在后来无休止的报复与反报复中，恐怕连她自己也无法说清楚她的疯狂举动到底是出于复仇还是爱情还是控制欲了。她对孔明亮的感情变化从她的语言变化中就可以看出来。起初朱颖对孔明亮说："嫁给你，这辈子我都要把你们孔家捏在手心里。"后来，在孔明亮与陈菁整日厮守，对她百般冷落之时，朱颖俨然成为被丈夫抛弃的怨妇，曾经那个步步为营、精明算计的女人不见了，她开始迷茫痛苦，心怀对孔明亮的期待，甚至无奈地呐喊："孔明亮，你死了也是我的人。"文章末尾，当朱颖冲进孔明亮的办公室时，她的丈

---

① 阎连科．炸裂志［M］．上海：上海文艺出版社，2013：66.

夫孔明亮已经死在了那张红木阔大的办公桌上，他死前被强制签发的最后一份“同意孔明耀将军借用人民使用三天”的文件被拿走了，疑似明耀杀死了哥哥孔明亮。就在孔明亮死后的那一夜，朱颖整整招募了一千个姑娘，以劳军女部的名义加入了孔明耀的队伍，浩浩荡荡地离开了。这一举动，让人无限遐想，朱颖带着姑娘们跟随孔明耀的部队离开，我们看到她又一次使用她惯用的报复手段，但这一次恐怕是要为孔明亮报仇了。

在《美狄亚》和《炸裂志》两部作品中，女性复仇主体对主要复仇对象的感情中均有爱恨情仇的纠结，但不同的是美狄亚“先爱后恨”。“她一开始是爱着伊阿宋的，爱得浓烈，也爱得深沉，只不过伊阿宋的不守信用激起了她的仇恨之心。”从地域背景来看，美狄亚受西方海洋文化影响，崇尚个性独立，热爱自由，所以往往会大胆地追求爱情，为了真爱不惜一切代价，在遭到爱情的背叛，人格尊严受到践踏时，也会奋起反抗、横刀直入。而朱颖“先恨后爱”。“朱颖起初选择嫁给孔明亮既是为了实现复仇目标，也是向命运妥协，只不过，随着情节的发展，她在孔明亮身上一次又一次寄托了爱情的希望。”不幸的是伊阿宋和孔明亮都是贪图权势和金钱的利己主义者，他们冷酷无情、自私自利、毫无道德可言，为了满足自己的权力欲望可以不择手段。所以爱上他们的女性也注定只能是悲剧，等待她们的只有背叛与无尽的落寞。

结　语

《美狄亚》和《炸裂志》这两部作品虽然都是在叙述女性受到伤害之后的报复，但这两部作品也体现了中西方民族对于复仇目的的不同理解与价值取向上的差异。第一，《美狄亚》这部作品在复仇过程中偏重于对伊阿宋精神摧残的过程描写，美狄亚杀害自己的亲生儿子也是为了能将伊阿宋的精神摧残到极致。她说：“他们已经不在人世了，这正好使你的心痛如刀割，这样才能够伤你的心！”[①] 而《炸裂志》中朱颖的复仇则更关注于伦理道德的实现，嫁给孔明亮之后朱颖在她爹的坟前说：“放心睡吧，以后炸裂就是我朱家的炸裂了。”在父亲的老仇人孔东德死后，她也认为自己可以好好地做孔明亮的妻子，可以实现伦理道德了。第二，美狄亚在复仇的过程中体现了主体与命运抗争的悲壮感，尽管在父权制度影响下，美狄亚仍敢于挑战，为了追寻爱情

---

① 欧里庇得斯悲剧五种：第四卷［M］．罗念生，译，上海：上海人民出版社，2016：125.

帮助伊阿宋盗取金羊毛，背叛国家，紧接着残杀兄弟，与家族决裂。在后来遭到伊阿宋背叛之后，又敢于向夫权制度宣战，使伊阿宋失妻丧子，梦想幻灭。所以结局有神相助，完成了报复之后驾着龙车腾空而上，获得了自由。据传说伊阿宋后来没有续娶，并且活了很大的岁数，终于像美狄亚所预言的那样死去。而朱颖的复仇则更多地体现她对命运的屈服与妥协，体现了一种蒙昧无知的“信命论”，遭遇梦境那晚，她出门遇到的第一个人就是孔明亮，所以她认为自己的命运已经与孔明亮绑在一起了，一门心思要嫁给孔明亮，将权力和欲望攥在手心里，让孔明亮一次次地跪地服软来满足自己的复仇心理。在第一次竞选村支书时，朱颖票数是远远高于孔明亮的，可是她却将这种主动权亲手交于孔明亮，反过来再从孔明亮那里一次次地讨要主动权，想想这是多么荒谬。第三，《美狄亚》这部作品将人物形象刻画得淋漓尽致，女主人公可以为爱情放弃一切，遭遇背叛之后又可以痛下决心去毁了自己苦心经营的爱情。故事情节就是一个对爱情向往的少女遭遇背叛后做出的一系列惨绝人寰的报复，最后以伊阿宋惨遭打击、美狄亚形象得到升华结尾。而《炸裂志》这部作品在刻画主人公形象的同时，更加关照结果的重要性，朱颖形象就不像美狄亚那么单一，在遭遇梦境那晚出门第一个遇到孔明亮时，就已经将自己的命运定格了，后面选择嫁给孔明亮说是为了报父仇，又何尝不是为了给自己命运一个说法和一个交代。孔东德死后，孔家人也得到了相应的报复，读者原以为朱颖会功成身退，离开孔明亮，主宰自己的生活与命运。但让人意想不到的是，此时此刻的朱颖却想着要和孔明亮一起生活，想要好好做他的女人，一次又一次地讨要她曾经亲手交于孔明亮的那份主动权。文章在孔明亮死后，不难看出，朱颖这个人物又一次跟孔明亮绑在一起了，作者给了他们一个开放的结尾，或许是有意要成全朱颖的爱情。不光如此，作者也分别给孔明亮的大哥孔明光以及三弟孔明耀以相应的结果。

通过上述对美狄亚、朱颖这两个不同时代、不同民族女性复仇主题的比较，说明了中西文化整体上的差异。西方文化注重主体性，中国文化则更加注重伦理道德的实现；西方文化张扬较多体现个人主体与命运的抗争，中国文化则在儒释道影响下变得更加中和，更加相信宿命；西方文化重视对人性的挖掘，中国文化则观照结果的重要性。

参考文献

[1] 陈惇，孙景尧，谢天振，主编．比较文学［M］．北京：高等教育出版社，1997.

[2] 马立敏．美狄亚与妲己复仇的相同点［J］．语文学刊，2010（9）：84—85.

[3] 陈国战．《炸裂志》：破碎的历史主体及其当代境遇［J］．文艺研究，2015（2）：30—39.

[4] 董亚娟，于竟，赵玉荣．美狄亚复仇方式的悲剧性意义［J］．疯狂英语：理论版，2009（2）：143—145＋159.

[5] 王立，桂清．比较中西方复仇文学中的手段方式及目的［J］．温州大学学报：自然科学版，2005，26（1）：39—47.

冲破藩篱的“反向”出走

——以毛姆和李学辉小说中的人物为例

潘昱蓉
（西北师范大学文学院）

被誉为“英国莫泊桑”的小说家和剧作家威廉·萨默塞特·毛姆一生笔耕不辍，著述颇丰。除诗歌外，他在小说、散文、戏剧、游记等方面均有涉猎，且建树不凡。特别是他的长篇小说，不仅被各国学者翻译推介，还多次被改编为电影作品，受到世界各地读者和文学评论家的青睐。作为“毫无偏袒的观察者”，他用冷静客观的笔触叙述着其所处时代的欧洲城市故事。与之相应的是，他笔下的主人公也如他一般，对造成自身孤独的外界世界和复杂人性横眉冷目。同样地，在中国甘肃武威市，也有这样一位作家，他虽怀揣满腔热血、万丈豪情，却选择用冷峻奇崛的笔端，记录下他这个时代的中国乡土故事，他就是李学辉。面对所目及到的周遭世事，他若无其事地不置可否，不动声色地冷眼旁观，用最冷漠的态度进行自己的书写。世界对他们来说有时很大，大到包括了复杂变幻而难以预知的人性；有时却又很小，小到仅仅只是自己的身边环境。至于孰是孰非，他们从不评判；至于是非曲直，他们坚信世人自有论断。正是这般冷峻的态度，也正是这份洞悉事态的敏锐，使得他们对周遭环境和复杂人性有更多考量和思索。值得关注的是，他们笔下主人公所面临的困境截然不同——毛姆笔下的主人公面临着更多精神方面的探寻，而李学辉笔下的主人公更多的是在物质方面的求索，作者却均不自觉地采用“出走”这样的方式来帮助主人公逃离窘境。众所周知，马克思主义唯物辩证法认为世间事物都存在着矛盾，它的普遍性和特殊性要求我们在认识和解决问题时，既要注重矛盾的普遍性，也要注重矛盾的特殊性，不搞“一刀切”，应当做到具体问题具体分析。虽然困境不同，矛盾不同，但解决问题的手段却出奇相似，这真的可以帮助文中的主人公有效化解困境吗？本文将借助毛姆的《刀锋》《月亮和六便士》和李学辉的《麻雀飞翔》《麦女》这四部小说，从中西文化背景的对比出发，探讨毛姆和李学辉小说中的主人公为冲破藩篱，而选择出走的缘由和意义。

一、出走方向上的截然相反：从繁华到质朴 VS 从质朴到繁华

“出走”一词，在汉语词典中释义为“因情势、环境所逼而离开原来所居之地”。出走，这个母题于西方文学中，我们不难寻找。提及此，我们不禁想到在弥尔顿的《失乐园》中，亚当和夏娃在撒旦的引诱下，偷食了禁果，从而被迫走出乐园，这是一次被恶魔诱惑的惩戒式出走。提及此，我们不禁想到在索福克勒斯的《俄狄浦斯王》中，俄狄浦斯不仅在年少时，为了摆脱“弑父娶母”的命运而出走，更是在获知无法摆脱命运之后，为救赎瘟疫中的饱受折磨的百姓而再次出走。这是一次和命运抗争失败后的悲剧式出走。提及此，我们更不难想到在乔伊斯的《尤利西斯》中，斯蒂芬和布鲁姆那“寻夫得子”的双向出走，更是意味深长，这则是复杂而耐人寻味的精神出走。当然，在中国文学中，这个主题同样引人注目。特别是在“五四”后，对于中国女性的“娜拉式”出走，更是引起了文学创作界和文学评论界的广泛关注。当然，对于“出走”这种反抗方式，学界态度聚讼不已。田汉在剧作《名优之死》中，刻画了离家出走，却又再次沦为社会“玩物”的悲剧人物刘凤仙。而曹禺在《雷雨》中，更是刻画了鲁妈和繁漪两位出走女性的共同悲剧。当初决心“誓死不见周家人”的鲁妈，后来却发现自己的女儿又陷入了曾经的泥潭。而为爱出走的繁漪，更是落入了另一个家庭“牢笼”之中。显然，对于“出走”这个全球性的母题，我们并不陌生。

从上述定义中，我们不难看出“出走”的特征：在一定时间，人们出于情势变化从一个区域向其他一个或多个区域被迫移动的出走具有时间性和方向性。（出于表述的方便，我们将出走的始发地称之为原区域，出走到达的一个或者多个区域称之为他区域。）首先，就时间的延展性而言，我们发现随着时间的延展，原区域和他区域均在产生或微妙或重大的变化。故而这里还常常会延伸出“返归”后，原区域人由于出走后受到他区域的影响，从而眼界

和心态发生变化，对原区域产生别样情感和理解。恰如鲁迅《故乡》中的“我”二十多年后重新踏足故土，无论是面对儿时的闰土，还是面对故乡的风貌，都不禁感叹：“阿！这不是我二十年来时时记得的故乡？我所记得的故乡全不如此。”其次，就出走的方向性而言，我们所熟悉的文本分析更多涉及的是出走的路线问题，即出走的线路是链状还是环状的。这个问题更多地侧重主人公最终是否回到了原区域，及回归后对原区域的新认识和新判断的问题。与以往的分析思路不同，下文中的“反向出走”根据原区域和他区域的地理位置和区域属性的角度来界定。高楼林立、热闹喧嚣的快节奏现代生活是都市这个区域的标签，而四季躬耕、缓和宁静的质朴生活则更多地指向田园这个区域。综上所述，由于存在着快与缓、喧嚣与平静、繁华与朴质这样的都市和田园的区域属性的对立，作品中不仅出现了一部分群体由田园走向城市，同时也出现了另一部分群体走向截然相反方向的情况，即从城市来到田园。这看似简单的“反向”出走模式，其背后又隐藏着作者怎样的匠心与思考呢？

在毛姆和李学辉的小说创作中，都存在着一些抛下一切离家出走的人物。在毛姆的作品中，无论是在《刀锋》里，主人公拉里放弃自己曾经富足稳定的生活和青梅竹马伊莎贝尔的爱恋去探寻人生意义，抑或是在《月亮和六便士》里，主人公思特里克兰德抛下自己体面的工作、生活和端庄贤惠的妻子及聪明可爱的孩子去追寻美的意义。这两部小说的主人公都是从稳定走向漂泊，从喧嚣繁华走向了寂静朴质。而在李学辉的创作中，无论是在《麻雀飞翔》中，三兄弟合葬父母后，因急于摆脱生活困境，出走他乡。即便在外也同样漂泊，无依无靠，生存艰难，老二和老三也不愿回归故里。又或是在《麦女》中，那位始终坚守在巴子营的玉玉，最终也因为要给母亲治病而被迫“出走”挣钱。和毛姆小说的主人公相比，李学辉笔下主人公的出走则呈现出完全“反向”的趋势。

无论是从“喧嚣回归朴质”，抑或是从“朴质走向喧嚣”，这都是主人公们探索和抗争的结果。在从城市向田园的出走中，我们看到了一个困顿灵魂的觉醒。虽然他们的生活由一种稳定而平静的状态变得动荡不安，但他们的精神状态却是由一种动荡不安转向了平静安稳。《刀锋》中的拉里在印度找到了自己精神的寄托。《月亮和六便士》中的思特里克兰德在塔希提的归隐中，找到了美的真谛。虽然他们都找到了自己曾奋力追寻的东西，但是之后的态度却是截然不同的。《刀锋》中，拉里在印度获得“真我”的觉醒后，他意识到了："真我，并非创造之物，而是与天地共生之物。一旦摆脱七重蒙蔽，它便会回归它的原始之地——'无限'。它就像海里蒸发起来的一滴水，在一场雨后坠进水潭，然后流入溪涧，进入江河，通过险峻的峡谷和广袤的平原，迂回曲折，击石穿林，最后抵达它的发源地——无垠的大海"。[①] 所以，觉醒后的拉里试图用自己的力量去帮助更多的人。譬如，他帮助因经济危机而头痛导致无法正常工作和生活的格雷摆脱病痛，同时，他也试图拯救此时正处于因爱人身亡而自甘堕落的儿时伙伴索菲摆脱困境。显然，他是在将自己历来所学到的思想和方法转化为一种行动力，去帮助他人。然而，对于《月亮与六便士》中的主人公思特里克兰德来说，他发现的美的真谛在塔希提山间这样一个隐秘的环境。故而在他临终前，终于将美的真谛表现出来时，他却要求自己的妻子在他死后将创作出来的作品付之一炬。这样的行为在我们看来是难以理解的，似乎是一种参悟过后的独享和掩藏。所以，在觉醒之后，一个走向了自我的重生，一个走向了自我的毁灭。这正是毛姆借小说在探寻生命意义和艺术真谛的过程中思想所发生的变化。从《月亮与六便士》到《刀锋》，从自我的毁灭走向自我的重生，我们不难看出，毛姆在思想上的转变是翻天覆地的。

而在从田园到城市的出走中，我们更多地看到了困境之中的无奈出走。无论是在《麻雀飞翔》中，三兄弟因家境破败，无力维持自己生活的无奈出走，抑或是在《麦女》中，玉玉因要给母亲治病，被迫外出挣钱的无奈出走。从中，我们不难看出，这种困境是外界生活重负压迫下的无奈出走的缘由。所以，在毛姆和李学辉的小说中，正是因为主人公的追求不同，所以主人公走上了两个完全不同的方向。正是因为追寻到的东西不同，所以即便看似在同一方向上，最终也会走上完全不同的道路。

二、出走诉求上的"异曲同工"：摆脱人生的困境

恰似前文所述，纵观古今，横揽中西，人们远离故土，漂泊他乡，似乎并不算新奇。但是，从李学辉和毛姆小说的出走模式对比中，我们惊奇地发现：毛姆小说中主人公的出走模式是从"繁华到朴质"，而李学辉小说中的主人公则是从"朴质到繁华"。这种完全"反向"的出走模式暗藏着怎样的玄

---

① 萨默塞特·毛姆．刀锋［M］．方华文，译，南京：译林出版社．2016．

机？人们做出这样的抉择时，又有着怎样的考虑呢？

（一）在外界环境诱惑下对处境的抉择

当普罗泰戈拉唱响“人是万物的尺度”时，我们摩拳擦掌，试图改变世界；当笛卡尔高歌“我思故我在”时，我们企图通过自己的智慧来使世界更精彩；当卢梭大声疾呼“人人生而平等”时，我们试图创造出更为和谐的理想世界……然而，伴随着科学技术的进步，当它向我们展示更加宏阔的宇宙时，我们突然醒悟，自己不过是那浩瀚宇宙中的一粒微尘，不过是那苍茫大海中的一个水滴。这时的我们开始打开心门，放眼外面的世界。和自己周遭那早已熟悉得不能再熟悉的环境相比，外面的世界更加绚丽，甚至有些神秘。当我们从稳定的周遭环境中无法获知答案时，外面的世界似乎有着无数的可能，似乎成为我们完成探寻之旅的地方。

当然，外界是一个相对的概念。对于内心而言，外界指的是除内心之外的整个物质世界。相反，对于物质而言，外界指的却是精神世界。在毛姆的《刀锋》中，拉里是一位从硝烟弥漫的战场荣归而来的飞行员，有着每年三千块钱抚恤金的稳定收入，并且朋友也愿意为他提供一份体面的工作。同时，在爱情方面，也有着青梅竹马的爱慕。可以说，在世人的眼中，拉里的生活可以说是幸福的。但是，在这样的生活中，拉里突然找寻不到人生的意义了。他开始了精神方面的探索，从芝加哥那稳定而熟悉的环境中出走，去巴黎探寻出路，但是未果。又去了煤矿，试图通过劳累身体，而获得思绪上的沉静。短暂的宁静，并不是拉里的恒久追求，接着他去了印度，从印度的吠陀经义中获得了答案，他认识到了“真我”，只有彻底摆脱个性，才能和“无限”融为一体。所以，他又回归芝加哥，用自己的知识和精神，来救助格雷因经济危机造成的心理问题，以及堕落的索菲。

在毛姆的另一部小说《月亮和六便士》中，思特里克兰德先生本是一位诚实认真而又恪尽职守的证券经纪人。“也许理查斯·思特里克兰德算不得聪明，但是在他自己的那个环境里，他的智慧还是绰绰有余的，这不仅是事业成功的敲门砖，而且是生活幸福的保障”。[①] 当然，思特里克兰德先生不仅有着令人艳羡的工作，他的生活模式也同样给人安详亲切之感。他有着爱他的太太和健康可爱的一双儿女。但是即便这样，他也没有逃得过艺术对他的召

① 萨默塞特·毛姆. 月亮和六便士［M］. 傅惟慈，译，上海：上海译文出版社. 2009

唤，“我告诉你我必须画画儿。我由不了我自己。一个人要是跌进水里，他游泳游得好不好是无关紧要的，反正他得挣扎出去，不然就得淹死”。[①] 所以，艺术，又何尝不是让他远离安稳生活的充满神秘诱惑的外界世界呢？

显然，对于毛姆笔下的主人公而言，精神世界的意义远远大于物质世界的诱惑。所以，他们放弃了世人眼中安定舒适的生活，毅然决然走上了精神探索的道路。当他们从喧嚣浮华中出走时，朴质宁静成为他们精神的诱惑。同样的，对于静谧朴质的田园而言，那繁华喧嚣的都市又何尝不是诱惑呢？

在李学辉的小说《麻雀飞翔》中，主人公严氏三兄弟在巴子营的生活，正如文中老二严贵所言，“我们兄弟三个，一个破院子，三间破房子，满院子闻不到女人味，连鸡窝里跑出来的那只公鸡，见了母鸡都像强奸犯”。[②] 我们不难发现，在巴子营中，三兄弟的生活是可怜而缺少出路的。那么，他们的出路在哪里能寻到呢？作为在城里上过学的大学生，严富看到了城市中的繁华秀丽，看到了城市中的富裕安适，看到了城市中的发展生机。而巴子营那破败零落的房子、院落，和城市中的繁华喧嚣形成了巨大的反差。正是在这样的强烈对比中，三兄弟试图出走巴子营，去寻找改变命运的契机。

在李学辉的另一部小说《麦女》中，同样也有着这样的都市诱惑之下的出走。在选新麦女的舞台上，婷婷、佳佳、乐乐和荷荷等四位在外上大学或者打工的，和守在巴子营的玉玉形成了对比。在玉玉看来，婷婷她们从城市回来后，变得“说话有派头，走路有姿势”，十分洋气。所以，当看到了婷婷等人的洋气和袅娜后，玉玉不禁腿软，扑倒在舞台上，成为耀眼灯光下的灰暗面。所以，不仅是都市的繁华喧嚣可以蛊惑人们出走的心，都市中的洋气时髦也同样让田园中朴素惯了的人心驰神往。所以，都市不可避免地成为田园生活的外界诱惑。

（二）在身份处境变化下对自我的重置

没有无缘无故的转变，没有无情无理的出走。也许，外界的诱惑有时确实是蛊惑人心些。但是，人们出走他乡，前往未知而陌生的环境，真的仅仅是因为禁不住外界的诱惑吗？显然并不完全是那样的。

在《刀锋》中，拉里的青梅竹马伊莎贝尔不止一次强调，他此前并不是

---

① 萨默塞特·毛姆．月亮和六便士［M］．傅惟慈，译，上海：上海译文出版社．2009．

② 李学辉．李学辉的小说［M］．兰州：甘肃文化出版社．2014．

这般玩世不恭。相反，在伊莎贝尔的回忆中，“在战争之前，他和别的人是没有什么两样的。说出来你也不会相信——他网球打得很好，打高尔夫球也是一把好手。别人干什么，他也干什么，完全是个很正常的孩子”。[①] 是的，我们从伊莎贝尔的回忆中发现，真正使拉里发生变化的是战争。在“一战”中，去加拿大参战的拉里成为一名飞行员。后来，在一次奉命飞越敌军防线侦查的过程中，不幸与几架敌机遭遇，从而陷入了激战。而他最好的朋友“捣蛋鬼”在救他后壮烈牺牲。当生龙活虎的年轻生命在自己眼前瞬间消失，当天不怕地不怕的“闯祸精”突然沉睡不醒，当曾经百般勉励自己的战友撒手人寰永别而去，当想要战后回家娶爱尔兰姑娘的誓言还在耳边回响，严酷的现实却给了他当头一棒。在死亡的面前，理想是苍白的，活力是不足为道的。一切的一切，似乎瞬间都化为乌有，人生的意义似乎一下子显得那般荒芜无奈。所以，当拉里目睹了曾生龙活虎的伙伴为救自己而牺牲时，他从无忧无虑变得有所背负。他，不再是伊莎贝尔回忆中的拉里。

和《刀锋》里拉里因外界变化而产生自我重置不同，《月亮和六便士》的主人公思特里克兰德却是在自我否定之中，完成了自我的重置。当文中的作者初次见到思特里克兰德时，他显然是一个再平凡不过的人。但是，当思特里克兰德出走后，作者再次寻到他时，他对待妻子和孩子的冷漠无情又令人震惊。当被问及原因时，他归结于艺术对自己的召唤。但是，众所周知，艺术的形式千千万，表现美的方式并非只有画画这一种，他又为何执着呢？原来，他在小时候，梦想当一名画家，但是他的父亲却让他做生意。因为在他父亲的眼中，艺术是无法赚钱谋生的。所以，当他不再为赚钱谋生所困而再一次接触画画时，内心的追寻美的火苗被再一次点燃。所以，他在从赚钱谋生到追寻美的过程中，否定了那个因为赚钱而放弃艺术的自我。

当然，自我重置不仅存在于“喧嚣到朴质”这一模式的追求中，在“朴质到喧嚣”的模式中也同样存在。在李学辉的小说《麻雀飞翔》中，严氏三兄弟的出走，发生在父母合葬以后，所以他们的身份也发生了变化。父母合葬前，他们是父母膝前尽孝的儿子，而在父母合葬后，他们成为要撑起一片天的男人。所以，在父母合葬前，巴子营的房子和院落虽破败但却是大家庭的象征，而在父母合葬后，当大家庭的核心不在时，三兄弟希望也为自己将

---

① 萨默塞特·毛姆. 刀锋［M］. 方华文，译，南京：译林出版社. 2016.

来的小家做出努力。此时，他们的祈愿也不过是改善生活，娶妻生子；之后，儿女绕膝，共享天伦。所以，他们的出走是自我身份重置后的必然。同样，在李学辉的另一部小说《麦女》中，也有着这样身份重置后的必然出走。在巴子营的小环境中，挣钱难，看病条件受限，成为玉玉的难题。原本，玉玉是巴子营的坚守者，是巴子营的新麦女。但是，玉玉同样也是一位生病母亲的女儿。所以，在守护巴子营的新麦女身份，不能解决玉玉作为女儿帮母亲治病的现状之后，她两相权衡之下，也必然会迈上出走巴子营，去寻找机会的这条道路。

综上研述，我们不难看出，在“喧嚣到朴质”这一出走模式的背后是自我精神的重置，而在“朴质到喧嚣”这一出走模式的背后，我们看到的则是自我身份的重置。

三、出走结局上的意味深长：中西互学互鉴，彰显故乡关怀

四部小说中的主人公纷纷离乡出走，去寻求各自想要追寻的事物。他们真的不曾留恋自己家乡吗？在作者的眼中，故乡真的就只是难以忍受的不堪存在吗？作者又是否在向读者传达鼓励大家抛下故乡，去追求理想生活的理念呢？

显然并非如此。在《月亮与六便士》中，我们看到了为探寻美的真谛而出走的思特里克兰德完全抛下了自己的故乡，但是他一生颠沛流离，令人怜悯。甚至在发现了美的真谛后，毅然决然地烧毁自己的创作。所以，我认为在毛姆的眼中，这不过是个人对于艺术美追寻的历程，他的反抗是孤独而寂寞的。而《刀锋》中的主人公拉里，在探寻到生命的真谛后，走上了自我精神的重生。他将自己与故乡相联系，与自己过去的朋友相联系，走上了帮助他人、普度众生的道路。两者相比，拉里的反抗显然有着更加丰富而深刻的意义。

诚然，毛姆并没有鼓励大家抛下故乡的意图。那么，李学辉又有没有嫌弃“巴子营”这个故乡呢？《麦女》中，奶奶在文末叹息道：“诶！这个春天也就仅仅是个春天。”在这声叹息中，我们读到了作者的态度。麦女的重新选举，并不能将人们拉回故乡；反而是生计的需要，让更多的人走出了故乡。所以，一切都未曾变化。这一声叹息，又何尝没有叹出寓居作者心中的那份深深遗憾和无奈呢？在《麻雀飞翔》中，大哥出走的距离最近，回来也最早，

所以，作者为他安排了一位善解人意的妻子和一处安定的处所。二哥走得较远，但心却未远离，在城市中，依旧有着田园生活的淳朴，所以，作者为他安排了烈士这样的结局。而对于身心都远离故土，一心想在城市中取得成功的老三，本是最有文化，最有可能在都市生活的人，却阴差阳错变成了通缉犯。即便如此悲惨，老二的骨灰盒和老三的通缉令最终还是回到了家中。在作者精心设计下，他们最终还是汇聚在当初出走时那故乡的家中。从三人与故乡的关系和三人的结局对比中，从作者精心的设计布局中，我们不难看到作者对于故乡的倾心和眷恋。无怪乎马步升赞其为“文化补丁”!

通过上述分析我们发现了两位作者都无意让大家远离故乡。那么，又为何偏偏设计了出走这样的情节呢?

笔者认为这个问题和中西文化的相互影响是分不开的。早在晚清时期，我们就开始向西方学习先进的生产经验。无疑，在经济建设中，西方社会通过工业革命和二次工业革命等社会变革，实现了经济的飞速发展。所以，我国也开始学习西方，无论是过去所提的以经济建设为纲，或是现今所说的以经济建设为中心，我们无疑都是希望学习并借鉴西方的经济建设经验，从而帮助我国实现从落后的农业国向现代化强国转变。在当今社会环境中，我们不难理解在城市纷纷崛起并迅猛发展之时，由于城乡发展的不平衡，使得城市和乡村生活的差距拉大。农民为了摆脱生活困境，不得不离开自己的家乡，来到城市追寻美好生活。故而，作者这一大块“文化补丁”通过小说向我们传达出的是：希望通过自己和其他同仁的共同努力，使得人们关注故乡问题，从而涌现出建设故乡、改造故乡、发展故乡的人，继而，共同守护住故乡这个宁静的家。在李学辉的小说《麦女》中，奶奶成为巴子营最坚实的守护者，她期待着巴子营的变化，她等候着人们满载归来。而在《麻雀飞翔》中，严大出走后的回归和等候成为作者愿望的集中承载。故而，作者在小说中，不论是无奈的叹息，抑或是精心设计结局，他都只有一个想法：留住家乡，守护家乡。

在中国向西方学习经济发展经验的同时，西方人也在向东方学习借鉴、精神填充。当尼采高呼“上帝死了”，西方人陷入了精神的困境之中。当叔本华大谈乐观主义是对人类灾难的一种讥讽和嘲弄，而基督教的基本特质却是现实主义和乐观主义时，我们真切感受到了西方世界的精神危机。于是，当上帝死后，人们陷入迷茫之中，西方人的精神出路又在哪里呢?叔本华指向了佛教，他认为“佛教的涅槃——即超脱生死的境界，却可奉为人生的寄托，精神的归宿”。受到叔本华影响的毛姆同样将《刀锋》中的主人公放到了印度这个在西方看来极其神秘的国度，在这个国度中，拉里认识到“真我”，找到了人生的意义，获得了自我精神的重生。在毛姆的另一部小说《月亮和六便士》中，思特里克兰德的归隐又何尝不是一种东方化的解脱？在西方，人们有了精神的困境后，常见的方法是跟上帝忏悔和诉说，极少有归隐山林田园这样的惯例和心理倾向。所以，我们不妨认为这是毛姆对于东方文化的早期探索，但是，并不能抚平他动荡精神的波澜，所以，他选择让主人公和他的追求走上了自我的毁灭。

在这一组完全“反向”的出走中，我们看到了因经济困境而出走的无奈灵魂，和因精神困境而出走的空虚灵魂。无奈灵魂在向西方文化的出走中，企图摆脱自身困境；而空虚的灵魂又何尝不需要东方文化的填充？他们不同的出走，只为摆脱自己的困境，只为摆脱故乡的困境。他们相同的探寻，为了自己，同样也为了故乡。

参考文献

［1］萨默塞特·毛姆．刀锋［M］．方华文，译，南京：译林出版社．2016．

［2］萨默塞特·毛姆．月亮和六便士［M］．傅惟慈，译，上海：上海译文出版社．2009．

［3］李学辉．李学辉的小说［M］．兰州：甘肃文化出版社．2014．

［4］吴晓东，韩一杭．何处是归程：一个理想主义者的自我逃离、释放与救赎——《月亮与六便士》之主人公思特里克兰德［J］．文艺争鸣，2016（4）．

［5］骆谋贝，陈兵．传统土壤上开出的现代之花——论《月亮与六便士》现代主义叙事技巧［J］．中国海洋大学学报：社会科学版，2016（3）．

［6］贺萍，曹聪．孤独的反抗者——以毛姆笔下的精神探索者论其自由观［J］．吉林广播电视大学学报，2017（2）．

丝路上的歌

卡力哈尔·哈哈曼
（西北民族大学文学院）

欧亚大陆上的各民族，从未中断过交流——或征战，或贸易。经济上的丝路、交通也好，政治上的征战、联合也罢，在客观意义上都促进了东西方文化的交流。西方中世纪的画家们画布上的中国瓷器，阿拉伯典籍中的“知识虽远在中国也要求索”的言论，都是东西方交流的证据。而在东、西之间是广袤的欧亚草原，草原上环境恶劣，不适宜农耕，生活资料匮乏，也没有大规模的人口，科技更没有像东西方的帝国那样兴盛起来。即使到了现代，这里人口规模相较其他地区还是很小。伴随着东西各帝国的征战与游牧民族自身的迁徙与变迁，这里的文字典籍及其传承，相比较于文明的帝国那些浩如烟海的经史子集，更是少之又少。但是这里的人们凭借着人类悠久的口头传统，传承着他们的文化。而中国的口头传统被书面文学和儒家伦理所规范，失去了这种传唱性与民间性，而民间的文学又被冠以“俗文学”之名，不常被关注。丝绸之路却恰恰是一个民间交流之路。民歌是民间交流的一个重要载体，同时民歌也比其他文学样式的传播度高，历史上有不少其他民族的民歌被记载于汉文典籍中，并在中国文学史上产生了深远影响。从古代到现今民歌依旧在传播，在不同的文化间发生作用。

一、历史上的歌

中国的古代典籍中有三首特别的歌谣，引人注目。它们曾经以少数民族语言写成，又被译进汉文典籍之中。这三首歌谣是：《匈奴歌》《敕勒歌》《阿干之歌》。它们分别是匈奴、敕勒、鲜卑民族的歌谣，在这些民族都从历史中沉寂下去时，这三首歌谣却重现了他们的精神。

（一）“匈奴歌”

> 失我焉支山，令我妇女无颜色。失我祁连山，使我六畜不蕃息。
>
> ——《匈奴歌》

郭茂倩的《乐府诗集》中记载：《十道志》曰：“焉支、祁连二山，皆美水草。匈奴失之，乃作此歌。”《汉书》曰：“元狩二年春，霍去病将万骑出陇西，讨匈奴，过焉支山千有余里。其夏，又攻祁连山，捕首虏甚多。”“祁连山即天山，匈奴呼天为祁连，故曰祁连山。焉支山即燕支山也。”这首匈奴留在汉文典籍中的民歌，记载了他们在汉武帝时期受到侵略并失去土地的历史，这首民歌也抒发了匈奴人对于战争以及失去故土流离失所的悲愤与失落之情。

长城内外，一条400毫米等降水量线，是北方游牧民族与中原农耕民族互相交织融合的一条线，正是在这条等降水量线上，不同的民族在相互争夺的过程中学会了与外界的相处。《匈奴歌》记载的不仅是汉朝的野心与匈奴的悲愤，也记载了民歌在传播过程中如何受不同文明交互的影响：游牧民族一般都是四畜、五畜，六畜明显带有农耕民族的生活特点。

（二）“敕勒歌”

> 敕勒川，阴山下，天似穹庐，笼盖四野。
> 天苍苍，野茫茫，风吹草低见牛羊。
>
> ——《敕勒歌》

公元4世纪至6世纪，中国北方地区先后有鲜卑、匈奴等民族建立政权。这段时期匈奴西迁，突厥汗国还未建立，这是民族大融合与大迁徙的时代。而这些北方民族没有留下文字。他们的许多历史以及民歌都被载入了汉文典籍中。据《北齐书·神武纪》记载：“神武闻之，乃勉坐见诸贵，使斛律金敕勒歌，神武自和之，哀感流涕。”这段文字告诉我们《敕勒歌》是斛律金唱的。《北齐书·斛律金列传》则记载了：“斛律金，字阿六敦，朔州敕勒部人也。”《敕勒歌》在我国文学史上有重要的地位，历朝历代都有受其影响且对其有很高评价的诗人。宋朝著名诗人黄庭坚的《题阳关图》中写道："想得阳关更西路，北风低草见牛羊。"宋代王灼在《碧鸡漫志》中则称赞它"能发挥自然之妙"，能与"唐宋八大家"韩愈的作品媲美。金代的杰出诗人元好问，赞赏《敕勒歌》："慷慨歌谣绝不传，穹庐一曲本天然。中州万古英雄气，也到阴山敕勒川。"这些诗人对《敕勒歌》的评价证明了北方游牧民族对中原文化的影响。

魏晋南北朝时期，有东魏与西魏，两国都是鲜卑政权，东、西魏国之间不间断地进行了多次兼并战争，而在第二次"玉溪大战"时，东魏的权臣高欢大败。在征战失败回国的路上，高欢已经生病，但是为了稳定军心，他设宴并出席其间以证明自己无恙。席间，他命大将斛律金在宴会上演唱《敕勒歌》，在听完他的演唱后痛哭流涕。从这个历史的细节中，我们可以了解到游牧民族社会与民歌的关系：在游牧与抢占草场的社会中，游牧民族很少能以文本形式传承文学作品，他们的文学形式就是口头的演唱。从民歌的内容上来看，《敕勒歌》是典型的描写草原风景的作品，而风景意味着故土，尤其在游牧民族社会，对于土地的眷恋和歌唱是民歌永恒的主题之一。从功用上看，斛律金在战败后的宴会上唱《敕勒歌》不仅仅是抒情与表演，而是起到了对军队动员的作用。

（三）"阿干之歌"

阿干西，我心悲，阿干欲归马不归。
为我谓马何太苦，我阿干为阿干西。
阿干身苦寒，辞我大棘住白兰。
我见落日不见阿干，嗟嗟，人生能有几阿干。

——《阿干之歌》

《阿干之歌》是鲜卑民歌，沈约《宋书·鲜卑吐谷浑传》中记载：

阿柴虏吐谷浑，辽东鲜卑也。父弈洛韩，有二子，长曰吐谷浑，少曰若洛廆。若洛廆别为慕容氏，浑庶长，廆正嫡。父在时，分七百户与浑。浑与廆二部俱牧马，马斗相伤，廆怒，遣信谓浑曰："先公处分，与兄异部，牧马何不相远，而致斗争相伤？"浑曰："马是畜生，食草饮水，春气发动，所以致斗。斗在于马，而怒及人邪？乖别甚易，今当去汝万里。”于是拥马西行，日移一顿，顿八十里。经数顿，廆悔悟，深自咎责，遣旧父老及长史乙那楼追浑，令还。浑曰：“我乃祖以来，树德辽右，又卜筮之言，先公有二子，福胙并流子孙。我是卑庶，理无并大，今以马致别，殆天所启。诸君试拥马令东，马若还东，我当相随去。”楼喜拜曰：“处可寒。”虏言“处可寒”，宋言尔官家也。即使所从二千骑共遮马令回，不盈三百步，欻然悲鸣突走，声若颓山。如是者十余辈，一向一远。楼力屈，又跪曰：“可寒，此非复人事。”浑谓其部落曰：“我兄弟子孙，并应昌盛，廆当传子及曾孙玄孙，其间可百余年，我乃玄孙间始当显耳。”于是遂西附阴山。遭晋乱，遂得上陇。后廆追思浑，作《阿干之歌》。鲜卑呼兄为“阿干”。廆子孙窃号，以此歌为辇后大曲。

上述内容讲述了这样一个故事：弈洛韩的长子吐谷浑与少子若洛廆之间，因哥哥吐谷浑的马咬伤弟弟若洛廆的马，若洛廆指责吐谷浑，吐谷浑说马只是畜生，我们何必这样呢，然后离开故土西去陇西一代。若洛廆恍然大悟，明白了哥哥的重要性，派人去请回吐谷浑，而吐谷浑说只要马回去他就回去，结果马越走越向西，若洛廆明白从此他永远失去兄弟，故而有了这首《阿干之歌》。

“阿干”一词在如今的蒙古语、哈萨克语等阿尔泰语系民族语言中仍然是“哥哥”的意思。这首《阿干之歌》的内容表现了游牧民族靠与同一血缘形成部落联盟的方式。而部落间相互竞争、融合与分裂的主题也表现了游牧民族的生产生活方式。有学者对《阿干之歌》的真伪提出了质疑，而我们在此不对这个问题做过多说明，从《宋书》对于阿柴虏吐谷浑的记载来看，这首《阿干之歌》明显带有儒家伦理的特点。如《鲜卑吐谷浑传》后文中记载：“吐谷浑阿豺介在遐表，募义可嘉，宜有宠任。今酬其来款，可督塞表诸军事、安西将军、沙州刺史、浇河公。”这是国家对于没有大动干戈的吐谷浑后人的褒奖。

上述三首民歌，不仅出自三个民族，三次历史事件，也表现了三种民歌的模式与概念。其一，匈奴歌模式表现了一个民族或者民间对于一次历史事件的抒情化记载；其二，敕勒歌模式表现了在战争过程中对于人民的抒情化动员；其三，阿干之歌模式表现了在族与族、国与国的争斗中对于和平与团结的抒情性表达。从这三种模式中看民歌的作用与民歌对于中国历史的表达，可以更加清晰地看到民族交融中的生动演义，比起冰冷的历史记载，我们更能看到在历史中消失的人类面孔。

二、现实中的歌

民歌中何为历史、何为现实？如果说上述三首民歌记载于历史中，那么，到了现代又有中国的学者、作家继续收集与书写来自丝路的民歌，他们用史家传统重新定义了民间诞生的新的题材。

（一）“在那遥远的地方”

王洛宾，原名王荣庭，曾用名“艾依尼丁”，20世纪以来在中国产生了很大的影响。他收集整理、改编改写了大量西部少数民族民歌，除此之外王洛宾还创作了一些其他类型的歌曲，如抗战歌曲和囚歌等。王洛宾在中国新诗运动中处于边缘地位，但在新诗运动与抗日宣传的鼓动下，王洛宾走向了西部少数民族地区。他在新疆、青海等地收集了大量哈萨克、维吾尔民歌，并开始翻译和改写。

在那遥远的地方
有位好姑娘
人们走过了她的帐房
都要回头留恋地张望

——《在那遥远的地方》

在那遥远的沙吾勒山留下了爱人
临走时没有告别而悲伤烦恼
遗憾的虚幻

——《遗憾与虚无》①

以上两首民歌，第一首是王洛宾的《在那遥远的地方》，第二首是哈萨克民歌《遗憾与虚无》。王洛宾来到青海的哈萨克人中间，20世纪三四十年代有

① 哈布拉德. 哈萨克民歌：(3)［M］. 乌鲁木齐：新疆人民出版社，2008：200，240.

一部分哈萨克部落因受到国民党盛世才的迫害，背井离乡来到了甘肃、青海一带，这首《遗憾与虚无》便在逃到青海的一支哈萨克人间传唱，王洛宾就是在这些哈萨克人中收集了这首民歌。

这首《在那遥远的地方》正如《匈奴歌》，是游牧民族遭受苦难逃亡时的创作，而王洛宾就是这个时代的汉文典籍的编纂者，将这样一首歌记了下来。就像《匈奴歌》中从“四畜”到“六畜”的变异，这首《在那遥远的地方》中的姑娘从不穿“金边”的哈萨克姑娘变成了穿“金边”的藏族姑娘，这个被逃难的男人留在故土的哈萨克姑娘也变成了王洛宾的远方抒情与想象。

《在那遥远的地方》如《阿干之歌》一样，沈约把《阿干之歌》的形成儒家伦理化，让“阿干”的背弃统治者合乎伦理规范；王洛宾则把“爱人”变成了哀而不淫的“好姑娘”。从这种伦理转换中，哈萨克民歌被王洛宾传唱开来。

抗战开始后，为了唤起人民抗击侵略者的热情，新诗开始用民歌的形式，以图符合大众需求。正是在这样的背景下，流亡西北的王洛宾深入到少数民族地区收集民歌，并参加了八路军西北战地服务团。《北齐书·神武纪》中鲜卑人战败后唱起《敕勒歌》不也是一种战争动员吗？

（二）“古老的歌”

如今《在那遥远的地方》家喻户晓，并于20世纪80年代掀起了民歌热，王洛宾本人也被称为“西北歌王”，广受赞誉，以致大家把王洛宾收集的民歌都说成了是他自己的创作，引起了一定的争议。“文化大革命”过后，大众需要新的抒情方式，来借以摆脱沉重的革命伦理，从而诗歌一度成为大众最主要的审美工具，但诗歌毕竟是诗歌，主要面向的群体是有知识有文化的大学生和知识分子。而民歌因为其具有质朴的语言和真挚的情感，在普通大众中广为流传。从这里我们也可以看出民歌的“兴观群怨”。早在“王洛宾热”之前的十七年文学当中，诗人闻捷就学会了借用少数民族民歌来达到这样的目的。

闻捷是有很大影响的抒情诗人，他创作了诸如《天山牧歌》《复仇的火焰》等一系列作品。闻捷有在新疆生活的经历，热爱哈萨克民族文化，他的诗作中大量借鉴和吸收了哈萨克民歌中的题材、风格和形式。他的作品中多以哈萨克人的身份与视角，书写了大量的爱情诗篇。而在那个时代普通的汉族文人是不能书写人与人之间的情爱的，所以十七年文学发展到后期已经非常僵化，没有遵循文学发展的规律，而是被国家伦理所规训。闻捷歌唱少数民族爱情的诗歌，在当时犹如荒原上的一朵奇异的花。闻捷借用少数民族民歌形成了新的话语模式与言说姿态，这是一个诗人面对时代的自我突破，也是诗歌本身所要起到的意识形态作用。闻捷在他的《古老的歌》中表达了草原上的牧人，失去故土家园的情形："那时候阴云封锁着天空，风沙漫天遮蔽了太阳和星星，世代居住在草原的牧人啊！失去了帐篷、羊群和歌声。"[①]借牧人之口讲述了他们对于暴君的不满与反抗："多少勇敢强悍的牧人，群起反抗草原上的暴君。"从这首诗中我们不仅看到闻捷在十七年文学中的意义，同时让我们思考民歌与诗歌的继承关系，从而让我们更加接近民歌的现实性。

（三）"遗憾与虚无"

从《在那遥远的地方》的哈萨克语版《遗憾与虚无》来看王洛宾与闻捷的创作，有助于我们更好地理解民歌双向传播的动因。哈萨克语中部落、民族、国家可以用一个词语表达："耶勒"。它的原意是"部落"，后来引申出"民族"，在民族国家的概念影响下又引申出"国家"。哈萨克谚语里说：没有土地就没有耶勒。土地就是承载哈萨克人生存的根本，没有广大草原就没有游牧经济。在哈萨克汗国建立的几百年里，那片土地经历了无数性命攸关的战争。因而哈萨克民歌形成过程中就加入了不少凄凉悲伤的民歌，这些民歌往往用离开家乡离开情人的场景来隐喻民族命运。在黑暗的年代，人们借助情歌来抨击时政，表达对自由的向往。

在那遥远的沙吾勒山留下了爱人
临走时没有告别而悲伤烦恼
遗憾的虚幻
唐恩巴拉沙漠一样荒凉无际
本来宽广的世界为什么狭小
遗憾的虚幻
沙漠似白昼你的边缘在哪儿

---

① 闻捷．闻捷诗选［M］．北京：人民文学出版社，1979：56．

淡黄色马走得很慢前俯后仰
好不容易找到的同族女孩啊
看不见你的脸就要离去了吗
迁徙的队伍翻过蜿蜒的雪山
我们本是强大民族驾驭单峰驼
其实却失去了出生的地方
驼羔跟着逃难的人们远去

从这首歌中不难发现，它不单纯是歌颂爱情的。它的主题沉重，描写的是民族苦难史，是对国家灭亡族人落难的沉痛表达。那个女孩留在了故乡，我却走了。女孩为什么没有一同离开呢？这是由草原上的游牧人随季节迁徙逐水草而居的生活方式决定的。人们不停地迁徙远行，漂泊不定，必定有许多的离别与无尽的思念，而表达思念是草原文学的特点之一。其次，歌颂情人的歌往往可以歌颂领袖歌颂国家，它们可以互换，使国家、故土、民族变得有质感；虚幻、虚假在哈萨克语里同时也有世界的意思，哈萨克语中往往用“虚幻”代指“世界”。所以这首民歌标题的翻译成了关键，如杲译成虚幻，世界那层含义就将失去，但是本意是虚幻，我们就不能用引申意。从本意到引申意恰恰凸显了哈萨克人对世界的理解——虚幻；在黑暗时代还可以抨击时政，如《红麦子》唱的那样：“姑娘啊，莫非是老天的安排/穷人的生活道路多么狭窄/姑娘啊我的心爱/怎样才能把千户、巴依躲开?”“姑娘啊，咱们生活在悲惨的年代/你我都欠巴依、千户一身债/阔人们任意在草原为非作歹/却不准青年自由相爱。”① 这首民歌就深刻地揭露了当时的宗法制社会对人的压迫，借助给情人的歌表达了对自由生活的向往。

如王羲之所言：“后之视今，亦如今之视昔。”从《遗憾与虚无》到《在那遥远的地方》再到《古老的歌》，这些诗歌可能也会被记载到史书中，而属于他们的时代也成为历史，没有人关心这些民歌收集整理的时代与它所承载的历史意义与现实作用，就像我们今天重读《匈奴歌》《敕勒歌》《阿干之歌》一样。

① 马幸荣．哈萨克情歌初探［J］．新疆大学学报，1994（22）：15.

三 丝路：一张民歌地图

丝路连接着东方和西方，被丝路连接的欧亚大陆两端的各文明古国，历史悠久，久远得失去了许多真相。而在路的中途，我们的文明却遇上了他们纯真的过去。丝绸之路作为一个中外皆知的术语或者名词，它因不同的学术背景，意指不同的概念。经济学家看这条路将它比喻为一条贸易之路，军事学家把它当作兵家必争的战略要地，在政治学家的叙事中它又是一个外交手段，作为文化的丝绸之路则沿途输送不同观念。对于文学来说，丝绸之路是一条观念与思想交织、过去的历史与未来的憧憬在当今碰撞之路。

自孔夫子编《诗》以来，中国的民间诗歌就从“俗”走向了“雅”。被后世推崇的都是正统的文人诗歌，这样的诗歌脱离了音乐，也脱离了民间。音乐可以带给人群共同的节奏，可以“足之蹈之”。这种民间的节奏就是《敕勒歌》的节奏。经过士文化的改造，民间产生的民歌，随即成为俗的、不登大雅之堂的文类。这种情况一直持续到民国，在西方现代文化的冲击下，中国的学者们开始整理国故，收集民间文本，开启了中国现代化之路。在现代化的路上，民间白话成了国族想象最推崇的工具了。从胡适的《尝试集》开始，“俗诗”登上了大雅之堂。

诗歌与民歌共生的同源关系古来有之。新文学运动中对民歌的通俗性和民间性的借鉴，使现代诗歌继而又一次具有了生命力，使现代中国又有了一个共同的节奏。闻捷在中国诗坛被意识形态所笼罩失去活力时，将创作的目光移向了哈萨克民歌。完成了对于自己的改造，形成了自己的生命节奏；从动员抗战到“民歌热”中的王洛宾，借民歌的节奏动员了全民救国的信心，到20世纪80年代民歌热又是民间文化的自我启蒙。

丝绸之路上传播的，不仅是驼队运送的货物，也不仅是沿线发生的战争，它千百年来传播着不同的文化。而民歌是我们接近这条文化之路的必经之地。

参考文献

［1］班固．汉书［M］．北京：中华书局，2007．

［2］沈约．宋书［M］．北京：中华书局，1974．

［3］李百药．北齐书［M］．北京：中华书局，1972．

［4］郭茂倩．乐府诗集［M］．北京：文学古籍刊行社，1955．

［5］哈布拉德．哈萨克民歌选：(3)［M］．乌鲁木齐：新疆人民出版社，2008．

［6］马幸荣．哈萨克情歌初探［J］．新疆大学学报，1994 (3)．

［7］阿尔丁夫．关于《匈奴歌》若干问题的考释［J］．内蒙古教育学院学报，1989 (01)．

［8］于涌．《敕勒歌》的传唱与六镇武人文化之南下［J］．民族文学研究，2014 (08)．

［9］闻捷．闻捷诗选［M］．北京：人民文学出版社，1979．

利玛窦和他札记里的“中国”

石　夏

（西北民族大学文学院）

利玛窦是天主教在中国传教的开拓者之一，也是第一位阅读中国文学并对中国典籍有所研究的西方学者。他出生于16世纪的意大利，这个世纪是地理大发现、殖民主义发展的时期，是文艺复兴思想发展流行的高潮时期。在这个欧洲人才济济、思想开放的时代，作为一位耶稣会士，利玛窦选择带着他的信仰和其所掌握的科学知识去远东传播教义。他在30岁踏上中国的土地之后，用他一生剩余的所有时间在中国生活、游历、传教，最后死并葬于北京。

利玛窦对中国的数学、天文、地理等方面的发展都做出了巨大的贡献，他编写和翻译了《几何原本》《天主实录》《西国记法》等，还绘制了《坤舆万国全图》，将欧洲先进的科学知识带入中国，让中国人开始了解世界。同时，他把在中国多年的经历著成《基督教远征中国史》（《利玛窦中国札记》的拉丁文本和意大利文本原名）一书，也让西方人开始了解一个新的、与之前“大汗的大陆”式的形象完全不一样的中国。

一、乌托邦的裂缝

在利玛窦之前，有不少域外人士到过中国，并且写出了许多著作将中国介绍给欧洲，例如《马可·波罗游记》《柏朗嘉宾蒙古行纪》《曼德维尔游记》等。这些作品无一例外地将中国塑造成为一个“天朝上国”的形象，中国不仅地大物博，而且政治开明，百姓安居乐业，在制度上不但优于西方，而且优于世界上任何一个国家。在当时西方人的笔下，中国堪称一个世外桃源，是他们一直想要追寻的“乌托邦”。

西方世界将这些作品中的中国形象，当作一种“乌托邦”式的文化“他者”。借助这样一个完美的中国形象，来表达对当时西方社会的不满。在他们的叙述中，中国有着丰富的物资、肥沃的土地以及严明的体制。在西方人眼中，中国是由聪慧的文人治理的，所有的官员都是文官，他们热爱和平，皇帝也要从小接受各种哲学教育。中国的帝王和官员都是公正、严明、理智并且有很大的智慧的。中国这样一个幅员辽阔的国家，竟然被治理得井然有序，因此中国的形象成为欧洲人反思、期待并效仿的一个“他者”。

但不论是在他们的理念里还是在文学作品中，由于欧洲人自己的西方意识的驱使，始终没有如实或者完全如实地记录中国的风貌。在《博朗嘉宾蒙古行纪》中有过许多这样夸张不实的记载：“有人告诉我说，该地区有一个城市，城墙是银子筑成，城楼是金子。”[①]“在契丹的那边有一个省，不管什么年龄的人进到里面去，他的年龄将永远和进去时一样。”[②]就像19世纪的欧洲对东方的“东方化”一样，中国被当时的欧洲“中国化”了，几个世纪以来对中国的认识和想象，已经让中国成为他们心中认定的“中国”，“中国”成为为他们的思想、意识甚至是改革而服务的想象体。他们在自己的文化语言中创造出了一个“中国”。

而利玛窦对中国的描写，则完全没有将中国渲染成为一个“乌托邦”。他对中国制度、风俗、人性等有着深入的了解，虽然他也承认中国这个古老的国家一直以来是以温文有礼而闻名于世的，但他没有如当时的西方社会一样，一味地夸赞中国来刺激欧洲社会的变革——在当时欧洲流行的游记中大规模地渲染中国这个“乌托邦”形象，除了事实上描述中国的强大之外，还有以此来刺激西方社会，以期对其产生影响的用意。而利玛窦甚至在对中国的风俗习惯、宗教以及百姓的性格方面的描写带有贬低和偏见的意味。利玛窦在他的《利玛窦中国札记》（后文简称《札记》）中这样评价中国的习俗：“他们

---

① 贝凯，韩百诗，译注．博朗嘉宾蒙古行纪·布鲁布克行纪［M］．何高济，耿昇，译，北京：中华书局出版社，1985：254.

② 贝凯，韩百诗，译注．博朗嘉宾蒙古行纪·布鲁布克行纪［M］．何高济，耿昇，译，北京：中华书局出版社，1985：280.

的礼仪这么多，实在浪费了他们大部分的时间。”[①]利玛窦认为中国人的性格中总是带着敏感多疑，不愿相信别人的——官员、皇帝对自己的百姓都不放心，哪怕在自己的领地范围内也总觉得会有人加害他们，因此不管是在家里还是外面总有大堆人保护他们的安全。并且中国人大多胆小怯懦，在他的描述中，中国人身上存在多种“陋俗”。利玛窦在书中说道，中国人的骄傲只是出于他们并不知道其他国家有更好的东西，并且他们觉得自己的文化经济远胜于周围其他的“野蛮”国家。他认为中国人总是喜欢外来的东西，觉得外来的东西比较好。

在中国的宗教方面，利玛窦则始终将中国塑造成为一个迷信无知，被笼罩在黑暗之下的国家。作为一个传教士，他始终带着身为基督徒的优越感，试图“拯救”中国这些处于“水深火热”之中的“愚民”，“应该记住他们已蒙蔽在异教的黑暗中长达数千年之久，从没有或几乎没有看到过一线基督教的光明”。[②]

虽然利玛窦在《札记》中并没有过多地透漏出对生活在中国而产生出抱怨和消沉的情绪，哪怕有对中国偏见和歧视的许多词语，如“骗子”“灾难”，也大多是金尼阁在编纂的时候加进去的。而且金尼阁解释说：“他补充了利玛窦留下来尚未完成的各个部分，增加了某些内容或者是发挥了某些故事的叙述，那是利玛窦神父出于谦虚而故意完全避而不谈或仅仅是一触而过。”[③]但是在利玛窦给亲友的信中，却一直表达着对中国的不满，称中国为“不毛之地”；中国人是“居住偏远的民族”；和中国人共处，始终有一种“离乡背井”和“被遗弃”的感觉。1595 年，他在给他上司的一封信上称在中国是上帝选择并赐予他十二年艰辛、屈辱的生活。[④]

萨义德说：“东方学不是欧洲对东方的纯粹虚构或奇想，而是一套被人为

---

① 利玛窦，金尼阁．利玛窦中国札记［M］．何高济，王遵仲，李申，译，北京：中华书局出版社，1983：63.

② 利玛窦，金尼阁．利玛窦中国札记［M］．何高济，王遵仲，李申，译，北京：中华书局出版社，1983：87.

③ 利玛窦，金尼阁．利玛窦中国札记［M］．何高济，王遵仲，李申，译，北京：中华书局出版社，1983：656.

④ 史景迁．利玛窦的记忆之宫：当西方遇到东方［M］．陈恒，梅义征，译，上海：上海远东出版社，2005：73－74.

创造出来的理论和实践体系，蕴含着几个世纪沉淀下来的物质层面的内涵。”[①]虽然在利玛窦所处的时代，并没有“东方学”的说法，但有了之前众多游记的潜移默化的影响，并且出生于文艺复兴时期的意大利，又是长在充满暴力与战争的马切拉塔，利玛窦却没有对当时大部分欧洲人眼中的乌托邦——中国进行盲目地追随，他的叙述也不符合欧洲人对中国的一般想象，而是有保留地看待中国。利玛窦之所以会有这样的表现，是和他本人的经历以及抱负紧密相连的。

二、利玛窦的“经验之谈”

利玛窦生于1552年，16岁开始学习法律，19岁时加入耶稣会。1578年他到达印度的果阿，四年后前往澳门传教，于1610年病卒并葬于北京。他在中国居住长达28年之久，在这28年间从肇庆到南昌，之后辗转去了南京，最后到达北京，走遍了大半个中国。期间，他遭到过中国百姓的排挤，受到过政府官员的敲诈，也接受了不少达官显贵的款待，结交了许多有识之士，既与和尚辩论过，又同恶徒对峙过；他住过自己建的教堂，住过中式的亭台楼阁，也住过寺庙房舍；他甚至还入过狱。他在中国的生活充满传奇而且经历颇多。利玛窦精通中文，凭借他“记忆之宫”的方法可以对中文过目不忘；读过《四书》，还用中文写过《畸人十篇》，就连“利玛窦”也是他自己起的中文名（他的原名直译为马提欧·利奇）。利玛窦在中国一直是儒生打扮，他知道在中国该如何行事，他对中国的方方面面都有深入的了解。正因如此，他对中国的认识也会更加深刻，对中国和百姓形象的刻画才会更加真实。

在当时西方盛行的说法中，中国政府会建造公立的学校，从小学到大学都有专门的官员来负责。利玛窦则纠正了这一错误的说法，向西方介绍了中国的教育制度。中国孩子大部分的教育都是在私塾里展开的，聘请“西席”进行家庭内部的教授；就算有“族学”这样覆盖地区较为广泛、涉及人数较为庞大的教学方式，也只有家族内部的孩子可以参与；而那些有名的书院，也只有有条件、有人脉的人经过有识之士推荐才能进入，根本不存在公立或者专门官员负责之说。在周宁教授的著作《天朝遥远》中，《札记》更像是一

① 爱德华·W. 萨义德. 东方学［M］. 王宇根，译，北京：生活·读书·新知三联书店，1999：8.

部纠错指南，利玛窦用自己在中国的亲身经历告诉着西方人，什么才是真实的中国。

利玛窦在罗马学院上学时一开始学习的是法律，在决定加入耶稣会后，他根据一整套严格而又系统的课程学习。利玛窦在这期间学习过拉丁文、希腊文、修辞学、诗歌、历史。学习这些之后，他转到更为高级的罗马学院深造学习自然科学，如逻辑、形而上学、道德哲学、物理学和数学等。之后还学习了神学、医学等。他在罗马读书期间，认真努力，勤劳刻苦，阅读了大量的书籍。到中国之后，他开始进一步整理吸收他所学过的所有知识，结合在中国所接受的知识，将其扩展到各个领域，对测时法、音乐、几何学、光学、地质学、建筑学等方面都进行了一些研究。

与传统的游记中认为中国有无数坚固豪华的东方建筑，美妙的东方音乐不同，因其对建筑学的了解，利玛窦认为中国的建筑不管是从风格和耐久上看都逊于欧洲。因为中国人盖房是仅为自己而盖，很难想到要惠及后代，而欧洲人追求的是“永世不朽”，这似乎与中国传统的“安土重迁”的想法有些相违。利玛窦还认为中国的音乐只是一种单调的节拍，听起来“嘈杂刺耳”。①

对于当时由于中国的封闭而眼光狭窄的中国学子而言，毫无疑问中国的一切都是最好的，“天朝上国”的美梦不仅迷惑了欧洲人，更加使自己深陷其中。因此接受了多种学说，对各个学科都有所涉猎的利玛窦则能清晰而清醒地分析中国文化中的利弊。但也许是当局者迷，利玛窦的教育背景也很难欣赏中国固定的思维模式以及固化的审美，从这个层面上来说，利玛窦也许并未准备好迎接一种新的文化的冲击。

在文艺复兴的发展最为辉煌的时期，欧洲的力量不断地崛起，与之相对的是中国力量的不断衰落，“科学家、传教士、学者、商人或者士兵之所以去了东方或思考了东方，是因为他们想去就可以去，想思考就可以思考，几乎不会遇到来自东方的任何阻力。”②东方或者中国的天朝上国的形象在欧洲人眼里已然慢慢式微，身在还处于封建社会之中的中国的利玛窦有着更为敏锐的感受，由于利玛窦在中国的长时间居住和他对各种科学知识的了解，在一定

① 史景迁．利玛窦的记忆之宫：当西方遇到东方［M］．陈恒，梅义征，译，上海：上海远东出版社，2005：187－202．

② 爱德华·W．萨义德．东方学［M］．王宇根，译，北京：生活·读书·新知三联书店，1999：10．

程度上，他对中国的认识和描述是较为客观的。然而他本身与中国的文化差异和他所接受的教育，又使他无法对中国的风俗人情等感同身受，在许多方面的评价都是有失偏颇的。

三、没有耶稣的中国

《利玛窦中国札记》的拉丁文本和意大利文本原名为《基督教远征中国史》，从它的标题我们就可以看出，利玛窦来中国传教是抱着怎样的宏图和野心。

由于他基督徒的特殊身份，利玛窦对佛教和道教是厌恶至极的，他对这两者的描写总是带着很强烈的感情色彩。他认为道教的书籍都充满着胡说八道，称那些道士为“骗子”。利玛窦在描写他与佛教的大师——三淮大师的辩论时，这样写道：“不过，那位崇拜偶像的和尚似乎并不认输。他不进行争论，而是闪闪烁烁地随口念了几句对仗整齐、声音铿锵的中国成语，佯装已经证明了善人也可能成为恶人。”[①]利玛窦始终认为，佛教是一个虚伪荒谬的学说，和尚则大多都是卑鄙无耻之徒，进行“偶像崇拜”也就是信奉佛教的人，都是被蒙蔽的。

不同于对佛教蔑视的态度，他对儒教的态度则温和了很多。他总是试图从儒家经典中找出能解释基督教教义的字句来。利玛窦毫不避讳地说：“我处心积虑地借用儒家先师孔夫子来证实我们的见解，因为我需要把某些含义模糊的文字解释得对我们有利。”在程大约出版的《程氏墨苑》中，利玛窦提供了四幅图：使徒在波涛中挣扎、去以马忤斯的途中、所多玛的人们、圣母玛利亚怀抱圣婴耶稣。除了第四幅图没有图注外，利玛窦对其余三幅图的图注都做了一些修改，使它们更容易被中国人接受，也能更迅速地在中国传播。不仅如此，在前两幅图没有合适的底本时，利玛窦甚至找了另外两幅相似的图来代替。

利玛窦还记录了这么一个故事，一位名叫黄明沙的修士，出生在澳门，曾就读于耶稣会学校。后来被中国政府以曾经接受过葡萄牙人的钱并在中国从事间谍活动为由，抓捕入狱，之后被严刑拷打，折磨致死。利玛窦笔下的黄明沙是死于当天下午三点，时年 33 岁，而耶稣就是在下午三点被钉在十字

---

① 利玛窦，金尼阁．利玛窦中国札记［M］．何高济，王遵仲，李申，译，北京：中华书局出版社，1983：368.

架上处死的，并且当时他33岁。然而事实上黄明沙死时是38岁，也就是说利玛窦为了使黄明沙的死带上《圣经》的宗教色彩，故意做了假的记录。所以不只是对儒教，只要是对自己的传教事业能够带来帮助的，利玛窦都会加以利用。

“对东方事物富于想象的审察或多或少建立在高高在上的西方意识——这一意识的核心从未遭到过挑战，从这一核心中浮现出一个东方的世界——的基础上，首先依赖的是谁是东方或什么是东方的一般性观念，然后依赖的是具体的逻辑，这一逻辑不仅受制于经验的现实，而且受制于一系列抽象的欲念、压抑、内置和外化。”① 他千方百计地让没有基督的中国显得充满黑暗和苦难，而他则是带着光明与幸福来拯救这些人的。不管是学习中国的儒家文化，还是自己编著书籍，抑或与文人墨客交往，利玛窦始终带着传播基督教的目的。他试图在儒学经典中找到基督教的教义，试图在自己或他人的著作中增加一切能更好地传播教义的东西，试图提高自己的社会地位来影响更多的人信奉基督。身为一个传教士，他用尽一切办法来让教义传播得更远这无可厚非，然而用这种改变事实的方法似乎就显得基督教义不是那么理直气壮了。

利玛窦在《利玛窦中国札记》中塑造的中国，有对中国真实的描述，也有夸张的描写以及带有很明显个人色彩的评论。从《札记》来看，在内容上与《博朗嘉宾蒙古行纪》《马可·波罗游记》等作品有天壤之别。但在一定程度上从出发点、作用、意义等方面来说，却没有什么不同，这些文学作品的作者都受到当时西方意识形态的影响，他们对于中国的印象也许已经在耳濡目染的传说故事中形成。即使是在中国生活了28年之久的利玛窦，也无法洗掉之前生活留给自己的印记，更无法摆脱自己的基督徒身份。从这一点上看，《利玛窦中国札记》里的“中国”也只是利玛窦的“中国”而已。

“中国形象是西方文化的他者，其真正的意义在于西方文化的自我意识。”②利玛窦笔下的中国不管是客观冷静还是带着偏见的，除了他身为西方人天然的文化差异外，最主要的原因则是他身为一个传教士肩负的责任。无论如何，中国的形象只是利玛窦自我意识的折射和他传教事业的延伸，中国在

① 爱德华·W. 萨义德. 东方学［M］. 王宇根，译，北京：生活·读书·新知三联书店，1999：10.

② 周宁. 天朝遥远——西方的中国形象研究［M］. 北京：北京大学出版社，2006：58.

他笔下是被驯化了的“中国”。他总是试图用一切中国人更好理解的方式来解释基督教的教义，也在用西方人更好理解的理由来解释中国人是值得被基督的“圣光”所“照亮”的。他更像一座桥梁，让意大利，让欧洲与中国之间有了更深的了解，总的来说他在《札记》里塑造的“中国”是相对真实的，他也因此成为中意关系发展历史的重要见证人。

参考文献

［1］利玛窦，金尼阁．利玛窦中国札记［M］．何高济，王遵仲，李申，译，北京：中华书局出版社，1983．

［2］周宁．天朝遥远——西方的中国形象研究［M］．北京：北京大学出版社，2006．

［3］史景迁．利玛窦的记忆之宫：当西方遇到东方［M］．陈恒，梅义征，译，上海：上海远东出版社，2005．

［4］夏伯嘉．利玛窦：紫禁城里的耶稣会士［M］．向红艳，李春园，译，上海：上海古籍出版社，2012．

［5］爱德华·W．萨义德．东方学［M］．王宇根，译，北京：生活·读书·新知三联书店，1999．5．

［6］爱德华·W．萨义德．文化与帝国主义［M］．李琨，译，北京：生活·读书·新知三联书店，2016．

［7］贝凯、韩百诗，译注．博朗嘉宾蒙古行纪·布鲁布克行纪［M］．何高济、耿昇，译，北京：中华书局出版社，1985．

追求对现实的独特反映

——从《变形记》和《第七天》看卡夫卡对余华的影响

王婧娴

（西北民族大学文学院）

一、精神共鸣——创作新阶段的开启

在20世纪80年代能够跻身文坛，并在先锋小说中居一席之位的余华，是能够开辟创作道路，提供新审美体验的作家。其小说中所描写的血腥、暴力、死亡和人性恶等极端社会生活现象，给读者留下了深刻的印象。余华一再强调，是川端康成和卡夫卡影响了他对文学的认识，川端康成教会他如何细致地刻画事物，卡夫卡带给他的则是创作思想上的突破，仿佛是一次灵魂上的重生。他称卡夫卡带给他的影响已经不局限在文学上，而是整个世界观的改变，从根本上给他带来了自由。这次精神上的碰撞发生在1986年，一个偶然的机会余华“遇见”了卡夫卡，自从读完《乡村医生》后余华的内心便久久不能平静。他说，“那种感觉好似‘小偷’变成‘大盗’”，曾经的余华是个仅有雕虫小技的“小偷”，而后才体会到做一个“江洋大盗”没有任何拘束的酣畅淋漓感，找到了那种无所羁绊的叙事和天马行空的想象。所以在读完卡夫卡的作品之后，余华创作出了从《十八岁出门远行》到《祖先》等一大批作品，这些都被他称作是自己自由写作的产物，余华与卡夫卡的碰撞产生出绚烂的火花，使他在一段时间内深受卡夫卡的启发，这让他创作的小说看起来更像卡夫卡一脉的中国作家。具有卡夫卡般的特征无疑是“先锋作家”的标志之一，其中长篇小说《在细雨中呼喊》的发表，被人们看作是余华创

作前期的一个总结，在此后创作的《活着》和《许三观卖血记》等作品，则被看作是他从“先锋”向“世俗”转化的表现，也是他逐渐摆脱卡夫卡阴影的发端。正如梵·第根所说：“一种心智的产物是很少孤立的。不论作者有意无意，像一幅画，一座雕像，一首奏鸣曲一样，一部书也是归入一个系列之中的，它有着前驱者，它也会有后继者。”我们可以把余华看作卡夫卡这种创作风格的继承者，也可以看作是一种新风格的开创者，在后期的转型中可以看出，作为一个成功的本土作家，余华在继承卡夫卡自由写作的同时不断寻求自己写作的独特性，将自己多年来的体悟与经历融入作品中，在继承中形成新风格。

余华对于卡夫卡创作方式的认可和模仿，并非凭空产生。除了文坛普遍对卡夫卡作品的赞誉外，余华个人经历与卡夫卡也有相似性，使他更容易与卡夫卡产生共鸣。卡夫卡生于布拉格的一个犹太商人家庭，当时的反犹太主义严重，想要在文学方面有一番作为的卡夫卡生不逢时，一方面遇到政治动荡的尴尬年代，另一方面文学创作也受到家人的阻拦。自己的习作得不到他人肯定的答复，母亲无法为卡夫卡做主，唯一亲近的妹妹也没有话语权，父亲在家中具有无可撼动的强势地位……这些在他的作品《变形记》中表现得格外真切。他也曾想过逃离这个家庭，但是他根本无法逃避，就像他曾经说过的“我们唯一能够逃避的就是逃避本身”，所以他没有选择逃躲而是继续生活在这个家庭中，将自己置身事外做着并不热爱的事情。作为白手起家的商人父亲为了在商界求得一席之地，形成了商人典型的刚烈性格，作风专横，对待儿子简单粗暴，父子间的交流存在隔阂，导致卡夫卡从年幼时就活在父权的阴影之下，给他的心灵造成了巨大的创伤。在他的肖像和照片中透过卡夫卡的眼神可以看出一种发自心底的恐惧感，这种恐惧使他变得小心翼翼，如鼠一般躲在角落窥探着这个世界，父权带来的阴影渗透到卡夫卡的每一寸肌肤乃至神经，给卡夫卡的一生打上了不可磨灭的印记，因此父亲的形象也作为一个重要的角色，在他的许多作品中有所体现。人在受到压抑时，必将在其他方面释放出来，否则无法维持精神上的健康，长期受到压抑的卡夫卡自我调控的方法就是将压力转化到文学创作上来，正如余华评价卡夫卡“江洋大盗”般的想象力一样，文学中的卡夫卡则是一只畅游海洋的游鱼，拥有天马行空的想象力，在文学的领域犹如脱缰野马般尽情奔驰，因此才有了主人公格里高尔由人变虫的奇幻经历。虽然父亲发号施令让他停止文学创作，但是他内心并未熄灭对文学的热爱之火，将文学创作当成自己的精神寄托，经常独自在房间伏案书写到很晚，直到精疲力尽才睡觉。

对余华而言，他也有一段与众不同的童年经历，从余华的自述中可知他的父母都是医务工作者，童年大部分时间他都是在医院中度过的，余华说："我的父亲每次出来时，身上总是血迹斑斑，就是口罩和手术帽上也都沾满了鲜血，有时候还会有一位护士跟在我父亲身后，她手提一桶血肉模糊的东西。"在他读小学四年级时全家直接搬到医院去住，离家不远的地方就是太平间，经常会听到凄惨的哭声。所以年幼的他常常面对的就是生与死的两极，尽管他说过"对于死亡和血，我却是心情平静"，但是这早已给他幼小的心灵打上深深的烙印。弗洛伊德的精神分析学中指出，儿童时期是对人一生中造成重要影响的时期，幼年时期对环境中人、事物的体验多半会影响人后期的生活。童年的经历并不会随着时间的流逝而消逝，而是在潜意识中储存下来内化成自己不自觉的行为。停滞的出现说明个体未能顺利通过力比多发展阶段，挫折过大、极度满足或过分的爱恨都会引起停滞，主要表现是过分沉溺于幼儿时期不合时宜的压力或行为方式，会给以后的生活造成重大影响。所以在余华的作品中经常会渗透着种种关于血腥暴力的情节，透过他的笔锋传达给读者，以至于在 2013 年出版的《第七天》，他直接将环境建立在了阴阳两界，直面书写人死亡后的世界与生前现实的状态。卡夫卡与余华在童年时有着相似的被压抑或是受到外界应激刺激的经历，导致二者在随后的创作中，各自渗透着自己幼年时期经历的种种。

卡夫卡的出现使余华在三年多时间内建立起来的一套写作法则在一夜之间成了一堆破烂，这让余华感到不必用固定的形式、逻辑思维来写作，不被传统所拘泥。在阅读了大量卡夫卡的小说后，余华开始注意到了一堆"虚伪的形式"，那就是用荒诞性的手法去叙事，原本所有的努力只为更加接近现实，但却发现就事论事只涉及事物表面，而卡夫卡这种非理性、非正常、背离事实的写作手法带给他思想上的启发，引发了他内在的逻辑与秩序，使作品能够更加接近真实。《十八岁出门远行》就是受卡夫卡启发最典型的例子，令人匪夷所思的故事情节加上暴力荒诞的书写，令作品拥有无限张力与遐想的空间。纵观余华的创作历程，他的每部作品中都会有新的元素融入，也出现过许多作家的身影，但从始至终一直未变的就是他那细致的洞察力与卡夫卡般天马行空的想象力，这是他创作成功的重要法宝。为了展示人们在重压之下的生存状态，卡夫卡让人类变了形；余华则是将人们的生存环境做了大反转，将不可能的事情在彼岸世界中化为可能，找到了人们心灵真正的栖息地。

谈到影响与创新之间的问题时，莫言坦言也曾感到过焦虑，他提出要逃离马尔克斯和福克纳这两座灼热的高炉，自己靠得太近会被融化，但是后来认识到这种焦虑是不必被过分夸大的，事实上影响与创新是密不可分的。之所以成为名家，关键在于他们敢于大胆向同行借鉴，看到并学习对方的优点，在不断的融合中使自己的写作日臻完善，写出具有个性和原创性的作品。莫言认为“真正的大家是能够在外国文学中进出自由的”，只有进入才能学到创作的精髓，只有适时退出才能把握住素材，发挥自身的创造力写出真正属于自己的作品。余华正是在不断地学习与创作中找到自己的位置的，把从外国文学作品中汲取的精髓内化为自己的体悟，尽管我们有时会从余华的作品中看到卡夫卡的痕迹，但是通过余华小说创作多年来的变化我们可以发现，这种痕迹在逐渐变淡，余华呈现给我们的是一部部素材不断更新的，更具多元化的作品。所有文学的创作关键在于“本”，只有深厚植根于我们的民族、国家，才能创作出令人产生共鸣的作品，余华的创作一直在路上，不借鉴不学习永远不会成为大家，而固得住本、跳得出作品本身，才是每一个大家所拥有的魄力。

二、聚焦人物——父亲

父亲是在卡夫卡和余华作品中经常出现的一类主要人物形象，对这个人物形象的偏爱源于二者在童年时期的遭遇。父亲在卡夫卡的幼年是一个令人畏惧的称呼，这源于父权的压制；而在余华的笔下，父亲是一个时而慈祥时而无奈的形象，这则是因为余华幼年时与父亲的交流缺失。其本质并不相似，卡夫卡心里除了对父亲的强势而生的怨恨之情以外，还包含着对父亲的愧疚。余华随着时间的推移，其“先锋”的笔触也有所改变，从之前的《十八岁出门远行》中的“父亲在我脑后拍了一下就像在马屁股上拍了一下，如同丢弃一件包袱一般”到《世事如烟》中卖掉七个儿女，父子间的关系逐步升级，由冷漠变为无情、残酷，再到《在细雨中呼喊》中的父亲孙广才这个无赖形象达到顶峰，这里的父亲不仅不承担家中的责任，反而成了家庭秩序的破坏者和家庭衰败的根源。直到后来的《许三观卖血记》《活着》《第七天》这些小说里面的父亲形象又有回归正轨的倾向，余华后期的作品相比先前的犀利笔触会掺杂一些交流、温情的成分隐含其中。因此，余华对于父亲这个角色怀有的情感，相比卡夫卡更具变化性与复杂性。

在卡夫卡的《致父亲的信》中他曾写道，唯独作为父亲，你对我们来说太强大了，特别是因为我的弟弟们幼年夭折，妹妹们都比我小很多，这样，我就不得不独自承受你的头一番重击，而我又太弱，实在承受不了……经常涌入我心头的渺小感来自你的影响。这是《变形记》出版七年后，卡夫卡第一次直接书写出这番父子间的紧张关系，可见《变形记》中的人物关系以及比喻都是卡夫卡潜意识的一种彰显，这是一部能够抒发卡夫卡心底难以言喻又无法抹平的创伤的作品。当格里高尔清晨发现自己变得不对劲的时候，小说中分别描写了一家人做出的不同反应，母亲小心翼翼的敲门声和她柔和的声音、父亲用拳头敲门的声音和他低沉的问话还有妹妹略带担心的声音，这里给读者传达出的是不同的家庭成员在主人公心里担任着不同的角色。母亲略带担心地轻声询问透露出她是疼爱格里高尔的，在家庭中充当的是一个柔和的角色、慈母的形象，但正是母亲的这种柔弱的女性性格，使得母亲在家只能服从于强势父亲的指令，处于从属地位；父亲低沉的声音象征着父权的权威，清晨拳头敲击门的声音显得格外刺耳，父亲只是一遍遍地喊着格里高尔的名字催促他快起来，卡夫卡的父亲作为商人在工作中经常对工人态度苛刻、大呼小叫，这里卡夫卡将父亲催促格里高尔快起床的样子描写为自己父亲训斥员工的样子；格里高尔对待妹妹担心的询问表现得有所反感，这与卡夫卡一生中与妹妹们的关系不亲密有关，一方面因为年龄差距大，另一方面她们总是很团结，兄妹之间存在巨大的隔阂，就像小说中写的“晚上在家也锁上所有通向他房间的门”，这扇门不仅仅是与妹妹的隔阂，更是卡夫卡对全家人关闭了通向自己心灵的大门。在整部小说中，父亲对待格里高尔的变化是最不具有耐心的，当全权代理来的时候，父亲最先表现得不耐烦，更多的是对格里高尔的催促，这与卡夫卡年幼时遭受的经历有关，父亲自幼对他严厉，他印象最深的是半夜起来想要喝水，而父亲因此大发雷霆惩罚他，到后来他也没想明白为什么小孩子要喝水也要被惩罚，可见父亲是个没有耐心的人，在对待卡夫卡的态度上糟糕透了。在《变形记》中父亲对格里高尔造成的几次重大打击分别是：以命令的口吻催促格里高尔起床；当格里高尔以甲虫的形象暴露于全家人和代理先生面前时，父亲本能的反应不是去挡住儿子或是控制住他，而是抓起桌子上的一张大报纸，一面跺脚一面挥动手杖和报纸，想要把格里高尔赶回房间；当母亲和妹妹多少还表现出对格里高尔的同情心时，父亲自始至终对他充满着厌恶，从来不去看他；当格里高尔出现时父亲的反应强烈，向他投出的是一个致命的苹果，使他背部受到重伤最终死亡，是格里高尔的父亲最终亲手摧毁了他们所一直认为的负担。正如卡夫卡在父亲面前没有任何的发言权一样，不管他说什么父亲总是会严厉地回击，在一次次的呵斥中，卡夫卡最终被完全淹没在父亲严厉的“政权”下，无论在体力还是魄力上，父亲总是无法推翻的。于是卡夫卡的写作中渗透出一种孤独感，这种孤独感来自于除他之外所有人的生活都是幸福的，唯独他不能逃避父亲的压制，所以他将自己排除在群体之外，透过他的小说可以看到一种封闭的孤独，你走不进来，他也出不去。另一方面在《变形记》中，卡夫卡还透露出些许对于父亲的愧疚和想要弥补父亲及家庭的愿望。格里高尔在自己一觉醒来变成甲虫之时，还在想着自己不能去工作，老板会因为自己的懒惰而来责怪父母，自己可能会面临丢掉工作的危险，因此全家人的生计会出现问题。这些在小说中出现的想法与卡夫卡的生活经历也有联系，父亲是一个成功的商人，家里其他男孩子夭折后他就成为父亲最后的希望，父亲寄予他重望，他却将大量精力浪费在文学创作上，最后不得不迫于父亲的压力放弃文学读了法律系，供职于一家保险公司。小说中格里高尔所肩负的重任与卡夫卡自身生活中积累起的自卑感是一对作用力与反作用力，自己在生活中没有做好的事，在他的创作中得到了相应的弥补，而这种弥补正是针对他所一直服从的父亲的，期望在小说中能跟父亲进行一定的抗衡。

余华创作中第一次出现有关父子关系的描写是在《十八岁出门远行》这部作品中，尽管只是轻描淡写的一句话，但是却传神地透露出父子间直白淡漠的情感关系，而这正是他在大量阅读了卡夫卡的作品之后阐发的对父子关系的认知。卡夫卡作品中突出的父子关系描写，引发了余华对自身童年经历的回想，从而将这种潜意识的体验作为重要素材带入创作中。起先的小说创作中，余华选择了将卡夫卡父子间紧张关系带入自己的作品中进行延续，使父子间的矛盾扩张，最终把父亲形象劣化到极致。事实上，余华自身与父亲的关系并非如此僵化，只是由于自己年轻时父亲工作繁忙，对余华倾注的关爱不足，导致余华的童年少了些父亲的陪伴，而显得不够美满，因此在后来余华小说的转型中，父亲形象逐渐变得温和，加之余华自身写作经验的不断积累与人生阅历的日益丰富，使他在创作中更倾向于用温和的笔触书写现实的内涵。在《第七天》中，整个故事主线的起始是杨飞死后到殡仪馆，老者看到他狰狞的面孔说了一句“你家人太马虎了”，于是杨飞想到了自己是孤零零的一个人，给予自己养育之恩的父亲杨金彪一年前也是身患绝症不辞而别，由此做出了一定要在阴界寻找父亲的决定，从此踏上寻找父亲的路途。小说花大量的笔墨着重描写了杨飞的成长史，父亲杨金彪为儿子做出的件件细微小事让人看了不禁感动得潸然泪下。杨飞顺着铁轨打开了他的辛酸成长史，是母亲在火车上生下来他又不小心将他掉到了列车轨道上，庆幸的是被年轻的扳道工杨金彪发现，并用毕生的精力把他抚养成人，再加上邻居李月珍一家的无私相助，杨飞过得也算幸福。他们在生活中遇到了很多困难，不论是父亲因曾经遗弃过杨飞而产生的自责，还是最后杨飞卖房为父亲治病，这其中谁都没有被贫困的生活所击倒，反而使得一家人更加亲密温馨。这部小说中的父亲杨金彪是一位沉默的父亲，同时又是一位胸怀宽广的父亲，可以牺牲自己的一切去抚养一个跟自己没有血缘关系的孩子并为此无怨无悔。文中说道：“我父亲在他生命的最后时刻，认为自己一生里做得最好的一件事就是收养了一个名叫杨飞的儿子。”这种超脱于血缘关系的亲情，让父亲的形象变得伟大，充满了温情。在《第七天》中余华塑造的父亲形象比在之前小说中的形象又有所升华，这种父子之情超越了血缘关系，是一种无私的父爱。与《活着》中富贵这位父亲的形象相比——由最初的顽劣行为导致了倾家荡产、家庭的衰败，到后来转变为认识到家庭的重要性，不断为家庭的生计而四处奔波做出努力的形象有着异曲同工之妙。虽然故事的基调充满着苦难，但是父亲的这一形象却充满着温情，饱含着父亲的责任感。在《第七天》中，他没有对亲生父亲进行过多描写，取而代之的却是一个养父的形象，而养父自始至终都是一个老实巴交、沉默寡言，却又充满爱心的好人，所以在这部小说中父亲的形象达到了一个大爱无私的极致，这与卡夫卡《变形记》中描写的严厉无情的父亲有着巨大的差异，造成这种差异的无非是在童年时父亲带给他们心灵的影响，但是无可否认的是无论是好的影响还是坏的影响，父亲这个角色在两位作家的作品中都有着重要的地位。

三、虚构的创作反映生活的本质

卡夫卡的《变形记》表现了作者对于身份认同的问题，值得注意的是，这部小说在叙述空间上具有单一性特征，即只存在于一个固定的空间——格里高尔的家中。如何通过一个单一的且封闭的空间，道出社会的弊端，通过将主人公变形，继而引发出一系列对于个人、家庭和社会的恐慌。首先，格里高尔是个公司的职员，一旦变形他将无法上班，带来的是个人生理上的不可逆性和家庭经济上的无法满足，当公司的人发现他变成甲虫时，他的个人价值也就不复存在，公司不会雇佣一个无用的生物，格里高尔所面对的就是不被社会所接纳和被辞退。其次因为无法赚钱养活家庭，他成为一个只会消耗的负担，渐渐地家人也对他失去了耐心，看到他一天天没有好转的迹象对待他的态度也有了巨大的转变，就连格里高尔最喜欢的妹妹最终也忍受不了，也表达了对哥哥的憎恶之情，当格里高尔最终死亡时，全家人长舒了一口气，终于放下了这个重担——“让我们感谢上帝吧”，此时的人情、亲情全无，最终的结局是被家庭所抛弃，这与卡夫卡自己在家庭中的经历有着密不可分的关系，与家人的隔阂和重压使他感到自己是孤独的，任何人都可以得到幸福，但都不是他。故事表现出资本主义社会对金钱趋之若鹜，人性的泯灭以及亲情的淡漠，格里高尔变形之前是一位小推销员，每天早出晚归奔波劳累，他对这份工作并不满意，但是不得不因为还债而继续干下去，在这份受压迫的工作中，格里高尔还要面对上司的恶劣态度，这种压力使他的生活处于煎熬之中，这也与卡夫卡先前在保险公司上班的状态相似，他认为保险公司的工作占据了他几乎所有的时间，让他无法进行自己热爱的写作，他认为这是一种自我折磨，使他的神经处于极度紧张之中，造成了对社会的恐惧感。两位作家在各自小说中都表达了对拜金主义、功利主义的批判和对现实社会人们善良及道德缺失的痛心，通过异化的、虚构的空间表达对现实的不满，给读者留下了深刻的印象。

在《第七天》整个故事发生的背景是：杨飞混沌地走出出租屋即将要去往一个叫火葬场的地方，这是他死后第一天发生的事情，于是存在着一个身份的转化，由活人变成死人。他与卡夫卡小说《变形记》中的主人公格里高尔相似，一觉醒来发现自己变成了一只大甲虫，身份由人变成甲虫。两个故事都存在身份自我确认的问题，他们需要在自己建立起来的新身份上重新审视身边的每一种物体，每一件事情，这也是卡夫卡、余华小说创作中的相似之处，善于运用异化的手法写身边发生的事情，所以当小说中的主人公经过重新认知并确认自己进入角色后，新的“人生”故事就开始了。

在《第七天》中，余华直接从亡灵的角度出发让杨飞通过不断地行走、游荡来寻找自己一年前去世的养父，在寻找途中不断拾起自己人生的记忆碎片，同时也遇到了跟他一样在阴间寻找亲人的亡灵，经历了一些匪夷所思的事情，体会到了阴间的冷暖情怀。故事一方面描述了杨飞在阴间遇到的形形色色的人，他们都在讲述自己是如何死去的，死前的恩怨情仇或是经历的不公平的对待；另一方面主要描写杨飞在死无葬身之地体会到的人与人之间的感情与生前阳间的巨大反差。余华在叙述时不断将空间进行转换，时而在阴间时而在生前的社会中，有时会以全知视角进行叙述，有时又会以限制视角进行叙述，不断地转换让我们可以从不同的角度观察事件的发展，使作品显得更加真切。在小说中有许多难以理解的规则，就像开篇出现在殡仪馆的一幕，在死亡后富人依然富有，有权人依然大权在握享受贵宾级待遇，穷人依旧贫穷坐在一边，甚至死无葬身之地。展现的是等级制度的延续，以及对社会弊端的强烈批判，这种荒诞性也是余华小说写作的一大特色，通过这样夸张的手法彻底颠覆了人们常言道的"生不带来死不带去"。在故事中余华描写了形形色色的社会小人物，他们生前都有不同的苦难遭遇，几个人物的故事中最典型的是鼠妹的故事。她是一个打工妹，因为男朋友送自己的手机是高仿的苹果机，因此以跳楼自杀的方式逼迫男友伍超现身，而男友并没有出现，楼下的看客越来越多，最终鼠妹跳下去结束了自己的生命，来到了死无葬身之地，在这里她遇到了伍超的好友，他告诉鼠妹在她死后伍超的生活万分艰辛，他为了给鼠妹买墓地卖掉了自己一个肾脏，鼠妹知道这些情况后万分后悔，最后由在死无葬身之地的善良的人们帮她净身后，送她走上了安息之路。通过不断将现实与虚构进行对比，体现出了人间的人心薄凉和阴间死无葬身之地的人们的和谐与善良，现实不断将贫苦的人们逼上绝路，有的遭遇强拆，有的为生计奔波却成了残疾，还有的处在社会底层遭受别人的冷嘲热讽。在小说中有许多片段感觉似曾相识，平日里曾出现过的新闻热点在文中都有所展现，阅读余华的这部作品最大的感受是接近现实却又荒唐地不敢将其认作现实。余华将日常听到的新闻片段编织进小说中并深挖出新闻背后的故事，向我们展现出这个社会存在的弊端以及人们生活处境的差异，直击社会发展中存在的尖锐问题，值得引起社会的思考与关注。小说一反常态，表达了生存即是忍耐，就算遍体鳞伤也要坚强地支撑下去，是一种痛而又积极的生活态度，同时也赞颂了死亡的美好，表达了对另一世界的美好畅想。底层人民当下苦苦挣扎的生存环境不如死无葬身之地的人们过得更开心，冷暖两种不同的感情基调与阴阳两界的对比凸显出社会充满弊端的一面，余华所要寻找的正是像阴间社会一样的一个人性真正存在的、属于人民的栖息地。故事结束于阴间的殡仪馆，杨飞找到了父亲，死后的父亲执着地守着这个岗位，为的是等待儿子有一天的到来，再次与儿子相遇。《第七天》这部小说的名字预示着经历了七天死后的奔波，在第七日终于灵魂归家，这也与中国殡葬习俗中的“头七”这个说法相似，一般认为死去的人灵魂在第七天将会返家，在小说中第七天杨飞终于见到了自己的父亲，于是两个灵魂终于在阴间团聚从此不再流浪无所依靠，意味着找到了最终的归宿。

余华正是借鉴了卡夫卡的自由、无拘束的写作方式，吸收了卡夫卡的思想观念、审美情趣、艺术技巧，从而他们的作品在主旨、风格及艺术表现等方面有着异曲同工之妙；同时，又体现着自己的特色，使得作品充满了不确定性与发散性，用虚构的形式来表现作品真实的精神，透过社会现象直指生活的本质。

参考文献

［1］卡夫卡．变形记［M］．上海：上海译文出版社，2006.

［2］余华．第七天［M］．北京：新星出版社，2013.

［3］弗洛伊德．精神分析引论［M］．北京：北京出版社，2007.

［4］余华．我能否相信自己［M］．北京：人民日报出版社，1998.

［5］余华．余华作品集［M］．北京：作家出版社，2006.

［6］卡夫卡．卡夫卡小说全集：II［M］．北京：人民文学出版社，2003.

［7］黄肖嘉．试论卡夫卡小说《变形记》中的佛洛伊德主义［J］．赤峰学院学报，2007.

［8］洪治纲．寻找，是为了见证——论余华的长篇小说《第七天》［J］．中国现代文学研究丛刊，2013.

［9］张玉娟．卡夫卡小说中的负罪感与秩序的重建［J］．国外文学，2009.

［10］刘郁琪．从《第七天》看余华小说的生存叙事及其新变［J］．江淮论坛，2014.

［11］高建伟．川端康成和卡夫卡的遗产［D］．天津：天津师范大学，2012.

［12］莫言．影响的焦虑［J］．当代作家评论，2009.

丝绸之路上自我救赎的女人

——以“大漠三部曲”与《灿烂千阳》的女性形象比较

王　坤

（西北师范大学文学院）

随着时代的发展，丝绸之路成为古代中国与西方所有政治经济文化往来通道的统称。丝绸之路上多得是商人、教徒、外交家、流浪者，而丝绸之路上的女人，是更具特色的一类人物形象，经济的繁荣，并没有给她们带来更美好的生活，而是一种人间荒漠。伍尔夫曾说：“女人需要一间自己的房子，这个房子既是一种形而下的客观实在，可以供女人安放自己的身体，也是一种形而上的主观存在，可以让女人安置自己的灵魂。”在“大漠三部曲”中，丝绸之路上的女人们在心灵的荒漠中为自己建起了一座精神殿堂。虽然丝绸之路的女人们，忍受着男权的精神绞杀，但是在精神上是自由的。本文主要从对中国当代西部作家雪漠的“大漠三部曲”和当代阿富汗作家胡赛尼的《灿烂千阳》的比较研究中，从对具体人物形象的比较分析中去观照丝绸之路上的女人们，以及她们的精神殿堂。

雪漠的“大漠三部曲”，可以说是一部西部文化的缩略史，浓缩了那个时代的中国，浓缩了西部，更浓缩了西部农村女人。在“大漠三部曲”中，社会的残酷性压在每一个人身上，无法喘息，而男人对社会的不满则发泄在女人身上，女人便默默接受了这样的双重碾压，既有社会的残酷又有男人的愤怒，西部的农村女人是有韧性的，她们在忍气吞声默默承受的同时，也会为自己寻求一副解脱的精神良药，或是死亡的超脱，或是神灵的庇佑。

胡塞尼说：“作为一名阿富汗人，我希望读者在读完《灿烂千阳》后，能对阿富汗人民，特别是阿富汗妇女充满同情，因为在她们身上战争和极权主义的后果表现得尤为突出。”胡塞尼的《灿烂千阳》是一部阿富汗女人的苦难史。在阿富汗地区，在男性的绝对话语权下，女性更是无处藏身，只能藏在那“布卡”之中。《灿烂千阳》中的阿富汗女性生来就是被摧残的，要么死在社会暴力下，要么死在丈夫的蹂躏下，要么死在难产中。但是自由的灵魂总是躁动不安的，它终将要找到属于自己的归属。

“大漠三部曲”中的莹儿和兰兰与《灿烂千阳》中的莱拉和玛丽雅姆，她们虽然是丝绸之路上不同国度的女人，但是她们出生和成长的时间都是在社会新旧交替中的过渡时期，在那个时代，男性有绝对的话语权，操控着社会的绝大部分权力，男性与女性基本保持一种支配与从属的关系，一种巧妙的“内部殖民”在这种体制中普遍而持久地存在，就像T.S艾略特曾经评说过的那样：“文明本身，都是男人一手制造的。”在《灿烂千阳》中，阿富汗地区女人的衣服只有一种，就是“布卡”，“布卡”将女人全身包裹，只能露出眼睛，与其说是衣服，不如说是一座监牢，牢牢地将女人的权利关在了“布卡”之中，阿富汗的女人没有任何权利可言，她们只是男人的附属品而已，处在社会的最底层，男权制授予父亲对妻子和孩子的绝对拥有权，包括肉体摧残的权力，甚至还常常包括杀害和出卖的权力。在“大漠三部曲”中，中国的西部农村也是如此，母亲会教导自己的女儿在婆家要忍气吞声，就算是挨打也是正常的事情，因为母亲自己也是被打了一辈子。在这几部作品的女性思想中，虽然有保守的封建意识残存，认为女人是男人的附属品，反抗就是违反了社会秩序，要遭到舆论的抨击，但是又有自我思想意识觉醒的一部分，她们的思想最深处还是想要逃离现实生活，进而追求自身幸福，不甘愿在家庭暴力和舆论压力下苟延残喘，心中的自由精神不断地想要冲出身体，为自己开辟一片清澈的精神殿堂。

一、像“花儿”一样诗意的女人

《灿烂千阳》中莱拉出身于书香门第，父亲是喀布尔大学的高才生，从小便接受良好的教育，莱拉的父亲总是说：“除了你的安全之外，我生命中最重要的东西就是你的教育，如果一个社会的女人没有受过教育，那么这个社会没有进步的可能。”莱拉接受着爸爸最自由最先进的教育，并且梦想着去大学上课，去学习那些先进的理念，像一个自由的人一样做自己喜欢的事情。并且她的母亲时常赞美她是一个遗传了祖母美丽的女孩子，莱拉有一双漂亮动人的大眼睛，她的生活是幸福的，有着深爱自己的父亲与母亲。父亲同其他的父亲不一样，莱拉的父亲尊重女性，尊重自己的妻子，甚至将妻子奉为自己一生的信念，同样也细心呵护着莱拉，莱拉从小就是一个与众不同的女孩子，在莱拉十一岁的时候，与塔里克拌嘴时脱口而出的就是纪伯伦的作品："把你的秘密告诉风儿，但别怪它说给街道听。"由此可见，莱拉的童年是充满诗意和快乐的。在父亲的教育下，莱拉成长为一个有知识有思想的女孩，莱拉的童年是像温室里的花儿一样度过的，有母亲的赞美和温柔，有父亲的尊重和教导，还有塔里克的保护和爱慕，并且莱拉还读诗，培根曾说："读史使人明智，读诗使人聪慧，数学使人精密，哲学使人深刻，伦理学使人有修养，逻辑学使人善辩。"父亲带领着莱拉几乎涉猎了各个方面的知识，莱拉可以说是一个旧时代的新女性。同样生活在阿富汗的玛丽雅姆，虽然不及莱拉的生活那样富有和高贵，但是父亲偶尔的看望，也使玛丽雅姆的童年过得不是那么暗淡。玛丽雅姆父亲每次到访，都会带给玛丽雅姆一些礼物，讲一些故事，或是讲一些父亲对女儿的寄语，童年时的玛丽雅姆是自由欢快的，是像花儿一样美丽芬芳的。在那个不稳定的阿富汗社会中，莱拉和玛丽雅姆的成长是具有独立自由意识的，在她们内心深处是渴望自由与独立的，莱拉从小耳濡目染父母的亲密友爱，以及先进教育下的自由精神，都注入莱拉的心底里。而玛丽雅姆在父亲微弱的关照下，渴望着与父亲一起生活，一起看电影，看外面广阔自由的世界，在父亲对外面的世界的讲述中，玛丽雅姆是同样渴望自由的。

"大漠三部曲"中的莹儿和兰兰与莱拉和玛丽雅姆虽是两个国度的女性，但是小时候都是被父母亲昵地称作花儿一样的宝贝，在莹儿母亲的眼里，莹儿就是仙女下凡，无论是谁都配不上最美的莹儿，莹儿不仅漂亮、水灵，还有一副好嗓子，将那诗意的"花儿"，唱得百转千回，余音绕梁，在作者的笔下，莹儿是出淤泥而不染的荷花，是最有诗意的一位女子，莹儿拥有一定的知识基础，而且莹儿的诗意大部分都给了她的爱情，她的灵官。莹儿是最具浪漫主义色彩的人物，虽然处在男权话语主导下的社会中，但父母的宠爱还是给了她自由而平等的信念，为她日后义无反顾地逃离奠定了精神基础。而且莹儿是个善良的女子，在捉獾猪时，莹儿不由得同情獾猪，为獾猪的命运感到伤心，展现出了莹儿的人性美，以及在盐池对大牛的同情，为大牛的遭遇而感到难过。虽然大牛轻薄过莹儿，但莹儿并未记帐大牛，而是感动于大牛为家人付出的无私精神。兰兰和莹儿一样，也是善良且温柔的女孩子，会理解父母的无奈，就像作者所说：“当一个时代随风而逝时，我抢回了几撮灵魂的碎屑。”

在作者的笔下，莹儿和兰兰与莱拉和玛丽雅姆都是充满诗意的花儿，芬芳且清澈。莱拉从小在父亲的保护下，接受着良好的教育，待人善良温柔，憧憬自己美丽的爱情；玛丽雅姆在父亲零星的关爱下，渴望外面世界的自由与新奇，希望父亲带她走出这片阴霾；而莹儿随口而来的“花儿”，是期盼爱情的诗意表达，为了爱情勇敢地表达自我情感；兰兰对父母的体谅，以及对家人的体贴与照顾，在夫家摧残下的隐忍，都像一朵朵美丽而坚强的花儿一样，开在了闻名至今的丝绸之路上。

二、男权话语下的女性悲哀

在这几部作品中，无论是在阿富汗地区还是在中国的西部地区，男性总是占着绝对的话语权，绝对的主导地位，而女性则是绝对话语权下的玩物。“大漠三部曲”中的兰兰和《灿烂千阳》中的玛丽雅姆都遭受着家暴。在西部的农村习俗中，有一句俗语“打到的媳妇揉到的面”，意思是，媳妇越打越听话。兰兰在婆家的时候，挨丈夫的打，就像捶驴一样，打后还要在兰兰伤口处撒盐，为的是不让伤口发炎，因为发炎就要去医院花钱。“大漠三部曲”中的西部的女人，命如草芥。在《灿烂千阳》中，阿富汗地区的女人，同样也是被迫忍受家暴，甚至是社会的暴力，阿富汗的女人如果不跟随丈夫就出门，是要受到暴力惩罚的，甚至受到陌生人的暴力惩罚，也是合情合理的，可见，女人就是丈夫的附属品，没有人格，没有尊严。

就像莱拉的父亲所说：“在这个国家，女人的日子总是过得很辛苦。”

《灿烂千阳》中玛丽雅姆的出生，就意味着她悲剧人生的大幕已经缓缓拉开。玛丽雅姆是一个“哈拉米”，也就是所谓的私生子，在阿富汗那个灰暗的时代，私生子是可有可无的孩子，是不被承认的孩子，所以玛丽雅姆从小与母亲娜娜住在泥屋中，而父亲会定期来看望她。玛丽雅姆是不被允许到父亲的家里去住的，宁叫玛丽雅姆站在门外一天一夜，也不让玛丽雅姆进门。但是当母亲娜娜死后，玛丽雅姆终于住到了父亲家，但等待她的，是又一场噩梦的开始。玛丽雅姆被迫嫁给了大她二十岁的老男人拉希德，最可悲的是父亲也默默应允了这门婚事，然而当时的玛丽雅姆才十四岁。在“大漠三部曲”中的兰兰和莹儿的“换亲”也是如此，为了家中的男孩能娶到媳妇，便交换了两家的妹妹，作为彼此的媳妇。在这种利益的交换下，女性是物品，是用来维护男性利益的物品。不仅是物品，还是工具。兰兰过门之后，“白福抡着牛鞭，跟捶驴一样，捶了她一顿。红的紫的血道儿，织了一身。”兰兰忍着一身的伤痛回到了娘家，却被爹指责，说道：“打到的媳妇揉到的面，你妈不也是这样过来的，而且人家也没个娃。”在父亲的话语中，不仅劝着兰兰继续去忍受白福如同捶驴似的殴打，直到习惯为止，还在怪罪兰兰不争气，没有生下男娃，意在表明，挨打也在情理之中，因为在兰兰父亲看来，女人的存在价值就是要传宗接代。由此看出，在男性主导社会话语权时，女人已然成了物品、机器、工具，没有了自我的话语权。

玛丽雅姆亦是如此的命运，刚刚嫁到拉希德家时，拉希德还是有些耐心地对待玛丽雅姆，但是当玛丽雅姆流产六次之后，拉希德便拳脚相向了，有时会厌恶玛丽雅姆做的饭菜，并叫玛丽雅姆吃石子，来报复玛丽雅姆做出的难吃的饭菜。即便如此，玛丽雅姆还会担心拉希德会抛弃她，当莱拉被拉希德骗回家中后，玛丽雅姆甚至厌恶莱拉夺走了她的丈夫，对莱拉态度极其恶劣。从内心深处，希望莱拉离开她和拉希德的家，更后悔当初细心照料莱拉，让莱拉乘虚而入，打破了她和拉希德的婚姻生态平衡。玛丽雅姆从内心深处是顺从拉希德的，就算拉希德把她打得半死，她也会把原因归咎于莱拉，可以说男权的威严已经深深扎根于她的内心深处，无法动摇。直到玛丽雅姆为了莱拉的自由而打死了拉希德，也要留下来承担拉希德的死，在玛丽雅姆看来，杀死了自己的丈夫是无法饶恕的罪孽，必须要去接受惩罚，自己可以被拉希德打死，但是自己因为反抗而打死拉希德就是大逆不道、罪恶滔天的行为。莱拉在拉希德的家中，也渐渐丧失了逃跑反抗的念头，于无声中默认了这种男权制的家庭模式，并且同玛丽雅姆一样将隐忍当成了习惯。

在《灿烂千阳》中，父权制是阿富汗文化中重要的组成部分，在这个男性占支配地位的国家中，妇女的地位始终与她们的经济依赖性紧密相关，男权制统治最有效的方法之一是对女性臣民进行经济上的控制，父亲或者丈夫是家庭经济来源的唯一途径，女人只能依赖男人来解决生存问题，这样决定了男性在家庭内部和外部的地位，无论在物质或意识形态上都是十分稳固的。阿富汗的女性几乎无法支配自己的命运，她们只有顺从这个选择，男性绝对权力的话语权，让她们沦为男性的奴隶，甘愿作为男性的附属品而活，丧失了自我。

虽然在《灿烂千阳》的结尾，玛丽雅姆的父亲扎里勒给玛丽雅姆做了忏悔，但是也掩盖不了当初将玛丽雅姆推向深渊的事实，更无法洗白他对自己亲生女儿的压榨。如果不是当初扎里勒的默不作声，就不会导致玛丽雅姆悲剧的发生，玛丽雅姆也许会同其他孩子一样去上学，去谈恋爱，去过正常女孩子该过的生活，自由而快乐。但是，作为父亲的扎里勒还是用男权制的沉默将玛丽雅姆推向了万劫不复的深渊。

在“大漠三部曲”中，作者将父权制的横行霸道演绎得淋漓尽致。当兰兰的父亲看到兰兰如同变了一个人一样，不像从前那般听话懂事，变得执拗起来。这些疑问，只因兰兰没有听他的话回去忍受白福的暴力，所以，在他眼中，兰兰就变得“不听话、不乖巧”了。兰兰在金刚亥母洞中潜心修炼，给自己找一个心灵的寄托不肯回家时，兰兰的父亲就认为是被花球勾了去，想做些见不得人的勾当，心中对兰兰又恼又怒。可见，女人在男权制下，只是一个可支配的物品，不配拥有独立的人格。在男权制社会中，女人只要反抗男权，就被认为是走了邪路，是荒唐的；女人不反抗，默默忍耐，就被认为是好女人，难得的好女人。

在《灿烂千阳》中，男权话语压迫下的女人，是没有话语权的，更不要说独立的人格和人权了，玛丽雅姆和莱拉家庭暴力的悲剧遭遇折射出了千千万万蒙着面纱、穿着“布卡”的阿富汗妇女的苦难命运，她们没有经济基础进行反抗，也没有社会支持她们反抗，有的只是在父权制主导下的默默隐忍与自我消化。而兰兰艰难的自我拯救和莹儿的自我矛盾，表现出了面对男权话语的层层压迫，来自父亲和丈夫的指责，一层一层地剥离她灵魂与肉体的距离，在某一瞬间，兰兰也曾想要不就回去继续挨打，毕竟母亲都是这么过来的，莹儿也曾想过，不管父亲和哥哥的面子，丢掉一切，去找灵官。但是男权制的重重压迫，以及社会舆论的一边倒形势，使女性忘记了自己的尊严和灵魂，忘记了自己应有的话语权，使得奴性思想变得理所应当，合情合理。

三、走出心灵的荒漠

在“大漠三部曲”中，大多数的西部女人在出嫁前是父母的筹码，或换钱或换人，而兰兰和莹儿就是换人的这种模式，美其名曰“换亲”，指的是，将自家的女儿换到别人家当媳妇，别人家的女儿再换回到自己家当媳妇。花儿一样鲜活的生命，为了给自家哥哥换一房媳妇而与一个陌生的男人结婚。虽然她们不甘心，但是受西部文化的熏陶，她们认为这就是尽孝的一种方式，父母辛苦将自己养大，就应该获得一定的好处。西部农村女人心中的自由是蠢蠢欲动的，但是却不敢付诸行动，人格也无法独立，走进陌生的婆家，忍受着无穷无尽的家暴，这一生就要在丈夫和婆婆的双重压榨下艰难生活。内心早已是一片荒凉，如同那大漠一样，早没了生气。

在经历了忍耐的无助和无望之后，她们试图为生活寻找别的出口和意义。兰兰对婚姻、亲情、恋情的相继绝望和遭受了一系列的打击之后，她走进了金刚亥母洞去寻求精神的寄托，她一边诵经一边虔诚得心无杂念，让自己的内心渐渐平静下来，变得安静祥和，仿佛自己已经飞起来，到达了无人之境，再没了那些粗俗的咒骂、坚硬的鞭子以及失望的自己。兰兰对金刚亥母的皈依，不求名，不求利，也并不是因金刚亥母的精神感召，只是为求个心安，给自己的心灵找个可以依靠和停泊的地方，更是以这种方式来逃避白福的折磨和生活的苦难。兰兰将生命的希望寄托到了神灵上，渴望神灵能带给她一片清澈的精神家园。

然而莹儿，这个“花儿”一般的女子，她的荒漠是憨头，她的希望则是小叔子灵官，莹儿与小叔子的爱情是不被世人所接受的，但却是莹儿最珍惜的感情，莹儿与灵官的爱情，使得莹儿获得了感情的救赎。然而灵官的出走给了莹儿无尽的思念，莹儿心中便有了“盼头”，一个荒漠中的指向标，等待灵官的归来的这个“盼头”，支撑着莹儿走过了无数个孤单凄清的日子，消解了欲望，人生在等待中变得有意义，也带着莹儿走出了自己的荒漠，从等待灵官的那一刻起，莹儿便走出了自己心灵的荒漠，有了这个“盼头”，她的人生还有希望。就算是最后被爹妈逼迫着嫁给了屠夫赵三，吞了鸦片，死在了新婚当天，她的“盼头”依然深深地扎根在心里，并且给了她前行的勇气，带她走出了荒漠，获得了永生的自由。

“喀布尔每条街道都令人目不转睛，埃及来的商旅穿行过座座市场，人们数不清她的屋顶上有多少轮皎洁的明月，也数不清她的墙壁之后那一千个灿烂的太阳。”这是《灿烂千阳》名字的出处，暗示了作者将阿富汗妇女比作千阳，在高墙后散发光芒的用意。在作品中，阿富汗的妇女虽生活在水深火热之中，却仍对生活抱有像灿烂千阳般的希望。莱拉在突如其来的变故中，选择了坚强和隐忍，因为她知道，她的家已经毁灭了，她只有靠自己独立，才能留住她最爱的宝贝。莱拉被迫与拉希德完婚，做了他的妻子，莱拉在隐忍中，生下了她和塔里克的女儿。但是，却遭到玛丽雅姆的嫉妒与敌意，玛丽雅姆的冷嘲热讽与犀利的语言，刺伤了莱拉的心。本身莱拉与拉希德的结合，就是没有感情的利益交换，而玛丽雅姆的敌意，使得莱拉不知所措，不知该怎样解释，因为莱拉的初衷并不想伤害玛丽雅姆。直到拉希德因为莱拉不听话而怪罪玛丽雅姆，并且抡起了皮鞭，莱拉奋不顾身地挡在了玛丽雅姆的身上，阻止了这场暴力的开始，玛丽雅姆对莱拉产生了亲情一样的感觉，她们之间的关系发生了微妙的变化。玛丽雅姆会将缝好的小孩衣服放到莱拉的房间门口，在某个夏夜，莱拉主动邀请玛丽雅姆去院子里喝茶，一个坦诚、会意的眼神使她们知道彼此不再是敌人，亲密的友谊就此建立。之前的莱拉和玛丽雅姆也许不知未来将要如何度过，心里是一片荒漠，没有绿洲，没有彼岸，但是现在，温暖的友谊与彼此的真心让她们干涸的心灵忽然有了丝丝的细雨，共同的苦难使她们紧密地联系在一起，互相倾诉苦楚，共同抵抗拉希德的残暴专制，渴望自由的精神在友谊之中越发茁壮起来，并且计划着离开拉希德，去过自己的生活。莱拉与玛丽雅姆做了最好的朋友，在无助的时光中收获了最纯真的友谊。

莱拉和玛丽雅姆都憧憬着自己新的生活，但是第一次出走的失败，令莱拉与玛丽雅姆失去了勇气，她们两个人遭受到了前所未有的打击，拉希德的一顿暴打，甚至将玛丽雅姆关到了小黑屋里，不见天日。在男权的暴力遏制下，莱拉和玛丽雅姆出走逃离的自由之光逐渐暗淡，慢慢弱化了逃走的勇气。但是塔里克的出现，使得矛盾再一次激化，拉希德对莱拉展开了前所未有的暴力惩罚，几乎要将莱拉打死了，而玛丽雅姆积怨已久的愤怒爆发了，她拿着铁锹，用尽全身力气将拉希德打死了，这一铁锹，玛丽雅姆算是解脱了，她从拉希德禁锢的牢笼中走出来了，她终于向坚如磐石的男权制给予了狠狠的一击，终于有了勇气去做一次彻彻底底的反抗，这一刻，她无比的自由与轻松。当玛丽雅姆站在行刑场接受惩罚时，她的内心是平静的，是安宁的，更是自由的，她不再属于谁了，她做了自己。死亡才是玛丽雅姆的救赎与新生。

玛丽雅姆的死亡保护了莱拉，使莱拉有了追求幸福的权利，莱拉和塔里克离开了那片让他们伤心欲绝的地方，幸福的重生。对于莱拉而言，爱情虽然来得有些迟，但终于将她带离了那片心灵的荒漠，重新去追寻生命的绿洲。莱拉的新生，就是她的塔里克，那个年少时的英雄，她最爱的那个少年，为她挺身而出的少年，也是她最终的归宿。爱情点燃了她的自由，给予了她无尽的勇气，让她敢于冲破那座牢笼，向自由的地方走去。

在这几部作品中，我们可以看出每一个女人都是一个精灵，都是有灵性的，心里虽然被摧残得像一片荒漠，但依然坚定地要走出这荒漠、这牢笼，去寻找自我的归宿和救赎，为自己建造起一座自由的精神殿堂。

结　语

丝绸之路上的女人们是勇敢的，渴望自由的信念从未放弃，《灿烂千阳》中的莱拉深爱着塔里克，由于社会的动荡，他们分离多年，当塔里克再一次出现在莱拉面前时，莱拉心中重新燃起追求自由的希望，面对拉希德的暴力阻挠，莱拉不顾死亡的威胁，尽管将她摧残得奄奄一息，但她还是毅然决然地走出了那座灭绝人性的牢笼，勇敢地走向了幸福的彼岸。莱拉从小在父亲的保护下自由成长，阅读了大量有着自由精神的诗歌和小说，为自己的反抗奠定了坚实的思想基础，作为这一过渡时代的新女性，莱拉带着她自由的灵魂寻找到了她精神的归宿。

玛丽雅姆无法独立存在于现实中，她总是不断地将希望寄托在他人身上，玛丽雅姆起初将希望寄托在母亲身上，她祈求母亲同意她去上学时，母亲则告诫她："学校怎么会教你这样的人，一个女人只要学会一样本领，那就是忍耐。"于是，她将希望寄托在父亲扎里勒身上，希望父亲能带她走向光明的未来，但是希望破灭在父亲的沉默中。然后玛丽雅姆渐渐适应了婚后生活，将希望又寄托在拉希德身上，期待过好他们的小日子，可是希望又破灭在拉希德的皮鞭之下。玛丽雅姆年幼时，由于是父亲的私生女，得不到社会认可，无法进入父亲的家庭，被迫和母亲住在郊外。自幼父爱的缺失，使她无法独立面对社会，在家庭生活中父亲这个角色的缺席，使得玛丽雅姆在成年后无法获得自信，变得懦弱无助，进而养成依附性人格，不断将希望放置于他人身上来获得安全感，最后在家庭和社会的双重打压下，玛丽雅姆的希望无数次地破灭，她几乎失去了反抗的能力，最后则通过死亡来解脱自己和成全别人，在另一个世界与父亲自由地生活在一起。在绝对男权话语下的阿富汗地区，男性权力决定了一切，父亲为了保全自己的面子，而将女儿玛丽雅姆放逐到郊外，全然不顾女儿的成长环境有多恶劣，男权话语下的女性是毫无地位可言的。

然而在“大漠三部曲”中，兰兰和莹儿与莱拉和玛丽雅姆的命运也不尽相同。莹儿和兰兰换亲之后，男性话语的主导地位开始显现，白福像“捶驴”一样的家庭暴力充斥着兰兰每日的生活，将亲生女儿冻死在雪地里的行为击溃了兰兰的心理防线。憨头的早逝使莹儿一辈子要守寡，不能改嫁，男权社会的绝对权威将兰兰和莹儿的婚姻打个粉碎，将她们爱情的希望摧残践踏。在“大漠三部曲”中，中国西部农村的女人奉男人为信仰，为希望，但是希望和信仰总是或早或晚地崩塌，随之而来的就是暴力。就如同那句网络流行语：“你说要为我遮风挡雨，可后来的大风大浪都是你给的。”这也许就是丝绸之路女人们心里最真实的声音。但是就算信仰的崩塌和不间断的大风大浪，也无法让她们随波逐流。兰兰在无尽的家庭暴力中选择了逃离，静坐在金刚亥母洞中，静心于神灵，渴望在神灵的庇佑下得到灵魂的自由与超脱，希望为自己找到一片精神的净土来安放自己纯洁的灵魂。兰兰只有静心于神灵来宽慰自己的灵魂，封建的三纲五常牢牢刻在了兰兰心底的最深处，她无法决绝地走向死亡，她害怕爹没法向夫家人交代，害怕母亲会以泪洗面，她被男权社会的妇女道德绑架，只有在金刚亥母洞中才能找到活着的唯一信仰与支撑。而莹儿则以死亡获取了自由，再不用担心母亲是否吃亏，不用担心父亲是否被母亲责骂，不用担心哥哥没有媳妇，可以放心地去找灵官了，她终于在死亡中获得了永远的自由，再也没有那些“约定俗成”的禁锢和牢笼。莹儿的内心深处是具有浪漫主义色彩的，她不允许自己的不完美，所以选择死亡来洗刷这肮脏的现实，让干净的灵魂得以安放。

这几部作品让我们了解了丝绸之路上的女人们。小说中那些跃然纸上丝绸之路的女人们，就像“花儿”一样，或夭折或枯萎。但是作者用他们的笔为那些“花儿”一样的女人建造了一座肃穆庄严的纪念碑。丝绸之路上的女人们，在深重的苦难中相互扶持，怀抱希望努力抗争，女性想要获得自身的最终解放，除了通过死亡来解脱自我的灵魂外，还可以联合女性同胞团结一致来对抗男权专制的社会制度和意识形态，莱拉和兰兰用自己以后的生命来继续对男性强权提出有力控诉。

丝绸之路上的女人用自己微弱的力量救赎自己，她们敢于接受信仰的崩塌，不放弃去寻找、去构建属于自己的精神殿堂。

参考文献

[1] 雪漠. 白虎关 [M]. 上海：上海文化出版社，2001.

[2] 雪漠. 大漠祭 [M]. 上海：上海文化出版社，2001.

[3] 凯特·米利特. 性的政治 [M]. 钟良明，译，北京：社会科学文献出版社，1999.

[4] 丁帆. 中国西部文学史 [M]. 北京：人民文学出版社，2004.

[5] 卡勒德·胡塞尼. 灿烂千阳 [M]. 李继宏，译，上海：上海人民出版社，2007.

[6] 尚必武，刘爱萍. 卡勒德·胡塞尼访谈录 [J]. 外国文学动态，2007 (5)：10.

[7] 雪漠. 凉州女人 [J]. 太湖，2003.

已婚男性的“逃离”

——浅论霍桑对苏童创作的影响

王　琴

（西北师范大学文学院）

一、“先锋派”领军人物苏童创作的外国文学背景

出生于20世纪60年代的作家苏童，成长中逃过了饥饿，躲过了“上山下乡”，数次政治运动也只赶上了“文化大革命”。20世纪80年代后期，初涉文坛的他发表作品的起点也较高：1983年大三在读的苏童在《青春》杂志发表短篇小说处女作《第八个铜像》，1987年凭借《一九三四年的逃亡》一举成名。此后陆续发表作品，且有多部小说被改编为电影，如《妻妾成群》（《大红灯笼高高挂》，获奥斯卡最佳外语片提名，并使苏童红极一时）、《米》（《大鸿米店》）、《妇女生活》（《茉莉花开》）及《红粉》（《红粉》）。对苏童而言，“先锋作家”是他带有的极重要“标签”，理解这位新时期作家创作所受到的一系列“外国文学影响”，需将其置于整个“先锋文学”或者说“先锋派”兴起的文学大背景中加以考察！

中国文学从现代起，尤其是“五四”以来，一直秉承“中学为体，西学为用”之精神；“文化大革命”后，正是由于“外国文学作品”如雨后春笋般涌现在我们面前，当代文学才得以迅速告别“伤痕文学”，进而衍生出“寻根”和“先锋”文学。因此，“先锋作家”可以说是由外国文学抚养成长的。他们的文学启蒙大体均出自“西方现代文学”的影响，而较少受到中国传统文学，尤其是“十七年文学”和“文化大革命 ”文学的浸染与束缚。

提及西方现代文学，其与新时期以前中国现当代文学之迥异之处在于：当后者依旧集中呈现批判敌人、歌颂革命等内容时，前者已经开启了“另一扇精神之门”。不论卡夫卡、乔伊斯，抑或普鲁斯特、贝克特等西方经典作家，他们都将痛苦视为一种精神资源，在直面死亡本身的同时探寻生命存在的黑洞。故新时期以来作家们对外国文学经典作品，尤其是20世纪以来西方文学作品的阅读，极大触动并改变了中国当代文坛！从许多作家如马原、残雪、莫言等人关于创作的表达中，我们或多或少都能看到他们受益于西方文学经典的深刻变化，苏童自不例外。他曾谈起先锋作家集体的创作背景，如存在主义、意识流、福克纳、海明威等等，也坦言最早的启蒙并非来自中国古典文、哲学。20世纪80年代是“文学的年代”，也是“世界性阴影笼罩下写作”的年代。此种表达即与外国文学经典深刻影响中国当代文坛，因而造成一些写作者们有关“影响的焦虑”，进而拒绝承认或刻意回避自己与外国文学关系的状况形成鲜明对比。

所谓“影响的焦虑”，由美国著名文学理论家哈罗德·布鲁姆提出。他强调：“任何作家都会受到前辈文学名家和经典名作的影响……这种影响也会使后人产生受到约束的焦虑。这种唯恐不及前辈的焦虑常常会使后来者忽略了文学自身的审美特征和原创性……陷入前人文本的窠臼而不得出。”因此，“能否摆脱前代大师们的创作模式而建立起自己的创作特色并形成新的经典，这就是天才和庸才的根本区别。在这一过程中，只有少数作家才能克服或‘否定’这种‘影响的焦虑’。”也就是说，布鲁姆这一观点本身肯定了作家创作中的前辈文学影响因素。影响产生焦虑，唯有克服才有新的经典产生。

在这种普遍的“影响的焦虑”之下，很多人选择拒认自己与外国文学的关系，但苏童、叶兆言及莫言等作家的态度却截然相反，都坦然承认外国作家、作品对自身的影响。正如莫言所说：“如果没有我们的翻译家的创造性劳动，中国的当代文学就不是目前这个样子。当然会有一些作家拒绝承认外国文学对自己的影响，仿佛可以借此表示自己的不同凡响。其实这是一种不必要的虚伪。”苏童也屡次表达其创作过程中存在的“影响的事实”，明确说明塞林格是对他影响很大的美国作家，“对我在语言上自觉帮助很大的是塞林格，我在语言上很着迷的一个作家就是他，他的《麦田的守望者》和《九故事》中的那种语言方式对我有一种触动，真正的触动。”苏童对塞氏语言风格的推崇一目了然。类似的表达还有，“对于美国作家塞林格的一度迷恋使我写下了近十个短篇，包括《乘滑轮车远去》《伤心的舞蹈》《午后故事》等。”总之，苏童对塞氏可谓情有独钟，也许很多人认为塞林格只是个二流或三流作家，但他唤醒了苏童。对此，学界已有一些探讨二人创作影响的研究文章。

当然，除了塞氏，美国文学也是苏童认为当今世界最好的文学。“我无法摆脱那一茬茬美国作家对我投射的阴影，对我的刺激和震撼，还有对我的无形的桎梏。”因此，当他于1999年、2005年分别选编《枕边的辉煌·影响我的十部短篇小说》和《一生的文学收藏·影响了我的二十篇小说》时，除去重复篇章，美国作家作品就占7部。除1999年入选《枕》之首位作家、作品霍桑《威克菲尔德》外，其余六位美国作家、作品还包括：辛格《傻瓜金佩尔》(1999)、《傻瓜吉姆佩尔》(2005)，福克纳《纪念爱米丽的一朵玫瑰》(1999)、《献给爱米丽的一朵玫瑰花》(2005)，杜鲁门·卡波特《圣诞节忆旧》，卡佛《马辔头》，契弗《巨型收音机》以及麦卡勒斯《伤心咖啡馆之歌》。

以上笔者简析了苏童作为先锋派一员创作的外国文学背景。他本人承认影响的存在，也并未因所谓“影响的焦虑”落入前人文本的窠臼不得出，努力将经典阅读的经验创造性地转化为自身创作丰富资源。即便后来经历先锋文学的转向，也并不意味其创作完全走出了西方文学的外来影响，进而回归中国本土文化传统轨道。王毅、傅晓微《从卡夫卡到辛格：中国先锋派的转向——以马原、苏童、余华为中心》(《社会科学研究》2005年04期）一文指出：“在‘转向’的背后，更多的是从以前较多地模仿以卡夫卡为代表的现代派技巧，转向了以美国犹太作家艾萨克·巴什维斯·辛格……为代表的创作方向。”苏童与美国文学关系问题并非笔者探讨重点，了解影响的背景之后，本文试图寻找霍桑《威克菲尔德》中已婚男性“逃离”的书写与苏童《已婚男人》《离婚指南》同名男主人公杨泊“逃离”婚姻之路的联系，进而探讨和阐明霍桑对苏童创作的某些影响。

二、霍桑《威》与苏童《已》《离》“逃离”分析

作为美国浪漫主义文学经典作家，《威克菲尔德》(以下简称《威》）是霍桑创作的一个情节简单且人物稀少的短篇故事。1835年该小说最初被刊登在《新英格兰杂志》上，1937年收录于《重讲一遍的故事》中。小说讲述了主人公威克菲尔德先生离家出走，隐居在外20年的心路历程。令人极为诧异的

是，拥有美满婚姻已10年的他，某天却突然毫无理由地借口外出几日，后悄悄钻进离家不远另一街区的寓所，一住就是20年。这些年里，靠乔装打扮逃离家人视线的威克菲尔德幽灵般地游离在家门附近。每天望着熟悉的家门，看着妻子日渐憔悴、苍老的面容，自己也承受着巨大的折磨。但总有一种“控制不了的力量”使他着了魔似地弃家独居。20年后，一场秋雨终于惊醒“梦中人”，他又回到妻子身边并与之度过余生。

苏童作为当代知名作家，于1990年、1991年分别在《作家》和《收获》杂志上发表中篇小说《已婚男人》（下文简称《已》）、《离婚指南》（下文简称《离》）。《已》讲述了主人公杨泊“逃离”现实婚姻无望而自杀的悲剧。公司破产后的他蜗居在家，因欠债难还家被洗劫一空，进而与妻子冯敏的婚姻生活矛盾重重。夫妻二人争吵不断，备感孤独压抑又无处可逃的杨泊最终在孩子的哭闹声中跳楼自杀。《离》主人公与《已》主人公同名，讲述了杨泊无法逃离婚姻的悲剧。小说开篇，杨泊就要与妻子朱芸离婚，被拒绝后依旧坚持。为摆脱婚姻不惜忍受胯下之辱去借钱，但借钱谈判失败后又遭妻子兄弟们的毒打。为了情人，杨泊思考着离婚步骤和再婚准备，但妻子一次次以死抵抗。某天被毁容的情人逼杨泊用同样的方法刮了妻子的脸，甚至要亲自登门查验伤口。无家可归的他流浪在外一夜后终究没能离婚。

通过以上霍、苏“已婚男性逃离婚姻”中短篇小说内容概述，发现共同点：两位作家都关注婚姻生活中男性的生存状态。不论威克菲尔德还是杨泊，作为丈夫的他们都想逃离自己的婚姻、家庭和爱人。阅读文本，疑问自然产生：男性为何都要逃离？逃离方式及结果又如何？以下笔者将详析这个问题。

（一）已婚男性逃离原因

霍桑笔下的威克菲尔德，故事一开头即交代：他是一位中年丈夫，对妻子爱得如痴如醉，婚姻生活幸福美满。没有争执、苦恼和压力，某天却心血来潮借口出门旅行，在家门口附近隐居整整20年。读来不可思议，霍氏笔下的主人公就这样无端离家出走了。为何逃离？看不出任何原因！主人公为何能忍受20年鳏居痛苦，一次次乔装徘徊在家门口却迟迟不肯回去？在文本中我们不易获得答案。因为霍氏在创作中惯用一种手法——朦胧晦涩，意思是当读者结束阅读时必定会产生一系列故事未做任何交代的疑问。这也是作家模糊处理创作的一种选择。所谓模糊的故事情节、人物性格和语言意义等，都能产生留白的效果，从而为读者提供更广阔的解读空间。

对主人公逃离家庭的原因，文本没有明显的解释。无端出走并非婚姻不幸、夫妻不和，但他迟迟不肯回家，逃离许久的原因似乎又能从隐居心路历程中找到些蛛丝马迹。离家前与妻子吻别时，威克菲尔德几乎决心要整整一星期不回家，让他的好太太着着急。住进早已预订好的公寓后，他急于知道自己的模范妻子会怎样忍受一周的独守空房，以他为中心的家人没了他又会有什么反应。就是这种病态的好奇心理驱使他乔装打扮，偷偷游离在家门及家人附近，暗自观察。对自己的太太，威克菲尔德的想法是不把她吓个半死绝不回去。持久“病态虚荣心”控制下的人物变得可怕又阴险，威克菲尔德的行为充分展现着人性恶的一面。他将这样无端的逃离当作生活的恶作剧一样乐此不疲地进行了20年。20年，他变成了瘦骨嶙峋、皱纹深深的老头，妻子也青春不在。总之，依文本分析，威克菲尔德选择逃离的开始毫无理由，但他持续逃离的原因是自身病态的虚荣心。发掘人物内心的善恶是霍桑写作的特点，威克菲尔德逃离家庭又回归的故事表明：在当时充满矛盾和不安的时代，人与人、人与家庭甚至人与社会的关系都是很微妙的。当人性受到严重压抑、扭曲时，人的异化感和孤独感无时不在。在精神痛苦的折磨下难免会有不可思议的各种病症，人物因此显得可怜又可悲！

相比之下，苏童笔下的两位同名故事主人公杨泊，虽与威克菲尔德同为逃离人物，但作者对他们各自婚姻中逃离的原因都有明确交代。不同于霍桑诸多留白、主人公无端离家，苏童的《已》中杨泊破产后蜗居在家，生活的压力、琐碎的争吵、妻子的抱怨等一次次挑战他身为一个男人承受能力的极限。事业不顺，家庭不和，每天被负面情绪淹没的他，想逃到深圳工作却被妻子视为逃避责任的胆小鬼。自觉离婚没有意义，结婚也没有意义的他患上失眠症后常常深夜独行，夫妻关系因此急剧恶化。妻子第二次离家时扔下他和孩子，朋友任佳服安眠药自杀的行为又刺激了杨泊，他想，“人活腻了才想到死，死很平常地降临，就像水池里的鱼，它一旦跳到水池外面就会死去。”整个冬天，他独自一人带着孩子，身心疲惫。元旦，就在妻子冯敏准备回家的这一天，孩子从清晨到中午一直被鞭炮声吓得啼哭不停，杨泊想尽一切办法也无法制止。抱孩子去阳台时隐约听到了让他联想到死亡的安魂曲，浮升的红色气球，满脸是泪的孩子，一次次祈求和追问别哭了！为什么哭个不停？都无济于事。最终他决定“你继续哭吧。现在我只有一个办法可以听不见你的哭声，或者把你从阳台上扔下去，或者我自己跳下去。我想还是让我跳下去吧……”杨泊最终选择随风而去，他想过逃离家庭，换个环境。但生活的不如意，身为丈夫的责任，妻子的指责都让他逃无可逃，孩子的哭声更是导火线，他磨光了生活信心便选择自杀作为对艰难生活的永久逃离。

《离》中杨泊因无法忍受妻子朱芸而一心想离婚。“难看”“丑陋”“厌烦”，婚姻中的他对妻子的评价越来越差，多年婚姻后眼前的这个女人在他看来“好像一堆粉红色的垃圾”。当爱情所剩无几，最强烈的莫过于他想逃离的欲望。当记者采访问及杨泊离婚原因时，他直言：“我烦她，我厌恶她，我鄙视她，我害怕她，我还恨她。”这就是主人公一心想逃离婚姻的原因。

（二）已婚男性逃离方式及结果

威克菲尔德与两位杨泊同为“婚姻的逃离者”，他们逃离的方式、结果各有异同。首先，威选择毫无理由地悄悄离家出走，远离家人视线之外却又长久地徘徊于家门附近，像一个“伪装者”、一个“潜伏者”。二十年来秘密观察自己的家人，即便承受鳏居痛苦也不愿回归家庭，我们难以想象究竟是何种神秘的力量将其牢牢控制，欺骗妻子外出旅行却离家出走二十年的男主人公究竟为何要以这样残忍的方式逃离家庭？谜团仍在继续，威的逃离最终以他回归家庭为结局。大风乍起、阵雨不断的秋夜，威习惯地朝他仍称为自己家的地方信步走去，不声不响地踏进家门，仿佛才离家一天似的。威为何能幡然醒悟？霍桑并未给我们解释。所以，关于逃离者威克菲尔德，其逃离方式与结果简单明了，但逃离原因及逃离过程却存在许多留白处，故理解人物的行为选择需跳出文本的局限，了解霍桑所处时代及其成长经历也许有助于我们深入认识作品人物的逃离行为以及作者自身逃离书写的选择。

与主动离家出走的威克菲尔德不同，《已》中杨泊难以忍受破产后妻子的种种羞辱与离家闹剧，想去深圳找工作却被视为懦弱的胆小鬼，想逃之夭夭，逃避责任罢了，离家计划失败。再次离家的妻子将孩子丢给他一人照顾，冬季寒冷，生活艰难，孩子哭闹，欢乐喧闹的元旦在杨泊眼里满是凄凉，除了深深的绝望还是绝望。一个人承受精神压力的极限备受挑战，无法逃离家庭就选择最极端的方式——杀死自己，告别一切。而《离》中的杨泊，一心想逃离婚姻的方式就是不停地表达自己要离婚的诉求。为此受尽侮辱，但妻子始终坚持拒绝离婚。她疯狂报复了丈夫的情人俞琼，后杨泊又被情人逼迫伤害妻子。无路可走的他至此逃离婚姻与妻子的计划彻底失败，终于放弃挣扎，回归婚姻而将就一生。

三、霍桑“逃离”写作对苏童的影响

霍桑何以书写“逃离”？首先离不开美国文学“逃离”母题书写的发展历程。曾宪文《美国文学“逃离”母题的发展历程及实质》（《名作欣赏》2015年27期）一文指出，美国文学一重要母题即“逃离”，从独立战争至今这一文学传统一直持续。从美逃离文学开山之作——富兰克林《自传》到华盛顿·欧文《瑞普·凡·温克尔》（瑞普：美小说中第一个逃离者形象）、库伯《皮袜子故事集》、斯托夫人《汤姆叔叔的小屋》、马克·吐温《哈克贝利·费恩历险记》，再到20世纪海明威《太阳照样升起》、塞林格《麦田的守望者》、厄普代克《兔子，跑吧》等，“逃离”母题在不同时代、不同作品中均被书写。因此，生活在19世纪上半期的霍桑，即便身为美国浪漫主义文学经典作家代表，其有关“已婚男性”逃离的写作依旧属于整体文学传统的组成部分，继承前人逃离创作传统同时又有自身的阐释和发展。

另外，霍氏“逃离”书写与其成长经历也必然相关。出身于新英格兰没落贵族世家的他，船长父亲死于疾病后留下三个孩子和一个寡妇，从小便随其母住在外公家，因家庭中总笼罩着阴沉、压抑的宗教气氛，霍桑养成了孤高自许、远离尘嚣的性格，这些对其日后创作影响极大。9岁时伤足造成终生残疾更使其沉默寡言，不愿与人交往，不喜热闹场合。童年的孤独与不幸让他一生难以摆脱痛苦。所以霍氏笔下对性格、行为怪异，逃离家人，忍受孤独痛苦的主人公威克菲尔德的描写中必然蕴含作家童年经验的深切体会。童庆炳就说过：“童年经验作为一种体验更倾向于主观的心理变异……这种性质对作家至关重要，它意味着一个作家可以在他的一生的全部创作中不断地吸收他的童年经验的永不枯竭的资源。”①

反观苏童，笔者认为其“逃离”创作一方面受霍桑《威》的影响，另一方面也与他自身经历密切关联。作家阿丁也曾将霍作为其文学启蒙导师，讨论《威》这一作品及文学中的另类母题“逃离”。霍桑作品的影响明显更广泛，威克菲尔德的逃离对杨泊的逃离之路必定有着启发意义，苏童正是在吸收此类阅读经验后，结合本土文化塑造了男性“逃离者”形象。至于他的童年经历，与霍桑也有相似之处，苏童10岁时患有很严重的肾炎，重病在身的

① 童庆炳．作家的童年经验及其对创作的影响［J］．文学评论，1993（4）．

他只能休学在家，终日躺在竹榻上。这样孤独寂寞的体验亦使其远离、害怕人群，就像当年的霍桑。故不同作家关注同一文学现象的背后定有类似经历的共同影响因素。

参考文献

[1]［美］哈罗德·布鲁姆．西方正典［M］．江宁康，译．南京：译林出版社，2005.

[2] 孔范今，施战军，主编．苏童研究资料［M］．济南：山东文艺出版社，2006.

[3] 苏童．妇女生活［M］．南京：江苏文艺出版社，2003.

[4] 童庆炳．作家的童年经验及其对创作的影响［J］．文学评论，1993（4）.

[5] 吴莉莉．20世纪外国文学对中国当代作家的影响［J］．南京师范大学文学院学报，2011（4）.

[6] 苏童，选编．影响了我的二十篇小说［M］．天津：百花文艺出版社，2005.

[7] 苏童．枕边的辉煌——影响我的10部短篇小说［M］．北京：新世界出版社，1999.

[8] 张勤，唐艳芳，主编．纳撒尼尔·霍桑作品导读［M］．武汉：武汉大学出版社，2003.

[9] 尚晓进，主编．霍桑短篇小说选读与评述［M］．上海：上海大学出版社，2010.

赛珍珠《大地》中黄家大院的空间叙事解读

王　爽
（兰州大学文学院）

在小说中，时间和空间是相互依存、不可分割的，正如法国学者让·伊夫·塔迪埃所说："小说既是空间结构也是时间结构。说它是空间结构是因为在它展开的书页中出现了在我们的目光下静止不动的形式的组织和体系；说它是时间结构是因为不存在瞬间阅读，因为一生的经历总是在时间中展开的。"① 在赛珍珠的《大地》中，时间结构是显而易见的，文本的推进主要是通过对王龙的一生，尤其是娶亲之后的人生经历的叙事和描写。而空间结构在作品中并不如时间结构那样明晰，是在情节的不断变化中，逐步构建了彼此区别的三大叙事空间——乡村空间、城镇空间、都市空间。体现了时间维度与空间维度的统一。

小说《大地》中，最主要的叙事空间是以王家大院为中心的乡村空间。在叙事情节的推进和故事的发展过程中，作者把叙事空间延伸到了城镇空间和都市空间，城镇空间和都市空间虽都是有别于乡村空间的外延空间，但是城镇空间又明显不同于都市空间。城镇空间是乡村空间和都市空间发展的中间地带，作者赋予了城镇空间更为深厚的情感体验。城镇空间作为乡村空间的补充和发展，是在乡村空间的基础上形成发展起来的，是自给自足的小农经济即乡村空间蕴含的生产生活方式发展到较高水平时一种自然而然的呈现，

① 让·伊夫·塔迪埃．普鲁斯特和小说［M］．桂裕芬，王森，译，上海：上海译文出版社，1992：224.

而都市空间则是作为乡村空间的对立面而存在的。城镇空间的叙事密度明显高于都市空间。城镇空间缺少了乡村空间特有的古朴，也没有都市空间的喧嚣。

城镇空间中包含着多个叙事的场景，其中有黄家大院、破旧不堪的茶馆、土里土气的小饭店以及做皮肉生意的“花房”等。黄家大院在城镇空间中始终处于主体的地位。黄家在乡村和城镇都从属于社会的上层——拥有使唤丫头、大量的土地、足够的金钱……这些都是王龙梦寐以求的，对于黄家大院的企盼是王龙一生的不懈追求。在小说中，王龙曾经先后七次拜访了黄家大院，这七次的拜访贯穿了王龙的一生，推动了小说的情节发展。由此可见，黄家大院这一空间对于主题的显示、人物性格的塑造都具有不可代替的作用。

一、场域的扩大：故事场景的延伸和确立

地志空间是小说叙述过程中的最基本的空间，任何的一部小说都要在某一个地点的基础上发生和发展。地志这一概念不同于地理或者地域，地志的中心是关于地方的地理与文化特殊性的概念。在《大地》中，赛珍珠为读者精心打造了乡村空间、城镇空间、都市空间，主人公的一生都在这三大空间中游走，不断完满自己的人生体验，这些共同组合成为一个完整的又并非历史真实的地志，一个属于个人的地志空间。

（一）故事场景的延伸

《大地》的叙事是以 20 世纪初期的安徽北部的宿县，现在的宿州市的县城和郊外的农村生活为依据构思出来的。小说主要立足于两个叙事空间，勾画了两个叙事场域，即乡村场域和城镇场域，城镇场域的存在是以乡村场域的存在为基础和前提的，两者是互相联系、互相对比的关系。黄家大院是城镇场域中的重要场景，和乡村场域中的诸多场景以及城镇场域中的其他场景有着不可分割的联系和区别。

克里斯蒂安·诺伯格·舒尔茨在《西方建筑的意义》中，鲜明地提出过“任何人类行为都具有空间性”。[①] 小说的开篇细致地描写了王龙要到镇上去娶亲——迎娶阿兰这件事情。这是王龙从乡村场域向城镇场域的过渡，也是全

① 克里斯蒂安·诺伯格·舒尔茨. 西方建筑的意义［M]. 欧阳恬之，译，北京：中国建筑工业出版社，2005.

书中王龙第一次去黄家大院。在去往黄家大院的过程中，必然要经过城镇的一部分，“顺着田间曲折回旋的小道走着，不远的地方矗立着灰色的城墙……由于买卖物品的不同，在城镇中很自然地形成了某一种货色某几种的特定的地点交易……”同时还有卖水果的小商贩，出售肉类、豆类的市场，街上的大大小小的饭馆和规模不等的茶馆等。由此可见，城镇中勃发的是与乡村文明中的土地经济有着明显差别的商品经济。描绘了半个城镇的场景之后，小说的主人公王龙才到了黄家大院，黄家大院也是主人公王龙在城镇空间的落脚点。由于胆怯，王龙并未直接走进黄家大院，而是走进了一家小馆，作者笔锋一转，用白描的手法描绘了这个同样处于城镇空间中的具有普遍性的小馆，小馆是一个又小又暗摆满了桌子的拥挤的屋子，是一个穷人吃饭的地方，堂倌穿着油腻发亮的黑围裙，这和之前的对于黄家大院高门富户的描写明显有别。

以上这些都是城镇场域中的重要场景，均与小说开篇和小说主体强调的乡村空间迥然不同，是乡村空间的延伸，这些场景也和乡村空间一样无一例外地带着浓厚的生活气息，但同时也是自在自为的存在空间。

（二）故事场景的区别

主人公带着羞怯的心情最后到达了黄家大院，“他站在大门口看了很久。门紧紧关着，两扇大木门漆成黑色，边上框着铁皮，钉满铁钉，紧闭在一起。两头石狮子一边儿一个，守在门口。”① 黄家大院尽管是城镇空间中的一个场景，但是和同一空间中的其他场景却有着明显的区别，有着明显的划分。黄家大院这一空间存在的外观首先是通过主人公的观察呈现出来的，紧闭着的大门以一种闭锁的形式把黄家大院和城镇空间中的其他层次的空间完整地割裂开来，更完全不同于乡村空间的开放式的格局，在这一场域中形成了一个独立的空间体系。

在主人公进入这一独立封闭的空间时，文本中这一处是类似于“刘姥姥初进大观园”的场景描写。“他们走过一条狭长的走廊，走廊里的柱子雕花十分精致，然后他们进入了一个王龙从来没有见过的大厅。大厅又宽又高，二十个他自己那样的房子装进去都显不出。”王龙走进黄家大院时对于一切都是非常的好奇和陌生，对于黄家大院的直观感觉也非常的新奇，与黄家大院更

---

① 赛珍珠．大地三部曲［M］．王逢振，译，北京：人民文学出版社，2009.

是格格不入。感觉世界是一个有机的整体，是一个主体和客体互通互融的世界。我们要感知世界，首先必须要通过感觉。[①] 王龙在看到了这样的黄家大院的时候，第一个感觉就是“二十个他自己那样的房子都显不出”，这是与乡村空间中的王家大院形成的鲜明对比。王家的住房是由土坯盖成的，土坯是从自己家的田地里面挖掘出来的，房顶是自己家的麦秸，做饭的灶台还是祖父年轻时候用泥土垒成的，窗户上带着被风吹动的窗纸，厨房里面是黑黢黢的，这自然是黄家大院的相反的存在。作者安排主人公在不同的场景转换过程之中，给读者带来了不同的空间体验，更为重要的是在中国农业社会下，两种不同的农民身份——普通农民和地主截然不同的生活方式借助空间的区别描写而得到了详尽的体现。

二、主体的建构：命运转变和性格的深化

（一）命运的反衬

日内瓦学派的领导人物乔治·普莱认为：“没有地点，人物仅仅是抽象的概念。”[②] 普莱这里所说的“地点”，实际上就是人物性格的生成的场所，这一场所也就是空间。亚里士多德曾在论述悲剧时提出“悲剧中没有行动，则不成为悲剧，但没有‘性格’仍然不失为悲剧”，一方面这是强调了行动的重要性，另一方面，塑造人物性格的最重要的方式就是通过展示行动来实现的。[③] 可见，最能体现人物性格的就是某一特定空间中的具体行动。

在《大地》中，王龙亲眼见证了黄家大院的盛衰，黄家大院是随着王龙的兴盛而衰落的，与王龙的命运轨迹截然相反，是王龙生活的参照物。王龙到黄家大院迎娶阿兰的时候，黄家大院还是高门富户，不久之后，王龙陪着阿兰带着自己的儿子再一次到黄家大院的时候，阿兰却说出了“我觉得那家人今年缺钱了”这样的判断，黄家的衰败在此时已经有了迹象，于是，王龙为了和愚蠢、挥金如土的富户家的那些人完全平等，开始到黄家大院去买地，黄家大院也随着王龙的买地而变得愈加的破败，在王龙带领全家去南方避难的时候，黄家大院被盗贼和趁火打劫的人洗劫一空，从南方逃难回来的王龙

---

① 龙迪勇．空间叙事学［M］．北京：新华书店，2015.

② 伊夫·塔迪埃．普鲁斯特和小说——论《追忆似水年华》中的形式与技巧［M］．桂裕芬，王森，译，上海：上海译文出版社，1992.

③ 龙迪勇．叙事作品中的空间书写与人物塑造［J］．江海学刊，2011（1）.

再一次从黄家大院买走了百亩之多的地，这一次的卖地和买地，标志着黄家大院的彻底败落和王龙人生的腾飞，最后，变成了富户的王龙已经可以名正言顺地住进黄家大院，不过，这时的王龙已经和黄家大院之前的主人一样，过着抽大烟、和小妾调笑的生活。

在小说的叙事过程之中，王家大院和黄家大院形成了鲜明的对照。王龙之所以会发家致富，是因为不断地买进属于黄家大院的土地，并且在这片土地上，勤勤恳恳地劳作着。除此之外，王龙命运的一个转折点是在南方逃难的过程中，阿兰在一个富户人家得到了不菲的首饰，这些首饰成为最后买进黄家土地的资金。而黄家大院发生的一切则恰恰相反，先是因为大院的主人们好逸恶劳，吸食大烟，追逐女色，不得不持续卖地维持奢侈的生活，后是像南方都市的那个大家族一样，被盗贼洗劫一空，失去了经济的支撑，彻底落魄。可是，在王龙成为富户之后，也步了黄家大院主人们的后尘，开始一样地过起了纸醉金迷、留恋声色场所、脱离土地和劳动的生活。从这个意义上看，未能在文本中呈现出来的黄家大院的兴盛过程就是王家大院的兴盛过程，而王家大院的最后结局却在黄家大院的衰败过程中得到了体现。王家大院和黄家大院互为补充，构成了一个完整的故事链条。

（二）人物性格的深化

通过描写一个特定的空间来塑造某个人物形象的叙事手法是屡见不鲜的，人物形象是千差万别的，不同的个人，他们都有自己不同的话语体系，其中包含了不同的希望、理想、快乐、痛苦，这一切都与空间的占有和失去凝结在一起，蕴含着无限的复杂性。① 作者对黄家大院这一空间进行反复的描写和刻画，使之集中地反映王龙的人生轨迹，体现了王龙性格的转变，也是对主题的深化起到了重要作用的场景。在小说中，王龙一共七次进入黄家大院，主人公的性格也在这一过程中发生了转变。

黄家大院是具有典型性的“空间意象”，“通过在叙事作品中书写一个特定的空间并使之成为人物性格的、形象的具体表征”。② 这一“空间表征法”对于塑造人物性格和形象具有重要的作用。在各种不同的建筑物之中，住宅无疑是与人关系最为紧密的，自然会成为叙事者用来表征人物形象的“空间

① 周小莉．空间对主体的建构与放逐：《通向蜘蛛巢的小路》中皮恩的主体身份［J］．世界文学评论，2010（2）．

② 龙迪勇．空间在叙事学研究中的重要性［J］．江西社会科学，2011（8）．

意象”。法国哲学家加斯东·巴什拉为了强调住宅与人之间的关系，主要是为了突出家的感觉，直接把住宅称为“家宅”，巴什拉认为家宅是我们最初的宇宙，家宅的重要性不言而喻。黄家大院是连接黄家和王家的纽带，是对于两家人而言的“家宅”。

王龙首次进入黄家大院，是去接自己的妻子阿兰的，在接回阿兰的整个过程中，王龙始终都是诚惶诚恐的，甚至险些摔倒在地。

王龙第二次去黄家大院，已经不像第一次那样的俯首垂眉了，因为收成好，内心有了些许的底气，但是他还比较拘谨，为了显示自己的日子比较富足，佯装对于看门人妻子送上的茶水视而不见。

王龙第三次到黄家大院，相较于前两次，已经有了很大的勇气，这一次是在得知黄家因为手头拮据想要卖地，而王龙则是作为买主的身份出现的。可是，在黄家大院依然没有受到客客气气的招待，在买地的过程中王龙还是碰到了软钉子，是和滑得冒油的管家多次敲定之后才签署了协议，管家说的“无论如何，这些钱够老夫人抽几天大烟了”这样的话，让王龙觉得自己和黄家依旧有着好似护城河一般的不可翻越的距离。

王龙第四次和第五次来到黄家大院，也都是为了买地。前者是在旱灾临近之前，早早就在内心深处埋下想要买下黄家全部土地的心思，催动着王龙用省吃俭用的银钱买下了黄家的地，最后如愿以偿地买进了以前所买的周围的地，这一次，管家一听到王龙手里有银钱就像是见了宝贝似的，一扫往日的蛮横，很快就签署了协议，王龙也在这一过程中清晰地意识到了黄家的衰败，坚定了自己不能离开土地的信念。后一次则是把黄家几乎所有的好地全部都买了下来，最让王龙吃惊的是，这一次，开门的人居然是黄家的老爷，在进到了院子里面时候，王龙很快就注意到了，庭院里面堆满了树叶，已经很久没有打扫过了，曾经的繁花都已经落尽，在这样的特定的空间之下，尤其是与之前的枝繁叶茂形成了强烈的比较，让王龙的思想变得更为成熟了，人与土地的关系是小说的主题，在黄家大院不断卖地和王龙不断买地的过程中，王龙对土地炽热的爱得到了升华。在此之后，王龙也和黄家一样开始出租土地，雇人耕种，黄家在这一个过程中已经退出了叙述的视野，只是留下来了作为黄家象征的黄家大院，而黄家大院作为一个固定不变的、不受外在人为干扰的空间的文化表征却更加明显了。

王龙第六次去往黄家大院的时候，黄家大院早已经没有了往日的气势煊赫，变成了贫民借住的地方，王龙是为了阻止儿子继续嫖娼才进入黄家的，此时，黄家大院和最初的独自的闭锁的空间已经完全不同，黄家大院逐渐融入乡镇空间，和同一个场域中的其他的场景别无二致，失去了独特性，这表明，固定的空间也并非是一成不变的，而是和诸多的外部因素如时间因素紧密相连的，在不同的背景之下，被赋予不同的意义。

王龙第七次是真正进入黄家，在儿子的请求之下，富户王龙已经有足够的金钱可以搬到这里来居住生活了，与初次进入黄家大院截然不同，这一次，王龙是以主人翁的姿态进入黄家大院的，进入了这个自己曾经畏惧，看不起自己的黄家大院。另外一方面，在这个过程之中，王龙显露出来了明显的对土地的眷恋之情，黄家大院对于王龙的吸引力依旧持续地存在，想要成为这里的主人的信念并未动摇，只是，对于土地的爱恋则更是深入了骨髓，直到老秦过世之后，王龙才最终带着自己的小儿子和傻女儿搬进了城里。

在把黄家大院的后院买下来之后，前院与后院则在无形之间形成了对比，后院是真正的黄家大院，修缮得精致巧妙，与此同时前院则居住了大量的贫苦人民，这些人实际上与以前的王龙并无二致，可是，现在的王龙已经看不上他们了，在进出前院的过程中，内心对这些贫苦的人家充满了鄙视，在儿子的竭力推荐下，最后王龙买下了整个黄家大院，恢复了往昔的繁华。黄家大院到此为止对于王龙的意义似乎也消失了，在同一个空间之中，先后发生了许多不同的事情，这些事情在这一空间中的变化，给予了主人公不同的生命体味和情感体验，王龙在垂垂暮年之时毅然决然地离开了黄家大院，返回到了自己的乡村的住所，王龙性格的整体化书写完成了“畏惧－渴望－拥有－离开”这一个全过程，当王龙离开黄家大院时，黄家大院的文本意义也完成了极致的表达。

《大地》是20世纪美国最杰出的女作家赛珍珠的代表作，也是一部同时获得了普列策奖和诺贝尔文学奖的优秀作品。小说之所以会得到如此高的赞誉，这和小说的高超的叙事表达技巧密切相关，空间维度和时间维度都是叙事学研究中的重要组成部分。黄家大院这一个看似简单单一的城镇空间的场景，蕴含了深刻和复杂的农业生产和农民生存中出现的诸多乡土文明发展中的问题，体现了步入现代城市化进程中的部分城镇的真实存在的状况，黄家大院是农耕经济文明发展到顶峰的农民生活的缩影，在这一独立的空间领域中却暗含了两个家族的兴衰，凸显了两个家族的既相似又不同的性格特征。

“现代性”视域中当代中国先锋派小说的写作历程探析

王梓涵
（西北师范大学文学院）

一、先锋精神在中国

自 1919 年“五四”新文化运动以来，中国文学，包括文人在内的有识之士，都在广泛而深刻地接受着从各种渠道引进到中国来的、各种各样的西方思想与文化观念。这些来自西方的思想与文化，逐渐渗入中国文人的精神世界，潜移默化地影响着中国文人的精神面貌，改变着中国文学的历史进程与书写情状，以及中国的社会阶级构成与历史发展方向。可以说，中国近现代历史与文学都是在接受着西方的影响中而前进发展的。

西方思想与文化的“现代性”话语在进入中国的文化语境后，很快成为对旧时代、旧文化批判的核心思想观念，围绕着“现代性”开始了对国民、国家、文化的深刻反思。在接受西方“现代性”思想的同时，似乎我国近现代的文学家、思想家就已经迫不及待地期待着国民、国家迅速走向现代化。事实上，也的确如此，在接受理论的同时就开始付诸实践了。对于“现代性”这一话题的争论与理论思考，早在清末就已经开始了。中国的“现代性”进程，在社会、文化不同层面均有展开。尤其在文学艺术的创作上，“现代性”成为每一个现代作家笔下最深切的关注。社会的现代性，国家的现代性，国民思想的现代性，人的现代性都成为现代作家的现实思考与关注，而对于人的种种关注，与对中国传统文化的反思，也在此时期达到了空前高涨的程度。

他们希望借助“现代性”来改造国民性，去除民族的劣根性。然而，高举着“为人生”“为艺术”理论口号的现实主义、浪漫主义小说的写作，随着中国近代历史的发展，不断在向政治话语靠拢，继而成为政治的传声筒。作为政治的工具，如投枪匕首般射向当时黑暗的社会现实与阶级斗争，渐渐丧失了文学创作的作家个性与文学性。在当时的解放区文学中，这一文学政治话语写作与政治倾向性，得到了集中而强烈的体现。而延续着革命文学、左翼文学革命传统的解放区文学，在中华人民共和国成立后，进一步将文学的革命传统与政治规范，以政治意识形态的形式扩大到全国范围，确立了一种唯一的文学写作规范与创作理念。

在十七年文学的创作实践中，作家的创作个性很快被政治话语与政治语境抹杀，文学自身丧失了独立性与文学性，成了为政治服务的功利性工具。在文艺大众化运动中，文学被彻底地拉下了属于知识分子与文化精英的神坛，而民间化与口语化的写作又进一步消解了文学的诗性。这种民族化、大众化的文艺取向，以及文坛上的政治化、概念化、公式化理念，将曾经中国文艺界作家创作由多元变为了一元。可以说，中国文坛在中华人民共和国成立后十七年，甚至在“文化大革命”的十年间，都停滞在一种革命现实主义与革命浪漫主义的政治写作话语中。占据着主导地位的政治性，弘扬着集体主义精神，而文学性、个体价值却被排挤到边缘地位。文学创作思想的现代性也不再呈现多面，仅仅是在复制政治理念、标语与歌颂、赞扬社会主义建设这一历史进程。因此，当代文学在新中国成立后的二十七年里，思想的现代性与创作手法的现代性都在倒退，封闭在政治正确的现实主义写作语境中；同时，许多作家也不可避免地陷入了空前绝望的写作困境与精神困境中。当“文化大革命”结束后，为了打破政治话语权对写作个性与创作思想的束缚，就急需解放思想。因此，在西方文艺思想与文艺创作的影响下，进行了第二次思想与个性的解放，重新开始通过文学对人、对社会、对历史、对政治给予真切的关注与深刻的思考。

因此，在面对新时期的文学转折与社会转型这个时代语境时，为了彻底否定“文化大革命”带来的伤害而重建政治与文学体制。一体化的文学格局开始解体，书写政治意识形态的文学创作渐渐失去了绝对的统治地位，在民间则渐渐形成了像“五四”时期般追求个性解放、思想解放与多元共存的创作意识，之前沉默着的、转入地下的作家们如雨后春笋般积极地开始了新的创作实践。尤其是在20世纪80年代后期，经历了“八五文化热”后的青年创作者，更是在西方文艺思想与文艺创作的影响下，将文学作为个性化的个人写作世界，书写着对个体的人的存在与精神的思考、理解，探索着人与世界、人与他人错综复杂的关系，从而创作出极具作家个性与现代性的文艺作品。

在20世纪80年代初期，对西方“现代派”文学的译介随着时代语境的解放而呈现出异常热闹的景象。在对“现代派”文学的不断论争中，现代派的创作也在20世纪80年代的当代文坛有了一席之地。属于西方现代主义，乃至后现代主义文学创作的先锋思想，也随着现代派文学的进入，而逐渐在20世纪80年代中后期，渗入到当代新锐作家的创作实践中。

而在20世纪的西方，先锋派概念的出现，在早期时是单一指向政治上的激进主义的。直到20世纪30年代，才以一种文艺的形式出现在大众面前。圣西门在《文学、哲学和工业的观念》中赋予艺术家在建构理想国家和新未来的金色年代中先锋派的角色①。而艺术家所具有的社会责任与引领大众走向进步的文化身份，使他们的创作不断地突破着传统文艺所具有的形式，种种新颖独特的先锋形式既彰显着他们的文化自豪感、时代优越性，又达成了他们身为先锋引领时代、大众进步的文化目的。始于达达派的先锋运动，更是以一种激进的方式，彻底地与传统决裂。在以技术生产为核心的现代及后现代社会，技术本身就已成为一种思维，迅速侵入艺术家的创作思想，用艺术想象的形式实践着机械复制时代的技术想象。先锋艺术家的创作，无疑是在用一种特立独行的先锋姿态，以技术为工具，在各个层面解构西方传统，解构精英阶层的高雅文化，来达到破坏再重建的激进目的，并最终实现一种艺术与生活之间的新的统一模式。这一用技术崇拜来建构大众文化，提高大众文化地位的方式，很快地在其艺术实践的过程中，又被大众媒体文化所吸收、覆盖，最终成为一个难以复兴的文化乌托邦，而走向了既不同于精英文化，又不同于大众文化的尴尬的边缘文化境地。然而，就是这样一种在20世纪的西方处在尴尬境遇中的文化思潮，通过20世纪70年代“理论热”与20世纪80年代“文化热”的学界现象，进入到中国视域中，在新的话语环境里具有了新的生命力。从封闭的、高度政治化的话语环境中走出来的作家，在先锋

① 安德烈亚斯·胡伊森．大众分野之后：现代主义、大众文化、后现代主义［M］．周韵，译，南京：南京大学出版社，2010：4.

文化思潮的影响下，开始了新时期的文学创作。将文艺作为武器，反叛“文化大革命”模式、十七年文学创作传统与社会主义现实主义创作思想，重新确立一种新的写作思想，并再次将目光放在对人道主义、启蒙思想、现代派等多元写作的关注上。在揭露黑暗，批判现实政治，反思历史伤痛的个人化、个性化的写作中，重新提出对人“异化”现象的思考，来展现新时期文学对人性，以及人的价值的复归作用。又继而在20世纪80年代后期，以“革新”为主流思想，广泛借鉴西方现代主义、后现代主义创作思潮与艺术技巧，用具体的文学创作实践，将民族传统、民族文化作为思考中国传统文化的切入视角与关注点，书写进文本中，形成了新的带有民族特色的创作，在中西文化的碰撞交流，传统与现代的对话沟通中，朝着世界文学的方向发展着。比如，寻根文学的写作，现代派、先锋派的写作。同时，出现了一批与传统形式不同的作家作品，如莫言的《透明的红萝卜》，马原的《拉萨河的女人》，韩少功的《马桥词典》，格非的《褐色鸟群》等。

在中国，先锋派的小说创作的现代性与试验性，一开始是伴随着“回到文学自身”和“文学自觉”① 的思想而逐渐在文坛成为文学创作的主流思潮的。20世纪80年代前期，事实上，文学创作并未彻底从十七年文学的创作思维惯性中走出，仍是将文学作为一种工具，反叛曾经剥夺作家话语权的高度政治化的社会主义现实主义写作传统，来实现对社会现实、政治、历史的批判与反思。这只是从一种工具论，发展到另一种相对健康的工具论。然而，从根本上看，这种传统的写作模式，依旧赋予作家过于沉重的社会责任与政治责任，而相对忽视了对人的生存状况、精神世界，人的独立价值与存在，世俗的日常生活的关注。当“文学自觉”在20世纪80年代后期成为学界探讨的热门论题时，对于关注个体存在的人与日常生活的呼声便逐渐成为一种声势浩大的思潮，以文学的自觉来重新界定文学本体的理论意义，以及文学自身文学性价值的回归与重塑。因此，中国先锋派的创作实践，与西方先锋派的艺术创作殊途同归了，两者皆旨在建构一种技术崇拜的艺术观后，通过对形式的探索研究，挖掘语言与叙述的无限可能性，以个人写作与日常写作取代社会的、政治的写作模式，进一步实现文艺创作的去政治化，以及彻底恢复个人写作的合法地位。此外，文学自觉在理论上本身就立足于对文艺发

---

① 洪子诚．中国当代文学史［M］．北京：北京大学出版社，2007：202．

展的内部规律与审美现象的关注、批评上。因此，远离了政治意识形态的文学创作，也会自觉地回归到文学创作本身的传统中。先锋派的小说创作试验便首先在文学自觉的思潮中开始了对小说形式的多重探索与艺术实践。

先锋派作家们极其重视对小说形式与语言艺术的探索。他们重视“文体的自觉”，即小说的“虚构性”和“叙述”在小说方法上的意义①。这种“文体的自觉”又始终是在接受了西方现代主义，以及后现代主义具体创作文本的影响下产生的。他们都曾受到过拉美现代文学中马尔克斯、博尔赫斯，法国新小说等的影响。他们不再单纯地关注故事内容与题材，而是着重关注讲故事时所用的方式、形式。在他们笔下，叙述本身就是一个审美观照的对象。在文本中，他们任意模糊虚构与真实的艺术界限，任意拼接情节，用碎片化来消解主旨的整一性、完整性，用元小说的形式构成文本，用叙述本身的种种特性来解构意义与真实，重塑作家个性化创作的体验与感知。其中，马原更是被称为这一小说形式革新的第一人。通过马原的创作实践，将“叙述圈套”的理念引入文本创作的创新实践。而叙述圈套理念的引入，事实上，也说明了先锋派作家创作的核心思想，即重视叙述。中国古代传统文学的创作艺术，最初便是一种叙述技巧的艺术，而叙述的技巧其实只是一种小说从话本这一说书艺术转变到文人创作时，自觉或不自觉遗留下来的创作思想。这种说书人的创作思想影响了文人的创作，使得明清小说从说书文学变成案几文学后依旧保留着说书人的说书技艺。诸如叙述视角、叙述声音的不断转换，叙述结构的复杂多变，叙述情节对节奏的把控等等都保留了下来。而在左翼文学、解放区文学及至新中国十七年文学、“文化大革命”文学的创作实践中，对典型形象、典型事件、典型环境的平面化塑造，使得叙述这一结构性的运用，被形象的光芒所遮蔽，渐渐隐匿在作家的创作中。因此，在20世纪80年代的当代文坛所提出的“文体自觉”，事实上，正是将小说形式的民族传统与西方思潮加以融合，以此来创作出一种既能走向世界，又能展现中华民族文化的文学新传统。

这种对叙述与形式的极大推崇的创作试验，构成了先锋派小说的创作核心。而这一核心，归根结底，是一种去政治化、极大张扬个性的个人写作方式。是一种在接受西方先锋派思想影响后，以技术崇拜与工具理性为关注，

---

① 洪子诚. 中国当代文学史［M］. 北京：北京大学出版社，2007：293.

面对非理性的时代语境，而主动将“叙述”作为形式工具，运用到文学创作中，以一种文化先锋者的姿态来实现对中国当代文学政治意识形态传统的颠覆与反叛，试图自下而上地引领文坛与大众文化走出十七年文学的政治高压与集体创作历史，以追求人的自我价值与个性解放，而这恰好是与反叛西方精英阶层高雅文化的西方先锋派所不同之处。

二、中国先锋派的创作实践

中国本土的先锋作家在受到西方现代主义、后现代主义文学的影响后，除了自觉追求叙述的独创性和不可重复性外，他们还追求叙述这一形式本身的意义。他们尝试使用多种叙述结构与方式，来建构文本的叙述层、话语层，解构传统叙述中完整的、逻辑连贯而富有秩序的故事层，还原出真实的现实——被艺术所掩盖的现实的本来样貌，呈现碎片化、偶然性、多层空间等生活原本的情状。用叙述本身来表述作家个人对世界、对人性、对人的存在等问题的思考，又通过所要向读者叙述出的故事与人物，来深化文本所要表达的主题。在话语层与故事层间构成一个广阔的叙述空间、阅读空间，将理解、阐释文本与反思、观照现实的无限可能性放至最大。从形式与内容两方面来看，中国先锋派作家的民族写作，是在用多种方式、广泛取材来反叛传统，为新的思想潮流与生活图景，建构出一个能展现丰富多元的时代文化产物。先锋作为一种极具反叛精神的小说变革观念，始终贯穿在文本创作实践的自觉意识中。在先锋派的小说作品中，作家们尝试用新的叙事手法与结构，挖掘生活中不易察觉，或者被人们所忽视的事件、人物，来呈现出与主流文学、主流价值观的不同，甚至有些相悖的文学世界、思想观念。在先锋派作家的笔下，借助死亡、逃离、暴力等具有现代性意涵的主题，来探讨个体的存在问题，人与人之间的关系问题，以及对人性等的终极关怀与对本体的思考。

在苏童和余华的小说中，往往是以独特的叙述视角和冷静的叙述声音，来展现个体的存在与独特的生活体验的。这种叙述风格与模式呈现出了一个旁观者的叙述形象。尽管叙述者在多数时候都身为故事的主人公，但在叙述时，却往往表现得如旁观者一般，冷眼观望事态的发展，语气冷漠而平静。这一冷静的叙述效果，在余华的小说文本中最为常见。甚至有时候，可以看到余华笔下人物的冷静叙述，时常伴随着的是血腥、暴力的叙述场景，以及惊世骇俗的故事事件。而这一叙述效果的呈现，在苏童笔下也是极为常见的，但相比于余华的克制的冷暴力书写，苏童在创作时就显得不加节制了。对这一叙述手法的运用，使得他们二人的叙述风格，尤其是余华的叙述风格，被评论界普遍称为冷暴力的叙述风格。而这种冷暴力的叙述风格，事实上，其实质是要将叙述者与文本、读者的距离空间放大，并以一种漠然的态度、旁观的身份，借由叙述者的视角传达出叙述者对个体生存困境、社会现实、民族性、国民性等等的关注与评判。甚至，在用漠然的态度去表现叙述者，乃至整个民族、个体在时代与社会的洪流中所经受到的创伤体验与灵肉的磨难，来借此抒发他者、权力对人性、灵魂的扭曲与伤害，最终达到反权威、反传统、反话语霸权的文化目的。通过主动与主流文化决裂的边缘文化身份，先锋作家们，尤以余华、苏童为代表，用一种最为锋利而显著的边缘文化态度，借由叙述手段来阐明“先锋”的精神与态度，以此来消解十七年文学、“文化大革命”文学对文学话语一元化的统治地位。在反叛一切的破坏性话语中，书写着个体的、民族的独特的生活体验与心灵感受，描绘出在暴力、血腥、怪诞景象背后的真正的中国人的生活样貌，还原了被传统叙述话语与宏大叙述所矫饰、遮掩的多元形态的生活真实，用直白、赤裸的生活真实解构曾被夸大了的虚构的艺术真实，以“真实”来建构新时期的文学、文艺思潮，甚至社会思潮以及人们的内心世界、现实生活，使文学从权力——话语的高压中走出，走向平凡而琐碎的个人化、非英雄化的现实生活。

余华在《现实的一种》中通过冷漠的叙述声音为读者讲述了一对亲兄弟间的互相残杀的故事。余华以最大程度的不介入事态的旁观者姿态，将兄弟残杀的血腥场景直接呈现出来，他的这一冷漠的叙述声音，使得读者在进入文本时，也不自觉地以旁观者的身份来观看事态的发展。在没有了先入为主的道德批判与无所不知的全知视角后，山岗、山峰两兄弟在做出互相残杀的行为时，他们二人的心理，以及其他人物的心理动态，读者都不得而知。因此，对他们兄弟心理的了解只能通过他们具体的行为，而这一叙述上的距离空间又给读者留下了巨大的审美想象空间，进而通过阅读想象主动填补文本的留白，以读者自身的生活经验与情感体验思考两兄弟的心理。除了在叙述上，余华还在阅读的审美感受上，带来了强烈而震撼的审美心理体验。兄弟相残本就是件骇人听闻的事件，更何况相残的手段还是极其血腥残忍的，而在残杀的过程中，兄弟、夫妻、母子间的人伦关系则显得异常丑恶。《现实的一种》无疑将人性恶最大化地呈现出来，使现实的真实变得沉重不堪。在余华节制、冷漠的零度叙述中，人与人之间、血亲之间的传统的伦理关系被彻底消解粉碎了，现代性中的“审丑倾向”取代了十七年文学中对人物“高大全”的审美取向，进而使得概念性、口号性的模板人物走下政治宣传的神坛，展现出历史与现实的真实的一面。人格有瑕疵的人物成了先锋作家笔下最常刻画的人物形象。先锋作家秉承西方先锋派的反叛精神，用瑕疵与残缺反叛传统的完美，以此来表明他们与众不同、反叛主流的边缘文化身份立场。在余华、苏童、格非、马原等人的文本中均有所体现，其中除了余华，苏童也常塑造人格有缺陷的具有审丑意味的人物。

苏童的短篇小说集《狂奔》中有几篇小说一同构成了一系列人格有缺陷的病态少年形象。同样的，在讲述病态少年的经历时，苏童也用了冷漠的零度叙述手法，但较之于余华文本中一贯的冷酷与冷漠，反映出他的文本在某种程度上具有了些许人情味。《稻草人》中在田边玩耍的孩童为了得到一个玩具而互相伤害，制造血案，又撒谎隐瞒血案，在看似天真幼稚的童趣背后，却是苏童的冷漠叙述声音所呈现出的关于人性恶的隐喻。《回力牌球鞋》《游泳池》同样塑造了因为琐事而有意犯罪的少年的形象。这一不介入事态发展的冷静叙述声音，使读者无法再听到传统叙述中鲜明的评判声音。因此，在叙述死亡、血腥、暴力的事件与场景中，从主人公的言行到叙述的语气、场景的描写，都显示出明显的距离感与强烈的冷漠，这种冷漠氛围的营造是零度叙述所要达到的主要效果。将少年所体现出的人性恶，人与人关系的失常等种种丑恶形态，平静地叙述出来，更能在文本中看到那些病态人物的病态心理与现实的残酷扭曲，在淡漠之余给人以强烈的心灵震撼。

先锋派作家们以最大的自觉来限制实际作者对文本的介入与干预，将自己对世界的看法与认知隐藏在叙述者的叙述中，通过叙述者来呈现他们眼中所经历过的现实与历史。先锋精神意味着反叛主流，先锋作家们借用叙述的手段进行着文本的试验，来传达他们反传统、反权威的声音。在先锋派作家的笔下，对种种叙述手段的尝试与运用，已然成为这一文学流派最擅长也最常用的话语武器。去政治化的个人写作与零度叙述，使得先锋派的文本，在一定程度上为新时期我国文学的民族写作，带来了别样的色彩，使民族经历与个人经历结合，使现实与历史更加真实，更能唤起人们对国家、社会、民族文化的反思。

三、先锋的式微

先锋文学在20世纪90年代遭遇了社会转型所带来的生存危机，开始逐渐走向了式微的境地。在中国，20世纪90年代意味着新的变革，无论是经济的转型，还是社会层次的重构，都在不断地冲击着生活的方方面面，改变着人们的生活方式与思想。经济的发展，带动了大众文化的蓬勃发展，对于二元以及权威中心的消解也就愈发迅速、猛烈。大众文化与消费主义的出现，使得文学成为一种待价而沽的商品，一种可供复制、消遣的玩物。因此，严肃文学与纯文学的边缘化就成了必然会发生的结果。作家社会身份与地位的尴尬处境，文学的商业价值，以读者这一群体的批评接受为核心的文化市场准则，使得在20世纪80年代建构的一系列新的文学规范，在20世纪80年代后期开始逐渐瓦解。这种瓦解的趋势在进入20世纪90年代后仍没有停止，反而是愈演愈烈，一直持续到当下。

先锋文学更是面临着严峻的现实环境。比之于其他类型的新时期文学，先锋文学同样首当其冲地面对着“转型”带来的挑战与质问。20世纪80年代中后期的先锋小说在20世纪90年代并未得到延续，对叙述与语言的探索也逐渐趋于式微。在文学创作中，先锋的意识不再是一个能引起话题的文学潮流，而是仅仅成为具体几个作家的个别追求，甚至，在这一转型期，原本的先锋作家也部分转型成了不再刻意追求先锋精神的作家，在他们身上，时代的转型即意味着作品风格的转型。另外，先锋精神与意识本身也在其自身的发展中逐渐式微，走向衰落。在西方，先锋的衰落和逐渐失语，直到完全进入边缘的、小众的非主流地位，都是由其自身理论与思想内部的不可调和性而导致的。先锋无法再承载着变革社会、变革时代的力量，无法实现曾经承诺过的反传统、反精英的目的，反而愈发发展成了另一种脱离大众而走向小众的精英式思想文化。因此，最终失去了变革的政治话语权，成为一种文化层面上的亚文化现象。同样的，在中国，尽管经历了“理论热”“文化热”的熏陶洗礼，广泛接受了西方的思想与文化，但在具体的实践操作上，似乎对西方理论的接受，更侧重于进行中国化的改造，而选择接受其中的一部分。

先锋的中国化主要体现在对叙述的自觉追求，而对叙述的极端追求又导致了先锋的中国化的式微。从以叙述来反传统叙事的简单追求，到以叙述为中心的极端追求，中国化了的先锋在不断地走向理论的极端。如果说运用

“叙述圈套”和与众不同的叙述视角、叙述声音是一种创作、阅读的全新的审美体验的话，那么，这种审美体验也终将在其极致的追求下，变得枯燥而乏味，使单纯的文本变成炫耀叙述技巧的文字游戏。在后期的先锋派创作中，炫技成了作家们不约而同或自觉或不自觉的艺术追求。显然，炫技的游戏立场是完全背离了先锋精神的初衷的。这一本末倒置，对艺术形式的极端追求已然忽略了艺术的本质内涵，混淆了内容与形式的审美异同。小说作为一种艺术形式，它所承载的是艺术的语言文字背后人类文化、思想的内涵与精神，是在单纯的阅读审美体验背后凝聚着作家思想与关注的，能引起多种审美思考的文字艺术。即使叙述也是一种表达思想的方式，但是只有叙述，而无内容，那么一个文本的阅读势必会在无形中受到损害。尤其是在大众文化时代，文本的“生产——消费”是正在发生着的文化现象，一个文本能被阅读，甚至能被广泛接受与传播，首先取决于文本的内容——讲的是什么故事？其次，才是文本的形式——故事是怎么被讲出来的？文本被大众接受，必须得是能被大众所容易读懂理解的，毕竟，消费主义统领的快餐文化时代，文学的地位已经岌岌可危——娱乐性、消费性正在迅速地取代文学性与思想性。在20世纪90年代，作家乃至先锋作家想要在竞争激烈的文化市场中生存，必须得改变自己的写作风格与写作题材，以大众喜闻乐见的接受方式去书写创作，如若不然，则会渐渐淡出文化热潮，被大众遗忘。因此，当后期的先锋作家太过关注叙述技巧，而推出普罗大众所难以理解的文本时，他们的作品便遇冷了，而没有被阅读的文本是无法产生具体的文学价值，甚至艺术价值的。

如此残酷的现实写作环境，导致一部分先锋作家改变了自己的创作风格，不再单纯追求形式，而是创作出了内容与形式并重的优秀作品，另一部分先锋作家仍旧囿于叙述形式，他们的作品从大众走向小众，成了知识分子精英圈子中用来游戏、炫技的试验品，小范围地流传着。余华、苏童、格非的创作就是这一时期转型的代表作家，在后先锋时代，他们仍能继续创作出既保持了自己以前的创作风格，又广泛被大众接受的作品，可以说他们在对内容与形式的思考与实践上，做出了十分成功的探索。

然而，大众文化时代的写作困境并不仅限于文学创作内部的因素，其中，还有很多复杂的不可控因素。大众文化时代意味着文化的多元化、全球化，读者的选择增多了，对作家的挑战也增多了。无论是面对发展迅速的文学潮流，还是挑剔的文学批评者，寻求娱乐与消遣的读者，先锋作家的创作，乃至当代中国的严肃文学作家们，都面临着不断来袭的挑战与危机，创作处境十分艰难。在功利、政治等因素的影响下，当代中国作家很容易迷失自我，失去创作的初衷，或是无法在这样一个消费时代继续生存，而无可奈何地选择自主封笔。

这是一个诗人死亡的时代，文学的文学性与审美性，正在被消费，被娱乐，进而又被消解。因此，先锋的式微从当代中国文学整体的发展上来看，只是在一个文学发展的具体层面与角度上，看到了文学在时代转型期所经受的重大考验与变革，以及失败后的种种现状。显然，先锋的变革精神在风靡一时后消散在了大众文化的风潮中。先锋注定无法实现其激进的文化理想，不过，它那特立独行、敢于变革创新的文化立场与精神，却融入多元文化当中，成为他人的艺术追求。即使在后先锋时代，先锋告别大众视野进入小众文化后，依然是当代中国文坛一部分作家，甚至艺术界文艺工作者的精神领袖。

参考文献

［1］马泰·卡林内斯库．现代性的五副面孔［M］．顾爱彬，李瑞华，译，南京：译林出版社．2015.

［2］安德烈亚斯·胡伊森．大众分野之后：现代主义、大众文化、后现代主义［M］．周韵，译，南京：南京大学出版社．2010.

［3］盛宁．现代主义、现代派、现代话语——对“现代主义”的再审视［M］．北京：北京大学出版社．2011.

［4］洪子诚．中国当代文学史［M］．北京：北京大学出版社．2007.

［5］余华．现实的一种［M］．北京：作家出版社．2012.

［6］苏童．狂奔［M］．北京：人民文学出版社．2007.

［7］陈晓明．先锋派的历史、常态化与当下的可能性——关于先锋文学 30 年的思考［J］．文艺争鸣．2015（10）.

从《情人》到《一个人的战争》

——杜拉斯对林白创作的影响散论

吴 珲

（西北师范大学文学院）

玛格丽特·杜拉斯于1984年出版了小说《情人》，并获得当年的龚古尔奖。这部小说一改以往杜拉斯小说惯有的晦涩难懂的写作风格，丰富的情感和流畅的文字使得它名声大噪。而《情人》走进中国之时正是中国文坛从“伤痕文学”经过“反思文学”转入对人自身的探究的时期，同时法国新小说派对小说形式的追寻让中国的作家开始探索新的小说写作方式。而杜拉斯的《情人》正是迎合了20世纪90年代的中国文坛，并且对一批有“文化精英”之称的20世纪90年代中国女作家产生了深刻的影响。

有人曾将杜拉斯比作中国当代女作家的“公共妈妈”，用语虽然粗俗，却一语道出了杜拉斯与中国当代女性作家的关系。王先霈曾在《新世纪以来文学创作若干情况的调查报告》中提到：“杜拉斯对中国文学创作的影响或许是从20世纪90年代的女性主义写作开始的。林白、陈染等对女性的个体性经验、性欲望和性幻想，以及同性间微妙的情感关系的抒写多少可以窥见杜拉斯的影子。”① 在20世纪90年代的女作家群里林白可以说是擅于超越旧有的文学写作方式，从女性自身出发表达女性隐秘的精神内涵，“可以说林白这种纯粹的女性写作姿态和写作实践是受到了杜拉斯的影响。”② 可以说，杜拉斯

① 丁瑞兰. 20世纪90年代以来中国女性作家对杜拉斯的接受研究［D］. 武汉：华中师范大学，2009.

② 宋学智，许钧. 情人的中国结：杜拉斯与中国当代女作家［J］. 外语研究，2005（5）.

在《情人》中所表现出的独特爱情观和新颖的写作方式对林白表达女性价值观和人生观产生了深远的影响。本文试图从题材、主题和叙述方式三个方面入手，探讨杜拉斯对林白创作的影响。

一、题材：童年经验后的个人化抒写

林白在《一个人的战争》中曾写道“记忆不是一种还原性的记忆真实，而是一种姿势，……一种想象力”①，在“回望”中，让“一些从未有发生的事情经由语言诞生”。可以说，作家的创作经验在很大程度上来源于曾打动过她的刻骨铭心的生活经验。弗洛伊德曾认为一个人的童年经验将对他的一生产生至关重要的作用，并且这种经验是永久的，随时都可以以各种形式在头脑中呈现。所谓童年经验，是“在一个人的童年时期（包括幼年到少年）的生活经历中获得的心理体验总和，包括童年时期各种带有情绪色彩的感觉、印象、记忆、知识、意志等各种因素”②。而童年的记忆创伤将会给成年人带来不可磨灭的影响，因而很多曾在童年有过创伤的作家在成人后会利用文字宣泄压抑。林白与杜拉斯在这一点上极为相似。杜拉斯出生于印度支那，自幼就家境贫寒，四岁时父亲早逝，可以说是在“无父”的历史语境中长大的，从精神分析角度来看，“无父”是一个孩子走向乖僻，走向自我封闭，走向精神孤独的一个重要原因。而这个时候母亲应该在帮助孩子走出孤独感的过程中扮演着一个重要角色。然而母亲却一味地偏袒大儿子，将宠爱都给了大儿子，而忽略了小女儿的感受，使得她从小就不得不忍受兄长的欺负。缺乏温情的家庭生活让她深受孤独的煎熬，极度想逃离。在心底她试图想抵抗这种压抑“我想杀人，我那个大哥，我真想杀死他，我想要制服他，哪怕仅仅一次就好。”③

精神的孤独带给女作家的是从对外部世界的感知转而聚焦于自己的内心世界，无所顾忌地抒发个人对世界的感受。在作品中构建的场景以及场景中的人物也无一不是在回避主流社会，追求个人写作，表达出她的精神追求。杜拉斯在《情人》中抛弃了以往传统的第三人称叙述视角，而是采用了第一人称叙事，巧妙地将自传体的真实与小说的虚构连接在一起。杜拉斯曾说过：

---

① 林白．一个人的战争［M］．武汉：长江文艺出版社，1999：242.

② 童庆炳．文艺心理学教程［M］．北京：高等教育出版社，2001：105.

③ 玛格丽特·杜拉斯．情人［M］．王道乾，译，上海：译林出版社，2013：7.

“我写女人是为了写我，写那个贯穿在多少个世纪中的我自己。”① 杜拉斯的《情人》正是通过自传性的抒写传达出她对于自己生活的重新理解。

而20世纪90年代的中国女性作家也开始从铁凝、王安忆等老一辈女性文学家对政治的敏感转而开始关注自我的内心世界，开始进行女性的“私语化写作”。所谓私语化写作，就是以女性的叙述话语方式，来感知女性隐秘的生理、心理、情感体验。“从写作方式上而言，私语话写作多带有半自传或自传的性质，以个人视角进入对过往的重塑，展示个人的经历、回忆、心理隐秘等。”而杜拉斯则为20世纪90年代的女性作家开创了创作范例。在《情人》中，15岁的少女“我”坦率直接地袒露出内心的欲望和对生命的真诚体验，大胆地表达出女性的隐秘世界，这对于有相同经历的林白而言，为她打开了文学的一扇新的大门，并将创作视野投入到女性的私密地带，展现出女性的生命体验。

在1994年4月出版的《作家》杂志刊登了林白的自传《流水林白》。这部自传与她的代表作《一个人的战争》相比，可以看出《一个人的战争》是一部“自传性”很强的长篇小说，从主人公林多米的生活经历上可以大致总结出林白的生活经历。与杜拉斯相似，林白三岁丧父，母亲忙于工作经常需要下乡行医，于是童年的林白同样缺乏家庭的温暖与心灵的慰藉。从小说中可以看出，多米的童年伴随着的是充满死亡气息的阴森的太平间以及难以慰藉的孤独。林白在文中曾对缺失母亲的童年有过这样一段描述：“没有母亲在家的夜晚已经形成了习惯，从此便有了永远的隔膜，只要她在家就感到不自在……活着的孩子在漫长的夜晚独自一人睡觉，肉体是悬浮在黑暗中，没有亲人抚摸的皮肤是孤独而饥饿的皮肤，它们空虚地搁浅在床上，无所事事。”② 纵观林多米三十多年的人生，孤独伴随了她的一生，她的孤独不仅仅是简单的因为缺少人的陪伴而产生的孤独，更多的是人类本质的孤独，自我的封闭对她来说意味着逃离充满危险与诱惑的人世间的伤害，在孤独的本质中同样也蕴含着从自我体验中去探索人生价值意义。林白在文中在“我”与林多米的视角之间不停转换，这种多人称的叙述同样可以看到林白受到了杜拉斯“私语化”写作的影响，并且将这种隐秘揭示得更加彻底，这种多重化视角的

---

① 丁瑞兰. 20世纪90年代以来中国女性作家对杜拉斯的接受研究［D］. 武汉：华中师范大学，2009.

② 林白. 一个人的战争［M］. 武汉：长江文艺出版社，1999：20.

写作更多地投射出女性真实的自我需求，当代女性在男性社会的压抑下，真实的自我与表现出的自我往往是分裂的，而这种视角的切换更像是女性内心情感矛盾的多重表现，其中更多地展现出女性内心真实的情感需求。

二、主题：女性欲望的自由表达

“女人若不在欲望处下笔，那她就不是在写，而是在剽窃。”[①] 劳拉·阿德莱尔曾在《杜拉斯传》中这样描述杜拉斯的欲望写作：“杜拉斯一生听凭欲望的支配，直至死亡。欲望是她行动的纲领，她从未曾逃离，不管以背弃的名义，还是在巨大的痛苦之中。”书写欲望，用欲望彰显女性的独特魅力，是杜拉斯长久以来一直乐于表现的主题。在她的笔下，一直萦绕着对原始欲望的坦白，对生命激情的强烈追寻。前文说过，杜拉斯从小就没有享受过父爱，大哥哥的暴戾和母亲的偏爱都让她对世界充满了不安全感，她一直在不断地追寻自己的生命价值，而这种对生命价值的追寻体现在作品中就是对欲望的追寻。

这种追寻，在少女的“我”身上，表现出对自我身份的确认，在小说的刚开始，杜拉斯就给读者呈现出了一个异于这个年龄段的少女的独特形象，才15岁半，这个少女就与她的同龄人相异，她学着涂脂抹粉，头上戴着一副男子才会戴的平檐黑帽，身上穿着一件母亲不穿的真丝连衣裙，脚上踩着一双镶有金条带的高跟鞋。这个少女很早就开始学会依靠打扮来吸引男人的注意，这种与主流观念相逆的装扮意识呈现出的是少女对自我存在的感知，是对自我价值的追寻欲望。

在遇到中国情人后，杜拉斯身上的欲望得到了彻底的释放，在第一次与情人的性接触中，她打破了以往文学作品中少女青涩的形象，而表现出一副早已熟知这一切，并由自己做主的成熟态势，“她不慌不忙，既耐心又坚决”“她说她要自己来，让她来”，她在告别处女的痛苦之后，身上的情欲被完全释放出来，“转入沉迷，并为之一变，渐渐被紧紧吸住，慢慢地被抓紧，被引向极乐之境，沉浸在快乐之中。”这个15岁的少女不仅在享受这种性爱，还渴望将之公之于众，这种离经叛道的举动是她对父权制社会的一种反叛，在她享受性欲的同时，她的脑袋里还浮现出了潦倒的母亲形象：“那个穿着打补

---

① 劳拉·阿德莱尔. 杜拉斯传 [M]. 袁筱一，译，沈阳：春风文艺出版社，2000：56.

丁的袜子的女人的形象也曾在这房间里闪现，她终于也像一个少女那样显现出来。”这位母亲曾经是美丽的，但是她的美丽并不持久，因为“贞洁之于她早已习惯成自然了。”杜拉斯在这里不仅反映出她对贞操的绝对蔑视，同样也是对男权社会所赋予的女性“母亲”形象的粉碎，更强烈地反映出她对女性身份的追寻。女孩与情人的相处过程中始终处于绝对的主导地位，她明确地告诉男人，她不仅喜欢他的人，同样也要他的钱。尽管在现实的金钱关系上她依附于男人，但是在精神上她一直有着自己独立的追求：渴望写作并且离开家。在与中国情人的关系中，杜拉斯想要追寻的不仅是灵与肉结合的爱情，更重要的是呈现出女性对自我生命的抗争。

在林白的《一个人的战争》中，欲望更是成为作品不可或缺的重要因素。可以说，《一个人的战争》可以看作是一部女性欲望的成长史，揭示性在女性成长过程中的重要作用。在小说的开始，林白就描绘了林多米在封闭的蚊帐中通过自慰满足童年的自己对身体的认知渴望。20 世纪 90 年代的中国，这样大胆的写作透露出深刻的象征意味。透明的蚊帐，黑暗的环境，这里展现的其实是暴露与躲避的双重诉求。林多米从禁忌的快感中体验到的是对自己身体的认知，虽然在她的成长过程中身体的欲望一直处于被社会压抑和隔离的状态，但是只有身体不会背叛自己。在林白看来，身体的诉求是通往灵魂的道路，通过与世界隔离，林白体验到的是她内心欲望的诉求。

文章的开头林白就引用了她的另一部小说的片段：“一个人的战争意味着一个巴掌自己拍自己，一面墙自己挡住自己，一朵花自己毁灭自己，一个人的战争意味着一个女人自己嫁给自己。”这种悖论其实体现出了林白对自我意识的否定，以及在否定之后对自我的重新认识。如果仔细审视这部小说，我们就会发现小说里很多人物都是为主人公林多米了解人生、了解自己所做的一个背景，一个道具。在面对姚琼、莉莉等这样美丽的女性形象时，多米和杜拉斯一样，表现出了对女性肉体美的倾慕，她曾经明确地表示过：“我想，我真正感兴趣的也许是女人。”而在与她的爱慕者南丹的相处中，多米虽然在心理上一直占据着优势地位，但是在行动上仍然顺从着南丹，南丹在与多米的相处中多以多米的保护者形象出现。她由衷地赞美多米的美丽，夸赞她的衣品，这让一直自卑的多米找回了作为女性的自信。但是多米对女性的赞美只是流于她所接触的文化的需要，她酷爱《红楼梦》中贾宝玉的审美观“女儿是水做的骨肉”，事实上她惧怕这种关系，最终造成了她对南丹的背离。而

第二章中出现的帮助多米事业成功的刘昭衡和梅琚也只是表现出他们构成了主人公人生转折的一个重要标志。纵观林多米的一生，她同杜拉斯一样，处于男性的极权压抑之下。她从小就做着两个梦：一个是被人追逐，在梦中死去；另一个是在梦中被强大的力量所控制，违背自己的意愿结婚。这两个梦境共同地反映出多米内心被压迫、自我迷失的现状。在西南探险的船上偶遇的矢村让她失身，而多米却对自己失身的心理做了深刻的反省："她从小自由，她已经害怕了这个广阔无边的东西，她需要一种服从和压迫。这是隐藏在深处的东西，一种抛掉意志，把自己变成物的愿望深深藏在这个女孩的体内，一有机会就溜出来，女孩自己却认为是另一种东西：浪漫、了解生活、英雄主义。"细读第三章，从轮船与长江（湄公河与渡河）、英俊的船员和女大学生这几个关键词，我们可以看到林白在这里很明显地将杜拉斯的《情人》与自己的故事进行了比较，但是与杜拉斯描述得刻骨铭心的爱情故事相逆，林白在这里所表达的却是主人公的经历只是一种纯粹的个人欲望的发泄。同样，第四章多米倾心爱慕的青年导演N，也只是多米某种刻骨铭心般的自恋情结。多米对N付出了自己的所有，为他写剧本，为了留住他狠心打掉孩子，但是N却从未对她动心，甚至向另一所艺术院校的女学生求婚背叛了与多米的爱情。多米在痛不欲生的残酷现实下逃离此地，但是在多年后反思这场爱情时，她却将这场感情称为"傻瓜爱情"，"这使我想到一个严肃的问题，当初我是不是真正的爱过？我爱的是不是他？我想我根本没有爱他，我爱的是我自己的爱情，在长期平淡单调的生活中，我的爱情是一些来自自身的虚拟的火焰，我爱的正是这些火焰。"这段话尖锐地表达出多米与N导演的爱情其实只是一个三十多岁从未体验过爱情的大龄女青年渴望与一个男人产生一场轰轰烈烈爱情的欲望。从本质上讲，多米只是一个以自我为中心的女性形象。多米从"强奸者"到"矢村"到"导演N"，她一次一次地选择依附在这些"坏"男人身上，渴求从他们身上排解孤独，寻找自己。但是实际上在多米与他们的相处中并没有获得对自我的认知，而只是更加的沉沦。从认识到导演N的背叛开始"逃离"之后，多米才发现女性只有回到自己的身体，才能感受到女人作为一个独立个体的存在。

从两位作家的代表作品中，其实都可以看到她们都在描述欲望，描述女性在自己身体的指引下大胆地表现自己的情欲。在男性极权之下，当代女性无法从外部世界获得她们对自己的认知，只能借助情欲来表现女性那些不被传统揭示的隐秘思潮，用这种独特的话语方式来对男权社会进行挑战，在自己建构的世界中自由地抒写自己。可以说，杜拉斯的女性欲望自我表达为当代中国女性作家提供了契机，给林白这一类作家提供了更大的艺术空间去追寻现实的自我。

三、叙述方式：人称的随意转换

杜拉斯是20世纪法国新小说派的代表人物，新小说派一直以对抗传统现实主义的小说创作方式为宗旨，在叙述方式上也一直极力主张以第一人称叙述为主。《情人》这部小说一开始就以第一人称的倒叙形式展开叙述，从70岁已到古稀之年的老人姿态回忆自己15岁的青春岁月，这样差距明显的两个年龄段使得作者无法选择单独的一种第一人称叙述方式，记忆的断续和情绪的交叠让作者巧妙地将第三人称叙述方式混杂进来进行回忆。这样的方式让读者在进行阅读时既能感受到一个青春少女的所思所想，也能感受到一个年迈的老人对青春的无限追忆。

整部小说总体上还是以第一人称叙述为主。第一人称叙述使得读者由传统的被动接受转而被作者拉进作品中主动参与形象塑造，使得读者更深入地体验到叙述者的所思所想，十分有人情味。在传统的小说中，“我”的出现是为了塑造人物，而在《情人》中，我是整部小说的集中关注点，而我所塑造的“情人”，是为我的存在而生，真正地体现出了女性的自我意识。这种第一人称的叙述方式鲜明地突出“我”对于整个家庭，以及对情人的感情变化。然而第一人称叙述最大特点就是主观性太强，因而对人物的真实性描写不够客观，有局限性。而杜拉斯却独具匠心，在写作中将第三人称叙述方式巧妙地加入进来，使得整个故事的叙述更加完满。在整部小说中，第三人称叙述并不占主要地位，在第一人称的叙述间歇中杜拉斯会插入一些零散的第三人称叙述，例如“小姑娘”“这个孩子”“女学生”等，在这种叙述角度中，杜拉斯仿佛变成了一个隐形的角色，既在故事之中又游离于故事之外，既是主角又是旁观者。这种叙述方式造成了整部小说的叙述意识完全不受作者的控制，而是主角心理极其自然地流露，充分地反映了人物原始情感，更客观地再现了人物的个性。

同样，林白的《一个人的战争》也采取了第一人称与第三人称切换的艺术手法。整个故事中一共有两个叙述者存在，一个是显身介入的叙述者

“我”，而另一个则是隐身非介入的第三人称叙述者“林多米”。用第一人称“我”的身份来叙事，一方面可以自由地表达出我的内在情绪和心理感受，另一方面也可以促使读者通过“我”的亲身经历而对整个叙述抱有真实的代入感。当作者采用第三人称的叙述方式时，不仅可以将林多米外在的生活状态和行为的天真做了真实呈现，同时也拉开了叙述者和林多米的空间距离，让读者对整个故事有一个客观的评判。这两种叙述方式的混合让读者在深入感受林多米的心理变化过程的同时也进一步加强了她外部的行为动作展示。

杜拉斯的《情人》在整个叙述上不论是以“我”或“她”出现，都总是让一个人称单独出现，而林白却在沿袭了杜拉斯这种叙述手法的基础上，做了更深入的创新，让指涉主人公的“我”和“她”同时出现在读者的眼前。比如在《一个人的战争》的最后，作者写到“在多米的小说中，河流总是地狱是入口处，那一定就是地铁深处某个幽黑的洞口。我常常在地铁站看见她，她穿着一件宽大的黑丝风衣，像幽灵一样徘徊在地铁入口处……”在人称的切换上，作者时而在“多米”与“我”之间进行，时而又在“我”与“她”之间转换，将第三人称的隐身叙事与第一人称的显身叙述相结合，这样不仅没有对“我”为叙述特质的“个人化写作造成疏离，反而弥补了这种叙述特征在表达女性意识时可能产生的缺陷。

从上文的分析中我们可以看出，杜拉斯在题材的应用、主题的抒写以及叙述方式的表达上都对林白的创作产生了深远的影响。《情人》的自传式抒写，让林白在看到了新的创作题材的基础上进行了更深一步挖掘，创作出中国新一代女作家独有的“个人化写作”，而林白对女性成长过程中欲望的追寻历程也掺杂进杜拉斯的影响，在叙述方式上林白更是突破了杜拉斯的叙述人称的单独转换，延伸出两种叙述视角在同一个情境中出现。可以说，杜拉斯以她独有的女性写作方式将女性心灵中隐藏的欲望和对自我的追求展现给大众，而林白这一批新时期的中国女性作家则追随着杜拉斯的脚步，为女性内心世界的建构做出了更大的扩展。

从民族秘史到文化寓言

——新历史主义视域中的《白鹿原》

杨佩珍

（西北师范大学文学院）

在后现代语境中，历史话语是一种叙事话语，“历史事实是已经不再可能被直接感知的，在本质上是已经不在场的，而为了将其构成为人们思辨的对象，它们必须被叙述，这种叙述是语言凝聚、替换、象征化和某种贯穿着文本产生过程的产物，经由分析、推理甚至想象，再现甚至表现过去发生的事件。”①

近百年来，中国文艺理论的产生发展无不标示出国外各种文艺思想的影响与渗透，并在接受与转换的过程中形成了适应自身历史语境的书写模式。新历史小说“从传统历史小说宏大的战争场面、江山的改朝换代和英雄人物的叱咤纵横，始而转向家族村落的兴衰荣枯以及平民百姓的小小悲欢，进而转向阴暗的历史废墟和小人物晦暗纷乱的非理性世界”②。《白鹿原》是作家陈忠实的代表作，整部作品清晰地反映出中国近现代新旧交替过程中起伏跌宕的历史进程，从中不难发觉，一个个鲜活个体的交织与碰撞才融合成为动态的民族历史。正因如此，在文本深远而无止境的叙事话语里，我们可以借由想象在头脑中形构白鹿原上的人与事，进而透过他们悲喜起伏的人生来探寻白鹿原，探寻这原上的草木春秋与文化蕴藉。

① 董馨．文学性与历史性的融通——海登·怀特历史诗学研究［M］．北京：中国社会科学出版社，2010：13，218．

② 张进．新历史主义与历史诗学［M］．北京：中国社会科学出版社，2004：293，292，105．

一、个体命运映照下的多向度历史

在以往传统的历史书写文本中，时代风潮变换的矛戈总是掌握在皇族贵胄等拥有政治经济裁度权的高层核心人物手中，社会生活的内容也多被善谋智者辅助下英豪人物的争权所充斥，那些挣扎在生存压迫中人物的精神成长和人性变迁却很少得到有意义的书写。殊不知来自民间的、带有中国式乡土气息的小人物才真正体现着时代变迁对集体心灵的改造，社会大变革之下普通人心理的向度与抉择构成文化承袭、兴废的种种暗潮。

本篇论及的《白鹿原》围绕时代变革下白鹿两家族的纷争与矛盾展开，通过许多普通人的生存境况和命运转折来凸显时代变革对个体生命的波及与影响。“有多少种描述和阐释，就有多少种历史，历史就会呈现多样化的面貌。”[①] 在《白鹿原》的书写话语间，我们能够洞察到在重大历史事件影响下平凡的关中农人各异的心绪表现与精神历程，在《白鹿原》豪壮而悲怆的历史框架下涌动着原上众人的精神变迁以及命运启悟。

“小写历史的丰富具体性让微弱沉寂的历史事件发出了声音，让大历史丰碑遮蔽之下的人和事浮出了历史地表。”[②]《白鹿原》按基本的历史发展进程来讲述大革命形势下白鹿原人的生活变迁与心路历程，在重大历史事件发生的时候，农民尽管难以把握革命的真谛所在，但不可避免会被卷入时代的大潮之中。在新历史主义小说作家的笔下，“历史的真实属性不再是意识形态对僵死的史料进行选择、阐释、重塑的历史，而是根植民间、地处边缘、隐匿于历史缝隙中，充满个人体验和幻想的历史。”[③] 所以，在《白鹿原》中我们看不到披坚执锐上战场的英雄人物，文本中也不存在为国家政治经济谋篇布局的领导人物形象，作者将生长于土地而在时代变幻中被迫革新的农人形象塑造出来，用他们平实而困苦的人生来呈现复杂历史变革中生命的原貌。这些处在社会变革与时代裹挟下的普通个体所面临的生存问题其实更多来自于历代承袭的安稳感被打破，国家层面的政治变革对于原上的农民来说并不存在形而上意义的震撼，他们遭遇的只是原有生命状态被支离之后与安定生活产

---

① 董馨．文学性与历史性的融通——海登·怀特历史诗学研究［M］．北京：中国社会科学出版社，2010：13，218．

② 张进．新历史主义与历史诗学［M］．北京：中国社会科学出版社，2004：293，292，105．

③ 张贺楠．建构一种立体历史的努力［J］．当代作家评论，2014（6）：33，39．

生的阻隔。作者通过遮蔽国家整体形态的变革而借助白鹿原上普通生命个体的抉择和人生发展来进行叙事，历史的整体变革在文本中通过底层农人执着的生存诉求而隐形展开，在琐碎、繁杂的生活场景展示中书写出的生命状态也更加自然、更加本真。

《白鹿原》中白鹿两家族众人的生命状态因为国家政治形态急剧变革而经历了从传统耕读传家的单维人生向多维选择的变化，文本通过普通人的心灵史、命运史来折射家国、民族的历史。“新历史主义小说悬置了英雄人物的神性，把目光对准了生存在历史边缘的小人物，注重人物的民间性与传奇性，人由传统历史小说中的道德主体转变成欲望的主体。”① 在白鹿原上发生的种种剧变中，普通农人的生命状态因为原有生活的被打破而发生着本质上的改变，他们中不乏固守传统理想主义者，更有只求安逸享乐的个人主义者。时代风潮的变幻让白鹿原上发生的故事成为欲望的浮世绘，这里所呈现的除了历史对人的改造之外，更深层地反映着面对生存时人的精神持守。白嘉轩是《白鹿原》中贯穿始终的重要人物，身为族长的他一直恪守“耕读传家”的祖训，他与白鹿原上接连发生的暴动、起义、革命等保持着绝对的距离。白嘉轩在文本中仿若白鹿原漫长历史的一个连接者与旁观者，他所依靠的传统在纷杂的求新求变中变得支离破碎、难以弥合。关中儒生们却也在白鹿原仓皇的书页间发出大势难阻的悲叹，白嘉轩由直到弯的腰板更是对风卷残云的历史变革影响下传统寥落所做的最终注解。相对于《白鹿原》上固守传统的白嘉轩和不明就里随势而趋的鹿子霖，鹿兆鹏、鹿兆海、白孝文、白灵和黑娃是原上的新生力量。鹿兆鹏、鹿兆海和白灵是坚定地走出白鹿原投身到革命理想中的年轻人，是新旧世界交替间新人的代表和象征。

白孝文是《白鹿原》中有着多变气质的男性形象，他在人生的跌宕回旋中不断升腾起基于生存需要的权力热望，他自开始就丧失了寻求人生和自我塑造的机会，“各家有各家思维活法。咱家有咱家的活法。咱只管按咱的活法儿做咱要做的事，不要看也不要说这家怎个样那家咋个样的话。”② 这是父亲白嘉轩不容驳回的教导话语，他奔走在被规束的人生圈网中，最终也难以逃脱家族对他的牵绊，在兜了一大圈之后以重新从鹿家买回当年卖掉的房产而归家认族。小说中的黑娃放逸不羁、性格洒脱，他自小对以白嘉轩为代表的

① 张贺楠．建构一种立体历史的努力［J］．当代作家评论，2014（6）：33，39．

② 陈忠实．白鹿原［M］．北京：人民文学出版社，1993：136，161．

宗族权威有一种尊崇和愤恨相杂的情绪，相较于他父亲鹿三的憨厚忠诚，黑娃是自主突破长工身份而追求自我的勇者，然而由于他对社会革命和乡村变化没有明晰的认识，他始终难以对自己的身份有准确的定位，他有改写人生的魄力，然而最终却没有逃脱命运的框束。黑娃与白孝文在进出祠堂这件事上有着相异的过程和心理指向，白孝文的回归祠堂是对自己身为白家长子身份的一种保全和对破坏家风门楣的补偿性行为，他早在世事浮沉中丧失了乡约所规制的仁义精神，与浑朴敦厚的隔膜变得深厚。黑娃最初虽没有得到宗族的承认，但最后在朱先生的教导下养性修身，历经世事而愈加平和赤诚。

当鹿兆鹏、鹿兆海、白灵接受了新的教育思想，投身到革命理想中去的时候，白鹿原上的众人虽然依旧在为耕织而忙碌，但白嘉轩竭力保全的耕读传统也随着清王朝的覆亡而遭受侵袭，即便是随势而趋的鹿子霖也仅仅是借着“革命”幌子进行了一番对自我的外部包装。正如白腿乌鸦在村里征粮时黑娃跟鹿兆鹏所说的话：“听人说，城里今日来一个姓张的头儿，明日又来个姓马的把姓张的赶跑了，后日又来个姓郭的把姓马的撵走，城墙上的旗儿也是红的换蓝的，蓝的又换黄的，黄的再换成红的。我一满弄不清，庄稼汉谁也闹不清。”① 这便是普通百姓面对时局动荡最本真的反应，白鹿原是中华大地上农耕文明最典型的代表，几千年传承下来的习惯与心理模式便是在种好庄稼的基础上希求自我保全，一旦强势人物或是权力的拥有者对农人的粮食觊觎过甚时，像鹿三这样憨厚朴实的农民才能做出“交农”这样的壮举。

“新历史主义将过去看作是由相互矛盾和彼此冲突的信仰、价值和趋势所构成的。人们在对待过去时，总是从自身特定的历史性出发，在那些相互冲突的因素中进行着选择。”② 白鹿原上的众人正是在种种矛盾纠葛和人生苦痛中挣扎着的一群人，文本对一个个小人物人生历程的叙写使得浮沉变幻的时代得到了更为鲜活和具象化的展现。《白鹿原》中贯穿的一个细节是朱先生带领九位先生编纂滋水县县志，这一方面是对家乡风土人情的探查与梳理，更为重要的还在于原上诸儒想借这种方式来祭奠早已湮灭的过去。县志的编纂是历史的，又带有强烈的话语倾向。《白鹿原》的书写也是历史的，但是在大写的历史脉络里永远奔突着逝去之人生命的渴望与文本阐释者多元的理解与思索。

---

① 陈忠实．白鹿原［M］．北京：人民文学出版社，1993：136，161.

② 张进．新历史主义与历史诗学［M］．北京：中国社会科学出版社，2004：293，292，105.

二、时代更替与伦理价值的相互衍生

《白鹿原》铺呈开来的历史卷幅上跳动着一个个鲜活的人物，他们以普通却独特的面貌存在于文本中，他们的足迹可以延伸到文本外的广阔天地，就像他们跃入文本里而呈现为历史长河中的一分子一样。“历史应该刷新自己，方法是脱离关于历史文本意义的‘现实主义’的假定，而转向认可历史与文学都是话语，都是构建而非反映、发明而非发现了的过去的道路。”① 时间是永逝的河，我们难以追寻到历史事件发生的那一时刻，更难以对当时的曲直做出清晰的分辨。文学文本在对历史事件的叙述中蕴含着往回看的批判与思悟，而这也正是文本在话语建构过程中所要追寻的意义。《白鹿原》正是通过对各类小人物命运的叙写来构建出历史的沿革，这些人物不仅存活于文本所构建出来的话语世界，而且在文本与外部世界交织的网络中发声和延展。

“新历史主义小说不再关涉那些对于革命具有决定性意义的重大胜利，而是转向鲜为人知的、局部的、民间的历史碎片，希冀在家族史、民间秘史、乡村野史的隐秘缝隙中窥探到历史的真相，在对民族集体承载的历史观照中廓清个人历史记忆的领地。”② 中国封建时代的话语权高度集中于统治者的手中，历代正史的编纂同样证明了言论受限之下思想的集中与统一。人性的复杂与流动往往在政治意识监控的集体主义氛围中被遮蔽，泛化的人性论不仅没有真正呈现一个时代真实的发展脉络，却给人一种隐晦和虚空的感受。不可否认，重大历史事件的推动和完成确实指向权力的掌控者，但社会总体的变革最终必然依靠各种力量的聚合，而普通民众在其中定然是不可或缺的推动之力的来源。在小说《白鹿原》中，我们能够看到，原上的乡野村夫对于社会发展进程中的政权斗争与变革理念总是后知后觉的，文本中除了鹿兆鹏、鹿兆海、白灵等人接受新思想而积极投身革命之外，农耕传统下的白鹿原人依旧延续着亘古不变的生活——耕种收获、婚丧嫁娶。“一个历史话语是一个扩展的隐喻。”③《白鹿原》写出了中国历史的常态，农耕文明下的炎黄儿女虔诚地守候着自己的一方水土，他们的生与死是静默的。纵观历史，除却因军

---

① 马克·柯里. 后现代叙事理论［M］. 宁一中，译，北京：北京大学出版社，2003：97.

② 张贺楠. 建构一种立体历史的努力［J］. 当代作家评论，2014（6）：33，39.

③ 海登·怀特. 后现代历史叙事学［M］. 陈永国，等译，北京：中国社会科学出版社，2003：299.

阀混战、朝代更替而引发的横征暴敛，朴诚保守的农人总是缺乏变革的勇气。宗族制立足于中国传统农耕社会，在生产生活、民俗仪式等方面具有重要的存在价值。“中国古代的政治是家族本位的政治”①，宗族制是白鹿原上强大而神秘的一种存在，它不仅是原上人行事的准则来源，更是乡民们精神上的依靠。以祠堂为中心展开的一系列诸如办学堂、婚嫁娶、祭葬承嗣、惩罚行为不端之人、赈灾祈雨等事件背后隐含着以男权为中心的决策标准。

《白鹿原》在呈现宗族制的衰落时借助的其实是“性”的力量，以田小娥为象征的自由、本我、率直用某种不可抵挡的破坏力瓦解了宗族制的神圣光环。中国漫长而带有庄严肃穆感的宗族传统历来抵制个体欲望的喷发，就宗族礼法的本质而言，它是复杂牢固的规训机器。白鹿原经历的革命除了政治的层面以外，更为重要的是用“人欲”的显露对抗了宗法制的“神性”存在。“性”在文本中超出了男女欢爱的维度，它更成为突破旧式陈习的一种精神武器，它除了代表人最本真的性情之外，还有一种对新生力量的期许与渴望。

面对巨大历史变革所引发的不同心灵抉择，时代变换之下社会结构、人群联系、生命状态的变化才构成本质意义上人的生存境遇之改变、精神世界之革新。“纯粹使用形式主义的观点来说，一个历史叙事不仅是它所报道的事件的再生产，也是象征符号的错综，这种象征符号的错综指引我们找到我们文学传统中关于事件结构的图标。”②《白鹿原》开篇花大力气描写白嘉轩娶妻的因由与细节，娶妻背后附着的是血脉延续的大事，他费尽周折娶回第七房妻子之后才使血脉的延续成为可能，这其中无不含有传统宗族制度难以维系的深意。白孝文的人生历程又一次显示出宗族制渐趋瓦解的历史命运，虽然他最后又从鹿家买回了门楼，使得白家的三合院又变成了四合院，但是家族的浑全与精神上的统一已然碎裂、难以弥合。小说结尾写孝义不孕，冷先生提议让孝义去赴“棒槌会”，白赵氏用计让兔娃令孙媳妇怀了孕，这一细节再一次凸显出白嘉轩寄予期望的宗族制不可挽回地走向衰落。子嗣的难以获得隐喻着血脉传承的艰难，在更深层次上预示着民族文化的悄然遗落。黑娃在起伏跌宕的人生中勇敢地寻找生命的立足点，他成为营长后又回心转意想要回白鹿原祭祖，想从放浪形骸回归到传统礼制的规束中，但是不难看出他的回归更是世事变幻中的一种无奈和隐退行为，其中不乏作者对民族优秀文化

① 梁启超．先秦政治思想史［M］．上海：中华书局上海书店，1986：40.

② 张京媛．新历史主义与文学批评［M］．北京：北京大学出版社，1993：167—168.

的期待心理。

“历史……随着时间而进展的真正的世界……是按照诗人或小说家所描写的那样使人理解的，历史把原来看起来似乎是成问题和神秘的东西变成了可以理解和令人熟悉的模式。”① 中国的宗族制在历史演进中的衰落是一个漫长而复杂的过程，《白鹿原》中宗族制的破碎伴随着革命浪潮下人心的变幻而渐次发生，纠葛于权、钱、色之间的男性不断进行着相互间的角逐。“人们流连于‘两道深渊的边缘’，一道由社会秩序构成，少了它，人将不仁；另一道则由他内心中阻止他成为完人的魔鬼本性构成，正是对存在于‘两道深渊的边缘’具有的自觉性，人们总是在每一次努力之后返回原地。”② 宗族制在新旧交替间出现了错位，白鹿原上的人也在这种纷乱杂呈中迷失了原来的方向，他们在遭遇生活秩序的破坏后走向了精神的困境，在宗法制的最后一抹夕阳下原上人的命运探索是艰难而困顿的。

不可否认，文学的书写不可能完全印证历史的真正演进历程，小说更多地立足于阐释生命哲学的层面来呈现具有多元形态的历史。就新历史主义的观点看来，我们永远都不能在言说或书写中触及历史发生时期的那种真实与不可变更，影响历史演进的因素以其错综而难以理清的方式不断结合，小说对历史的书写实则是完成了一种对于过往的重新认知与意义建构。在《白鹿原》铺展开来的历史画卷上，国家政治格局的变更、血腥残酷的战争更多地通过原上众人的伦理态度、价值观念、生命体悟等方面来呈现。抽象的国家意识形态以及权力操纵者之间的纷争与普通民众之间有着莫大的距离，白鹿原上农民们的理想信条无疑指向保证最基本的生存层面，而维持这种生存的要素便是基于土地之上的人欲的实现。革命理想的高扬、新时代声音的召唤于原上农民本真的生存伦理来说过于陌生，从白灵、鹿兆鹏、黑娃与陈腐思想的斗争中又可以看到底层民众在对新时代价值、伦理充满陌生感的同时又造成了社会巨变过程中普遍的意识混乱与无序。

历史总是在各种力量相互作用、相互斗争的复杂进程中向前发展的，在《白鹿原》所建构的世界里充斥着新旧力量的抗争，新旧力量互相对峙、说服、消解、融合的过程便成为推动情节发展的重要源泉。可以说，小说文本

① 海登·怀特．元史学：十九世纪欧洲的历史想象［M］．陈新，译，南京：译林出版社，2004：263.

② 朱立元．当代西方文艺理论［M］．上海：华东师范大学出版社，1997：396.

深层的意义并不在于沿着时空的维度去对过往的历史做出某种还原，而在于对那些真实存在于那段历史境遇中的个体命运的关怀，展示人物在时代变革中的精神震荡以及其心灵抉择所引发的社会伦理等方面的流变。

三、乡土守候与文化续存

前面两部分都已谈到，白鹿原上众人的生命交织在一起支撑着历史话语的建构。白鹿原的精神内核在众声杂沓与群语喧嚣的社会剧变中慢慢发生了位移，革命的风潮将白鹿原的历史推向了新旧碰撞、保守与变革纷争的动荡之中，其间原上人的心理模式、生活习惯与精神向往都在发生着变化，种种生活状态的改变在更深层次上带来了原上人文化心理结构的变更。

白鹿原人的生存主要依靠耕织的传统，小说开篇写到的一个重要事件是白嘉轩用水地换鹿家山坡地，从这里不难看出白嘉轩仿若得到神启一般用有“白鹿精魂”印记的土地达到了自家运数兴盛的目标，小说最后白嘉轩面对鹿子霖的疯癫道出了他对换地的愧悔，这就像某种隐喻和轮回得到了最终证明一样令人叹惋。长工是白鹿原农耕文化中存在的一个特定群体，他们是广阔土地上默然而诚朴的普通劳动者。《白鹿原》中花费大量笔墨描述的长工形象便是鹿三，他倔强、朴实地紧紧追随在白嘉轩的身后，他温厚纯良的性情赢得了主家的赞赏。相对于鹿三的忠诚、朴实，黑娃则表现出了桀骜难驯的性格特点，他又意识到自身尊严的自觉性。父亲鹿三顶着“白鹿原上最好的长工”的名号劳苦了一生，而黑娃在生命历程中经历了由长工、土匪到营长再到副县长的多种身份，他在身份与地位的转换间更多的是处于无奈被动的位置，最终只能以回归朱先生的训诫来聊慰自己难以安顿的心灵。两代长工在世事的浮沉变幻中希求着生命的安宁与平和，鹿三在驻守传统信仰时坚定而执着，黑娃则付诸行动来探索新的人生之路，两者的结局虽然都充溢着孤寂和无奈，但他们在白鹿原土地上踏出的脚步都会成为引发回望和深思的源泉。

“我们都居住在一个世界的‘建构’（constructs）中，古人有他们自己的‘建构’，我们的祖父母有他们自己的，我们不能完全进入他们的建构中。每一种文化都有其自己的建构：人被无限地锻造。”① 历史在不断翻滚向前的历

① V. S. Naipaul, *Half a life* [M]. New York: Alfred A. Knopf, 2001, P. 137.

程中总引发着社会结构的变革，而这种变革又不断带动新的思维观念与旧有传统之间的裂隙与矛盾。白鹿原上来来去去的大小革命风潮都与这片广袤厚实的黄土地紧密联系在一起，从晚清政府的覆亡、原上人自发组织的“交农”到白腿乌鸦征粮再到各军阀混战，这些纷繁杂呈的事件唯一牵动农人的就在于自家安身立命的土地与粮食遭到他人的占据和剥夺。白鹿原上的土地按天时、地利、人和六等进行划分，这一标准浸透着浓厚的儒家意蕴，其间也流露着白鹿原人敦厚平和、安顺天命的心理意识。自给自足的小农经济和中规中矩的宗族制结合起来构成了白鹿原人的心理支柱，当兵乱匪祸倾袭这片土地时，原上人最原初的生命本能便会爆发出来。文本中林立着一个个鲜活生动的人物形象，他们的人生因社会的急剧变化而相应地呈现出宗族制统一性被支离过后的困顿与失措。他们在这个传统的封闭框架之内无法触碰时代的脉搏，无法将自身的精神向度与时代的发展加以衔接，宗族制和安身保命的土地接连遭受侵害时他们只能处在盲目而故步自封的状态中。当白鹿原人赖以为生的土地和祠堂渐渐失去其价值的时候，他们默然忍受外部政权的互相侵伐，苦苦守候着自身立足的那方土地，在发生剧烈变化的时代中他们是怯弱的，但他们身上潜藏着的对于土地深厚而本真的渴望是令人敬畏而又叹惋的。

白鹿原人的血脉在历史的洪流里奔涌着，当对土地的渴望与宗族血脉联系在一起的时候，原上人的命运在困顿中多了几分延续上的艰难，原上的年馑、白嘉轩娶妻生子的艰辛历程、白孝文的不孕这些事件背后莫不潜藏着生命延续的艰难与精神命运的迷茫。“人类社会进化是沿着遗传的双轨进行的，一条是文化轨道，另一条是生物轨道。”[①] 白鹿原上的人将一生的守候倾注在土地上，然而生命在风雨飘零中丧失了传统精神的贯注，他们一颗颗难安的心灵因出路的难寻而困顿着、烦恼着。这其中除了对历史、社会的追溯与反思之外，更渗透着作者对人性、生命的深刻挖掘。

历史叙事是建构意义上的文本创造，历史以及漂浮在时间长河中的叙事文本一起构成对生活世界的一种隐喻。历史记录过去的故事，这种带有无限可能的诗性讲述与文学的创造性叙述在一定程度上是相契相合的。历史的真谛恰在于各种人物在前行路上各异的行为表现，他们的命运超脱出文本而浸

---

① 爱德华.O.威尔逊.论人的本性［M］.胡婧，译，北京：新华出版社，2015：78.

透着深层的文化意蕴——传统的遗落是漫长而复杂的历史进程，它的遗落是众人合力造就出来的。白鹿原上的人在相争相斗的过程中使得埋藏在自身基因里的文化传统借助言语来得以表达，人性的复杂与命运的困苦是蔓延在各人的话语里的。《白鹿原》中人物的故事仍然在我们的讲述中蔓延着，文化承传的艰难性将从文本中生发出更深入的探索与思考。

参考文献

［1］乡土中国的圭杲——谈长篇小说《白鹿原》的土地意识［J］. 学术探索，2012（7）：106—10.

［2］文化的尴尬——重读《白鹿原》［J］. 文艺理论研究，2005（2）：62—69.

［3］王健，李文军. 试论《白鹿原》中人物的文化心理结构［J］. 苏州大学学报：哲学社会科学版，2000（1）：61—64.

［4］祁小绒，杨晓歌. “无根”的飘零者——白鹿原黑娃形象分析［J］. 广西社会科学，2006（3）：137—141.

悉达多的形象流变[①]

赵　敏

（西北民族大学文学院）

作为佛教的创始人释迦牟尼，本名为乔达摩·悉达多（Gotama Siddhartha），前身即是迦毗罗卫国太子，属于释迦族。其一生从诞生开始，历经了从青年精神追求的困顿到出家求道、觉悟成佛、初转法轮再到最后传播佛法、进入涅槃的生命轨迹。伴随历史的发展进程以及一种文明文化系统内部自我阐释的话语维度的外在张力，悉达多形象的流变无疑彰显了一个教派教主作为由凡人、圣人直至进阶为神人的明显规律。孔子及其《论语》地位的衍变为一种历时性的攀升，对于佛陀与佛教典籍而言，莫不如此。佛陀再世的时代，教徒关心的是佛陀的教导与教义的旨归，是基于精神领域的内在关切，真正对佛陀相关生平和零星语录的记载则是在释迦牟尼去世之后。在任何一个宗教中，其教义内核的凝结、宗教地位的立基与教徒力量的凝聚和教徒对宗教领袖人物的崇拜与神格化之间都有着莫大的关联，佛陀神格化在佛教以求发展的形势下也就应运而生。但"印度是个信仰的民族，俗世生活微不足道，舆地风物、王朝更迭毫无意义，有情世间，幻化不真"。[②] 本就疏于记录文明自身的印度，即便在最原始的佛教文献中，佛陀的真实面貌也只能够以零散而碎片化的文献记载进入人们的视野。即便如此，经由玄奘、鸠摩罗什

---

① ［基金项目］西北少数民族文学研究中心项目"河西民间稀见宝卷整理研究"（项目编号：XBM—2016005X）

② 周宁．跨文化形象学［M］．上海：复旦大学出版社，2014：175.

等人对佛教典籍的译介与阐发，佛教的生命活力在此得到激活，有关悉达多的传说和对其形象的塑造也在与中国本土文化的联结中呈现出不同的蕴意。因而文化间的碰撞与交融往往既是一种文明的裂变，也是其新生的肇始之源，在这一背景催生下的佛教文化得以在不同国别的土壤走向滋生与延展，随之而来的悉达多形象的塑造也在原有记录文字的基础上于诸多文学文本中不断丰富，其文化、形象内涵作为一种象喻性符号在不同的文化背景中得到指涉与延伸。

安德森认为“一个国家、民族来源于想象的形塑”。既是如此，一个民族中文化英雄的塑造恰恰是使这种“想象的形塑”得到完美呈现的载体，也隐含了这个国家、民族的神话系统。这种形象的塑造往往是现实的、实际的、具象的。原始的佛教思想主张苦修，先行度己，方后度众，强调自我修行，对世俗物欲的释然，显然在悉达多身上无一例外地包揽了佛教教义中诸多美好的宗教理想和愿景。但各个国家的文化都与异族文化有一个交流、融合的过程，这一文化现象的内在手段也就决定了在不同的主体话语建构中这种形塑的相异性，究其主要根源，在于不同文化背景、不同的文学领域中基于不同文化经验的书写对这种形象塑造叙述进而呈现出的差异性与表达立场的自主性。从文化传播的视角来说，不同文学文本中的悉达多形象事实上是同源异质文化催生下的一种文学形象塑造的必然结果，也是文化在沟通传播的过程中所形成的一种必然趋势。

这里的文化传播更像是一种仪式，是一种不同文化在彼此碰撞、激荡的过程中而举行的狂欢仪式。在这种仪式中，“传播一词的原型则是一种以团体或共同的身份把人们吸引到一起的神圣典礼……传播的起源及最高境界，并不是指智力信息的传递，而是建构并维系一个有秩序、有意义、能够用来支配和容纳人类行为的文化世界”，[①] 这个文化世界包容而广博。而悉达多形象在不同文学视角中的“传播”在这个意义上而言，充当着“主体间性”的文化表征物，既是异质文化间相互融合借以沟通的桥梁，亦是别国文化特质得以明晰突显的属于他者的冷静观照，借由文化传播的沃土，悉达多形象在不同文化领域中多种镜像的呈现有了相互对话和握手言和的可能与契机。

在佛教原型中，悉达多作为求道者，矢志不渝；作为觉悟者，拥有常人

① 詹姆斯·凯瑞．作为文化的传播：“媒介与社会”论文集［M］．丁未，译，北京：华夏出版社，2005：7.

不能及的大智慧；作为讲授佛法者，循循善诱。之如孔子，他是佛教中的圣人，印度的文化英雄，人们膜拜的神话英雄。他的人格身份多种多样，在诸多文学体裁，小说、人物传记中的形象更是蕴含丰富。无论哪一种叙述，悉达多的形象多少都带有神话、传奇色彩，但最接近佛陀本来面目的记载应属《巴利三藏》，其次是马鸣的《佛所形赞》。对佛陀形象的分析，如相关论文，侯传文的《佛陀形象分析》、郭良鋆的《佛陀形象的演变》、韩辉的《试论印度佛教佛陀形象的演变》等分别从佛陀形象的内涵和外延，佛陀形象在传记经文中的演变，佛教故事、佛陀本生故事中的释迦牟尼形象展开论述，但在与相关文学文本的对比、分析中，本文想要厘清的是不同文化背景的作家笔下的悉达多形象在文化传播这一介质中所表现出来的文化意义以及作家本人的文化、精神诉求与言说立场。

一、《悉达太子宝卷》[①]：民间文学叙述下的说教代言人

丝绸之路上，佛学东渐，中印文化交流使得佛教有契机进入中土，与中土传统文化相融合。尤在魏晋时期，佛教与儒、道两教呈融合之势，作为一种异域文化，也因此深刻影响了民间民众的宗教信仰与文化心理。而河西宗教宝卷中的《悉达太子宝卷》，既是民间文化在宗教信仰上的指归，也是下层劳动人民的精神指向。在宝卷这种基于民间文化的文学叙述中，悉达多形象的塑造可以说是雅俗文化交织中的民间思维状态的仪轨呈现，是民间文化心理的一种调试性表达，也是始于民间文化土壤的一种伦理规约的美好愿景。

《悉达太子宝卷》为清刻本。讲述的是太子成道的故事，内容大概分为三部分。第一部分写悉达太子前身为忍辱仙人，受过去佛燃灯佛祖点化，若能寻得优钵罗花便能继承其位，但此花在俄云仙女手中，两人约定五百年后结为夫妇，此花便可为忍辱仙人所有。五百年后，忍辱仙人投生于梵皇宫内，为悉达太子，而俄云仙女则投生于李天王宫内，为耶须公主。对这一细节的处理，宝卷中悉达多的诞生延承了佛陀的转生传说。第二部分则将两人结亲后，太子到雪山修行，梵王（净饭王）用尽各种计策几番派朝臣、耶须公主及摩耶夫人去往雪山逼太子回朝，太子一心向道，诚心之至的情节作了详尽讲述。第三部分，悉达多修成正果，且将耶须公主及其子度化，授记号分别

① 为河西宗教宝卷，清刊刻本。又名《雪山太子宝卷》《雪山宝卷》，参见车锡伦《中国宝卷总目》，朱瑜章《河西宝卷存目辑考》。现收录于《中国宗教历史文献集成·民间宝卷·110》（第十册）。

是耶输陀罗和罗喉罗。结卷谒写道："在生不把佛陀念，枉在浮生做世人。普劝持斋勤念佛，劝君戒杀广放生。念佛可消三恶孽，戒杀放生保现生。在会不论男和女，俱好修行作善报。太子宝奉宣完全，特来东土度世人。焚香点烛齐合掌，九玄七祖尽超升。普劝会中皆念佛，善男信女要虔诚。受持斋戒偷闲念，佛号弥陀记在心"。作为宗教宝卷，《悉达太子宝卷》延续了佛教故事"俗讲"的讲述方式，其目的在于规劝世人潜心向善，规约世俗教徒的德行。它寄予了世俗信徒对于神的尊崇与膜拜。由于宝卷中所讲的大部分为太子成道的经历，悉达多终成佛陀已是故事的结局，所以宝卷的叙述口吻及部分故事情节明显中国化，这折射出了内潜于民间民众阶层知识结构基础之上的文化心理。在对悉达多形象进行"再创造"的过程中，民众对其的"中国化"描摹显然使得悉达多前后的性格对比更为突出。

在这一民间叙述的文化空间中，民众所持有的文化心理使得悉达多这一宗教形象借中国传统伦理文化的母胎发育成长，对佛法、教义的宣扬以及佛陀从出生到涅槃的叙述明显简化，随之而来的是宗教伦理与世俗伦理矛盾的生发，家国伦理终内化于宗教伦理的折射。尤见大臣、耶输公主、王后劝太子回宫苑的几番劝说内容："双亲养育恩未报，公主情分一点无""弃国登山逆父母，离宫别院撇亲妻"，当王后劝说太子："随我回朝扶社稷，掌立朝纲天下平"时，悉达多则拒绝："儿为生死轮回苦，圣心学道别无因。莫记逆儿在心胸"。① 再甚者，耶输公主几番劝诱无果，失望之下，对悉达多语出"忤逆之人皆成佛，西方岂有负义人"，更显出两种伦理矛盾的激化。在悉达多成佛尊之前，忠义、孝道、家国意识与责任都成为悉达多潜心修得佛法的阻碍与艰难的伦理抉择，对耶须公主苦苦哀求的回应"夫妻本是同林鸟，大限来时各自飞"更使悉达多的形象带有些冷酷的意味，而少了些修行之人的平和。七岁时，悉达多已禀赋异常，十五岁主动请缨前往击退李天王大兵时作了一番陈词："年已青春，若不能射透九重铁鼓，难破百万雄兵，非为皇家之子，枉做男子之汉，不发勇猛之心，怎寻成其大事。"突显了其强烈的家国意识与大无畏气概。但十九岁的悉达多，前后性格却突然间走向了一个突转，再得燃灯佛祖的点化，一心到雪山，寻求修行之道。以沙门苦修的方式"饥食松柏，渴饮清泉"。他超脱，执着，宝卷叙述视角下的悉达多对肉体的世俗性诉

① 周燮藩，濮文起编．中国宗教历史文献集成·民间宝卷［M］．合肥：黄山书社，2005：40．

求达到了一种完全的排斥与遮蔽。对悉达多前后形象的对比描写愈鲜明，就愈加贴近和迎合民间民众的文化与审美心理。

同时，“男尊女卑”的中国伦理文化传统与父权话语系统的呈现也借以《悉达太子宝卷》言说。宝卷中提及梵王因悉达多逃脱冷宫而想治罪于耶输公主，但后以“等她分娩男和女，后可减罪治其身”又宽恕了公主，当耶输公主在冷宫之中以悉达多若前往雪山修行，则朝纲无人执掌为由对太子相劝时，太子以“莫要忧愁无男女，金鞭指腹便怀身”来安慰公主，算是给了耶输须公主得以在皇廷之中生存下去的一个筹码。但无论是梵王还是未成佛陀的悉达多，在这里都充当了一个无法凌越与反叛的中国传统的父权话语与权威，女子渺小、卑微、柔弱，只能以所怀孩子的性别来决定自己以后的命运轨迹甚至生死。这是中国封建文化“男尊女卑”思想的另一种投射。但在原始的佛教思想中，对女子的地位并不带有任何偏倚，甚至最早听佛陀佛法教义的也不乏诸多妓女。值得一提的是，悉达多对耶须公主“金鞭指身”这一情节，确是宝卷叙事对悉达多生平的一个发挥。悉达多在早年生活中，娶妻生子，其嫡子便是宝卷中的罗喉罗，后在佛陀十大弟子中为密行第一，关于罗睺罗的出生仅限于“母腹六年”这一传奇之说。中国并无本土的宗教，即便随后发展起来的儒教、道教也更多以其哲学思想居上。在中国的传统文化中，再生与永生的愿望是通过子嗣的绵延来实现的。如“不孝有三，无后为大”，“愚公移山”中的“子子孙孙无穷匮也”。当悉达多一心求道的宗教伦理与无子承担本应属于自己的责任与义务的家庭伦理发生冲突无法缓和之时，宝卷用“金鞭指身”的情节将两者巧妙地进行了调和。可以说，这既是宝卷的文学叙述对民众“肉身不灭、精神不死”愿望的隐喻表达，也是其充满浪漫主义色彩的民间文化的想象力的生发。

经由民间文化的浸淫，宝卷中对悉达多人物形象的塑造经历了一个对其严肃性、神圣性的解构过程，可以说这种文学叙述将这一神话原型加诸民间性而砌入了中国传统通俗文化想象的重构大厦中，不论是悉达多的经历还是他的言行都充满了新说。太子七岁时，梵皇让悉达多“先读儒书并论语，后读周易及春秋”；玉帝差太白金星化作凡夫俗子“送书三卷帝皇宫”；悉达太子与耶输公主是前世五百年前就已注定的姻缘；在比武招亲时，耶输公主用中国古代通俗小说中的“抛绣球”方式。悉达多诸多故事情节虽与佛教经文中释迦牟尼的生平记录有些差距，但在文化意义上，却也恰恰显示出在民间文化的感染中，悉达多形象与特定时期中国民众文化心理的一种暗合之势。

二、《悉达多》[①]：走向心灵与精神之维的悉达多

悉达多作为佛教的文化原型与文化符号，跨越东西方的文化距离，在黑塞的笔下，《悉达多》更像是一个简缩的人物传记。“任何异域形象所体现的都是形象制造者自身的心理欲求。因此，将自身的情感欲望投射到他者身上，本是欧洲作家的一种写作策略”。[②] 所以悉达多是佛陀，是黑塞，是每一个精神上不断进行自我颠覆又自我修复鲜活的个体，是充满人欲的实实在在的自我。在东西文明相互碰撞的过程中，黑塞将悉达多的形象塑造导向了一种纯粹的、皈依于精神与心灵之维的宗教向度。文本中的悉达多在思考与挣扎的一生中，最终找到了自我的精神原乡。“寻找”与“自我寻找”是人类面对自我、面对生命的永恒主题。如果宝卷中的悉达多是世俗教徒对神的再阐释，那么黑塞的悉达多则明显关注于人与人、人与自身的彼此观照与映射。两者不同的言说于文化传播、交流的过程中，恰是悉达多的形象在不同文化场域、背景中，通过相遇与对话催生的一种精神诉求。

悉达多作为婆罗门之子出身富贵，俊秀聪慧，但令所有人羡慕的一切，对他来说却是虚幻之物。入沙门苦修，听佛陀宣讲佛法，后又结识名妓伽摩拉，成为一名商人，沉迷于世俗生活中，最终在河边悟道，达到“圆融统一”的境界，“从那一刻起，悉达多不再与自己的命运抗争，不再感受到痛苦，他的脸庞放射出一种智慧的宁和，不再有意志与这种智慧相佐，这种智慧已然最终达到了圆成，委身于时间与生命之流中，随流而下，充满慈悲与同情，与万物和谐如一”。[③] 至此，悉达多终于达到双重自我的协调与皈依，找到了困扰自己一生所寻的“阿特曼”，灵魂不再孤寂，精神危机也得以消解。黑塞将悉达多自我寻找的心灵之旅置于西方文化视野或是本人的生命体验之下，将文本的书写语境框设在具有异域情调的古印度，显然掺杂了自我的“文学想象”。

悉达多在信仰与怀疑的二元对立中不断自我分裂，在矛盾中走向顿悟，

---

① 目前已有徐进夫《流浪者之歌》（上海三联书店，2013 年），苏念秋《悉达多》（陕西师范大学，2015 年），杨武能《悉达多》（译林出版社，2015 年），杨玉功《悉达多》（上海人民出版社，2009 年）等多种译本，本文所采用的为杨玉功的译本。

② 葛桂录. 跨文化语境中的中外文学关系研究［M］. 上海：上海三联书店，2008：247.

③ 黑塞. 悉达多［M］. 杨玉功，译，上海：上海人民出版社，2008：132.

达到了对生命的超越。悉达多探求自我，追寻终极永恒的路途，即是他从个体自觉到精神自觉离析与统一的过程。与好友侨文达一道“修习自制与冥想”“弃绝自我”，但他意识到这仅是对自己所受苦难的暂时逃避与麻痹，自我救赎的归途遥遥无期，于是用沙门苦修的方式挥手告别，两人又继而追随佛陀。而后悉达多离开佛陀和侨文达，最终开启个体自觉之路，这是悉达多成长经历中的一个分界点。在此之前的悉达多是一个典型的“生活在别处”的流浪者与行吟者，同侨文达一样，是众多信徒群体中的一员。但从悉达多走上“以欲制欲”的追寻之途后，他的个体判断在此时打败了群体正统观念的判断，在自我的推翻中重建自我并将之释放，最后回归自我。侨文达一直都是一个虔诚的佛教徒，但“独断而任性”的悉达多在“品尝了财富、激情与权力的滋味”后，先死后生，从个体自觉达至精神自觉，成了他自己，真正与佛陀合为一体。

悉达多在河边独语，“经历了如此漫长的岁月，我终于失掉了我的聪明力与思辨力，我终于忘却了万物的圆融统一。难道不是吗？走过许许多多的弯路，我逐渐从成人变成了孩子，从思想家变成了平凡的人。而这条路仍属不错，我心中的歌鸟并未死去……”与作为佛陀的悉达多经历相比，黑塞笔下悉达多的人生轨迹更像是一场逆行。“悉达多的出现”是基于黑塞及他当时所处文化背景下的热切呼唤与心灵诉求。黑塞的父母在印度传教多年，对这一文学人物的选择和赋予其新生与他从小所受印度文化的浸染不无关系。潜在的文化认同是使一个文化原型获得新的生命力的内在助力。“悉达多的重塑”以这种文化认同的心理优势为跳板，让自己华丽蜕变。正是这种潜在的文化认同使得悉达多形象的意义得到拓展。加之当时欧洲正处于第二次世界大战前后，面对战争带来的心理创伤，人们原有的精神、信仰一步步走向消解直至崩塌，对原有生命、伦理价值的坚守也在渐渐倾向怀疑直至瓦解，自我的建构走向虚无，黑塞也如此。在这种生存境遇下，文学亟待塑造一个自我追寻者的形象来缓解人们来自精神、心灵上的迷茫而导致的无所适从的存在状态，来自东方的悉达多恰好适应了这种文学想象与精神诉求，在西方文化、文学的土壤中焕发出自己的异域光芒。20 世纪 60 年代，《悉达多》更是成为冲动求新、放荡不羁的嬉皮士青年的精神手册，黑塞笔下的悉达多超越耶稣、甘地成为嬉皮士的精神导师。他们以悉达多放弃婆罗门王子身份，找寻自己“阿特曼”的人生经历自比，质疑传统的价值观进而找寻自己的人生意义。

悉达多的找寻是一场反叛的革命之旅，在世俗伦理与宗教信仰中徘徊、迂回前进，在与原始生命蛮力的调解中走向救赎和新生。佛陀乔达摩与悉达多构成了一组二元对立而又重合交融的特殊存在，之如光影的明灭叠合，悉达多以佛陀的精神道义和作为圣者的光芒指引内心，并指引黑塞走出精神困境。

三、传记：异域化的悉达多形象

在中国，对悉达多（释迦牟尼）的生平经历最早进行传记式的编纂，始于南北朝僧祐的作品《释迦谱》，之后陆续有唐朝道宣的《释迦氏谱》（卷一），宋朝志磐的《佛祖统纪》，元朝念常的《佛祖历代通载》，在《法显传》《佛国记》《大唐西域记》等书籍中也有零星的记载，直至现在，其传记颇多，有格桑曲吉嘉措著、达多译的《释迦牟尼大传》（民族出版社，2002 年），伍恒山的《释迦牟尼佛传》（长江文艺出版社，2005 年），冷华的《释迦牟尼传》（巴蜀书社，1997 年），崔连仲的《释迦牟尼：生平与思想》（商务印书馆，2001 年）。

印度政府对外推荐的释迦牟尼的传记是印度巴塔查里亚著、谢岫岫译的《佛陀的一生》（四川人民出版社，2015 年），另有英国的贝克夫人著、张小米译的《释迦牟尼传》（华文出版社，2012 年），卡里瑟斯著、高山杉译的《释迦牟尼：从王子到佛陀》（外语教学与研究出版社，2013 年），日本武者小路实笃著、董学昌译的《释迦牟尼传》（作家出版社，2001 年）。

而同作为女性作家的冷华与贝克夫人由于文化背景的差异与文化交流的融通，在对悉达多进行形塑时其文学叙述也因此呈现出不同的叙事面貌，特以悉达多“游四门”为例进行论说。比起贝克夫人，冷华在文本中加入了自己的评论性干预“实际上，悉达多决定以出家的形式寻求解脱，与他从小所受的宗教教育和当时宗教氛围有着密切的关系”，作者既在文本之内又在文本之外。在贝克夫人的《释迦牟尼》中，取代这种主观叙述的，却是一个潜在的叙述者——神明。悉达多太子之所以会选择出家来寻求人生真谛，耶输公主和梵王用尽各种办法避免太子观世态人生之苦，都是源于“神明曾经预言，王子绝对不能看见与衰老、病弱和死亡有关的场景”。大臣怀疑：“这难道是天国里神明们的警示？警告我们不要再向命运宣战？”① 耶输陀罗不禁感慨：“没有谁能逃得过神明的眼睛。”② 神明因此具有了一种不容置疑的权威性与神秘性，神明是全知的，这种全知来自于“视觉上的全知。”③ 在此，神明充当了一个隐匿的预言家、先知的角色，同时又以其神秘的叙述口吻将悉达太子导向了属于他的既定的生命轨道。

然而面对神明的态度，悉达多则表现出了大胆的质疑与否定。“为什么，心狠手辣的神明啊，你们只知道身居天国无尽地享乐，却不管我们的死活，你们只会把好的事物赋予恶人，而把坏的事物赐予好人，或许你们自己也都是被嘲笑的一方。”④ 同时，作为贵族子弟。他“手拿弯弓，肩背箭囊，英姿飒爽”。在这样的语境下，文本所呈现的悉达多是一个既高傲、自由、洒脱又能心怀众生意识的太子形象。而冷华笔下的悉达多，“置身在豪华的婚礼上，满目都是喧哗和热闹，而这一切与悉达多痛苦的心情格格不入”，⑤ 但“他并不是不爱尘世生活，他是太爱这一切了……可是，他要以伟大的方式来热爱他们，报答他们”。⑥ 文中多次对悉达多加以形容的是善良的、痛苦的、闷闷不乐的、满面愁容的、内疚的等诸如此类的词语。他想要离宫逃离“迷惑他心性和智慧的荣华富贵”，可听到车夫的劝阻，“再也没有勇气往前走了”。这一语境下的悉达多想要反叛现有的生活却又陷入不断妥协与挣扎的泥淖之中，从一开始便将自己置入了一种背负着济度世人枷锁的救世主境遇当中，故而比起贝克夫人笔下的悉达多，少了几分肆意与洒脱。

不论是隐匿的神明的叙述视角，或是两个文本所呈现的差异性的悉达多太子形象的塑造，显然，与作者所处文化背景、价值观念的差异有或多或少的关联。东西方文学、文化的语境使得贝克夫人笔下的悉达多多了几分反叛意识，有了个人英雄主义的影子，神明的出现，更是对《荷马史诗》与《希腊神话》中叙事传统的继承。冷华则将悉达多的形象更多地框设于中国传统伦理抉择的文化背景之下，多了几分世俗的牵绊。这种差异恰是悉达多这一文化原型在文化的传播、流变过程中与作者个人化的文学体验相结合的产物，

---

① 贝克夫人．释迦牟尼传［M］．张小米，译，北京：华文出版社，2012：66.
② 贝克夫人．释迦牟尼传［M］．张小米，译，北京：华文出版社，2012：63.
③ 格里芬．荷马史诗中的生与死［M］．刘淳，译，北京：北京大学出版社，2015：180.
④ 贝克夫人．释迦牟尼传［M］．张小米，译，北京：华文出版社，2012：73.
⑤ 冷华．释迦牟尼传［M］．成都：巴蜀书社，1997：51.
⑥ 冷华．释迦牟尼传［M］．成都：巴蜀书社，1997：51.

作者在这里充当的“是一个与叙述分析有关的所谓作者，是从叙述中归纳出来、推断出来的一个人格，这个人格代表了一系列社会文化心态，个人心理以及文学观念的价值，叙述分析的作者就是这些道德的、习俗的、心理的、审美的价值与观念之集合”。①

河西宗教宝卷中的悉达多，是民众或信徒对于神灵寄予了精神寄托而进行的民间文学叙述，黑塞笔下的悉达多则是把作为神灵的悉达多按照普通人的思维向度、自我内心追寻的精神之旅而进行的改写，中、英两位女性作家冷华、贝克夫人在对悉达多进行传记书写时，更是倾注了不同的文化因素与文学想象。

悉达多是一个凡人中的“非凡人”，他是出家人也是布道人，与他同时代的伟人还有孔子、毕达哥拉斯，因而作为一个文化英雄，悉达多更是佛教文化的一个文化符号，是使信徒信仰得以凝结的象征性符号。然而，经由丝绸之路，传入中国的悉达多形象却与民间文学形式——宝卷发生交融，掺杂了中国化的“文学想象与互动”。及至德国，黑塞在小说中，更是将自己创作的心理机制与现实思考融入其中。同时对悉达多的传记著写，也因作家不同的文化背景而使悉达多这一形象塑造有多维度、多视角的呈现，其性格具有“异域化”特征。不论是中国的“悉达多”，还是德国的“悉达多”，抑或是英国的“悉达多”，真实的悉达多具有的精神内涵、本来面貌或许已经有所偏离，但透过“多变”的悉达多，体现的却是文化在传播、沟通的过程中，一种外来文化介入另一种文化环境，将自身的文化意义播撒在另一国度的文字土壤中。已经有所“变形的悉达多”形象或是在文化传播的过程中得以建构，或是在文学想象的书写中又得以解构，不管是哪一种形式的形象塑造，无疑都体现了文化的从容与通达。“文化传播”下的悉达多，其形象的塑造、接受与衍生更像是一场冒险。幸运的是不同作家写作立场下的悉达多，在其文学想象的构筑中找到了自己的意义与价值。在这场对话与交流中，悉达多的形象塑造与他国的文化得以结合，继而在文学的书写与言说中，作家在自己的文本中斥诸于自己的精神诉求和价值判断。

---

① 赵毅衡. 当说者被说的时候［M］. 北京：中国人民大学出版社，1998：10.

参考文献

[1] [美] 詹姆斯·凯瑞. 作为文化的传播:"媒介与社会"论文集 [M]. 丁未，译，北京：华夏出版社，2005.

[2] 周宁. 跨文化形象学 [M]. 上海：复旦大学出版社，2014.

[3] 赵毅衡. 当说者被说的时候 [M]. 北京：中国人民大学出版社，2012.

[4] [美] 本尼迪克特·安德森. 想象的共同体：民族主义的起源与散布 [M]. 吴叡人，译，上海：上海人民出版社，2005.

[5] 王青. 西域文化影响下的中古小说 [M]. 北京：中国社会科学出版社，2006.

[6] 葛桂录. 跨文化语境下的中外文学关系研究 [M]. 上海：上海三联书店，2008.

[7] 范丽珠，欧大年. 中国北方农村社会的民间信仰 [M]. 上海：上海人民出版社，2012.

[8] [美] 欧大年. 中国民间宗教教派研究 [M]. 上海：上海古籍出版社，1993.

[9] 汤一介. 佛教与中国文化 [M]. 北京：中国人民大学出版社，2016.

[10] [德] 黑塞. 悉达多 [M]. 杨玉功，译，上海：上海人民出版社，2008.

[11] [英] 亚当斯·贝克夫人. 释迦牟尼传 [M]. 张小米，译，北京：华文出版社，2012.

[12] 冷华. 释迦牟尼传 [M]. 成都：巴蜀书社，1997.

[13] 崔连仲. 释迦牟尼：生平与思想 [M]. 北京：商务印书馆，2001.

[14] 侯传文. 佛陀形象分析 [J]. 南亚研究，2003 (1).

[15] 郭良鋆. 佛陀形象的演变 [J]. 南亚研究，1990 (3).

论杜拉斯对林白小说中女性书写的影响

——以《情人》与《一个人的战争》为例

朱　杨

（西北民族大学文学院）

法国作家玛格丽特·杜拉斯的作品自从译介到中国，对中国的女性文学产生了持续而深刻的影响。她的小说将女性作为内心情感欲望表达的主体，通过独特的女性话语展示出丰富的自我内心世界，从而形成了杜拉斯独具个性与魅力的女性文学。随着中国对杜拉斯小说的广泛译介以及西方女性主义理论的传入，中国女性文学在20世纪90年代呈现出一个繁盛的局面。其中，以林白、陈染为代表的“私小说”自成一体，她们受杜拉斯的影响开始摒弃男性的写作经验，转向书写女人在成长过程中所面对的自身需求，通过一种自我的形式来表现女性情感心理和生命体验。从林白的小说中我们不难看出，无论是对女性个体经验的书写，还是对女性成长过程中的情感心理的叙述，都深受杜拉斯的影响。因此，本文以《情人》和《一个人的战争》为例去探讨杜拉斯与林白小说中的女性书写。

一、私语化的叙事风格

在《第二性》中，西蒙·波伏娃认为：“女人注重她们的童年回忆；女性文学做出证明；在男性的自传中，童年一般只占据次要位置；相反，女人往往限于叙述她们的早年生活；这是她们的小说、她们的故事优先注重的材料。”[①]《情人》与《一个人的战争》充分印证了这一观点。这两部小说都带有自传性质，《情人》是以杜拉斯的亲身经历为参照，重构了她在越南度过的少女时期；《一个人的战争》则是林白对自己在北流、南宁、武汉度过的青少年时期的回忆。可以说，将自身经历作为创作之源，再加之以重写，是杜拉斯对林白小说创作产生的重要影响。自身经历是真实的，但在小说创作过程中加之以虚构成分，从而使得自传体小说具有含糊不清的特性。这种含糊不清就体现在小说的叙述主体上，作者自己与书中的我相互交叉，真实的生活经历与小说中的故事内容相互重叠。通过自传体式的书写，将自传的真实性与小说的虚构性巧妙地结合起来，使得作者处于一种绝对的主动地位，从中体现出自传体式小说的私语化特征。

这种自传体私语化的叙事风格主要表现在小说的叙事主体上。在《情人》中，杜拉斯以第一人称“我”和不时穿插的第三人称“小姑娘”进行叙述，并且不断强调叙述者的性别和年龄特征。《情人》开篇就是对自我形象的回想，“我”已经老了，并且有着饱受风霜的面容，然而只有这个形象使“我”感觉到自悦自喜，心醉神迷。小说开篇就定下基调，通过自我叙还，把小说变成一种难以交流的个人经验，呈现出一种注重个体内在经验与个性化的表述，构建出一个纯粹的个人叙述空间。在《情人》中，“我”与“小姑娘”交错的叙述方式在渡河的情节中体现得淋漓尽致。那次渡河，是我从外地旅行归来，渡船上的我“两条辫子仍然挂在身前。才十五岁半。那时我已经敷粉了。我用的是托卡隆香脂，我想把眼睛下面双颊上的那些雀斑掩盖起来。”[②]在这段叙述中“我”作为叙述主体多次出现。紧接着，“在那天，这样一个姑娘，在穿着上显得很不寻常，十分奇特……她戴了这样的帽子，那形象确乎暧昧不明，模棱两可。”[③]“我”既是故事的叙述者，又随时会脱离出来成为观照者，这是回忆书写的典型特质，回忆中的人物当然是我自身，但经过岁月的洗磨，过去的那个形象又成为他者。在《一个人的战争》中，林白也使用第一人称“我”与第三人称“多米”的穿插叙述，小说中大多数内容以“我”为主体进行书写，“多米”则像是作者审视下对自我的观照，“女孩林多米犹

① 西蒙娜·德·波伏娃. 第二性［M］. 郑克鲁，译，上海：上海译文出版社，2011：480.
② 玛格丽特·杜拉斯. 情人［M］王道乾，译，上海：上海译文出版社，2009：14.
③ 玛格丽特·杜拉斯. 情人［M］王道乾，译，上海：上海译文出版社，2009：18.

如一只青涩的番石榴，结缀在B镇岁月的枝头，穿过我的记忆闪闪发光。”①“我”与“多米”代表了林白的两种身份——过去与现在、虚构与真实、内心与外在、血肉与鬼魅、恋爱与被恋爱。两种人称穿插叙事的方式，使得杜拉斯与林白在小说中通过“我”展现了自我的成长经验以及情感心理，而“她”则审视、透析着整个女性成长过程。杜拉斯在小说中的叙事话语呈现出私人化、女性化、情绪化的特征，促使了我国当代女性作家性别意识的觉醒，让她们找到了长期被禁锢的女性话语，这对中国女性文学的私人化叙事出现起到了至关重要的启发作用。

私语化是一种个人化写作的一种话语，它具有个人性、主观性以及陈述性特征，它更加关注于内心世界，私语化小说大多具有自传的性质。在中国女性文学发展过程中，女性私语化写作具有重大革新意义，标志女性作家对自身性别有了深刻的认识，她们开始抛开编织在女性写作上的种种藩篱，以独特的女性视角去审视来自女性生命深处的情感、心理和生理等隐秘体验。在中国女性文学私语化形成过程中，杜拉斯起到了重要的催化作用。杜拉斯通过自传体私语化的叙事风格打破了作家与人物、叙事者与形象、真实与虚构的界限，这就使得她的小说不仅带有强烈的自我书写的色彩，同时又在自传与文本的不断穿插中形成强大的张力。而林白作为中国“私小说”最具代表性的作家之一，我们很容易就能发现其小说也具有明显的私语化叙事风格。在杜拉斯的影响下，林白在小说中以大量个人经验为创作元素，并通过对自我的书写与重构，充分展示了个人生活经验与隐秘心理。林白对女性私语的书写和个人经验的表达，使女性内心深处的隐秘世界直面大众，突破了中国传统文化禁忌下的女性书写，为20世纪90年代的中国女性文学开辟了一条新的道路。

二、身体的欲望化书写

在中国的传统两性关系中，女性往往不具有独立性，她们常常被当作男性的附属品，而欲望也从来只是男人所独有的特权。但到了20世纪末，随着女性主义理论传入中国，不仅为中国女性思想解放提供了理论支撑，同时也使得女性欲望的书写成为女性文学中最重要的主题之一。在杜拉斯看来，女

① 林白. 一个人的战争［M］. 广州：花城出版社，2015：3.

人的写作应该从欲望入手，因此，在她的大多数小说中，都离不开对身体的描写与欲望的表达。这也正符合当时法国女性主义者所提倡的理论，她们提倡女性写作，写自己、写自己被男权压抑已久的欲望。埃莱娜·西苏在《美杜莎的笑声》中就提出“妇女必须通过她们的身体来写作，必须创造无法攻破的语言，这语言将摧毁隔阂、等级、花言巧语和清规戒律”①。杜拉斯的创作和法国女性主义理论可以说直接促进了中国女性作家对身体与欲望的关注。林白所处的时代正值中国思想解放、西方女性主义理论传入以及杜拉斯的小说广泛译介的时期，这一系列的原因都使得女性欲望书写成为她小说中不可或缺的一部分，在《一个人的战争》中，林白也为我们充分地展示了中国“私小说”作家对于女性身体与欲望的书写。

在杜拉斯的创作中，用欲望来凸显女性生存命运一直是不可忽视的主题。《情人》中，小姑娘的欲望通过与中国情人的关系表现出来。在与中国情人第一次发生性关系时，小姑娘就占据了主动地位，她坚持自己来，不慌不忙，表现得既耐心又坚决，经过第一次的疼痛过后，“转入沉迷，她为之一变，渐渐被紧紧吸住，慢慢地被抓紧，被引向极乐之境，沉浸在快乐之中”②。在杜拉斯对身体接触描述过程中，完全颠覆了传统意义上男性主导的地位，“小姑娘”在这种肉体欲望的快感中完全占据主动位置，从对身体的书写中充分表达了女性欲望的主题。杜拉斯从身体出发，大胆突破传统的女性欲望表达，使得女性成为欲望中的主体，从中表现出来一种强烈的女性意识。除此之外，身体以外与身体又有着密不可分的联系的物质也是杜拉斯表达女性欲望的一部分。在这场身体与物质的交易中，她看出了中国情人懦弱的性格以及对她热忱的爱，因此女孩始终占据主动。《情人》中的小姑娘家境困难，在与中国情人发生关系的同时，她毫不隐瞒对于物质的需求，物质在小说中则成为与身体相关联的一种新的欲望。在杜拉斯的影响下，林白的《一个人的战争》中女性欲望书写也成为最重要的主题之一。《一个人的战争》从不同方面展现了女性的欲望，小说中的“她”渴望冒险的英雄主义，渴望被承认，渴望爱情，渴望身体的快感，这些欲望在她身上相互交织。她身上所有的渴望都来自于男性压抑下的女性欲望，带有强烈的女性自我意识。小说从多

---

① 埃莱娜·西苏. 美杜莎的笑声［M］. 张京媛，译，当代女性主义文学批评，北京：北京大学出版社，1992：30.

② 玛格丽特·杜拉斯. 情人［M］. 王道乾，译，上海：上海译文出版社，2009：41.

米孩童时代写起，初次抚摸自己，进而认识到身体的欲望，再描写她的学习生涯，文学创作之路，四处流浪的生活，坎坷的恋爱经历，被迫堕胎的悲伤等情节。林白通过对多米生活情境及命运的叙述，不仅展现了一个女性的成长过程，更有意识地挖掘了女性的内在空间，包括对身体的呼喊以及隐藏在内心深处的欲望。

在对女性欲望的书写上，杜拉斯将性作为女性身体解放的突破口，她以自身的行为来反抗被男权社会所压抑的女性身体，表达出女性内心真实欲望，从而提高女性的独立地位。杜拉斯《情人》从情感的角度出发，书写女性命运、倾诉心理活动、表现女性欲望、直面复杂人性的文学叙述，使得中国当代女作家将视线转移到女性个人体验与自身经验之中，从女性的身体着手，在游历、现实与过往，真实与虚构之中，展现出女性欲望的本能，探索着女性的精神内在，全方位、多角度地抒发了女性隐秘的生理与心理感受，通过女性私人生活的真实面目，呈现出独特的女性个人化色彩。

在中国传统的伦理道德中，女性长期处于边缘、弱势地位，被男权压抑下的她们没有话语权，无法冲破传统思想的禁锢，更没有表达欲望的权力。然而，在杜拉斯与西方女性主义理论的影响下，林白找到了出路。在《一个人的战争》中，她毫不避讳地叙述与性、同性恋、自慰相关的情节，她试图从女性自身身体出发，建构女性私人空间，从而摧毁男权社会中女性身上的枷锁，以瓦解男性话语霸权，从而为我们展现出女性内心深处的情感欲望。可以说，以林白为代表的女性私小说创作群体将女性欲望的主题融入作品之中，不仅极大地丰富了中国女性文学，而且更加促进了中国女性自我意识的觉醒。

三、主人公的自恋倾向

自恋一词一直与女性文学有着密切的联系。在当代女性文学转向个人化、私语化写作后，自恋情节在文学作品中的书写更是表露无遗。杜拉斯与林白在创作中关注自身，表达女性自我意识，从而表现出一种强烈的自恋倾向。这种自恋大多是无意识的，它的产生源自于女性对自身进行保护，从而达到瓦解男性霸权的目的。在《情人》与《一个人的战争》中，我们会发现在作者的女性自我意识下，主人公所呈现出来的自恋倾向。

《情人》中的“我”和《一个人的战争》中的多米在作家的笔下都是敏感

而极富自尊、虚荣而孤傲的人，当她们面对外部世界造成的压力时，往往得不到他人的认同，从而为了逃避开始关注自我，沉浸在自我的世界中获得肯定，呈现出一种自恋倾向。《一个人的战争》开篇就说道："一个人的战争意味着一个巴掌自己拍自己，一面墙自己挡住自己，一朵花自己毁灭自己。一个人的战争意味着一个女人自己嫁给自己。"① 这段话明显表现出一种水仙花似的自恋情结。两部小说中，主人公为了获得精神上的满足，都有和他人保持一种非常态的关系的经历。在《一个人的战争》中，南丹是一个有同性恋倾向的女人，她通过不停地夸耀多米走进了多米的生活，之后更发展到非正常朋友的关系，这恰恰迎合了多米的心理，南丹的夸耀使得多米获得了前所未有的快感，以至于难以用正常心态对待自己。《情人》中的"我"亦是如此，"我"很明确地知道并不爱这个中国情人，但却迷恋于中国情人的爱与赞美。在这两种不正常的交往关系中，主人公明显占据了优势，她们通过对方的夸耀与赞美，从而形成一种自我满足的心理，从根本上来说就是一种自恋倾向。

米歇尔·蒙特雷认为："女人与其躯体之间的关系既是自恋的又是情欲的，因为女人如同喜欢他人躯体一般喜爱着自己的躯体。"② 在小说中，通过主人公照镜子的情节充分表现出这种自恋的倾向。《一个人的战争》中写道："女人在镜子里看自己，既充满自恋的爱意，又怀有隐隐自虐的心。"③《情人》中，"我"戴上男式昵帽，在商家的那面镜子里照一照，发现童年时期的缺陷就换了一个模样。作者通过镜子为小说中的主人公营造一个无拘无束、自由想象的空间，让其倾泻女性欲望，展现女性隐蔽的内心世界。小说中的镜子不再是日常中的生活用品，而是成为主人公达到自恋目的的一种方式，当现实中的主人公得不到他人的欣赏时，镜子则给她们提供了必要的自信和满足。所以，镜子对自恋者来说是必不可少的，她们沉迷于镜子中的自我形象，通过镜子呈现出认识自我、肯定自我的潜意识，从而使镜子成为自我意识的载体。

两部小说都体现出主人公强烈的自恋意识，一方面从个人生活经历、情感体验中真实反映出来，另一方面通过镜子这一意象侧面烘托出主人公的自恋形象。对于主人公自恋倾向的书写，不仅体现出两位作家对于女性自我的

---

① 林白. 一个人的战争［M］. 广州：花城出版社，2015：73.

② 张京媛. 当代女性主义文学批评［C］. 北京：北京大学出版社，1992：420.

③ 林白. 一个人的战争［M］. 广州：花城出版社，2015：73.

关注，而且也反映出杜拉斯创作对林白产生的深刻影响。同时，《情人》中“我”的自恋体现出强烈的女性意识，在面对中国情人、母亲、哥哥所代表的男权文化时，她牢牢地占据着主动权，通过反抗获取了女性自身权力。而林白笔下的多米始终缺乏一种居于统治地位的主体意识，她虽带有女性自我意识的觉醒，却始终摆脱不了在女性生命成长过程中对男性的依附。《情人》中“我”的自恋代表着女性意识的觉醒，通过对男权的反抗从根本上获取女性自身权力。而《一个人的战争》中，“多米”的自恋更像是对于女性身份焦虑，她渴望获得自我，却在根本上无法脱离男性，这也反映出当时中国女性文学发展中出现的问题。

通过对两部小说中女性写作的分析比较，我们可以清晰地认识到杜拉斯以及西方女性主义理论对中国20世纪90年代女性文学的深刻影响。以林白为代表的“私小说”创作群体在追寻女性独特的话语表达时，不自觉地模仿和学习杜拉斯的写作方式。从《情人》与《一个人的战争》的私语化叙事风格，女性欲望的主题，主人公自恋倾向的塑造上来看，中国女性文学在杜拉斯与法国女性主义理论的影响下，呈现出一种对女性情感心理和生命成长的关注，她们挣脱了男性社会建立的种种藩篱，通过对身体的书写表达出女性自身的欲望，她们以一种女性为主体的意识认识自我，从而为中国女性文学开创了新局面。20世纪90年代的女性作家们虽然能够在话语上颠覆男权，关注女性内心欲望，强调女性意识的觉醒，但我们也会发现，在几千年传统伦理压抑下，林白们并不能像杜拉斯与西方女性主义理论提倡的那样完全冲破传统伦理道德的禁忌，做到在精神与行为上的彻底反抗。总之，以林白为代表的20世纪90年代“私小说”创作群体虽存在许多不足之处，但她们已经为中国女性文学的发展扫除了大量障碍。她们在创作中走向自我，表达欲望，通过不同以往的身体话语、性别体验与自恋倾向迈出了中国女性文学重要的一步。

参考文献

［1］西蒙娜·德·波伏娃．第二性［M］．郑克鲁，译，上海：上海译文出版社，2011．

［2］玛格丽特·杜拉斯．情人［M］．王道乾，译，上海：上海译文出版社，2009．

［3］林白．一个人的战争［M］．广州：花城出版社，2015．

［4］张京媛．当代女性主义文学批评［C］．北京：北京大学出版社，1992.

［5］戴锦华．涉渡之舟——新时期中国女性写作与女性文化［M］．北京：北京大学出版社，2007.

［6］宋学智，许钧．《情人》的中国情结：杜拉斯与中国当代女作家［J］．外语研究，2005（5）.

世界文学研究

《如果在冬夜，一个旅人》中的欲望书写

陈亚楠
（兰州大学文学院）

一般来说，后现代主义小说家无论在具体的观念上有多么大的不同，但是在把小说当作是一个虚构的文本世界这一点上，观点往往是极其一致的。他们力图打破文学是对生活和现实的真实反映的神话，而直接承认小说的本质就是对世界的想象性虚构，是作家对杂乱无章的创作素材的编织和缝合，因此，后现代主义作家不仅在创作观念上强调小说的虚构性，而且往往在写作过程中刻意表明文本的虚构属性，并且用各种各样的叙述手法凸显创作小说本身就是一种虚构行为，这种试验的结果便被称为“元小说”或者“超小说”。在被称为是后现代主义作家的卡尔维诺的作品《如果在冬夜，一个旅人》中，作者开宗明义地告诉我们：“你认为在书籍这个有限的范围内应该让自己名正言顺地享受一下青春时代的憧憬的这种愿望有很大的可能性会破灭。”① 不确定的作者、不确定的文本和不同的读者相互交织，使得这部作品在很明确地告诉你“虚构”如此真切无误地存在着的同时，也提醒我们复调式的繁复性的效果也在意料之中、设计之内，那么在这样一个文本中，是什么联结起整部作品并构成其内在推力是值得我们深入思考的。

在文论集《僭越的感觉 欲望之书》里，法国作家白兰达·卡诺纳谈到了包括自己在内的许多国内外作家的写作问题，在“银色冲浪手”一节，他说

① 卡尔维诺. 如果在冬夜，一个旅人［M］. 萧天佑，译，上海：译林出版社，2007：3.

我们皆是欲望的存在。“我们在行走。为此我们必须有冲动，能够开启某种行为的冲动，让我们将身体竖起来（脚踏大地，头顶星空），然后创建行动。我们有所欲求。一只脚离开地面，折起向前，在瞬间里承受了身体不平衡，将整个身体置于随时坠落的危险之中，然后，这只脚刚安顿好，另一只脚又跟上了。据说在希伯来语中，生存和行走是同一个词。”① 同样的，在《如果在冬夜，一个旅人》中，对于“读者”来说，阅读行为的持续是一种“行走”，这种行走在这部小说中被赋予了“生存”的高度，因为只要他停下来，他就不会成为这部小说的书写对象，也就意味着，这位“读者”被“抛入”到这个阅读场域后，其行为轨迹让每一次的“虚构”得以呈现。与此同时，由此引出的不同故事也在引诱“读者”深入后又试图否定“读者”选择的自由（这表现为每一次的“中断”和“拖延”），这种叙述得以发生并且富含意义，欲望成为最原初的驱动力，正如拉康所指出的，“人类的欲望在追求他者中……而获得自身意义，因为即使是追求的第一个目标，也只有通过他者才能得到确认。”②

一、“读者”的性别设定

《如果在冬夜，一个旅人》中的读者不再是消极被动地消费文本，而是积极主动地参与并改造文本。阅读是“对语言材料的一种积极主动地占有和利用”。③ 作家有书写的欲望，而卡尔维诺告诉我们，在满足不同读者不同的阅读需要而使用技巧时，读者也在改造着他所阅读的对象，不管是被翻译、被朗读或者其他形式，整部小说就在这种磁场中展开。

德·劳雷迪斯在文章《卡尔维诺与亚马孙悍妇：一部（后）现代文本的解读》中指出，卡尔维诺具体地为我们提供了“叙事与爱情之间的密切关系，而这种关系清楚地表达在距离与欲望的必要关联中”，而且在劳雷迪斯看来，《如果在冬夜，一个旅人》相比于卡尔维诺早期的作品，在这一点上差强人意，成为“眩人耳目、哗众取宠，过分展示了小说自身指认性”的作品，其结构只不过是：

---

① 白兰达·卡诺纳. 僭越的感觉 欲望之书［M］. 袁筱一，译，上海：华东师范大学出版社，2015：147.

② Lacan，Jacques. trans. Alan. Sheridan. 1977：*Ecrits. A Selection*［M］. London：Tavistock.

③ MacCabe，Colin 1978：*James Joyce and the Revolution of the word*［M］. London：Macmillan. P48.

> 在这本书中，阅读如同写作一样，其实都是欲望的一种功能。注重文本的结局也好像追求不能得到的爱情对象一样，“书写”不允许叙事有完足的时候，意义是四下里播散的，写作是一种延异行为；文本的游戏渗透并削弱着文本的快乐。更为简单地说……这部小说的原型就是男性的性行为。[①]

或者可以说，建构起整部小说的逻辑关系是男读者和女读者之间的关系，“小说的进展过程以及阅读这部小说的过程，实际上也就是爱情和欲望的实现过程。”

更进一步说，卡尔维诺将一名男性读者设定为主人公，呈现给我们除了“将要被阅读的小说”之外，还有一本“可能将要被亲身经历的小说”。[②]在第二章里，“读者”得知自己拿到的是赝本，里面只有开头的这一章，于是他去书店调换，而这意味着，他得要面对一次又一次的选择，即这个读者开始投入了一场搏斗，他面对的是不确定的“叙述者”，不确定的“文本”。他在书店遇到了一个女性读者柳德米拉，不同性别的视角被纳入进来，而整个文本也因为这样一个异性读者的介入有了另外的叙述层面。

欲望问题是后现代性问题的核心话题，在当代法国著名精神分析学家雅克·拉康（JacquesLacan）的欲望理论中，主体性的问题和欲望问题相当于一页纸的两面，当我们谈及主体性的问题时，必须谈及欲望问题，因为主体是欲望的主体，而当我们谈及欲望问题时，也是在谈论主体的欲望。在拉康这里，欲望是主体形成的内在动力。在《如果在冬夜，一个旅人》中，作为主人公的男性读者成了欲望主体。首先，在意大利文的原著中，卡尔维诺明确界定了读者的性别；其次，小说一开始“读者”出场，一本书历经周折终于被翻开，而紧随其后的便是一连串的“错误”，紧接着他去书店调换，并且碰到了让他怦然心动的女读者。于是在“与某物对峙却不很清楚这某物究竟是什么”的关系中，男读者开始了持续的阅读行为，同时，他对异性的追求也穿插其中，甚至经常浑融不分。

---

① De Lauretis, Theresa 1987: Calvino and the Amazon: Reading the (Post) —Modern Text. In: *Technologies of Gender* [M]. Bloomington and Indianapolis: Indiana University Press. P76.

② 卡尔维诺. 如果在冬夜，一个旅人 [M]. 萧天佑，译，上海：译林出版社，2007：32.

在这个过程中，拉康认为，欲望是一个心理学或者哲学的问题，而欲望的表达则是一个文化问题，欲望和欲望的表达是两回事。比如说，在《如果在深夜，一个旅人》中，“你希望得到的不是这种新，而是真正的新，希望它不仅今天是新的，而且永远是新的。你希望读完这本书之后，能够留住这种最初的新的感觉，并且永远不再去探索新、追求新了。”① 欲望就像这种对“新”的“希望”，欲望的表达就是“阅读小说”，它们是行为与一个对象之间的不同，更主要的还在于欲望的表达并一定能够满足欲望的需求，因此，在欲望和欲望的表达之间存在着裂缝。有趣的是，卡尔维诺设计了一个破解“谜题”的颇具侦探意味的框架，并且在这个框架中填进去了不同风格的文本，而且每个故事在紧要关头往往中断，然而，纵然是这种丰富的多种文本，依然使“读者”的寻找未能完成，而这个裂缝的意义是非常深刻的，深刻之处就在于欲望的表达在现象和本体之间存在着悖论，这种悖论在后现代社会尤为突出，因为欲望表达的丰盛性没有解决欲望本体的缺失问题，反而加重了两者之间的对立。这在文本中是显而易见的，“读者”始终重复在被打断的魔咒中，直至小说末尾那句“再等一会儿，我这就读完伊塔诺·卡尔维诺的小说《如果在冬夜，一个旅人》了”也只不过更加说明欲望的未满足，而这种缺失不仅是整部作品的内在推力，而且也蕴含着不同层次的丰富内涵。

（一）回到过去

文本中的男“读者”，始终坚持要找到那“原原本本”“完完整整”的小说，在第一个故事里那个没有具体身份的主人公在这个世界上最想做的事情是“使时钟倒转”，② 这是一种追溯起源的渴望，人们总是觉得在许多冗杂的故事背后有个最早、最原初的叙述者，“一个年逾古稀的印第安人，人称故事大王。”③ “我觉得有个故事是先于其他故事而发生的，我看的一切故事似乎都是这个故事的反响。我看书的时候就是为了寻找我童年时代念的那本书，那本记忆不清、很难找到的书。”④

伊恩·麦克尤恩的处女作——短篇小说集《最初的爱情，最后的仪式》里讲述了一个深受母亲的影响而无法拥有独立生活能力的男童，后来因为母

---

① 卡尔维诺. 如果在冬夜，一个旅人 [M]. 萧天佑，译，上海：译林出版社，2007：5.
② 卡尔维诺. 如果在冬夜，一个旅人 [M]. 萧天佑，译，上海：译林出版社，2007：22.
③ 卡尔维诺. 如果在冬夜，一个旅人 [M]. 萧天佑，译，上海：译林出版社，2007：117.
④ 卡尔维诺. 如果在冬夜，一个旅人 [M]. 萧天佑，译，上海：译林出版社，2007：295.

亲有了新的恋情而不得不分离，于是他开始整日躲在衣橱里，想回到一岁，想重回母亲的子宫。我们先不去探讨所谓传统意义上的俄狄浦斯情节，而只是关注这种想回溯到源头的欲望。在《如果在冬夜，一个旅人》中，重返过去的期望一直存在，具体表现在引发这场追寻的小说，成为一个颇具深意的出发点，尽管中间其他的不同故事具有吸引读者深入的魅力，但是文章末尾告诉我们，兜兜转转的过程想要完成的也只是最初的那一个完整。

（二）追寻未来

尽管回到过去是男“读者”心心念念的，也在文本穿插的故事里有所表达，“回复到后来发生的事情以前的状态中去”，“消除某些事件带来的后果，恢复我原来的处境”，但是“我生活中的每个时刻都是由一些新的事件组成的，而每个新的事件又必然带来新的后果，因此我愈想回复到最初的‘零’位置，反而离开这个位置愈远”。① 就像在读完第一本未完的小说的时候的那个梦：你做的梦也好像完全重复你过去做的梦。你在梦中进行搏斗，仿佛在与一种既无形状又无意义的生活搏斗，你力求找出一种模式，一条必然存在于那里的道路，就像人们开始读一本新书时一样，不知道这本书会把你引向何方。你在梦境之中要寻找一种抽象的、绝对的时空，并沿着一条明确的路线前进。②

卡尔维诺的“轻”哲学提醒我们，在男读者的整个探寻过程中，每一个全新的故事都成为男读者记忆的一部分。在《新千年文学备忘录》里提到了帕尔修斯的例子，他在斩杀了杜雷莎之后将其头颅用布包裹随身携带，遇到强敌便拿它出来使对方石化。卡尔维诺认为，帕尔修斯不是拒绝直视，而是将其作为一种特殊的负担，随身携带现实。面对没有结局的故事，他联系译者，翻看其他作家的日记，接触老教授，最后因为书籍问题甚至被拘禁，他在为寻求一个完满的结局而一直努力。尽管有所负重，但是因为小说的结局一直迟迟未来，而如果整个故事一开始就被填满，那么这场“旅行”便无法继续。换一种说法，恰恰是这种缺失的“轻”，设置好一个欲望目标，让小说中的主人公踏上寻求满足的路途，不是拒绝“直视”，而是随身携带残卷，找寻最初完整的故事和故事结局。

---

① 卡尔维诺. 如果在冬夜，一个旅人［M］. 萧天佑，译，上海：译林出版社，2007：15.

② 卡尔维诺. 如果在冬夜，一个旅人［M］. 萧天佑，译，上海：译林出版社，2007：29.

二、男女读者的相遇后的欲望书写

欲望和欲望的表达的这种辩证关系体现在，欲望通过它的表达来显示自己，“如果分析是必需的，那么欲望只有在解释中才能被把握住。”① 在决定男女读者两个人现身轨迹的欲望关系中，人们很容易看出不同话语的性别特征。

卡尔维诺在分析奥维德的《变形记》时提到了贝尔纳迪尼的论述，“乍看之下，它们牵涉的是爱情，压倒性的欲望，没有错综复杂的心理因素，而且又必须当机立断，由于被渴求的对象经常会拒绝，而且会逃奔……”而在《如果在冬夜，一个旅人》里，从男女读者相遇开始，柳德米拉的“逃奔”一直在持续，例如约了男读者在一所大学的波迪尼亚－乌格拉语言研究所的乌齐·图奇教授，但是却没有等他。“与男性欲望所形成的持续压力相比较，女性在爱情中采取主动的例子显得罕见；不过为了弥补这一点，女性的欲望通常较为复杂，并不是一时的心血来潮，而是真正的激情，包含了更多心理上的丰富性。”②这同样也适用于对《如果在冬夜，一个旅人》的柳德米拉的定位。这样一个“由于无私的激情而对自己作为女读者的社会角色而感到非常骄傲的‘一般女读者’的升华的”柳德米拉，她的在场始终划定了一个不同的角度，或者可以说，一个男读者审视自己的角度，而卡尔维诺也明确表示，他们也有可能是同一个人。

“是欲望使我成为一个侦探，一个不懈的线索搜寻者。如果我少一点这情感的折磨，就不会注意那些线索；是欲望使我成为一个浪漫的偏执狂，要从一切事物中解读出意义来；是欲望将我变成一个符号解码员，一个地貌风景的释义者。……我期待得越久，就越希望我期待的人尊贵高尚、非凡无比，完美无缺、值得期待。正是进展受到了搁置才增加了值得期待的内容，这是立刻就得到满足的兴奋所不能给予的。”③ 这段话成为《如果在冬夜，一个旅人》的完美注脚。从要到了柳德米拉的电话号码开始，男读者心里的期望变成了两个，一个是迫不及待地看完那本书，一个是那个电话号码。“你说你喜欢书，因为书是明确的、具体的、看得见摸得着的，不冒任何风险就能享受

---

① 刘玲．后现代欲望叙事：从拉康理论视角出发［M］．北京：北京中文在线数字出版股份有限公司，2009：128．

② 卡尔维诺．如果在冬夜，一个旅人［M］．萧天佑，译，上海：译林出版社，2007：37－38．

③ 阿兰·德波顿．爱情笔记［M］．孟丽，译，上海：上海译文出版社，2009：96．

得到的，而生活经历呢，却是捉摸不定的，时断时续的、相互矛盾的。……尽管如此，读书对你的吸引力并未减少，相反它仿佛对你具有更大的魔力了。”① 和小说一样，此时的柳德米拉是神秘的，而且正如每一章中间插入的故事一样，这种停顿不仅仅是一种艺术技巧上的设计，也是一场男追女过程中不可避免的暂歇，正如阅读过程需要这种“停顿”，以用于休息、思考或者领会，恋爱也需要这种“停顿”，不管这种停顿是因何而起的。这也是一种时间的节奏，“其消逝的目的只有一个，就是让感觉和思想休养、成熟，剔除所有的不耐烦或者心血来潮。”②

“你专心看书，想把对她的期待溶解到书中去，幻想能从这些书页中看到她迎面走来。然而你看不下去，那本小说被锁定在你翻开的那一页上，仿佛只有柳德米拉到来才能解开束缚故事展开的锁链。”③ 正如这句话所预示的一样，每一个新故事基本上都无法避免地皆由柳德米拉引出，她要求去找教授，在她家里发现的藏书等等；而且，随着故事推进，阅读的体验和性爱过程的描述开始融合。男读者接受邀请到了柳德米拉家里，因为她生活中存在一些让他疑惑的秘密，这让他沮丧失意、满心嫉妒、患得患失，等柳德米拉回来之后，这种复杂的情绪全通过做爱释放出来：

> 现在你们互为读本，每个人都在另一个人身上阅读自己那段不用文字书写的历史。男读者和女读者啊，明天如果你们再走到一起，如果你们像一对心满意足的夫妻一起躺到这张床上，那么你们每个人都会打开自己的床头灯，沉浸在自己的那本书里。这两本并行的书陪着你们走向梦乡，先是你，然后是你，关上灯。④

这种形式的合二为一到了第十章，二人依旧是并排躺在床上，柳德米拉关了灯，这一具有性暗示的行为得到的回应依旧是未读完的小说《如果在冬夜，一个旅人》。

相较于沉浸在故事中的男读者，柳德米拉显得超脱并且更为扑朔迷离。

① 卡尔维诺. 如果在冬夜，一个旅人［M］. 萧天佑，译，上海：译林出版社，2007：35.

② 特雷·伊格尔顿. 二十世纪西方文学理论［M］. 伍晓明，译，北京：北京大学出版社，2007：89.

③ 卡尔维诺. 如果在冬夜，一个旅人［M］. 萧天佑，译，上海：译林出版社，2007：159.

④ 卡尔维诺. 如果在冬夜，一个旅人［M］. 萧天佑，译，上海：译林出版社，2007：179.

需要说明的是：在小说的整个叙述过程中，男读者始终固执地沿着一种线性路径行进，他所追寻的那种意义，只能存在于男权社会。这种意义，由男人爱好征服和自我实现的欲望所驱动，他自信于能够找到故事的起源和结尾，然而，小说的文本通过不断扩散、放大话语，非常清楚地表明，存在的只有沉默以及沉默之下的虚无，没有终极的意义。像卡尔维诺指出的，“一切故事所指向的终极意义，都具有双重面孔：生命在继续，死亡不可避免。”① 在小说中，在一个性场景中，男读者差点被强奸。当时他在南美坐牢，试图强奸他的，就是那个有许多名字的女人，具体身份究竟是什么，谁也说不清楚。反正，这个很讲求实际的女人，一心想像个作家那样，扮演男性角色。他遭到骚扰，也激起自己的好斗性和不确定性，但是他没能通过考验，也未能从中吸取任何教训。不过，后来他把自己那些欲念都发泄到了柳德米拉身上，但是这也并不是真正的结局。管窥其深意，可以说男性欲望遭遇了挫折，并最终遭到揶揄和颠覆。

三、小结

在这部后现代主义文本中，卡尔维诺实践了欲望和语言的归一，“叙述和爱的紧密结合”，而“欲望存在于缺失中，存在于向前的张力中，存在于时间的推迟、代替和延期中，而非爱情目标的达成中”②，换言之，正由于卡尔维诺没有写读者所要求的那本《如果在冬夜，一个旅人》，他的文本反而成了一部持续阅读的文本，其中叙述行为本身成为欲望的表达。由于卡尔维诺始终没有让读者看完那本最开始选择的小说，所以这个文本就成了一部充满欲望和阅读痕迹的东西。

参考文献

[1] 伊塔诺·卡尔维诺. 如果在冬夜，一个旅人 [M]. 萧天佑，译，上海：译林出版社，2007.

[2] 伊塔诺·卡尔维诺. 新千年文学备忘录 [M]. 黄灿然，译，上海：译林出版社，2009.

① 卡尔维诺. 如果在冬夜，一个旅人 [M]. 萧天佑，译，上海：译林出版社，2007：259.

② 安德烈·布林克. 小说的语言和叙事：从塞万提斯到卡尔维诺 [M]. 汪洪章，等译，上海：上海人民出版社，2010：89.

［3］伊塔诺·卡尔维诺. 为什么读经典［M］. 黄灿然、李桂蜜，译，上海：译林出版社，2015.

［4］伊塔诺·卡尔维诺. 命运交叉的城堡［M］. 张宓，译，上海：译林出版社，2008.

［5］特雷·伊格尔顿. 二十世纪西方文学理论［M］. 伍晓明，译，北京：北京大学出版社，2007.

［6］安德烈·布林克. 小说的语言和叙事：从塞万提斯到卡尔维诺［M］. 汪洪章，等译，上海：上海人民出版社，2010.

［7］残雪. 辉煌的裂变——卡尔维诺的艺术生存［M］. 上海：上海文艺出版社，2009.

［8］白兰达·卡诺纳. 僭越的感觉 欲望之书［M］. 袁筱一，译，上海：华东师范大学出版社，2015.

［9］阿兰·德波顿. 爱情笔记［M］. 孟丽，译，上海：上海译文出版社，2009.

［10］王安忆. 小说课堂［M］. 商务印书馆，2012.

论《黑猫》哥特风格的“向内转”

弓　敏

（西北民族大学文学院）

引　言

“哥特一词原指早期日耳曼的哥特部族”，[①] 后来慢慢延伸到了建筑和文学等领域，常被用来指称“日耳曼”[②] 乃至“中世纪”。[③] 霍勒思·沃波尔（Horace Walpole）的《奥特朗托堡：一个哥特故事》（*The Castle of Otranto：A Gothic Novel*，1764），开创了哥特小说（Gothic Novel）的经典范式，被公认为哥特小说的开山之作。有学者指出，哥特小说创作的理论渊源，最早可溯源到公元前4世纪亚里士多德在《诗学》（*Poetics*）中所做的倡导，“亚里士多德是大力提倡文学作品表现恐怖、罪恶、凶杀、惊奇与苦难等，并对其描写价值与功用作理论探讨的理论先驱。”[④] 也就是说，亚里士多德反对

---

① M. H. 艾布拉姆斯，杰弗里·高尔特·哈珀姆．文学术语词典［M］．吴松江，路雁，等译，北京：北京大学出版社，2014：151.

② M. H. 艾布拉姆斯，杰弗里·高尔特·哈珀姆．文学术语词典［M］．吴松江，路雁，等译，北京：北京大学出版社，2014：151.

③ M. H. 艾布拉姆斯，杰弗里·高尔特·哈珀姆．文学术语词典［M］．吴松江，路雁，等译，北京：北京大学出版社，2014：151.

④ 李伟昉．《诗学》：哥特式小说创作的理论渊源［J］．四川大学学报：哲学社会科学版，2004(04)：80.

其师柏拉图的文学作品不应描写邪恶、丑陋与卑鄙事物，而要以美为美的主张，相反，他认为文学作品有化丑为美的净化功能，表现令人恐惧的事件，从而追求强烈的艺术效果。

传统哥特小说，常常描写纯洁的女主人公被恶棍折磨的故事，故事场景往往设置在废弃破旧的古堡、荒凉无人的原野等地，这种透着神秘气氛的小说风格，“为小说创作开创了一个潜藏在文明理性表层下的充满非理性、反常意识冲动和梦魔般恐惧的世界”,[①] 极大地激发了读者的阅读兴趣。自《奥特朗托堡》问世以来，可以毫不夸张地说，一时代有一时代的哥特书写，一地域有一地域的哥特表达。威廉·戈德温（William Godwin）的《凯勒布·威廉斯》（*Caleb Williams*，1794）、玛丽·雪莱（Mary Shelley）的《弗兰肯斯坦》（*Frankenstein*，1817）、埃米莉·勃朗特（Emily Bronte）的《呼啸山庄》（*Wuthering Heights*，1847）、夏洛蒂·勃朗特（Charlotte Bronte）的《简·爱》（*Jane Eyre*，1847）、爱伦·坡的小说和威廉· 福克纳（William Faulkner）的《押沙龙！押沙龙！》（*Absalom*！*Absalom*！1936）等等，都是广泛意义上的哥特小说。哥特小说的范围，逐渐由早期有奇异背景的哥特小说，延展到涉及种种变态心理和具有恐怖情节的哥特小说。

爱伦·坡（Edgar Allan Poe，1809—1849）是19世纪美国唯美主义的先驱，西方现代派文学的远祖之一，被当时的国人视为放浪形骸、声名狼藉、文风低劣、无足轻重的打油诗人，但他在欧洲文坛却享有盛誉。他一生创作了70多部短篇小说，分为心理小说和侦探小说两大类：《黑猫》（*The Black Cat*，1843）是其心理小说的名篇，《窃信案》是其侦探小说的名篇。小说《黑猫》别具哥特风格，集中体现在几个方面：暴力凶杀的主题、恐怖悬疑的情节和双重性格的人物，本文基于爱伦·坡自身的苦难经历并结合上述几点来理解这部小说哥特风格“向内转”的特点，具有一定的研究价值。

一、外化的胸中之竹

爱伦·坡的一生历经磨难，他从青少年时代起，便缺少亲人关爱。爱伦·坡于1809年1月出生于美国波士顿（Boston），这是他遭遇过不幸的地方。两岁那年，他的父母死于结核病，后来被弗吉尼亚州（Virginia）首府里

① M. H. 艾布拉姆斯，杰弗里·高尔特·哈珀姆. 文学术语词典［M］. 吴松江，路雁，等译，北京：北京大学出版社，2014：151.

奇蒙（Richmond）的一位富翁约翰·爱伦（John Allan）收养。

爱伦·坡因养父的阻挠两度辍学。爱伦·坡先在弗吉尼亚大学求学，他是一个性情中人，时而愉快，时而郁闷。也正是在这段时期，他与养父之间的矛盾渐渐暴露出来，过于放纵的爱伦·坡欠下一笔赌债，再加上他广泛阅读并在文学方面显露出才华而有些傲慢自负，他的养父便不再允许他回学校继续读书，他八个月短暂的大学时代就这样草草结束了。1827 年 3 月，爱伦·坡与养父的决裂已不可挽回，他离家出走，回到了波士顿。从大学辍学后，他迫于生活的压力，只好应征入伍，当了十八个月的兵。爱伦·坡还曾在西点军校（The United States Military Academy）生活学习过一段时间，在那期间他缺衣少食、冷漠孤僻，很少得到养父的关心，他的学生时代只好再一次结束了。

爱伦·坡一生中最困难的时期是他离开西点军校后的两年。他曾经从事新闻工作，可是收入微薄，他的生活穷困异常，后来他受到克莱姆太太的接济，住在巴尔的摩（Baltimore）。在此期间，爱伦·坡的《瓶中手稿》（*MS. Found in a Bottle*，1833）和《贝雷尼斯》（*Berenice*，1833）等作品首次出版，这些小说风格怪诞恐怖，或许就是他那一时期深沉阴郁情感的直接流露。在父母双亡与养父决裂之后，他又与表妹弗吉尼亚（Virginia）建立起了痛苦的家庭。他在巴尔的摩曾爱过两个姑娘，然而追求理想爱人的落空使他在精神上感到极度痛苦。在困苦中，爱伦·坡沉迷饮酒，一喝就倒。

生活的艰辛以及时人的阅读口味，使爱伦·坡尽力去创作了一批恐怖惊险的能够迎合大众期待的作品，诸如《厄舍古屋的坍塌》（*The Fall of the House of Usher*）以及《怪诞传奇集》（*Tales of the Grotesque and Arabesque*）等。当时，爱伦·坡在纽约（New York City）为了谋生不断奔波、挣扎，期间他完成了一些小说作品，也写作了一些诗歌。他以编辑作为谋生的职业，但他却与报业的同行非常不同，他总是穿黑衣服，虽然贫困却显得傲慢不羁。或许正是这种窘迫的现实与精神的不羁内化为了爱伦·坡灵魂深处的一种力量，因而他能够将恐怖的境界提升到一种心理的层面，将环境的惊险与幽灵般的惊骇融入他日后的创作中。值得注意的是，就在《黑猫》发表的前一年，也就是 1842 年，爱伦·坡的妻子弗吉尼亚因唱歌时咽喉破裂而陷入了死亡边缘。随后五年，她精神欠佳，最后肺结核夺去了她的生命。爱伦·坡因为妻子的病情感到了一种前所未有的失落，他的健康岌岌可危，由此他将现实生活中的不幸遭遇诉诸小说《黑猫》的创作中，于1843年发表的小说《黑猫》中充斥着一种凄厉的心理恐怖，这种恐怖便是怪杰爱伦·坡郁积已久的胸中之竹的一次外化。

二、恐怖主题的延伸

爱伦·坡的《黑猫》是著名的恐怖小说，它讲述了主人公“我”亲手杀死宠物猫和爱妻的一连串恐怖经历。

黑猫本身便是神秘的化身：“我妻子生来就好迷信，她一说到这猫的灵性，往往就要扯上古老传说，认为凡是黑猫都是女巫变的。”① “我”养的那只黑猫叫作普路托，“我”亲自喂养它，和这个最珍爱的玩伴维持了好多年的交情。后来“我”喝酒上瘾，脾气和习性渐渐发生了巨大的变化，一天比一天喜怒无常，有时候会对爱妻拳脚相加，有时候又会肆无忌惮地拿普路托撒气。恐怖开始于某天晚上，“我”的酒性大发——“我”居心不良地把普路托的眼珠剜了出来——神智恢复后的“我”对此追悔不已，可一旦狂饮滥喝起来，自己的所作所为便又抛到了九霄云外。普路托对“我”也害怕起来，亲密的玩伴对“我”产生了厌恶，最终成为惩罚“我”罪行的证人。

小说《黑猫》还密切关涉阴谋、暴力、凶杀的话题，让恐怖具有了一种再生产的功能，有力地揭示了人性中阴暗与丑恶的一面。《黑猫》的开篇设置悬念，旋即使得整部小说蒙上了一种恐怖的气氛，“明天我就死到临头了，我要趁今天把这事说出来好让灵魂安生……这些事对我来说，只有恐怖；可对大多数人来说，这无非是奇谈，没有什么可怕。”② 那么，究竟是什么事儿让主人公感到不安呢？主人公一点点回忆起了这桩离奇恐怖的虐猫伤妻案的经过。小说写道，性情温和的“我”在酒精的刺激下，莫名其妙地剜掉了黑猫普路托的眼睛。懊悔不已的“我”，在一次外出喝酒时，巧遇了一只外形酷似普路托的黑猫，好心将其带回家。小黑猫意外地失去了一只眼睛，又使“我”的心灵陷入了自责愧疚之中，备受折磨。盛怒的“我”再次发威砍猫，前来阻拦的妻子被无辜伤害。惊恐之中，“我”将妻子的尸体砌进了地窖的墙里，小黑猫也随即离奇消失。在“我”剜去黑猫的眼珠、抡起斧头砍伤妻子、因害怕事情败露而撬掉地窖的砖墙砌掉了爱妻等一系列令人毛骨悚然的恐怖境

① 聂珍钊主编．外国文学作品选：（三）［M］．武汉：华中师范大学出版社，2011：213.
② 聂珍钊主编．外国文学作品选：（三）［M］．武汉：华中师范大学出版社，2011：212.

遇背后，实际上潜藏着某种与麦克白的遭遇极其相似的人性悲剧，那便是，堕落主人公在犯罪的深渊里越陷越深直至无法自拔的悲剧。

可以说，小说《黑猫》通过倒叙的方式，抽丝剥茧般地还原了一桩神秘恐怖的凶案，借由主人公微妙、隐秘的心理活动，爱伦·坡极大地丰富了哥特小说的表现领域，使小说不仅仅停留在对恐怖事件的讲述中，更是深入到了主人公的内心世界，将哥特风格拓展到了心理层面。

三、别样的哥特布景

过去，哥特小说中的故事一般发生在荒凉的原野、破旧的宅院和黑暗的地下通道等环境中。小说《黑猫》的场景描写并不是很多，只有寥寥几笔，但这为数不多的布景却具有类似的哥特风格，成为营造恐怖气氛的绝佳工具，为故事情节的进一步发展做出了极大的贡献。

第一处恐怖场景起始于一场大火过后的断壁残垣，大火之后带有黑猫图案的浮雕出现在“我”家的一堵墙上，给人一种阴森恐怖之感。

> 失火的第二天，我去凭吊这堆废墟。墙壁都倒塌了，只有一道还没塌下来。一看原来是一堵墙，厚倒不太厚，正巧在屋子中间，我的床头就靠近这堵墙。①
>
> “我”上前一看：
>
> 但见白壁上赫然有个浮雕，原来是只偌大的猫。这猫刻得惟妙惟肖，一丝不差。猫脖子上还有一根绞索。②

“猫死不能复生”，万事万物都难逃这一自然规律。可断墙上出现了黑猫图案，这不禁令人感到一股寒意。读者冥冥中可以预感到：故事一定不会就这样简单地结束，黑猫的影像恍如复仇者的预言。这处恐怖场景，不仅为小说渲染了一种神秘的恐怖感，而且也为故事的发展起到了推波助澜的作用。

随着故事情节的推进，第二处恐怖场景出现在误杀妻子之后，“我”准备像中世纪的僧侣把殉道者砌入墙壁那样把妻子的尸体藏匿进地窖的墙壁之时。

---

① 聂珍钊主编．外国文学作品选：（三）［M］．武汉：华中师范大学出版社，2011：214.

② 聂珍钊主编．外国文学作品选：（三）［M］．武汉：华中师范大学出版社，2011：214.

这个潮湿的地窖仿佛中世纪但丁笔下的地狱，让读者在自由联想之时不由自主地心生恐惧。

> 墙壁结构很松，新近刚用粗灰泥全部刷新过，因为地窖里潮湿，灰泥至今还没有干燥。①

“我”像掩饰虐猫的行径一样，又一次卑劣地掩饰了杀害妻子的滔天罪行，以为将尸体隐匿起来便能瞒天过海，不露痕迹。可是，小黑猫无缘无故地消失，再次将笼罩全篇的恐怖气氛向前推进了一步。

第三处恐怖场景描写出现在“我”杀害妻子的第四天，面对警察的审问，为了故意显示自己无罪，已然冲昏头脑的“我”，故作姿态地拿起一根棒子，使劲地敲打安放妻子遗骸的那堵墙。刹那间，墙里传来了不绝于耳、惨绝人寰的嚎叫声，“我”的罪行最终败露了。原来，由于过度惊恐，“我”埋妻时竟把小黑猫也砌入了墙壁。

只见：

> 那堵墙整个倒了下来。那具尸体已经腐烂不堪，凝满血块，赫然直立在大家眼前。尸体头上就坐着那只可怕的畜生，张开血盆大口，独眼里冒着火。②

这处布景给读者带来一种惊恐、血腥的哥特式感受。

小说《黑猫》中的恐怖场景，是随着故事情节的层层推进而逐步深入的，小说悬念迭起，谜底的揭开也纷至沓来。从古老的哥特破宅、黑暗地窖等场景，到血腥暴力、惊心动魄的恐怖心理感受，爱伦·坡在《黑猫》中让我们体验到了现实与心理相互交融的别样哥特场景。

四、奇异的人物形象

哥特小说中的人物通常生活在阴暗恐怖的环境中，由此，他们的心理扭曲变态、行为古怪而令人难以理解和接受，被认为是一种“恶魔式人物”③ 般

① 聂珍钊主编. 外国文学作品选：（三）[M]. 武汉：华中师范大学出版社，2011：216.
② 聂珍钊主编. 外国文学作品选：（三）[M]. 武汉：华中师范大学出版社，2011：217.
③ 李伟昉. 试论《修道士》的“哥特式”特征 [J]. 外国文学评论，2002 (02)：32.

的存在，《黑猫》塑造的“我”这个形象，便是由善到恶的堕落后的恶魔式人物的代表。可以说，爱伦·坡在“我”的塑造上，很好地继承了英国作家马修·格雷戈里·刘易斯（Lewis M. G. 1775－1818）的《修道士》（*The Monk*，1796）中安布罗斯身上的特征。

“我”幼时心肠软得出奇，太过善良的“我”甚至由此成为同龄人的笑柄。

> 我特别喜欢动物，父母就百般纵容，给了我各种各样玩赏的小动物。我大半时间都泡在同这些小动物嬉玩上面，每当我喂食和抚弄它们的时候，就感到无比高兴。我长大了，这个癖性也随之发展，一直到我成人，这点还是我的主要乐趣。①

再看，“我”因一时酒兴大发，伤害了爱猫普路托后，内心也曾充满悔恨，良心发现。而后，“我”久久无法摆脱悔恨的情绪，只好另觅一只外形酷似普路托的黑猫作为情感上的弥补。其实，“哥特式小说中的人格分裂，以及小说末尾的回避式解决方案，实际上是中产阶级作者应对矛盾的权宜之计。”②

> 犯了该下地狱的大罪，罪大之极，足以害得我那永生的灵魂永世不得超生，如果由此可能，就连慈悲为怀、可敬可畏的上帝都无法赦免我的罪过。③

当然，《黑猫》中“我”内心的善念还是被邪恶战胜了，“我”先伤害了宠物猫普路托，后又藏匿了爱妻的尸骸，终至葬送了自己罪孽的余生。爱伦·坡将主人公“我”从善一步步堕落到恶的过程刻画了出来，从善到恶的变化形成了鲜明的对照。至此，在恶的深渊里咆哮而不能自拔的恶魔式人物“我”便跃然于读者眼前。

值得注意的是，《黑猫》中的形象并非全部是恶魔式人物，“我”的妻子便是例外，她是一个富有同情心的人，对小动物充满了喜爱之情。

---

① 聂珍钊主编．外国文学作品选：（三）［M］．武汉：华中师范大学出版社，2011：212－213.
② 苏耕欣．哥特小说——社会转型时期的矛盾文学［M］．北京：北京大学出版社，2010：150.
③ 聂珍钊主编．外国文学作品选：（三）［M］．武汉：华中师范大学出版社，2011：214.

我们养了小鸟、金鱼、良种狗、小兔子，一只小猴和一只猫。①

她的身上有一种逆来顺受、毫无怨言的美好品格，非但忍受着“我”的暴力，甚至为了挽救小黑猫的生命，不惜搭上了自己的性命。可以说，爱伦·坡对这一美好女性形象的塑造也从另一个侧面反讽了恶魔式人物，形成一种美丑对照的张力，恍如《巴黎圣母院》（*The Hunchback of Notre－Dame*，1831）中的爱斯梅拉达和克洛德·弗洛罗。

应该说，黑猫的形象才是这部小说的核心形象，它象征着一种自然法则。小说里出现过两只不同的黑猫，一只是“我”的玩伴普路托，一只是酷似普路托的小黑猫。一场火灾将“我们”夫妇的财产彻底烧毁了，万念俱灰的“我们”好在捡了条命回来。灾后现场，普路托的影像奇异地出现在宅子的断墙残垣上，这一处的黑猫形象不单单是一个含冤而死的魂魄，它更像自然法则和天道的象征，暗示着惩罚即将来临。第二只小黑猫的外形与普路托酷似，它的眼珠意外少了一颗，这应该是怎样一种恐怖的存在才会如此凑巧？天意步步紧逼，使“我”丧失了理性，沦为了恶魔。小黑猫诱使“我”杀害了妻子，最后又用嚎叫声化为了警报。黑猫对主人公“我”的警告与惩罚并非偶然，恰恰是作家本人对正义法则的呼唤。正如小说所写：“你若经常尝到人类那种寡情薄义的滋味，那么对于兽类那种自我牺牲的无私之爱准会感到铭心刻骨。”②

结　语

爱伦·坡基于其自身的不幸经历和对文学的热爱，创作了《黑猫》这部杰出的短篇心理小说，给我们留下了诸多思考的空间和维度。

爱伦·坡的小说《黑猫》自始至终都以“我”的第一人称叙述视角展开，“我”回忆了自己杀害黑猫普路托和爱妻的恐怖经历，哥特风格从恐怖场景向内转到了人物的心理恐怖。小说中的恐怖布景，从城堡转为火灾现场、藏尸地窖等更为狭小、荫蔽的空间，加剧了人物内心恐怖、阴暗的程度。主人公在内心的正与邪、善与恶的较量中，沦为了邪恶的囚徒，充斥着一种恐怖的哥特感。一方面，恐怖气氛的营造满足了读者对这种恐怖快感的心理需求；

① 聂珍钊主编．外国文学作品选：（三）［M］．武汉：华中师范大学出版社，2011：213.
② 聂珍钊主编．外国文学作品选：（三）［M］．武汉：华中师范大学出版社，2011：213.

另一方面，它又把读者引入到一种反思之中。小说主人公“我”和妻子形成了鲜明对照，在恐怖的心理背后，我们可以洞察到人与人之间的巨大差别，人情淡薄，生命廉价，真善美才是作家真正向往和呼唤的。从对哥特风格的向内转的倾向中，我们更应认识到何为正确的价值判断和选择。

参考文献

[1] 聂珍钊主编. 外国文学作品选：(三) [M]. 武汉：华中师范大学出版社，2011.

[2] M. H. 艾布拉姆斯，杰弗里·高尔特·哈珀姆. 文学术语词典 [M]. 吴松江，路雁，等译，北京：北京大学出版社，2014.

[3] 苏耕欣. 哥特小说——社会转型时期的矛盾文学 [M]. 北京：北京大学出版社，2010.

[4] 朱振武主编. 爱伦·坡小说全解 [M]. 上海：学林出版社，2008.

[5] [英] 朱利安·西蒙斯. 文坛怪杰——爱伦·坡传 [M]. 文刚，吴樾，译，西安：陕西人民出版社，1986.

[6] 李伟昉. 试论《修道士》的“哥特式”特征 [J]. 外国文学评论，2002 (02).

[7] 李伟昉.《诗学》：哥特式小说创作的理论渊源 [J]. 四川大学学报：哲学社会科学版，2004 (04).

《变形记》的“苹果叙事”传统疏论

胡　朗
（兰州大学文学院）

19世纪末20世纪初欧美文坛人才辈出，以乔伊斯、伍尔夫等人为代表的一群文坛巨匠在心理学取得突破性进展的基础上，通过文学去探究人的深层心理结构，从而被称之为意识流。同时期的文学大师卡夫卡则风格迥异，且无法将之准确地以某一现有流派所统摄，其原因之一便在于其作品中深沉的文化传统与陌生化的日常语言相交织，形成了一个隐蔽于日常生活之中的具有丰富文化和宗教内核的叙述体系，从而呈现出独特的艺术效果。

一、宗教之约：人与神的“圣约”

人是个体的，同时，人也是社会的。人生活的过程就是人不断地被社会建构的过程，这种建构是一种自我与他者双向改造的关系。这个改造过程从镜像阶段开始，直至死亡为止。其中，社会期待是参与这种改造的决定性力量。个体在其所处的群体中，从镜像阶段时便开始被社会期待所不断塑造和建构。人类社会中的个体就不可避免地打上所在族群文化体系的烙印。卡夫卡虽曾说“我同犹太人有什么共同之处，我与我自己几乎都没有共同处”[①]。但是他却始终没有突破自己犹太民族的族群边缘，因为犹太人的宗教信仰早已融入其日常生活。这不仅仅是一种外在的宗教信仰，更是一整套生活方式

① 卡夫卡. 卡夫卡全集：第五卷［M］. 叶廷芳，译，石家庄：河北教育出版社，1996：432.

中的一部分，是融入其日常生活中的一种内化的生活方式。“使犹太人得以生存下来的正是他们那种对家庭观念的挚信，在他们心目中，家庭既是体验人生的场所，又是克尽传宗接代义务的完美形式。”正如他与他笔下的众多主人公企图走出父亲的阴影却始终徘徊在父亲的阴影中一样，他身上犹太民族的民族性根植于其生命的深处，且犹太民族的文化遗产与精神财富就是卡夫卡的命运。根植于意识深处的犹太文化使得卡夫卡在企图摆脱犹太文化的过程中也深深打上了犹太文化的烙印。《变形记》中卡夫卡通过父亲掷向格里高尔的苹果真切地将犹太教对苹果的圣约式参悟隐晦地表现出来了。

从19世纪70年代起，无数学者便对“圣约”（berit）展开了研究。尽管不同学者对其具体内涵有不同的见解，但是从Julius Wellhausen的代表作《*Prolegomena to the History of Israel*》开始便普遍认为“圣约”意识是伴随着整个犹太文化发展融入其民族内部的重要部分。“族群由族群边界来维持，造成族群边界的是一群人主观上对外的异己感，以及对内的基本感情联系。”犹太民族长期处于漂泊流浪的生活状态，正是靠着以“圣约”为核心之一的族群边界的建立，犹太民族才能在苦难中团结向前。古希伯来文化中虽没有对“圣约”的概念做出明确的定义和说明，但在一般意义上来说它是对立约双方具有较强约束力的正式誓约，它包含生活的全部交际内容，这种立约的对象不仅仅局限于人与人之间，也包括人与神之间的立约。《旧约》就是“圣约”的发展史，“圣约”的观念以一种内在嵌入的方式熔铸其中。人与神之间的第一次缔约发生在大洪水之时，通过这次立约，人与神之间约定，神不再用洪水摧毁大地、褫夺生命；第二次“圣约”是耶和华与亚伯兰之约。这两种契约关系似乎都是古希伯来人从美索不达米亚文明中汲取的契约文化，并没有形成具有自己族群特色的契约文化。摩西时代，古希伯来“圣约”文化便从苏美尔文明中独立出来了。在西奈立约中，耶和华从万民之中选择以色列人为上帝的特选之民，而作为回报以色列人只遵从耶和华的律法，只信奉耶和华为唯一的神。由此，以色列形成了自己明确的圣约文化。

迦南本是杂居之地，当地有自己所信奉的巴力神。在形成国家之前，以色列人“不知道耶和华，也不知道耶和华为以色列人所行的事”。在不同的民族和文化相处的过程中，以色列不仅是在为自己的生存而斗争，更是为自己的宗教和文化而斗争，这是上帝的特选之民与上帝之间的“圣约”。但是这种“圣约”在此时遭到了背离，作为背约的一方就将忍受“耶和华的怒气向以色列人发作”的苦难。大卫王朝时期，大卫王与耶和华达成了另一个“圣约”。此后，阿摩司将“圣约”的几个基本要义做了说明，并形成了此后犹太民族的“圣约”的基本框架。阿摩司指出“圣约”不是一种特权，而是一种义务和责任，是一种公义之约、有条件之约。当特选之民遵从于“圣约”时，就会得到上帝的眷顾而福祉无限；当特选之民违背“圣约”时，就将受到严酷的“审判与惩罚”。这种以上帝为主导的“圣约”意识通过《摩西五经》和《耶利米书》等契约条文详细地固定下来，并融入了此后犹太民族的民族文化意识中，成为其具有流动性的民族文化中的稳定部分。人与上帝之间达成一种宗教式契约关系，在这种关系中上帝率先应许，故而人从出生起便应该遵从这种契约关系，同时它也是双方在一定基础上形成的各自对应独特的彼此的双向关系。

人与上帝之间宗教式的圣约观念是犹太民族文化中的重要组成部分，卡夫卡虽然从小企图将自己从犹太文化中隔离出来，但是却始终无法摆脱犹太文化中“圣约”的影响。与此同时，生活于异邦的卡夫卡也必将受到自己所在异邦文化的影响。

二、文学之约：“苹果”叙述视野下的“契约”

《旧约》中的宗教式的圣约意识不仅影响犹太教和犹太地区，还影响到了其他地区和其他领域。犹太文化随着犹太民族的长期漂泊和基督教的发展而不断向外传播，所以借助民族文化交流宗教式的圣约意识在欧洲得以广泛传播；再加之欧洲许多地方都有着远古流传下来的属于自己的契约观，所以欧洲形成了一种普遍的契约文化。尽管不同民族和文化的契约观有所差异，但是在其内核上却有着深层的趋同性。这种内在的趋同性使得整个欧洲文学在长期的契约艺术传统中也表现出一种内在的趋同性，而这种趋同性集中表现在以“苹果”意象为叙事中心的艺术传统中。

希腊神话中，大地女神盖亚从西海之滨带来了一棵苹果树作为结婚礼物送给宙斯和赫拉。于是，宙斯指派夜神之女赫斯珀里得斯和巨龙拉冬为天后赫拉看守位于西方极乐群岛之上见证他们爱情的金苹果园。婚姻是两性之间在神的见证下所达成的一生的契约，太阳神宙斯和天后赫拉的婚约以苹果将这种宗教式的关系形象化和具体化。大力神赫拉克勒斯与阿特拉斯约定让阿特拉斯替他摘取金苹果，而他则替阿特拉斯背天。在阿特拉斯杀死百头巨龙，骗过看守的仙女们，取回金苹果后，赫拉克勒斯却不愿意再背负扛天的重任。于是，赫拉克勒斯谎称要先垫上一块垫子才可以继续背负青天，便让阿特拉斯替他暂时背负青天。当阿特拉斯替赫拉克勒斯背负青天的时候，赫拉克勒斯拿上金苹果就走了。契约的达成需要缔结契约的双方都以诚心对待，这其中不能有欺骗。但是在实际生活中，契约达成的过程可能会充满各种各样的谎言和欺骗，这使得契约有时候隐藏着潜在的危机和惩罚。阿芙洛狄忒以其深邃的眼眸、丝绸般的卷发、细腻的脖颈、雪白的胸脯和粉嫩的双足成为奥林匹斯山上最有气质的女神。因为阿芙洛狄忒以手持苹果的形象出现，而她和她的儿子厄洛斯是将爱带到人间的爱神，所以“苹果”也就成了爱的象征。希腊神话中，希波墨涅斯为了娶到阿塔兰特便向爱神许愿，于是阿芙洛狄忒给了他三个金苹果。希波墨涅斯和阿塔兰特约定竞走，如果阿塔兰特赢了，她便可以不嫁给他，若是她输了他便可以娶到她。在比赛中希波墨涅斯在自己要输的时候将爱神给他的金苹果扔在了地上，诱人的金苹果不断引诱阿塔兰特俯身去捡。于是，希波墨涅斯靠着金苹果成功地战胜了阿塔兰特，并且如愿娶到了她。苹果（金苹果）不再是其实物本身，而是作为象征着至高的契约而存在。这份契约对每个人都充满着诱惑，为了获取它有时不吝使用诡计。但是这种诡计的使用并不违背契约本身，但是若为了赢得这份至高契约而违背了契约本身，那将会与违约一样受到严厉的惩罚。在“帕里斯的判决”中，忒提斯与帕琉斯成婚时，邀请了除不和之神厄里斯之外的所有神前来参加，厄里斯知道后便满心愤恨。于是，在婚礼上他不请自到，并将一个写有“献给最美的女神的金苹果”扔给众神。这个金苹果是一种在社会中自然形成的契约的象征物，众神之间达成了一个契约，得到这个苹果的女神将会被众神视为最美的女神。天后赫拉、智慧女神雅典娜和爱情之神阿芙洛狄忒三个人都觉得自己才是众神之中最漂亮的女神，为此大家展开了激烈争夺。三个女神为了争夺众神之间达成的关于最美女神的契约象征物，便找到了风流倜傥的特洛伊王子进行裁决。为了可以赢得这份契约，天后赫拉向特洛伊王子许诺了无尽的江山和财富，智慧女神雅典娜向其许诺了无边的智慧和力量，而爱神阿芙洛狄忒则向其许诺他会娶到世间最美的女人。于是，特洛伊王子便将“献给最美的女神”的金苹果判给了爱神阿芙洛狄忒。阿芙洛狄忒非常高兴，并实现了自己的诺言，将希腊美女海伦许给了他；而恼羞成怒的天后赫拉和智慧女神雅典娜愤而决定对特洛伊人实施最严厉的惩罚。于是引发了让迈锡尼文明走向崩溃的特洛伊战争。帕里斯判决中作为契约象征物的苹果是“最美女神”的化身，而为了赢得这份契约，立约人采取了公开掠夺人妻这种违背契约原则的方式使得立约者遭受了与违背契约同样的惩罚。

《圣经·旧约·创世记》中，亚当和夏娃经受不住毒蛇的引诱而吃了禁果。吃了禁果后，他们智慧顿开、礼仪始明。在意识到自己都还是赤身裸体之后，两人便用无花果叶缝制了围裙遮挡。在伊甸园中人与神之间的关系不再是一种宿命安排，不再是上帝决定人，而是一种互动的关系。人和上帝之间达成并信奉彼此之间的相互承诺原则，并借此建立了一个稳固的联系和沟通机制，即人与上帝间的契约关系。当人因受到蛇的引诱误食禁果而心智开启后，便违背了人与上帝之间的契约关系。人犯下了原罪，作为惩罚人则被永远地逐出了充满乐趣和美好的伊甸园，并世世代代带着原罪生活于伊甸园外。但是拉丁文版《圣经》中将这“好作食物，也悦人的眼目，且是可爱的，能使人有智慧”[①] 的东西称为“Malum”，而在希腊语中它不但有“苹果”的意义，还有表示“邪恶”的意义。最初《圣经》并没有明确将其称为苹果，但是在以《圣经》故事为蓝本创作的大量中世纪时期和文艺复兴时期的壁画、油画作品中，“禁果”便被建构为隐藏危机的“苹果”形象。这不仅是由于“苹果”与“邪恶”在希腊语中是同一词，也是因为在希腊神话中苹果是人与神之间建立的契约的象征物。契约的达成既有对达成契约后立约双方互惠友好的美好，也有违背了契约而遭受惩罚的灾难。所以，作为契约象征物的苹果便同时具有了这两种基本的文化内核。希腊神话神人同形同性的特征，使得这种观念逐渐渗入到日常社会生活中，并进一步表现在文学艺术中。

在公元 2 世纪的古希腊小说家和传奇作家朗格斯的《达佛涅斯和克洛伊》里，达佛涅斯从苹果树上摘下成熟的苹果，并将其作为定情信物送给自己心爱的姑娘，“姑娘，这个苹果，是美丽的时光女神所种，一棵高贵的树滋养了它，阳光照耀着它，幸运女神庇护着它……从前，阿芙洛狄忒得到了一个苹果，那是对她的美貌的肯定；而今，我送你一个苹果，这是你成功的凭信。你们的美有相似的仲裁者，因为帕里斯曾为牧童，而我，我是一个牧羊人。”[②] 熟透了的苹果象征着美好而纯洁的爱情，同时也是对爱情中彼此约定的见证。

---

① H. J. Rose. *A Handbook of Greek mythology* [M]. Routledge, 2005.

② Longus. *Daphnis and Chloe* [M]. Trans. Jefferey Henderson. Harvard University Press, 2009.

19 世纪英国女诗人克里斯蒂娜·罗塞蒂在她创作的诗歌中大量使用苹果意象来进行诗歌意境的营造。在《摘苹果》中以苹果象征即将失落的爱情（行将崩溃的爱情契约），“我从苹果树上摘下粉红花，整晚都在头上插；秋天来临我去看，一个苹果都不见。”① 在《生日》中，作者以“我的心像只唱着歌的鸟……我的心像棵苹果树……我的心像彩虹贝壳”将爱情世界中萌动的心比作了苹果树，是对苹果树作为爱情之约象征意象的传承和发扬。乔伊斯《死者》中的凯特姨妈，“她的脸色比她的姐姐健康，可依然满是皱纹和褶子，仿佛一只蔫了的红苹果”②。人的生与死在欧洲宗教文化背景的烛照下并不是新陈代谢的结果，而是上帝起主宰作用的体现。人生而有罪，活着的旅程便是赎罪的实践过程。若是以合适的方法，进行了应有的基本的赎罪，将会得到上帝的眷恋而获得更长的生命旅程，在死后可以升入天堂；若是相反，则将会被上帝惩罚，从而缩短人的生命过程，这也就减少了人进行赎罪的机会和时间，赎罪少的人最终将会被打入地狱。苹果作为人与上帝达成这种契约的传统象征也同时包含了在这种契约关系中的两极。乔伊斯以“仿佛一只蔫了的红苹果”来形容凯特姨妈，这不仅是对凯特姨妈满脸皱纹形象地描绘，也是在宗教文化背景下凯特姨妈将与上帝解约的象征性表达。凯特姨妈与上帝间的契约关系变得极为脆弱，作为这种契约象征物的苹果也就荣光不再，而是蔫了的。

苹果意象受到宗教文化和民间传说的影响，在各种艺术表现中被具化为立约双方所达成的契约的象征物。在 19 世纪以前长期的艺术表现中，以苹果作为契约象征物的艺术传统得到了很好的继承。尽管有时苹果是作为守约后立约者得到彼此的应许之惠的美好象征而被描绘，有时是作为因为违约或变相违约乃至违背立约原则而遭受惩罚的苦难的象征物而被描绘，但总体上苹果是作为这种契约的象征物而存在且始终没有被打破。19 世纪开始，人的自我意识不断地提升，对上帝越发怀疑，以至于最终出现“上帝死了”的呐喊。随着对上帝存在与否探讨展开，人与上帝之间的关系开始松动，从而动摇了人与上帝之间所缔结的契约关系，苹果也就成了如乔伊斯笔下般即将破裂的契约关系的象征。

① Christina Rossetti. *The Complete Poems* [M]. LouisianaState University Press, 1990.

② 詹姆斯·乔伊斯·都柏林人 [M]. 上海：上海译文出版社，2010.

三、文本之约：父与上帝的誓约

19 世纪末 20 世纪初，个体的人极端膨胀，原有的各种秩序受到了巨大冲击。以弗洛伊德为代表的心理学家在心理学领域取得一系列突破后，人的自我能力得到了进一步确证，神的世界逐渐崩塌。原先作为世界主体和本质的上帝被宣告死亡，但是在消除了原有的本质和主体后却没有建立起新的主体，这使得这一时期的探索者陷入了矛盾的巨大旋涡中。一方面，他们渴求摆脱原有的世界和秩序，因而在不断叛离；另一方面，由于无法找到取代被自己摧毁世界的替代品而陷入了苦寻无路的迷失之中，这使得他们呈现出一种不知未来，不满曾经又怀疑当下，却又怀念过往的矛盾心态。在这种心灵纠结之中，漂泊异乡的犹太人卡夫卡更是感受到源自灵魂的极端孤独，因此只能将自己置身于一个自己编织的世界中。

弗洛伊德学说认为梦是自己潜意识里各种欲望压抑的产物，是自我潜意识的逃离式显现。卡夫卡在异乡和家庭的双重孤独中，自我没有得到很好的表现和释放，只能靠有意无意的梦缓解。“从文学方面看，我的命运非常简单。描写我梦一般的内心生活的意义使其他一切都变得次要，使它们以可怕的方式开始凋谢，再也遏止不住。没有别的任何事情能使我满足。”《变形记》开头写到，有一天早晨格里高尔醒来以后发现自己变成了一只丑陋的甲虫，当上司来家里时格里高尔及其家人都明确表示在前一天晚上他还是正常的，所以他的变异是发生在睡眠之中。这是主人公格里高尔长期以来压抑自己内心的一种外化，是在双重契约关系交织中压抑内心的外化。

《变形记》中的格里高尔为了还清父母欠下的债而在外辛苦工作，在自己异化为甲虫之后，却遭到了家人的不理解、老板的鄙夷和邻里的侮辱、歧视。当他努力爬出自己的房间进入到人类社会时，作为家庭权威的父亲非但没有理解他反而对他进行了无情的驱赶。“他根本不知道除了跑，他还有什么法子救自己。这时，有件什么东西轻轻扔过来，与他擦身而过。这是一个苹果。紧接着第二个又向他飞过来；格里高尔吓得站住了；继续往前跑是徒劳的，因为父亲已经决定要轰炸他了。他拿的是餐具柜上水果盆里的苹果，装满了他的几个口袋，继而逐个向他扔过来，一个屋里扔出的苹果，砸到了格里高尔的后背上，但即刻滚落了，没有造成伤害。紧接着又飞来一个，与前一个不同，它重重地击中了格里高尔的后背，且陷了进去。”父亲在犹太民族文化中拥有上帝一样的权威，父与子之间天然形成了一个关于子继承父的契约。在这个契约关系中，父亲处于绝对的支配地位，儿子是从属于父亲的存在，所以“他把与《圣经》里的令人敬畏的上帝的关系这种传统的形象投射到了父亲身上”并“赋予了一个平常的父亲以全能和全知的上帝的表征”。[①] 上帝在人与神的关系中处于绝对的支配地位，人从出身开始便带有原罪，上帝可以随时按照自己的意愿对人进行惩处。在卡夫卡的世界中，等同于上帝的父亲是个“具有极大权威的人”，并且说：“你对我吼叫的一切都不啻是天谕神示，我绝不会忘记它，它成了我判断世界的最重要方法。”思想的解放与自我的发现使得卡夫卡具有强烈的自我意识，这让他试图开始反抗父亲和上帝。但是这种反抗将会打破原有的父子关系和人与上帝之间的关系，对这两种关系的挑战意味着对原有契约的违背，而这种背离必将遭受立约关系中强势者的惩罚。格里高尔父亲砸向他的苹果深深地嵌入他的背，并最终腐烂导致了他脊背发炎而死去。

在长期的文化传统和宗教传统中，苹果是极具约束力的契约的象征物。卡夫卡在家庭生活中受到家长制犹太文化的显著影响，再受到父亲长期以来经商所养成的专制强横的性格影响，使得他对于父亲始终抱有一种无法消弭的疏离感。卡夫卡与父亲间的疏离感，同时受到新思想的影响，从而产生了一种叛离感。这种叛离感伴随着卡夫卡一生，并深深地镌刻在他作品的主人公身上。卡夫卡曾说他想将《变形记》《司炉》和《美国》“合成一本很好的书，并可冠以《儿子们》的书名”，他觉得这三部作品“无论是内蕴还是在外观上，都是相同的，在这三个作品之间存在着显而易见的联系，甚至更重要的是一种秘密的联系”，只有用《儿子们》这个富有多重内涵的书名才能“准确地表达这种联系”。这是因为卡夫卡想“给自己的全部作品题名为‘逃出父亲的范围的愿望’”，而“在传统的犹太家庭里，父亲具有一种神圣的特征”。父亲是与上帝一样神圣的存在，这种神圣不允许任何挑战。对父亲权威的挑战就是对神的权威的挑战，这种挑战会打破原有的契约关系，而作为无力且弱小的儿子将会受到以父亲为代表的绝对权威的惩处。但是不断成长的“儿子”不会放弃对父亲的挑战，他总是去尝试改变原有的契约关系。格里高尔长期以来受到父亲强制权威的压制，他的内心渴望对父亲进行反抗并对老板

① 叶廷芳. 论卡夫卡［M］. 北京：中国社会科学出版社，1988.

拍桌子说不干了，但是弱小的他不得不将这个孝顺儿子的角色继续扮演下去，而自己渴望反抗的念头便被深深藏在了心底。因此，格里高尔在自己的梦中异化为一只大甲虫，唯有如此他可以不用出去工作、极度依赖他的全家人的生活将会陷入困顿之中，而这可以很好地宣扬自己的重要性和力量，并借此对父亲进行无声的反抗。于是，父亲以其强有力的方式将儿子驱逐。《美国》开篇便是主人公因为与女仆发生性关系而被父亲驱逐到了美国；《变形记》中格里高尔在变成甲虫后被父亲驱逐到了自己的卧室，这种驱逐像是亚当夏娃被上帝驱逐出伊甸园。这是立约中弱势一方企图破坏契约关系，受到强势一方惩罚式的驱逐。但是对于这种无情的驱逐，儿子不再沉默地接受，反而激起了儿子更强烈的反抗。儿子对于父亲来说最重要的契约关系便是继承父亲的血统并将这份血统传下去，反抗这种契约关系最直接有效的方式便是终止这种血缘的传递。父亲向格里高尔扔出苹果，这个苹果深深地嵌入了格里高尔的背。这说明他想反抗父亲，但是仍然没有彻底放弃和父亲间的骨血亲情和原有的契约，他只是借着这样一种方式向父亲宣示自己的存在。但是当格里高尔发现自己只是现代工业社会中可以被任意取代的一环，即便是在家庭生活中自己也没有获得应有的关注。因此，他有着卡夫卡式的恐惧感，他们都是人类群体中的边缘者，都有着一种深沉的身份忧虑和族群缺失感。所以他们是族群中的异类，他们内心深处有着强烈的自我价值的缺失感。在这种缺失感面前，他们在反抗的前期并未想彻底毁坏自己与父亲之间的契约。所以格里高尔仍然想着出去工作解决家庭困境，甚至在变成甲虫后他还保留着人类的生活习性并希望自己以一个普通族群个体的身份出现，以此融入族群；而卡夫卡则按照父亲的意愿上学并前后三次与女孩订婚。但是专横的父亲进一步将这种契约关系普世化，当儿子失去了自己与父亲立约的独特性和不可取代性后，儿子展开了最为强烈的反抗。腐烂的苹果最终导致了格里高尔的死亡，而这个象征着的父子契约关系破裂的苹果促使了格里高尔选择了死亡。儿子的自杀从根源上来说就是反向弑父——使父亲的血脉在世界上消失。想要珍惜父子契约或者是对父子契约尚存一点希望的格里高尔在父亲扔出象征破碎的父子契约的苹果时，便彻底丧失了对这份契约的坚守。从而他选择了以反向弑父的形式进行自己最悲壮的反抗，这也是卡夫卡在自己现实生活中不敢直接或者说无法对父亲进行有效反抗时而采取拒婚的方式反抗父亲的艺术写照。

苹果在欧洲文化中具有十分明显的契约象征物的特征。契约在达成以后不仅表示立约双方将会遵守并互惠，也深沉地隐藏着契约在长期实行的过程中将会面临破毁的危机。卡夫卡“作为犹太人，他在基督徒中不是自己人。作为不入帮会的犹太人，他在犹太人中也不是自己人。作为说德语的犹太人，他在捷克人当中也不是自己人。作为说德语的犹太人，他在德国人当中也不是自己人。作为波希米亚人，他不完全是奥地利人。作为保险公司的雇员，他不完全是资产阶级。作为中产阶级的儿子，他又不完全是工人。在职务上面他也不是界限清晰的，因为他觉得自己是作家。但是就作家来说，他也不是，因为他全部精力都用在家庭上面。而‘在自己的家庭里，我比陌生人还要陌生’”。自我的强大不断驱使他企图摆脱“父亲”的阴影，获得自己的无限价值。因此，他开始以各种潜在或显在的方式反抗着父亲，而他却始终未曾想与父亲彻底决裂，仍想与父亲保持着原有的契约关系，他只是想向父亲宣示自己的存在让父亲重视他。因此，他仍然背负着象征父子契约的苹果。但当他的自我彻底被摧毁，那个象征着父子契约的苹果也开始腐烂了，他也以自己死亡的形式开始对父子间的这份契约关系进行了彻底的撕裂，对苹果叙事传统也进行了超越。

参考文献

［1］卡夫卡．卡夫卡全集：第五卷［M］．叶廷芳，译，石家庄：河北教育出版社，1996.

［2］欧文·豪．父辈的世界［M］．王海良，赵立行，译，上海：上海三联书店，1995.

［3］伯尔特·那格尔，卡夫卡思想与艺术的渊源［J］//见克劳斯·瓦根巴赫．卡夫卡传［M］．周建明，译，北京：北京十月文艺出版社，1988.

［4］王明珂：华夏边缘［M］．北京：社会科学文献出版社，2006.

［5］Bernhard W. Anderson. *Understanding the Old Testament*, *New Jersey*: *Prentice Hall Upper Saddle River*［M］，1997：81.

［6］艾晓明．小说的智慧——认识米兰·昆德拉［M］．长春：时代文艺出版社，1992.

［7］罗杰·加洛蒂．论无边的现实主义［M］．吴岳添，译，上海：文艺出版社，1986.

［8］叶廷芳．论卡夫卡［M］．北京：中国社会科学出版社，1988.

[9] 叶廷芳. 卡夫卡全集：第八卷 [M]. 石家庄：河北教育出版社，1996.

[10] 叶廷芳. 卡夫卡全集：第八卷 [M]. 吴岳添，译，上海：上海文艺出版社，1986.

[11] 罗杰・加洛蒂. 论无边的现实主义 [M]. 吴岳添，译，上海：上海文艺出版社，1986.

[12] 德・扎东斯基. 卡夫卡真貌 [C] //叶廷芳. 论卡夫卡. 北京：中国社会科学出版社，1988.

劳改文学研究——以苏联劳改文学书写为例①

李　丹

（西北民族大学文学院）

“劳改文学”即主要研究描写以苏联特定时期为背景，人们由于种种原因被下放至劳改营或劳改农场等地，因而遭受的一系列非人的磨难，遭到肉体与心灵的双重打击的特定类型的文学作品。本文将苏联劳改文学研究现状分别进行相关述评，以期在提出新概念的前提下，对现存成果进行汇总分析。

目前对苏联的劳改营时期的文学研究在我国尚存在很大的研究空间。现阶段研究成果主要集中在以代表作家及其作品为研究对象上。本文主要总结汇集了20世纪20年代以来学界对苏联劳改营时期的文学描述所取得的一系列研究成果，按其研究内容与对象进行归纳分类，从而窥测苏联“劳改文学”研究的发展态势及目前可能存在的问题。

一、“劳改文学”起始状况及国内译介情况

从对苏联劳改营存在的时间划定来看，在俄罗斯出版的档案文献及学者专著中存在几种不同的观点：①1923－1960；②1918－1960；③斯大林执政时期（20世纪20年代末至50年代初）；④1918－1958。而划分的依据，有的认为劳改营存在的时间就是指劳改营管理总局（ГУЛАГ）从成立到撤销的时间，有的则限定为整个斯大林执政时期。笔者在此暂时采取1918－1958的时

①［基金项目］2017年中央专项资金资助研究生科研创新项目“劳改文学研究——以中苏劳改文学书写为例”（项目编号：Yxm2016059）

间划定，即从劳改营初步成形到内务部正式撤销劳改营管理总局的这段时期为苏联劳改营存在的时期。

因此，本文对苏联劳改文学研究成果汇集也从20世纪20年代开始，通常认为此类型书籍的出版最早可以追溯到索尔仁尼琴的《伊万·杰尼索维奇的一天》，该书通过对于“伊万·杰尼索维奇·舒霍夫”这个小人物在苏联劳改营中琐碎的生活，以个人的生存困境讲述政治故事，延展了一个民族的历史命运。然而实际上沙拉莫夫的《科雷马的故事》成书时间要更早一些，只不过到了1979年才首次在伦敦出版。该书同样以自身经历为基础，将在科雷马劳改营的所见所闻写成一系列“科雷马故事”。这些故事以其巨大的艺术和道德力量，向读者呈现出一个陌生而真实的世界，揭示了极端环境中各种人物的深层人性表现。但以目前的研究状况来说，学界仍认定已出版索尔仁尼琴的《伊万·杰尼索维奇的一天》是苏联第一部描写劳改营话题的文学作品。

从国内目前收集到的作品其中文译介情况来看，最早的便是索尔仁尼琴的《伊万·杰尼索维奇的一天》，该作品在1963年由斯人翻译，作家出版社首次出版。随后他的《癌症楼》于1980年在上海译文出版社由荣如德翻译出版，而之后此书的版本均由姜明河翻译。到了1982年索尔仁尼琴的代表作品《古拉格群岛》由田大畏翻译在群众出版社出版，全书分监狱工业、永恒的运动、劳动消灭营、灵魂与铁丝网、苦役刑、流放、斯大林死后七个部分，以“群岛居民”的经历为线索，穿插了苏联劳改制度发展史中的大量资料，结构宏大。书中有激昂的控诉，愤怒的谴责，也有尖锐的嘲讽，深切的诉说，是深刻理解苏联政治体制重要的参考著作。另外他的《第一圈》也在2000年由景黎明翻译在群众出版社首次出版。《红轮》则由何茂正翻译，2010年在江苏文艺出版社出版。而其他作家作品按照中文译介时间，1988年阿·雷巴科夫的《阿尔巴特街的儿女们》由夏仲翼翻译在漓江出版社出版，该书以萨沙为主人公，刻画艰难岁月里人民的悲苦，描写了人民被逮捕流放的经历，在作品中多出展现了对斯大林内心的描述。到了1989年，同时出现了两个版本的格罗斯曼的《生活与命运》，即严永兴译工人出版社出版和王福曾译中国友谊出版社出版。作品以沙波什尼科夫一家及亲朋为对象，再现极端环境中人的“生活”与“命运”，用文学的方法将20世纪诸多残酷史实一一记录在案，具有了一定的申诉、反省的意味。随后在1998年，朱利安·巴恩斯的《时代的喧嚣》由刘云飞翻译云南人民出版社出版，以在电梯口、在飞机上、在汽车里三节，浓缩了作曲家肖斯塔科维奇的关键时期和政治生命，展示了权力下的选择与思考，以及带来的荒谬。而到了 21 世纪，安妮·阿普尔鲍姆的《古拉格：一部历史》由戴大洪翻译于新星出版社在 2013 年 4 月出版，作者本身为记者，通过对当事人的采访和相关资料的调查，写出了 1917—1986 年间劳改营生活的本质并且将其与苏联的宏观历史联系起来，用大量的史实来陈述，形成一部沉重的历史，文章对于古拉格的形成、内部机制、受害人所受惩罚等都进行了客观细致的描写，相比较《古拉格群岛》该书更具有历史性的宏观视野。到了 2014 年，由毛俊杰翻译的奥兰多·费吉斯的《耳语者：斯大林时代苏联的私人生活》在广西师范大学出版社出版，该书所关注的正是最为广泛的普通人的生存状态和内在心灵，是第一部深入探索斯大林时期个人和家庭生活的口述历史著作。尽管在书中几乎每一页都能感受到斯大林的存在，但是《耳语者》并不是讲述斯大林本人，而是讲述斯大林主义如何渗入普通人的思想和情感，如何影响他们的价值观和人际关系。该书并不试图解说恐怖的起源，或描述古拉格的兴衰，只是为读者解释了警察国家如何在苏维埃社会扎根，让数百万普通百姓卷入恐怖制度，或是沉默旁观者，或为积极合作者。正如俄罗斯历史学家米哈伊尔·格夫特所说，斯大林制度的真正力量和持久遗产，既不在于国家结构，也不在于领袖崇拜，而在于“潜入我们内心的斯大林主义”。而对于这一切，我们绝不陌生。2016 年由黄柱宇翻译的《科雷马的故事》在广西师范大学出版社出版，作者沙拉莫夫以一种独特的文学形式，将在科雷马劳改营的所见所闻和亲身经历写成一系列“科雷马故事”。这些故事以其巨大的艺术和道德力量，向读者呈现出一个陌生而真实的世界，揭示了极端环境中各种人物的深层人性表现。由此他被称为俄罗斯三大劳改营作家之一。同年，格罗斯曼的绝笔《一切都在流动》由群众出版社出版，董晓翻译，书中充满了对历史和民族命运的反思以及对荒诞历史的认识和对斯大林历史时期的批判。

二、“劳改文学”研究现状

近两年出版的对于苏联的劳改文学的研究，除了表现在一定的文学作品上以外，也存在相当数量的学术论文。从 20 世纪开始，就不断出现以苏联劳改文学为主题的学术论文。虽然从总体上看，大多以研究索尔仁尼琴及其作品为主，但具体仍可按照研究内容和研究对象分为以下几类。

（一）作家研究

这一类主要包括研究作家的人生经历及其写作方面的特色，或通过将其与他人对比来进行研究。由于索尔仁尼琴是苏联第一个突破禁区、为劳改营文学开启大门的作家，因而观察我们目前对苏联劳改文学的研究成果，大多数学术论文都以索尔仁尼琴及其作品为主要研究对象。

如龙瑜宬的《索尔仁尼琴的历史观念与写作》（《国外文学》2014 年第 1 期），文中指出索尔仁尼琴作为俄罗斯 20 世纪灾难性历史的见证者，他着意在文学创作中挑战主流历史叙事，表达自己关于历史的不同看法，因此索尔仁尼琴的历史观也决定性地影响了他在作品中对俄罗斯未来道路的构想。而徐隆彬的《索尔仁尼琴事件揭秘》（《南京社会科学》2009 年第 12 期）则通过历史资料记载，表现苏联当局对于索尔仁尼琴致力于描写劳改营文学这一行为的态度及随着时间推移而产生的变化。相关的文章还有侯爱军的《索尔仁尼琴的命运与理想》（《人民文摘》2008 年第 10 期），王莺的《俄罗斯诺贝尔文学奖获得者——亚历山大·伊萨耶维奇·索尔仁尼琴》（《俄罗斯中亚东欧市场》2010 年第 1 期），刘波的《索尔仁尼琴其人其事——从普京电贺索氏生日说起》（《西伯利亚研究》2004 年第 4 期），符巧静的《索尔仁尼琴：历史真相的书写者》（《短篇小说》2013 年第 21 期），袁灿星的《俄罗斯原野的风——索尔仁尼琴》（《文史天地》2014 年第 11 期），王强的《索尔仁尼琴：终生的异教徒》（《商务周刊》2008 年第 17 期）。而其中赵海霞、徐传华的《中国语境中的索尔仁尼琴形象——兼论中国的索尔仁尼琴研究》（《西伯利亚研究》2014 年第 6 期）将索尔仁尼琴放到异国环境进行研究，通过比较变化异同，从而获得对作家更完整的认识。于跃的《奥威尔与索尔仁尼琴的极权主义批判作品比较研究》（辽宁大学硕士论文），将二者的极权主义进行比较，认为要反抗极权，反思大时代的谎言以及来自人性的残忍。同时文中观点相较于奥威尔，索尔仁尼琴的作品文学性有所欠缺。王菲的《绝境中的存活——对索尔仁尼琴“劳改营小说”的思考》（四川师范大学硕士论文），文章从作家对劳改营的书写出发，将其作为人类面对的异己性生存处境的象征，表现出人在极端环境下的冲突反抗，从而达到对这一制度的反思。王庆平、杨丽艳的《索尔仁尼琴写作主题和艺术特色》（《佳木斯大学社会科学学报》2011 年第 4 期）探究了作品主题的思想轨迹与他的人生经历，表现出索尔仁尼琴勇敢地记录高墙的一切还人们历史真实，同时也反映其对民族未来的担忧。而张建华的《“文学场”与索尔仁尼琴文学创作的历史价值》（《外国文学》2016 年第 3 期）则赞扬了索尔仁尼琴的强烈历史自觉，文中以《伊万·杰尼索维奇的一天》为例，指出时代感强的文本是对当时社会政治历史的反思和对人的审视。蒋霞的《索尔仁尼琴小说的苦难主题研究》（华中师范大学硕士论文）从宗教的角度来解读作品的苦难主题，认为作家对苦难的思考能给人以启迪，使人找到人的尊严和人性。而刘乐的《论索尔仁尼琴小说中的政治批判主题》（山东师范大学硕士论文）则认为该主题的形成是由于对极权的反思和抵抗，尤以对劳改营的书写为代表。相关的论文还有于伟男的《从文学角度探析索尔仁尼琴的人道主义思想》（《黑龙江史志》2014 年第 19 期）、龙瑜宬的《索尔仁尼琴的历史观念与写作》（《国外文学》2014 年第 1 期）、李小驹的《一句真话比整个世界的分量还重——索尔仁尼琴的命运与文学品格》（《襄樊学院学报》2005 年第 6 期）。

（二）小说研究

这类论文主要采取对某一部具体作品的整体性解读分析，或是选择某个特定角度去进行研究。

如萧瀚的《20 世纪人类的一场劫难——读〈古拉格群岛〉阅读札记》（《中国政法大学学报》2008 年第 6 期），文中展现了作者对索尔仁尼琴白描式的叙述历史内容的感想，表现了其对政治与生命、人性的思考。刘文飞的《20 世纪的〈战争与和平〉——关于格罗斯曼的〈生活与命运〉》（《读书》2016 年第 7 期），作者对于该书进行了高度的赞扬，认为其是记录苦难的艺术史诗。王璐的《再见，古拉格》（《看历史》2012 年第 11 期），则以书信来评价当时的历史。董友忱的《人的生存问题——评长篇小说〈阿尔巴特街的儿女们〉》（《国外社会科学信息》1988 年第 4 期），探讨了人性在特殊时期的状况。侯志勇的《“懦弱的英雄”——简评朱利安·巴恩斯的新作〈时代的喧嚣〉》（《外国文学动态研究》2016 年第 4 期），通过叙述在特殊时期作曲家的交锋来探讨抵抗方式和到底何为“英雄”。刘珠凤的《论〈古拉格群岛〉的道德意识》（《牡丹江大学学报》2015 年第 7 期），探讨了在特殊时期遭受残酷迫害的同时所获得的道德、灵魂、善良的真正价值。董晓的《生命本身就是自由——瓦西里·格罗斯曼与其中篇小说〈一切都在流动〉》（《名作赏析》2014 年第 28 期），表现对荒诞历史的认识，对民族的反思和对自由的渴望。另外还有李小驹的《论〈伊万·杰尼索维奇的一天〉中“吃”的细节描写对人物塑造的作用》(《三峡论坛》2015年第4期),龙瑜宬的《〈红轮〉与索尔仁尼琴思想的演变》(《外国文学研究》2013年第6期),齐林东的《〈伊万·杰尼索维奇的一天〉的艺术特色初探》(《安徽文学》2011年第2期),李玲云的《论〈科雷马故事集〉中别样的人道主义》(上海外国语大学硕士论文),林精华的《原苏联究竟有什么问题值得反思——雷巴科夫谈"阿尔巴特街孩子们的生与死"》(《俄罗斯文艺》1995年第6期),唐山的《不能忘掉的古拉格》(《中国企业家》2013年第9期)。

(三)纪实作品研究

这一类往往以作者的亲身经历或对亲历者的采访回忆的研究为主,具有一定的真实性。

如奥兰多·费吉斯的《古拉格之恋》,作者经过对当年一对恋人的来往书信进行搜集整理,为我们展现出艰难环境下人们的生活状况。张慧卿的《李正文在苏联劳改营》(《炎黄春秋》2006年第2期),讲述了在苏联被诬告进入劳改营的中国人的经历。库兹涅佐夫的《从劳改营走向自由——一个苏联持不同政见者释放前三天的日记》(《苏联问题参考资料》1981年第4期,毛信仁译),描写了苏联领导集团如何对待国内持不同政见者。吴华英、胡强的《奥斯卡·帕斯提奥:诗人还是间谍》(《外国文学动态》2011年第3期),别·薛尔诺夫、叶·楚科夫斯卡娅的《左琴科的遭遇》(《世界文学》1995年第6期),作为一部纪实文学,以作家的书简、日记、回忆录、会议记录等资料为依据,讲述了左科琴的遭遇。而李新梅的《当代俄罗斯知识分子访谈录:回望苏联》(《俄罗斯文艺》2013年第4期),则通过对现存作家的采访记录来对当时事件和人物进行评价。曾晓娟、严建新的《科罗廖夫:从囚徒到苏联运载火箭之父》(《自然辩证法通讯》2014年第6期),则讲述了劳改营时期科学家的生存状况。蓝泰凯的《被无辜处决的俄罗斯诗人古米廖夫》(《文史天地》2016年第6期),则书写了优秀诗人尼古拉·斯捷潘若维奇·古米廖夫被杀害的事件。

(四)其他研究

这一类主要是与劳改文学有所关联,却以历史、政治等跨学科研究为主。如李琳的《俄罗斯新版历史教科书重塑"苏联记忆"研究》(《当代世界与社会主义》2016年第4期),文中肯定了俄罗斯正视历史的行为,并指出这样会唤起青年一代的国家认同感,历史、民族和未来是联系在一起的,正视历史才会让民族精神继续流传。亚历山大·埃特金德的《文化记忆中的硬记忆与软记忆：俄罗斯与德国的政治悼念》（《国外理论动态》2016第6期，张佑慈译），文章对硬软记忆概念进行解读，分析德、俄在政治创伤中采用的不同记忆模式，以及带来的差异和后果，指出从软到硬都需要社会共识、成员努力、政治意愿等要素。而刘瑜的《在恐惧与热爱之间》则出现了对当时政治的评判，显示出极权下人性的异化。郑一凡的《苏联的“告密文化”》（《同舟共进》2015年第7期），则根据历史变化总结出当时的独有文化，并从中折射出了人性的某些值得我们深思的因素。左凤荣的《苏联的大清洗：关键在哪里》（《炎黄春秋》2014年第6期），显示了对当时残酷规则的批判。而例如张雪峰的博士论文《苏联劳改营史研究》则从历史数据等方面对劳改营进行了考察。这些相关类的劳改营研究，对于推动劳改文学的进一步深入发展具有重要的作用。

综合来看，自20世纪20年代起的劳改文学研究成果，除了一篇与中国“大墙文学”进行比较的论文外（康晨的《中苏“大墙文学”比较研究》），目前的研究成果大致可分为以上几类。将研究现状进行分类汇总，一方面有利于我们清晰地把握此类研究的发展脉络与方向，另一方面也便于观察其中所存在的问题，从而提升“劳改文学”的研究质量，加快研究步伐。

三、“劳改文学”发展态势及现存问题

以目前所搜集查询到的研究资料来看，不论是国外还是国内学者都已开始了对这一特殊时期的文学、历史、经济等各个领域的调查和关注。与此相关的学术著作和论文数量也在逐步增加。对于苦难的反思，极权下出现的种种异化现象及其背后普遍人性的探索，以及历史的正视和客观冷静的讲述，在一定意义上都凸显出了不同阶段的学者对人的尊重，对生命价值与自由的追求，和对民族未来的探讨。与此同时，苏联劳改营时期的研究现状也存在一些问题，尚有很大的发展空间。

1. 大多以对代表作家索尔仁尼琴的生平、作品的研究为主，对于书写此主题的其他作家的经历、作品研究相对数量较少。

2. 多为对作家写作的艺术风格、作品中的某一方面主题进行研究，缺乏对整个时期的文学书写下一清楚的定义，并对其进行综合性研究探索。

3. 缺少与他国类似时期的比较以及对有共通性的作家、作品的整体或某

种主题的比较研究。

参考文献

[1] 索尔仁尼琴. 伊万·杰尼索维奇的一天 [M]. 斯人，译，北京：作家出版社，1963.

[2] 索尔仁尼琴. 癌症楼 [M]. 荣如德，译，上海：上海译文出版社，1980.

[3] 索尔仁尼琴. 古拉格群岛 [M]. 田大畏，译，北京：群众出版社，1982.

[4] 索尔仁尼琴. 第一圈 [M]. 景黎明，译，北京：群众出版社，2000.

[5] 索尔仁尼琴. 红轮 [M]. 何茂正，译，南京：江苏文艺出版社，2010.

[6] 阿·雷巴科夫. 阿尔巴特街的儿女们 [M]. 夏仲翼，译，桂林：漓江出版社. 1988.

[7] 格罗斯曼. 生活与命运 [M]. 严永兴，译，北京：工人出版社//王福曾，译，北京：中国友谊出版社，1989.

[8] 朱利安·巴恩斯. 时代的喧嚣 [M]. 刘云飞，译，昆明：云南人民出版社，1998.

[9] 安妮·阿普尔鲍姆. 古拉格：一部历史 [M]. 戴大洪，译，北京：新星出版社，2013.

[10] 奥兰多·费吉斯. 耳语者：斯大林时代苏联的私人生活 [M]. 毛俊杰，译，南宁：广西师范大学出版社，2014.

[11] 沙拉莫夫. 科雷马的故事 [M]. 黄柱宇，译，南宁：广西师范大学出版社，2016.

[12] 格罗斯曼. 一切都在流动 [M]. 董晓，译，北京：群众出版社，2016.

“倒车”视角中的世界——《喧哗与骚动》中的时间观

李　敏
（兰州大学文学院）

福克纳把《喧哗与骚动》分为四章：1928 年 4 月 7 日（班吉部分）；1910 年 6 月 2 日（昆丁部分）；1928 年 4 月 6 日（杰生部分）；1928 年 4 月 8 日（迪尔西部分）。我们从表面上看，小说这四个部分似乎是随意安排的，时间颠倒般地按照“CABD”的顺序展开。但我们仔细推敲，就会发现四个部分之间存在着紧密的联系，而且在时间上是有序的。班吉出生；祖母去世，凯蒂在河沟里将内裤弄脏然后爬树；班吉改名（由毛莱改为班吉）；班吉和凯蒂帮毛莱舅舅给帕特生太太送情书时被发现；凯蒂第一次用香水；凯蒂失身；1910 年凯蒂嫁人，之后不久昆丁自杀；班吉因追逐女孩被阉之后被送往精神病院；一家之主康普生死于酗酒，之后杰生成了新的一家之主……

在《喧哗与骚动》第二章开头，福克纳用时间的象征物——手表，一下就把读者带入了时间的哲理思考之中：“窗框的影子显现在窗帘上，时间是七点到八点之间，我又回到时间里来了，听见表在嘀嗒嘀嗒地响，这表是爷爷留下来的，父亲给我的时候，他说，昆丁，这只表是一切希望与欲望的陵墓。”时间的维度最终把一切希望与欲望都消解掉了，你的一切希望与奋斗，在时间面前最终都会化为尘土，作为时间的具象——手表，因此成为一个坟墓般的象征。昆丁的父亲在这个意义上想要说明衡量人的一切希望、欲望、努力、挣扎的最终尺度，只有时间。“我把表给你不是要让你记住时间，而是让你偶尔忘掉时间不把心力全部用在征服时间上面。因为时间反正是征服不了的，他说。甚至根本没有人跟时间较量过。这个战场不过向人显示了他自己的愚蠢与失望，而胜利，也仅仅是哲人与傻子的一种幻想而已。”① 表就是时间的证明，放在昆丁床头的那只表是他祖父留给他父亲，他父亲又传给他的，这只表就又有了历史的意味。“表是支靠在放硬领的纸盒上的，我躺在床上倾听它的嘀嗒声，实际上是表的声音传进我的耳朵里来。我想不见得有谁有意去听钟表的嘀嗒声的。没有这样做的必要。你可以很久很久都不察觉嘀嗒声，随着在下一秒钟里你又听见了那声音，使你感觉到虽然你方才没有听见，时间却在不间断地，永恒地，越来越有气无力地前进。”② 这种时间流逝的强烈感觉，古人早有深刻的体验，古希腊哲学家说，一个人不可能两次踏进同一条河流，孔子面对滔滔不绝的河水，发出“逝者如斯夫，不舍昼夜”的感叹，中国古代的诗歌有许多名句表现人在时间面前的无奈，“惜春常恨花开早，更何况落红无数”。人类疯狂地试图征服一切，但唯有时间是人类永远无法征服的，因为时间会销蚀你的生命，最终把你的希望和梦想化为尘土，所以康普生先生才会说：“这只表是一切希望与欲望的陵墓。”他甚至说：“基督不是在十字架上钉死的，他是被那些小齿轮轻轻的喀嚓喀嚓声折磨死的。”③ 康普生先生还对昆丁说：“人者，无非是其不幸之总和而已。你以为有朝一日不幸会感到厌倦，可是到那时，时间又变成你的不幸了。”④ 人的不幸在于他存在于时间之中，没人能超越和摆脱时间的束缚。时间无处不在，没有什么能够打败它，自作聪明只能证明人的愚蠢，就连上帝都抵不过时间。从班吉混乱模糊的感受，再到昆丁丰富又抽象的意识变化，我们清楚地感受到了福克纳对人物意识和时间的强调。

一、时间与人物命运

（一）班吉

对于他，时间是不流动的，仿佛滞留在那一天。对往事的联想和当前发生的事件纵横交错，构成共时性的连缀，使过去与现在形成鲜明的对比。生命只不过是一连串的影像、声音和记忆，是一大堆事实的碎片。首先我们看

① 威廉·福克纳. 喧哗与骚动［M］. 李文俊，译，上海：上海译文出版社，1995：80.
② 威廉·福克纳. 喧哗与骚动［M］. 李文俊，译，上海：上海译文出版社，1995：80.
③ 威廉·福克纳. 喧哗与骚动［M］. 李文俊，译，上海：上海译文出版社，1995：81.
④ 威廉·福克纳. 喧哗与骚动［M］. 李文俊，译，上海：上海译文出版社，1995：111.

到的是班吉混沌凌乱的内心世界和没有逻辑、没有规律的意识活动。不过正因为是白痴，班吉部分的叙述才可能是完全客观的，不包含任何主观的评价，就像一台放映机一样。现时发生的一切事情和他随着场景的变化联想到的过去的事情只能是一堆杂乱无章、纵横交错的感官印象，是共时性的组合。

班吉自身是一个永恒的现在——即其现实性的视觉、触觉与嗅觉构成其意识活动的全部。在班吉的意识中，现在时间与过去时间之间缺乏明确的界限，在他的观念中只有“现在”，他的状态就是沉溺于现在，过去组成了他的现在的一切。文末《附录》中写道：他一生中最爱三样东西：牧场、火光以及他的姐姐。“这三样东西他都没有失去。正如他不记得姐姐一样，他也不记得那片牧场了，仅仅是感到自己若有所失。至于炉火，它仍然是他昏昏欲睡时所见到的亮光。”① 1933 年，班吉被送进杰克逊的州立精神病院。即使这时候，他仍然什么也没有失去。他仿佛永远是一个恒定的点，没有移动过，没有失去过去的一切，也没有得到属于未来的东西。

（二）昆丁

昆丁对时间的敏感几乎到了一种病态的地步，在哪里都可以感知到时间的跳动，不论以什么样的形式存在，听声音都能够判断是什么样的钟表发出的滴答声。处处都能体会到时间和记忆带给他的重大影响，但他迷失在时间和记忆里，沉溺于过去而无法面对现实，未来更是没有出现在他的思考范围之内。昆丁的后半部分基本没有标点符号，更能够体现出人物的情绪和意识，他自杀前极度亢奋，更加密集汹涌的意识朝读者涌来。现实中的一切，一句话、一阵香气或声音都能将他轻易地拉回到过去的回忆之中，他在现实生活中一片混乱。然而现实世界却是冷漠又悄无声息地向前，带走他所眷恋的过去。强烈地感觉到时间给他造成的压力，他要砸碎那块表，像他父亲说的那样去忘掉时间。“我来到梳妆台前拿起那只表面朝下的表。我把玻璃蒙子往台角上一磕，用手把碎玻璃渣接住。把它们放在烟灰缸里，把表针拧下来也扔进烟灰缸。表还在滴嗒滴嗒走。我把表翻过来。空白表面后边那些小齿轮还在卡嗒卡嗒地转，不知道发生了什么变化。”② 这段描写意味深长，含义深刻。时间是指向未来的，不断前进，没有了表针，表依然在转动，即便没有这只

① 威廉·福克纳. 喧哗与骚动 [M]. 李文俊，译，上海：上海译文出版社，1995：329.
② 威廉·福克纳. 喧哗与骚动 [M]. 李文俊，译，上海：上海译文出版社，1995：85.

表，时间还在流动，即使这个世界上所有的表都坏了、都没有了，人依然挡不住时间的脚步。从这个意义上说，时间是一个绝对的无穷无尽、不可逃避的存在，时间就是人存在的本质。如同海德格尔所说的，时间构成了人的实体或存在。康普生先生说："凡是被小小的齿轮滴嗒滴嗒掉的时间都是死了的；只有时钟停下，时间才活了。"① "经常猜测一片人为的刻度盘上几根机械指针的任何位置，这是心智有毛病的征象。"② 所以，昆丁砸掉表是对机械时间的抗拒，也可以理解为对未来的抗拒。因为昆丁本质上是一个生活在过去的人，对他说，只有过去和现在，没有未来。福克纳写《喧哗与骚动》就蕴含着他自己对过去的时间、情感的一种回忆和再现。小说中人物杀死时间，是为了延滞时间，从而留住过去。这既是小说中人物的时间观，也是他们的命运所在。对昆丁来说，时间不再是可以计算的延续过程，而是没有穷尽、无法逃避的现在。唯一可以逃避和杀死的只能是他的肉身，他的生命。因此，他像计算着时间的分钟、小时的进展那样，亦像一个人为演讲准备一篇手稿那样，筹划着他的死亡——仔细留好字条，收拾好个人用品，好像这一行为的含义不是去死亡。他清醒地喊道："还有一刻，我就不在人世了。"③ "最后一下钟声也打响了，终于钟声不再震颤。"于是，昆丁也终于让时间自身成为"过去"——"于是他说每一个人是他自己的，于是他说这是世界上最悲哀的一个词了，于是世界上别的什么也没有这不是绝望，知道时间还不仅仅是时间直到它成为过去。"④ 昆丁选择了让自己永远存在于过去。

（三）杰生

杰生的部分充斥着种种与钱有关的字眼，他的世界里没有过去，没有未来，只有现在，除了金钱利益没有任何别的东西的现在，时间存在的一切价值都被他用金钱来加以衡量。杰生部分开篇的第一句话就是："我总是说，天生贱坯就永远都是贱坯。"⑤ 寥寥数字传神地刻画出来一个刻薄恶毒的嘴脸。时间对杰生来说没有任何意义。他从不留恋过去，而过去之所以对他毫无意义是因为他没有从过去得到金钱利益；他也不期待将来，因为他认为除了他

---

① 威廉·福克纳. 喧哗与骚动［M］. 李文俊，译，上海：上海译文出版社，1995：90.
② 威廉·福克纳. 喧哗与骚动［M］. 李文俊，译，上海：上海译文出版社，1995：81.
③ 威廉·福克纳. 喧哗与骚动［M］. 李文俊，译，上海：上海译文出版社，1995：182.
④ 威廉·福克纳. 喧哗与骚动［M］. 李文俊，译，上海：上海译文出版社，1995：186.
⑤ 威廉·福克纳. 喧哗与骚动［M］. 李文俊，译，上海：上海译文出版社，1995：188.

自己，所有的亲人和家中的仆役对他来说都是负累；他只活在与过去和将来都断了联系的当下。杰生部分中不断出现的棉花行情报告就仿佛是一把刻度当下时间价值的标尺，判断着“现在”这一刻是盈利还是亏损，更判断着“现在”这一刻对杰生是否存在意义。杰生是个极端的利己主义者，他的世界完全建立在唯利是图的基础之上。他有着与班吉和昆丁完全不同的时间意识：他的时间意识里没有过去，只有现在和未来，功利性极强。他总是竭力忘记“过去”，即使发生在过去的事情，他也使用现在时。对他而言，过去没有任何利用价值，而现在也只是为了满足其个人利益而存在。永远是以钱为中心，自私贪婪，是个金钱至上的利己主义者，甚至将自己外甥女的生活费据为己有。杰生是个活在现在的金钱世界里的人。

（四）迪尔西

班吉混淆过去与现在的时间，昆丁和杰生则把过去与现在割裂开来。唯有迪尔西把现在看成时间流中的有机部分。迪尔西的部分讲述在1928年4月8日（复活节）这天，在迪尔西部分的开头，福克纳描述到：“碗柜上面的墙上，有只挂钟在发出嘀嗒嘀嗒的声音，这只钟只有晚上灯光照着时才看得见，即使在那时，它也显示出谜样的深沉，因为它只有一根指针。现在，在发出了几声像嗽嗓子似的前奏之后，它敲了五下。“‘八点了。’迪尔西说。”[①] 当时钟敲响五下时，迪尔西知道八点了。这是复活节的早上。这个细节表明了尽管时钟和时间错位，她却仍旧对时间做出了准确判断并准确地推算出正确的时间。说明她没有迷失在时间的长河中，她能够把过去变成回忆，好好生活并向未来走去，更重要的是她平静而温暖地活在当下，没有在阴暗、没有生气的康普生家失去生活的信念和勇气，她是爱心、荣誉、怜悯心、自豪、同情心和牺牲精神的化身。这些美德使迪尔西顽强地忍受着生活的艰辛。文末说：“她看到了开始，也看到了结束。”她目睹了康普生家族的衰败始末。但她从不回避现实，也不沉溺于过去，不孤立地生存于过去的梦幻中，不把过去和现在割裂开。迪尔西既生活在现在，亦生活在过去和未来之中。她相信未来，对她来说，生存和时间本身就具有充分意义。

二、挑战传统的“时间”

按照传统观念，时间是自然的、客观的，不可逆转的，时间的流向是单

---

① 威廉·福克纳. 喧哗与骚动［M］. 李文俊，译，上海：上海译文出版社，1995：277.

一性的，比如有昨天、今天、明天、上午、下午、晚上之分，实际上就是钟表时间。巴雷特认为，人们在日常生活中，容易把“时序”和“时间”相混淆。[①]“时序”就是以物理方式计时，而“时间”接近于亨利·伯格森（Henri Bergson）的直觉主义和“心理时间”的绵延。柏格森认为，科学或理智的认识只能认识物质世界，认识假象，获得暂时的相对真理，而不能得到生命（精神）的、永恒的绝对真理或世界的本质。在日常生活中，每个人都生活在自然时序中，并依靠它编制自我的历史。而心理时间是不受任何逻辑、理性的约束的，过去、现在、将来往往交叉、重叠在一起。[②] 时间随人物的意识流动而呈现为一种无形的绵延状态。我们从福克纳对康普生家三兄弟的描写中就可以看出来，他们每个人对过去、现在和未来的态度所表现出的精神状态。

一般人的时间观念是建立在牛顿物理学绝对时空的基础上的。按照绝对时空的观念，时间是均匀流逝的东西，因而可以加以客观的度量和抽象，例如我们可以将一天分为 24 小时，也可以把 1 分钟分为 60 秒。这里的每一个度量单位都是同质的，没有什么区别。但柏格森认为，这不是真正的时间，只是科学的时间，即可度量的和抽象的时间。柏格森把时间分为两种，即物理时间和心理时间。他把我们通常所理解的、用钟表仪器所记载度量的时间称为客观时间的物理时间，认为它是按照过去—现代—未来依次延伸的表示人生或事物存在长度的数量概念，而“心理时间”是表示生命深度与广度的概念。他称那种凭直觉所体验到的自我生命之流是真正的生命、人格。而他将这种真正的生命命之为“绵延”，并认为“绵延”就是“时间”[③]，它是生命本质性的延伸，是不可以度量的。在柏格森看来，我们应该从生命本身来理解时间的绵延。生命是永恒的生成，它永不中断，不可分割，因而叫它“绵延”十分恰当。因此，福克纳的时间并非历史的、时钟的时间，他的时间是一种流动状态，只在个人精神意识中体现，是一种超越时钟时间的心理时间。而在福克纳这部作品中，人物的意识流描写就很充分地展现了人生命的“绵延”，就像一条河一样蜿蜒流淌，是一种非间断性的、非理性的直觉才能体会到的状态。詹姆斯的意识流理论就是认为意识并不是一节一节地拼起来的，

---

① 巴雷特. 非理性的人 [M]. 上海：上海译文出版社，1992.

② 马新国. 西方文论史 [M]. 北京：高等教育出版社，1994：377.

③ 李文俊. 福克纳评论集 [M]. 北京：中国社会科学出版社，1980.

用“河”或者“流”这样的比喻来描述它才说得上恰如其分。

在《喧哗与骚动》中，昆丁曾经进了一个表店，店里的表显示的时间各不相同，其中就有时间错位带来的隐喻和象征意味。同样，钱钟书在《围城》中写到的那座祖传的老钟，慢了五个小时，里面就有一种时间错位带来的深意。在许多作品中我们都可以发现作家们对时间的别样描写，在作家笔下，线性的物理时间仿佛不存在。如加西亚·马尔克斯的《百年孤独》的开篇：“许多年之后，面对行刑队，奥雷里亚诺·布恩迪亚上校将会回想起，他父亲带他去见识冰块的那个遥远的下午。”从不确定的现在——多年之后的一个将来——过去那久远的一下午，将来（多年以后）——现在（他准会想起）——过去（那个遥远的下午）。这是一种全新的叙述视角，将读者从现在拉到将来，再回到过去，犹如坐上时光穿梭机一样，对已经或将要发生的事件历历在目，非常清晰，更有一种纵观古今的感慨。短短一句话囊括了现在、将来、过去三种时态，形成酷似拉美传统的时间怪圈。在作者笔下，《百年孤独》开篇就为我们呈现了一种类似圆周循环的时间形态，没有起点亦没有终点，是一个陷入一百年循环的时间怪圈。而鲁迅的多数作品都是通过虚构了一个有限的叙述角度来进行回忆式的叙述的，倒叙打破了过去和现在的界限，将过去融合在现在中。如鲁迅的《故乡》中对二十年前往事的美好回忆，而现实却是一片萧瑟与荒凉；《故事新编》杂糅“故”与“新”，过去与现在，跨越古今，在历史与现实中无转换地自由穿梭，奇妙的时间体验油然而生。他无序的描述中隐含着有序的心灵世界，能从瞬间感悟到永恒。波德莱尔也说：“应该永远酒醉不醒，才能感觉不到时间的可怕重荷。”哪怕物理线性的时间只有一瞬间，也会是永恒的存在，这是线性时间达不到的生命的深度和广度。福克纳曾经说道：“我很同意柏格森关于流动时间的理论。只有现时现刻，在现时现刻之中我包括了过去与未来，那就是永恒。我以为艺术家在处理时间上大有文章可作……”① 他们打破传统线性的正常时间，而心理时间是不能被测量的，他们以自己的方式来重新定义并展示时间的流动，更加集中注重人的心理描写和发展。时空场景的无数次转换（如果我们不看李文俊先生的注解是难以察觉的），提示着我们这个场景这个回忆这部分时间能够“绵延”多久，取决于作者对心理时间的控制，而不再是单纯地依赖文本之外的

① Faulkner. W. *As I Lay Dying* [M]. New York：Vintage Books：70.

线性时间，线性时间在作者的文本中几乎是无效的。

《喧哗与骚动》这部作品在时态上基本是使用过去时来完成叙述的，福克纳强调“只有过去才是真实的”，这种向后看的历史观十分突出。萨特有一个极为出色的比喻。他说：“在福克纳的作品中，福克纳看到的世界可以用一个坐在敞篷车里往后看的人所看到的来比拟。”什么都可以看见，但却飞速后退，你在每一个现在的时刻看到的都是“过去”，而在车上能够感知到自己在向前走，“过去”“现在”“未来”仿佛聚集在了一起。萨特也认为，《喧哗与骚动》中的“现在”，并不是未来和过去之间的一个划定界限的明确的点，他的现在并没有指向未来，它只是现在。无数记忆的碎片被塞进现在，仿佛被现在撑满了，现在得到了无限延长，就像是一个加法运算，无数个现在叠加在一起，好比无数个糖葫芦串在了一根竹签上。① 但福克纳也特别在意时间的未来向度，他清醒地认识到时间来源于过去，但时间源源不断地流向未来，历史的脚步绝不停歇。“进步一旦停止它就死了。它必须向前，而我们必须带上我们的错误和缺点的垃圾一道向前。”②

鲁迅先生也说过，“人是性命之川之中的一滴，承着过去，向着未来，倘不是真的特出到异乎寻常的，便都不免并含着向前和反顾。”从认识论意义上说，回顾过去是为了认识现在和推知未来。因为失掉了现在，也就没有了未来。这样的时间观，是一种极为现实的时间观，也是我们应该把握的时间观。

参考文献

[1] 威廉·福克纳. 喧哗与骚动 [M]. 李文俊，译，上海：上海译文出版社，1995：32.

[2] 李文俊. 福克纳评论集 [M]. 北京：中国社会科学出版社，1980.

[3] 肖明翰. 威廉·福克纳研究 [M]. 北京：外语与研究出版社，1997.

[4] 吴晓东. 从卡夫卡到昆德拉 [M]. 北京：生活·读书·新知三联书店. 2003：169.

[5] 马新国. 西方文论史 [M]. 北京：高等教育出版社，1994.

[6] 何颖. 关于福克纳《喧哗与骚动》时间观的再认识 [J]. 四川师范大学学报：社

① 吴晓东. 从卡夫卡到昆德拉 [M]. 北京：生活· 读书·新知三联书店，2003：169.

② 肖明翰. 威廉. 福克纳研究 [M]. 北京：外语与研究出版社，1997.

会科学版，2005（1）.

［7］夏腊初．论柏格森的“心理时间”对意识流小说的关键性影响［J］．云南师范大学学报，2005（4）.

从《驼背小人：1900年前后的柏林童年》中看本雅明的童年经验与记忆

李天石
（西北民族大学文学院）

瓦尔特·本雅明（1892—1942），1892年出生在德国柏林一个富有的犹太家庭，父亲原本是一位巴黎银行家，几年后来到了柏林，并成为一名颇有名气的收藏家。本雅明曾经在弗莱堡、柏林和伯尔尼等地研究哲学。其人生经历也相当曲折，1919年本雅明以《德国浪漫主义的艺术批评观》一文获得伯尔尼大学博士学位，遗憾的是，他并未获得大学教授资格。更加讽刺的是，他的教授职称论文《德国悲剧的起源》在当时曾被学术界耻笑，而到今日，该书已经成为20世纪文学批评的经典。纵观本雅明的人生经历，也是相当的复杂曲折。从小家境富裕的他在柏林时，以翻译家和作家的身份谋生。1933年，纳粹上台，他被驱逐出境，移居到法国，成为"社会研究所"成员。1940年，为了躲避纳粹对犹太人的迫害，他又辗转到西班牙的一个边境小镇，并在此写下了他创作生涯中的一些重要的作品，如《论歌德的〈亲和力〉》《德国悲剧的起源》《单行道》《驼背小人：1900年前后的柏林童年》《机械复制时代的艺术作品》以及他最为著名的作品——《巴黎拱廊街》。1942年，年仅50岁的本雅明在西班牙边境小镇自杀，结束了他短暂的一生。本雅明身份的多样性，在他的作品中多有呈现。正如爱尔兰著名的公共知识分子理查德·卡尼对本雅明的评价的："他既是诗人神学家，又是历史唯物主义者，既是形而上学的语言学家，又是献身政治的游荡者……在纳粹德国，他是一个犹太人；在莫斯科，他是一个神秘主义者；在快乐的巴黎，他是一个冷静的德国人。他永远没有家乡，没有祖国，甚至没有职业——作为一个文人，学术界不承认他是他们中的一员，而他所写的一切最终成为一种独特的恭喜。”身份的多重性，使得本雅明的学术思想丰富多彩。

“1932 年，身居国外的我开始明白，我即将和自己出生的那个城市作长久的，甚至是永久的告别。”就在写下这段话的这一年，本雅明决定要结束自己的生命，但他回忆起了他所成长的那个城市，也是自己永远回不去的那个城市，还有他对童年的珍贵的而又略带伤痕的回忆。这几种情感交织在一起，促使着他重新面对自己往日的童年时光，从 1932 年到 1938 年，这本只有几万字的作品花费了本雅明整整六年的时光，可见童年时光对本雅明整个人生的影响。遗憾的是这本书在本雅明生前没有出版，直到 1987 年才被世人发现并出版，一问世就受到了文学界的一致好评，被认为是“我们时代最优美的散文创作之一”。本雅明是个独特的“收藏家”，他喜欢藏书，以及各种各样生活中的物件，在《驼背小人：1900 年前后的柏林童年》中我们可以了解到，本雅明在孩童时代非常爱收集木头玩具、糖纸、器械零件等物件，这种对物件的喜爱与痴迷或多或少影响了成年后的本雅明。他认为自己喜欢藏书，并不只是为了阅读，而是为了在其中游荡。书和他童年记忆中的玩具一样，可以物质化，可以触摸，可以把玩。对于一个真正的收藏者来说，收藏这一行为最大的诱惑就是拥有心爱之物时的那种无与伦比的快感，也就是作为拥有者的快感，在于将一件件藏品锁入一个魔圈，永久珍藏，每个回忆、每个念头、每个感激的开启都可以成为收藏者的财富。

本雅明的写作，经常被称为是打破传统概念思维的周密和严谨，以自己独特的方式来表达对现实的批判和不满。如理查德·沃林谈到本雅明的著作时说道：“它在形式上呈现为矛盾重重，是一种分崩离析的极端思想之网络——毫无疑问，它所呈现出的是一种废墟的形式。”这样一种分崩离析的写作风格，曾被当时的学术界以“反智”命名，意指对传统概念思维的激烈反驳，但这种写作方式本身却充满了哲学的智慧。这种写作特质在《驼背小人：1900 年前后的柏林童年》中有着充分体现，1932 年，本雅明应约稿破例用第一人称先后写作了《柏林纪事》《驼背小人：1900 前后的柏林童年》。与《柏林纪事》相比，《驼背小人：1900 年前后的柏林童年》更具风格，记忆对童年经历的编制在这本书中体现得更加密集和充分。这本书的全文由 30 篇带有标题的“经验和思想片段”组成，破例以第一人称写作决定了这个文本的特点以及它在本雅明的整个作品中的特殊位置。

在阅读《驼背小人：1900 年前后的柏林童年》的过程中，随着本雅明的步步引入，也勾起了我们的童年经验与记忆。由于儿童经验的特殊性与普遍性而唤起了读者的共鸣，那些作为儿童所特有的、原始的、敏感而又疯狂的经验，孩子对于气味、色彩、声音和光线等的感知：观察肥皂泡的色彩与变化、农贸市场发出的阵阵腥臭味与小贩的叫卖声、煤气灯发出的吱吱声、圣诞节来临时街道的装扮、孩子对妈妈和祖母的依恋、等待礼物时的焦急心态、对天使的想象、捕捉蝴蝶和捉迷藏时的险象迭生、看小人书时幻想自己身处小人国中、最初的性的萌动以及唯恐天下不乱的心理等等，这些都与我们的童年经历似曾相识。

结合阿甘本的《幼年与历史》中的观点来看，作者阿甘本认为，我们与动物的区别并不在于我们拥有语言系统，而是我们每个人都拥有一个幼年，动物始终处在原始的语言中，而我们的幼年赋予了我们去创造语言经验的可能性，在这种可能性中，我们创造了言说。言说意味着我们从原生性的语言中的分离，也就造成了语言和言说的区分。这两者一旦有了区分，则意味着，我们否定掉了和动物一样的语言，那里只有我们在幼年时建立起来的语言经验所产生出来的言说。正是幼年让我们具有了历史，幼年的语言经验让我们从原生纯粹语言中走出来，并迫使我们进入到语言的分裂的意义中，即纯粹声音与逻辑的分裂中，我们之所以拥有历史，是因为我们是人，并且拥有通过恢复幼年状态去获得全部经验意义的潜能。如此看来，我们每个人就存在着两个幼年：一个是我们已经失去的童贞式幼年；另一个是我们在经验中所恢复的幼年。幼年的失去意味着我们长大成人，而幼年的恢复让我们具有了更多的可能性。

人类这种独特而又复杂的幼年经历同样赋予了本雅明，在他的作品中，我们可以看到各种各样关于童年的体验与影响。虽然流亡异乡的本雅明曾给自己打过许多“接种疫苗”，也认可这种疗法的益处，但他的心中仍然会回忆起自己的童年的一幅幅画面。本雅明说道：“这思念童年的感情不应该主宰我的精神，我努力节制这种感情，在不可追回的社会发展必然进程中，而不是在个人的偶谈经历中审视昔日的时光。”从这段话中我们可以看出本雅明的童年经验并不只是他个人的情感回忆，而是将自己置于整个历史环境下来审视自己的幼年经历。1900 年前后，极端和快速发展的柏林是高度军事化的城市，在欧洲空前繁荣的大都会中，作为后起之秀的柏林逐渐显现出非凡的活力，从本雅明在《驼背小人：1900 年前后的柏林童年》中的描述可以了解到那个年代的柏林都市生活。

在《斯德哥利兹街与根丁纳街的街角》这一章中，出现了大量关于柏林街道上的幼年回忆。这一章以本雅明的雷曼姨妈为主角引入自己的童年记忆，童年记忆中的姨妈们好像从未离开过自己所居住的房子。本雅明和母亲每次去看望姨妈们的情景始终让他记忆犹新，因为她们总是早早地等候在那儿，永远戴着同一顶黑色小帽，穿着同一件真丝长袍，坐在同一把靠椅上，从同一扇窗户中向他们打招呼。关于姨妈们的记忆，本雅明认为她们就像是仙女一样，无须下山就能守护住整个山谷，换句话说，她们像女王一样管辖着整个街区，却不必出现在街道上。而这个街角上的景色自从本雅明有记忆起好像就从未改变过，没有因为柏林的快速发展而发展，还是保留着记忆中的样子。幼年时期的本雅明没有把这条大街读作斯德哥利兹街，而是叫成“金翅雀”，这是因为他将童年时代对事物的看法自己进行了内化。因为雷曼姨妈总是同各种亲戚叽叽喳喳地聊个不停，本雅明就认为姨妈像一只会说话的鸟儿，所以也将姨妈所居住的这条街道称为“鸟笼子”。本雅明的这种想象并不是孩子的胡思乱想，而是有事实作为依据的，在与姨妈们的聚会中，他肯定经常听到妈妈与姨妈们谈论亲戚们的趣事，所以自己就将这些人和事比作是小鸟。多年以后，当本雅明坐着火车从这些他曾经幻想过的城市穿梭而过时，他常常会想起自己童年时觉得新奇的那些东西，看到街道中居住的一户户居民时，他不禁会问到自己：我小时候去探望的那些姨妈们和亲戚，是否也曾像我小时候一样对这些城市和乡村有过自己的幻想？

关于记忆功能的表达，本雅明认为，记忆不是严谨的勘察过去的器具，而是每个人所独有的感性的重现，记忆是我们所能体会到的一种媒介，就像土地是媒介一样，无生命的城市就会倒塌在土地上或被掩埋。谁想接近自己被掩埋的过去，就必须像一个男人一样，时刻准备向深层次挖掘。从《驼背小人：1900年前后的柏林童年》中作者回顾童年的文字中，我们可以看出，本雅明探究的是人与环境的感性关系，他经常把注意力放在一些常人所不在意的事物上，他将这些稀松平常而被人忽略的物件提取出来并放大，再将它们融合在自己的作品中，让更多的人来认识它们、了解它们。他把可感知到的空间和事物切成碎片，然后再把它们剪切在一起，让读者震惊，从震惊中唤起记忆，他所描写的事物并不稀奇古怪，都是一些我们日常生活中经常所见的东西，正是通过这类普通的物件和人物，唤起了读者惊人的相似的记忆。回归到这本回忆童年的作品上，童年对于本雅明来说意味着记忆财富与物质财富的起点，优越的家庭环境为他带来的是与其他儿童完全不同的一种独特体验，因为富裕，他便有充沛的精力去收藏、去探索、去思考。孩童的目光意味着真实的困惑，诚实、好奇心或求知欲，这几乎是任何一个成人都无法想象的。由此本雅明在这本书中恢复到了一种清晰的立场，在记忆和梦的交织中觉醒。《驼背小人：1900 年前后的柏林童年》虽然是本雅明将自己置于儿童的立场和眼光来进行创作的一部作品，但仍具有天然批判的眼光。室内的陈设装饰、家具、玩具等这些看似日常之物同他童年的情感结合在一起，为我们展示出了 1900 年前后的柏林都市生活与他作为儿童的纯真体验。正是这些儿时经验造就了本雅明敏锐的观察能力。在《巴黎拱廊街》中，他细致地描绘了那个年代的巴黎风貌，并带领读者游览了巴黎所有重要的街道，大到埃菲尔铁塔与塞纳河畔的花神咖啡馆，小到巴黎街道旁的小店与路人的神态，他都事无巨细地描绘了出来。这种视角在同时代的法兰克福学派之中并不存在，它是纯粹属于个人的，却隐隐地透示出来自 19 世纪末 20 世纪初各种力量的对抗与抗争。

对孩童来说，世界上的一切事物原本是没有区别的，直到成年后自己为了划分成人与儿童的界限，才有了比较明确的、两种不同的世界。成年人自信满满地告诉儿童，什么是他们该做的，什么是他们不该做的。在《单行道》中的《建筑工地》一文中，本雅明讽刺了成年人对于心理学和教育的盲目自信，而导致对儿童玩具的认知是自以为是的空想："世界上充满了使孩子们感兴趣和供他们玩弄的物品……孩子们尤其喜欢可明显看出正在生产某样东西的地方。他们感到自己被建筑、园艺和家务劳动，裁剪或木匠活产生的废料深深吸引。从废弃的东西中，他们看到了物的世界直接向他们，而且唯独向他们展现的面孔。在摆弄这些物品时，他们很少模仿大人的做法，而是按照自己游戏时的情形将完全不同的材料置入到一种往往使人愕然的全新组合里。由此，孩子们就创建了除了他们自己的物质世界，一个在大物质世界中的小物质世界。"本雅明深深懂得环境对于孩童意味着什么，在他的童年中，富足的物质条件带来的更多是强制的经验。各种不同风格样式的家具糅杂，毫无关联的异地风景。环境和物品对于人的淹没逐渐成为一种常态或规范。直到今日，反观我们的日常生活，也是大量的器具与物件充斥了我们生活的方方面面，物件带给我们的体验与记忆天罗地网般地侵入了我们的生活。物品以及物品所堆砌出的景观成为大人控制儿童的工具。没有人知道懵懂无知的孩子会利用这些对他们来说新奇有趣的东西做些什么，成年人为了达到自己的目的，他们会用各种各样的物品和器具来收买、吸引或是恐吓儿童。

除此之外，《驼背小人：1900年前后的柏林童年》还大量描写了当时供给儿童娱乐的许多玩具种类，反映了当时欧洲社会的生活状态。在成年人看来，儿童的玩具对他们来说是无用的并且是毫无价值的，但对年幼的孩子们来说，玩具不仅仅是一种供他们娱乐的器具，因为每个儿童有着异于成人的体验，所以他们给玩具重新赋予了定义。因为家境的富足与物质的充裕，本雅明从小就被各种名贵的东西与玩具耳濡目染，同时父亲古董商的身份也帮助本雅明以另类的眼光来审视收藏品。这种经历意味着本雅明的收藏包含了收藏这一行为之外的意义。孩童时代的本雅明与其他儿童不同的是，他喜欢收集书，而且并不认为书是枯燥无趣的东西，反而以一种成人式的眼光来看待书，认为书和玩具一样，都是他所收藏的一部分，是物件。成年后的本雅明并未像许多大人一样抛弃了童年时的爱好，对于收藏玩具他依然乐此不疲，尤其是俄罗斯手工艺玩具。为了专门研究玩具，他在莫斯科游学期间，曾多次拜访玩具博物馆与当地各种各样的玩具商店，并写下了《俄罗斯玩具》这一作品。从本雅明认真研究玩具这一点上，我们可以看到一个更加真实的本雅明，由于童年记忆的特殊，他始终将儿童的玩具与成年人的书视为同一类，并不将二者作明确区分。这就是物和环境对本雅明自始至终的深刻影响。

参考文献

[1]［德］瓦尔特·本雅明．驼背小人：1900年前后的柏林童年［M］．徐小青，译，上海：上海文艺出版社，2003.

[2]［意］吉奥乔·阿甘本．幼年与历史［M］．尹星，译，开封：河南大学出版社，2016.

[3]［德］瓦尔特·本雅明．莫斯科日记·柏林纪事［M］．莫小松，译，北京：百花文艺出版社，1999.

[4]［德］瓦尔特·本雅明．单行道［M］．李士勋，译，北京：人民文学出版社，2006.

[5]［德］瓦尔特·本雅明．柏林童年［M］．王咏，译，南京：南京大学出版社，2010.

对现代犬儒主义的反抗

——村上春树《世界尽头与冷酷仙境》的现实性讨论

李　阳

（兰州大学文学院）

村上春树的《世界尽头与冷酷仙境》出版于1985年，是一部以现实社会和自我意识为分界进行双线叙事的小说，表现出高度发达的商业化社会对人的“异化”以及人生活在其中的茫然与虚无，最终对于自己命运的掌控。小说不仅对当时日本的社会环境和生活在其中的人的心态进行了描写，而且三十年后在如今的社会环境中也有着重要的现实性意义，而这一现实性意义就在于对于现今流行的现代犬儒主义的一种反抗。

一、现代犬儒主义的形成过程及其消极意义

犬儒主义（Cynicism）作为一种思想观念和价值选择，按照发展阶段可以大致分为古典犬儒主义和现代犬儒主义两种。古典犬儒主义来源于古希腊哲学中以安提斯泰尼、狄奥根尼为代表的犬儒学派，这一学派出于强烈的社会责任感以及对人性的“大爱”，对社会现实不满，又缺乏推翻世俗统治的力量，因此在放浪形骸中藐视世俗价值，追求人自身的独立性，追求思想的净化。因此这一时期的犬儒主义带有一种政治和思想上“不合作”的态度，一种“愤世嫉妒”的色彩，犬儒主义者的身份也多为一些有着社会抱负的知识分子。

然而在古典犬儒主义迈向现代社会，向现代犬儒主义发展的过程中，由于社会的深刻变革导致的动乱，对抗世俗社会带来的精神上的痛苦，以及知

识分子群体的平民化，古典犬儒主义的“愤世嫉俗”的态度逐渐转变为一种“玩世不恭”，之前对于世俗社会的否定转变为对世俗社会的全然接受，在面临重大的价值选择时也不再追求自我的独立性，而是随遇而安、得过且过，古典犬儒主义时期的社会责任感逐渐丧失，取而代之的是极端的利己主义。这是现代犬儒主义相对于古典犬儒主义的一个新的变化。

另一个变化在于，随着大众传媒的发展，社交网络中的思想观念和价值观念开始出现“大众化”的趋势，哲学思辨再也不是少数思想家和哲学家的专利，每一个人都可以在网络思辨中成为“哲学家”，然而在社交网络中也存在着一些舆论的领导者，他们在精神和思想上的引导地位深深影响到了其受众。因此，现代犬儒主义者之中开始出现一些自发的犬儒主义者，他们或许并不明晰现代犬儒主义的概念，对社会现实也没有准确的把控，甚至还未形成自己独有的思想体系，然而对于社交网络的长期接触使他们在潜移默化中具有了现代犬儒主义者的一些特征，比如社交媒体中的常用语，“认真你就输了”“小孩子才分对错，大人只看利弊”，而对于舆论引导者的崇拜和模仿也使他们接受了其中一些现代犬儒主义的观念，尽管社交媒体上的观念有时并不能代表那些舆论引导者的思想本身，而是出于意识形态的控制或是出于商业化利益而说出的“违心之语”。因此现代犬儒主义正在变得越发复杂和难辨，但也在逐渐深入人们的思想。在一定程度上，现代犬儒主义也和人们的一些传统生活观念有着契合之处，比如中国传统俗语“好死不如赖活”“活一天算一天”，在一定程度上也是现代犬儒主义的体现。因此现代犬儒主义的发展规模和影响是不可小视的。

总的来说，现代犬儒主义以对意义的消解为主，具有以下几个特征：一是放弃对自我独立性的追求。在高速发展的现代社会中个人往往沦为集体无意识中的一员，在社会分工和精神上都被集体所影响，而逐渐失去自我的独立思考和独立行为能力。而现代生活的高强度和快节奏生活带来的压力使得许多现代人开始主动放弃自我的独立性，得过且过、随遇而安，不是自己去掌握生活，而是由生活安排自我，因此也失去了对于美好和幸福的追求，沦为一个精神上的空壳，这也反映在文化的商品性和思想的单一和浅薄上。二是道德价值和社会责任感的缺乏。由于经济的高速发展和生活水平的提高，对金钱和物质利益的追求逐步成为生活的主要目的，拜金主义盛行，因此传统意义上的道德标准变得越发虚无，把“有用”作为一切价值的评价标准，如轻视文学等精神产物，蔑视信仰和理想，而拜金主义衍生出来的极端利己主义也使得个人在价值选择上与社会逐渐分离，即使在物质生活上与社会紧密相连，但在价值标准中表现出社会责任感的匮乏，为了寻求自身利益最大化而不去考虑公正、道义、民主等社会价值标准，也使得社会在思想上停滞不前，甚至出现一定程度的倒退。

通过以上分析可以看出，现代犬儒主义在满足个人利益，保护个人选择的自由性上也许是无可指摘的，但是它确实对社会进步起到了一定的阻碍作用。假如每个人都自觉地奉行现代犬儒主义，对一切不涉及自身利益的社会现象不闻不问，保持一种玩世不恭的随性态度，那么由个人组成的社会在思想上必将停滞和僵化，从而导致社会发展出现一定的问题。而近年来许多社会现象和事件的背后也恰好说明了这一问题，这不得不引起我们的反思。

村上春树发表《世界尽头与冷酷仙境》的19世纪80年代刚好处于日本经济发展、传统社会解体的时代，而书中也确实对于弥漫日本社会的现代犬儒主义有着一定的描写，不管是走在东京街头庸庸碌碌不管不顾的行人，还是虚幻的小镇上每日生活规律到极点从不思考什么价值追求的镇民。村上春树通过情节的发展和主人公的经历对这种现代犬儒主义表现出了一种强烈的反抗，这或许值得我们去研究，去发现他的这种反抗是否具有某些文学上的现实性意义。

二、《世界尽头与冷酷仙境》在文本中对现代犬儒主义的反抗

小说以主人公“我”在被称为“冷酷仙境”的东京都市的现实生活和被称为“世界尽头”的虚构的小镇生活作为两条平行的叙事线索，这两条叙事线索又以“我”的现实经历和自我意识的分界为联系。但是无论在哪条叙事线索之中，对于现代犬儒主义的反抗都明确地表现出来，主要体现在对自我独立性的追求，以及对社会责任感的强调，而通过这两者表现出的强烈的战斗姿态又是贯穿于村上春树的整个创作阶段的，由此可以推断这种对于现代犬儒主义的反抗是自觉而有意识的。

（一）对自我独立性的追求

“冷酷仙境”是有着现实生活色彩的一个生活环境，“我”生活在东京这个大都市中，这里经济飞速发展，资本高度集中，而人也被“异化”，成为每天不断工作的机器。“我”作为情报分析和处理的“计算士”，每日重复同样

单调的工作，最大的理想是通过工作积累一笔钱，然后去希腊演奏音乐度过下半生。而在“世界尽头”所指的一个充满中世纪风味的小镇里，每个人都在固守各自的生活轨迹，比如“看门人”的生活是看守入口和烧掉死去的独角兽的尸体，“大校”的生活是做饭和下棋，而“我”的生活就是每晚去图书馆阅读储存在独角兽头骨上的“古梦”。“我”对于这种惬意而舒适的生活也已经习惯，想要长期地习惯并生存下去。由此可见，两个“我”都对自我独立性没有任何意识和追求，满足于当下的生活，没有什么思考，而这两个主人公的形象也代表着许多现实社会中的现代犬儒主义者。

如果村上春树的描述仅限于此，那么只不过是对于现代犬儒主义者的一种表现甚至是通过“我”的认可而传达出的一种歌颂。然而随着剧情的推进，主人公“我”这种得过且过的心态开始受到外界的干扰：在“冷酷仙境”中“我”在完成“博士”交予“我”的计算任务的过程中，无意中卷入两大敌对的情报组织“组织”和“工厂”的争斗中，不仅自己受到袭击负伤，而且在“博士”口中得知自己在无意识的状态下成为“博士”的人工意识核的试验品，“我”的大脑中被植入了不属于自己的另一条意识，而“我”目前的自我意识正在走向死亡，“我”所有记忆也将在一天后全部消失，而且没有任何挽回的办法。这个突如其来的“死亡预告”使“我”开始思考“我”自己到底需要什么，有什么是自己能做出的选择，“几天来我第一次产生了不愿从这个世界消失的念头。至于往下去某某世界，这点已不足为虑。纵令我人生之光的93%已在前半生35年间全部耗尽也无所谓。我只是希望依依怀抱剩下的7%看个究竟——看这世界到底变成什么模样。因为什么我不清楚，总之我觉得这似乎是赋予我的一项使命。的确，我是从某一阶段扭曲了自己的人生和生活方式。而这里边自有其缘故。即使得不到任何人理解，我也不能不那样做。可是，我不想丢下这被扭曲的人生而从此消失。我有义务监护到最后。否则，我势必失去对我自身的公正性。”① 最后“我”选择在最后一天多的时间内做自己之前没有做过的事情，包括买一些之前没有购买的衣服和日用品，恢复了为工作而戒掉的吸烟的习惯，以及和自己喜欢的女孩谈恋爱。最后“我”在和女孩分别之后，一个人开车前往港口，静静等待“死亡”的降临。在“死亡”来临之前，至少“我”做到了一天的完全意义上的自由选择而不

① 村上春树. 世界尽头与冷酷仙境［M］. 上海：上海译文出版社，2007：437.

是无所事事。

而在“世界尽头”中，“我”原本安于每天规律的生活，小镇与世无争、和平安详的氛围让“我”沉浸其中，在和图书馆女孩的相处中发觉自己爱上了对方，“我”享受这种感觉，甚至不在意自己“心”在一点点丢失。但是一次与被分开的影子的会面使“我”意识到小镇的完整性和规律性是建立在对于弱小者的剥削上的，比如每年都要贡献大批死去的独角兽头骨来存放镇子里人们的“心”，而那些还残留“心”的痕迹拒绝服从镇子安排的人都被放逐到镇外的森林里，而“我”的影子也在逐渐死去，从而永远失去自己的“心”，成为一个没有情感、没有追求，生活得如行尸走肉的人。了解到这一切之后，“我”开始与影子一起策划逃离小镇，回到现实中去。这一世界中“我”的心理变化，也是由对所处的社会环境的适应转变为对自我独立性的维护。无论维护自我独立性的结果如何，这一行为本身就是对于玩世不恭、消极怠惰、消解意义的现代犬儒主义的反叛，“我”正由现代犬儒主义者中的一员转变为坚定的反抗者。

（二）强烈的社会责任感

村上春树的小说一贯被评论者认为缺乏宏大叙事与社会关怀，过于注重个人的情感和生活的细枝末节。在《世界尽头与冷酷仙境》中，情节叙述以“我”为轴，多以“我”的行动和思想变化为描写对象，简单来看确实过于褊狭，但是深入研究却发现村上春树并非只描写个人在社会中的选择困境，而通过个人对自我独立性的追求表现出一定的社会责任感。

在“冷酷仙境”中，“我”和雇佣“我”进行分类计算和模糊计算的“博士”本身只是单纯的商务合作关系，但是得知“博士”遭遇袭击失踪后的“我”依然选择深入未知的黑暗地底去寻找和营救“博士”，原因不仅在于对于工作完成度的追求，更在于博士女儿所说的“世界将要完蛋”这一句预言，尽管“我”本身并未知晓这句预言的真实意义。而营救“博士”后得知自己只是“博士”用来进行试验的棋子，而自己接受“博士”的工作这一行为也遭到了自身所处的“组织”的怀疑以及敌对组织“工厂”的袭击。而“我”知晓自己的意识即将“死亡”之时，为了“博士”的研究得以继续而选择接受既定的现实，也没有声张以避免这一事件打破“组织”和“工厂”的平衡导致社会动乱。这些行为虽然与防止地球毁灭等英雄主义举动有着天壤之别，但也为维护社会稳定做出了力所能及的贡献。与现代犬儒主义者相比“我”

的社会责任感无疑是非常强烈的。

在“世界尽头”中，“我”在影子的帮助下本可以成功逃离小镇，回到现实世界，但在迈出最后一步的时候，“我”意识到“世界尽头”这座小镇原来产生于“我”的意识本身，因此选择了留下，即使身处其中并不能改变什么，甚至因为对小镇的反叛会被流放到边缘的森林中去，但“我”依然选择留下，这即是对“我”本身的行为（或者应该说是被人安排好而之前并未意识到的行为）的负责，也是对“世界尽头”这一“社会”的负责。因为“我”一旦逃离，这一“社会”必将瓦解。如同“我”所说，“当我一度离开围墙而踏入森林时，眼前仍然展现出近乎不可思议的静谧而平和的天地。没有任何人染指的神秘的大自然所生成的清新的气息充溢四周，静静地抚慰我这颗心。[①]”在森林中的生存也许确实艰难，却也是“我”为了维护小镇的稳定所做出的必然的选择。因此，这种强烈的社会责任感构成了对现代犬儒主义的反抗。

现代犬儒主义者无论对社会现状是否有着清醒的认知，对社会的变动都处于一种不闻不问或者不置可否的态度，他们主张活得舒适和自由，其实拒绝了参与社会的可能性。《世界尽头与冷酷仙境》中的“我”看似只是在个人的事务中奔波，实际上在“我”做出的选择中也隐含着一定的社会责任感。而这也表现在村上春树的其他小说的主人公形象之中，他们并非具有远大的理想和抱负，只是尽自己的能力去维护所处的社会环境，让它变得更好。

（三）一以贯之的战斗姿态

《世界尽头与冷酷仙境》中对现代犬儒主义的反抗，并非是独立而突兀的一种思想倾向。现代犬儒主义形成和发展所需的时间并非短暂，而村上春树从事写作的三十多年一直强调自我的独立性和社会责任感，从《1973年的弹子球》通过对逝去之物的寻觅来确定自我价值，到《寻羊冒险记》中与集权者的搏斗，到《奇鸟行状录》中对穿越历史的“恶”的审判，再到《海边的卡夫卡》中的“精神成长”，村上春树在小说创作中一直在与现代犬儒主义对抗，尽管这种对抗并不是显性的，也是时断时续的，但是这种持久的反抗，这种反抗所表现出的战斗姿态，使得《世界尽头与冷酷仙境》在三十年后的现在也有着重要的现实性意义。

---

① 村上春树．世界尽头与冷酷仙境［M］．上海：上海译文出版社，2007：150.

三、《世界尽头与冷酷仙境》的现实性意义

《世界尽头与冷酷仙境》虽然已经出版三十多年，它所反映出的对于现代犬儒主义的反抗依然有着重要的现实性意义，这种现实性意义主要表现在三个方面：从文本对现实的反映来看，它揭示了现代社会中人的“异化”，强调了要保持自我的独立性所要警惕的社会力量的强大；从意义的表述方式来看，它以一种贴近现实，贴近生活的方式，让读者产生自然而然的认同感而不是单纯地说教；从文本的叙事层面来看，它并非是涉及历史和社会意识形态的宏大叙事，也不是商业化大环境下的消费文学享乐文学，而这两种文学都是现代犬儒主义的催生土壤。

（一）对现代社会中人的“异化”的揭示

现代犬儒主义产生的一个重要原因是，现代社会经济的高速发展，社会进步所带来的生存压力加大以及社会分工的精细，使得都市生活中的人忙于为生存奔波，逐渐放弃对更高的生存意义和价值的追求。在“冷酷仙境”中“我”为了赚钱养活自己从而接受雇主的雇佣去从事数据的处理工作，而在这个过程中也成为被试验被研究的对象，而在“组织”“工厂”以及博士的三重压力下“我”无法改变自己的处境，只能像是一件物品一样接受自己的自我意识逐渐消失的事实，甚至“我”的自我意识“死亡”后，“我”的身体还要被冷冻起来当作“博士”日后的研究对象。同样的因为生存而不得不从事既定的工作甚至无法进行自我选择的情况也发生在“世界尽头”的小镇中。而《世界尽头与冷酷仙境》也警醒了那些将要被“异化”或者正在被“异化”的人们，要想摆脱现代犬儒主义，追求自我的独立性，就必须拒绝对外在压迫力量的绝对服从。在“冷酷仙境”中“我”最后度过了按照自己想法所安排的一天，摆脱了为生活而妥协的态度，自由去做事，自由去爱人，这是一种消极的无可奈何的反抗。而在“世界尽头”中，“我”最后选择逃离小镇也是对“异化”的一种反抗，只不过这种“异化”是潜在的，最初并未被“我”所意识到的。

（二）贴近生活的现实力量

对现代犬儒主义的反抗虽然是《世界尽头与冷酷仙境》所要鲜明地去表达的思想，但是这种思想的表达并非是简单地借主人公之口说出，也不是通过文本中“作者的声音”来点明，而是通过情节的设计、故事的发展自然而

然地表现出来。主人公“我”的经历代表了现实生活中许多不自觉的现代犬儒主义者的经历，在生活中慢慢丧失反抗的能力和意识，而“我”最后选择与自我的迷失的对抗也传达出一种新颖的态度。除此之外，小说全篇建立在对于生活的切实描写的基础上，在“冷酷仙境”中东京熙熙攘攘的街道，洗衣店主妇的无聊争吵，甚至雨后长椅上一只缩在壳内的蜗牛，这些描写都会让读者感受到生活本身的温度。即使在有着虚构性的“世界尽头”的小镇中，村上春树也通过写实的描写实现了“虚构的现实性”，如仰望天空的金色独角兽，冬日夹杂着未融化的冰雪缓缓流淌的河流，图书馆里炉火烧开水沸腾氤氲出的热气……如此强烈的代入感也使主人公荒诞的遭遇具有了一定程度的真实感，读者也会在阅读过程中情不自禁地思考：是否要和“我”一样只有当面临“死亡”或者“永恒”的困境之时才会选择去主导自己的命运，而不是去遵守或是自觉或是不自觉建立起现代犬儒主义。

（三）对于宏大叙事和消费主义、享乐主义的对抗

现代犬儒主义的流行，除了自我原因和社会环境原因之外，在文学作品中也有一些原因可寻。首先是一些有着宏大叙事的文学作品，在以人物的命运展示历史的发展、社会的变迁之时，往往流露出一种命运的无常乃至神秘主义、虚无主义色彩，如中国文学中的《白鹿原》《平凡的人生》，外国文学中的《苔丝》《百年孤独》，这类作品通过命运的无常反衬出主人公的拼搏、奋斗的无意义，从而以主人公的最终的麻木在无意中宣扬一种顺其自然、随遇而安的现代犬儒主义的观点。《世界尽头与冷酷仙境》保持了村上春树一贯的创作风格，故事发展所跨越的时间极短，“冷酷仙境”中“我”的所有经历在三天中完成，“世界尽头”也就两三个月而已，而主人公本身的遭遇也并非严格意义上的残酷，“我”所经历的只是意识上的“死亡”，以及很快痊愈了的外伤，因此主人公具有追求自我独立性、改变自己命运的基础。过好生命的最后一天以及逃离小镇，这些行为相对来说并没有那么艰难。

其次，许多评论家认为村上春树的小说创作是后现代主义中消费主义、享乐主义的表现，缺乏深入的社会价值的讨论和意义挖掘。诚然村上春树的小说中存在一定的符号化、物化倾向，如书中的所有角色均没有明确的姓名，而是用社会职位或者外在形象作代号，如胖女郎、图书馆女孩等，但村上春树的小说创作与追求纯粹的享乐和感官享受的商业化背景下的消费主义、享乐主义文学不同，它是有着明确的社会意义和指向的。单纯的消费主义、享

乐主义文学是现代犬儒主义滋生的温床，也是这一思想传达和表现的载体。《世界尽头与冷酷仙境》中涉及了较为严肃的自我独立性和社会责任感的问题，这些问题或多或少都是现代人在生活中所表现出来的。村上春树并没有直白地去表现这些问题，但是作品中的对于这些问题的讨论使得他与仅追求商业利益和感官刺激的作家有着明显的不同。我们在阅读他的作品的时候，也要格外地去注意这一点。

四、总结

经过上面的讨论可以看出，现代犬儒主义在如今的社会中已经成为许多人自觉或自发的选择，而对它的消极性却在很大程度上缺乏认知。村上春树的《世界尽头与冷酷仙境》产生于现代犬儒主义形成和发展的时期，它在文本中所延续的对于自我独立性的追求和社会责任感的强调，这样的战斗姿态使得小说在三十年后的今天仍然有着重要的现实性意义：它揭示了现代社会中人的“异化”现象，并且与宏大叙事和消费主义、享乐主义文学创作区别开来，以贴近现实的力量促使读者对现代犬儒主义进行反省：它是如何被接纳和在潜移默化中变得稳固的？它是否应该继续被坚持下去？而它对社会进步的影响到底是正面还是负面的？这些问题村上春树并没有在小说中给予准确的回答，留给读者自己思索和得出结论，但是这种讨论无疑是有意义的。

参考文献

［1］［日］村上春树．世界尽头与冷酷仙境［M］．林少华，译，上海：上海译文出版社．2007.

［2］贾迪扉．从《世界尽头与冷酷仙境》看村上春树的自我流放意识［J］．河南教育学院学报：哲学社会科学版．2012（2）.

［3］郜庭台．论犬儒学派［J］．河北大学学报．1986（2）.

［4］汪行福．理性的病变——对作为“启蒙的虚假意识”的犬儒主义的批判［J］．现代哲学．2012（4）.

［5］孔明安．犬儒主义为什么是一种意识形态？［J］．现代哲学．2012（4）.

［6］魏传光，胡旖旎．道德教育视野下现代犬儒主义的批判与重构［J］．中国教育学刊．2016（9）.

后殖民动物批评视域中《辛格顿船长》的动物书写

熊　翠

（兰州大学文学院）

一、后殖民动物批评

格莱姆·休根和海伦·蒂芬在《后殖民生态批评：文学、动物和环境》（2010年出版）一书中首次提出后殖民动物批评（postcolonial zoocriticism）这一观点。它融合了后殖民主义批评、生态批评和动物批评三种观点，成为一种新的理论研究范式。后殖民动物批评和生态批评一起着力解决野生动物保护和土地养护的问题，和动物批评一样关注动物权利的问题。它除了关注人与动物、人与生态环境之间的关系之外，也注重殖民者与被殖民者关系的研究。和殖民主义和后殖民主义所不同的是，它将动物意象引入理论批评范式之中，从而以一种新的角度关注殖民主义和后殖民主义研究领域。动物意象和“动物化”相互关联，后者是相对于文明而言的。格莱姆·休根和海伦·蒂芬将“动物化”这一现象追溯到17世纪。从17世纪到18世纪欧洲启蒙运动使得野蛮人沦为边缘化群体，直至19世纪早期，欧洲文明人奴役和种族化“动物化”的群体。从与文明相对的野蛮人的认知方式，到殖民掠夺和种族化某一群体的实践行为，“文明化”的行为始终与动物化保持关联。

在后殖民主义语境下，“他者”“种族”“语言”等要素“都要求重新界定与人类相关的动物之地位。”具体到（后）殖民主义文学作品中，“‘他者’的指定从何而来？是否经常作为文明和野蛮、人类和动物问题的隐喻?”“他者”

不仅仅指与西方文明相对的他种民族，也指将他种民族动物化的认知方式。后殖民动物批评，从生态批评切实关注动物的生态意义，延伸到关注动物在殖民主义文学作品中所包含的意义，即是说，从动物意象探析殖民主义的深层文化内涵，揭示殖民者和被殖民者的殖民关系。不同于殖民主义和后殖民主义的殖民掠夺、海外扩张和奴役屠杀等文本剖析方式，后殖民动物批评从人类和动物的双重视角出发，继续深入探讨后殖民主义主张的“妖魔化的种族”，以及文明人与劣等民族之间的“动物化”复杂关系等。正如姜礼福所言，后殖民动物批评意在“深入解析动物意象在反映、投射甚至形塑殖民身份以及殖民者与原住民之间关系的隐喻效应、指涉作用和话语功能。”《辛格顿船长》（又译《海盗船长》）中的动物书写不仅包括生态环境上的动物种类描写，而且包括辛格顿一行对荒岛和非洲途中遭遇的土人“动物化”书写。从后殖民动物批评视角切入，可以更深入地解析笛福生活时代的早期殖民历史形态和殖民者与被殖民者之间的复杂关系，从而为殖民历史提供更多的文化场域。

二、动物书写

（一）非洲“老虎”——呈现殖民内涵

辛格顿和同伙企图谋杀船长的计划失败，被船长赶到荒岛并居住一段时间之后，就开始计划他们的探险之旅。他们的非洲之行遭受了残酷的考验。气候条件恶劣、猛兽攻击、食物筹集和储备困难，等等，都给他们一行的旅途带来了难题。在非洲行进中，辛格顿描述了非洲的自然环境和他们恶劣的生存条件。具体到描述其间生活的动物时，辛格顿写道，“不断地看见狮子、老虎、豹子、麝香猫，以及其他许多种野兽。”在沙漠扎营歇息时，“每天晚上都有狮子和老虎来骚扰。”在辛格顿一行眼里，“老虎”是作为一种常见动物出现在非洲的。而据生物学家亲身考察非洲的实际情况来看，非洲实际上并没有老虎。“非洲的猫科动物主要有狮子、花豹、狞猫和薮猫”，老虎是典型的山地林栖猫科动物，而非洲大部分是平原，以及它的热带草原气候条件并不适合老虎生存。辛格顿船长所描述的动物种类，和非洲本土气候条件适合动物生存的种类存在一定的矛盾。这种不符合非洲生态实际情况的动物描写是一种想象式的动物书写。在缺乏事实材料的印证之下，想象式书写一方面自由随意，给人无限灵感；另一方面也会出现与基本事实相悖的情况。

笛福对于非洲“老虎”的想象式书写，依赖于笛福写作中“个人化的欧洲观念”，同时也体现着殖民主义时期的西方中心主义和帝国主义。笛福自己也说，描写那些不在欧洲生活的人时，依据的是模棱两可的原始主义理解，“遥远地界生活的人们的铜色皮肤是他们的外在标志”。《辛格顿船长》中对欧洲人的外貌描写生动形象，对非洲土著人的描写则简单粗略。在非洲冒险行进途中，在黑人中发现一个英国人，年龄、皮肤和外貌等都具体而形象。黑人则赤身裸体，野蛮粗犷。但笛福这种想象式的动物书写，也不完全是凭空构造而来的。这与他在广泛阅读旅行作品中搜集材料是分不开的，同时也依据一定的听说和拼凑。费尔曼在歇尔布罗的遭遇，通过非洲皇家公司的首席执政官了解到一些非洲事件，这些传闻轶说经过笛福的加工，辛格顿的非洲之行和海盗历程就显现出来。“许多此类有名的海盗式自传明显是事实与想象的混合。”非洲冒险行进和海盗海洋历程的描述可以天马行空，凭借想象力构筑传奇故事。但牵涉到像关于非洲的客观描写，若无一定的生态考察和证据印证，就易出现与事实相悖的情况。笛福关于非洲常见动物老虎的描述就存在主观臆断的倾向。缺乏客观事实考察认证的主观化描写，表现了笛福作为小说家构思文本的主观化。他依据听说的材料和自己的想象力在脑海中自行构筑了关于非洲的形象，形成西方式的关乎非洲的认知方式。在殖民主义和后殖民主义批评视角之下，这也表现了西方殖民主义者的中心主义思想和帝国主义心态。而从后殖民动物批评视域批评分析，能更深入地探究文本中非洲“老虎”所展现的深层殖民内涵。

格林在分析 18 世纪小说发展时提到，“冒险小说（《鲁滨逊漂流记》和《辛格顿船长》等）折射的是英帝国主义扩张和殖民掠夺，以及以残忍和赤裸裸的剥削方式对待土著等。”英帝国的殖民主义经历了萌芽、成熟、衰落等时期。从笛福对于非洲“老虎”的想象式书写中可以看出早期殖民时期的历史状态。《辛格顿船长》的成书时间是 1720 年，比《鲁滨逊漂流记》的成书时间晚一年。从笛福小说的成书时间以及作者所处的时代背景可以看出西方（特别是英国）尚处于殖民主义的早期阶段。具体到小说上，非洲“老虎”这种动物书写方式，是一种粗糙而不严密的想象式写作方式，折射出英帝国殖民主义早期阶段殖民者等对非洲的想象和认知方式。在殖民主义早期，英帝国的扩张范围尚未涉及非洲，英国人对于非洲的认知方式是间接地通过报纸探险小说等信息渠道获取的。对欧洲之外的地方的信息了解得不够全面深入，加上西方中心主义的优越思想，才有了小说关于非洲“老虎”的书写。总而言之，从非洲“老虎”的悖论性书写中不仅可以看出其处于殖民主义早期阶段，而且可以想到在早期阶段西方殖民主义者是如何认识和想象其他民族和地区的。

研究者们从殖民主义视角分析《鲁滨逊漂流记》时，主要在于探讨小说中的“殖民者”“文化殖民”和“宗教殖民”等要素，以及殖民者与殖民地、奴隶主与奴隶、白种人与有色人、中心文化与边缘文化、文明与野蛮、鲁滨逊与星期五、差异性与多重性的二元对立关系。与《鲁滨逊漂流记》中主人公荒岛求生经历相似的是，《辛格顿船长》中辛格顿在荒岛和非洲的探险旅行（包括后来成为海盗船长的海上掠夺）也反映了英帝国的殖民主义。不同于前者，《辛格顿船长》的独特之处在于非洲“老虎”这一动物书写形式，从中可以看出笛福的想象式书写的形成过程。笛福的“个人化的欧洲观念”，加上广泛的材料搜集，就形成了“事实与想象的混合”——《辛格顿船长》中出现的非洲“老虎”。在殖民主义以及后殖民主义视角之下，探险旅行、海外贸易、殖民掠夺、文明传播等要素得以剖析和概括。融合了动物批评的后殖民动物批评，在动物意象中剖析殖民主义的内涵，使得我们对于殖民主义有了新的理解途径。总之，与非洲生态考察的动物种类不同，非洲“老虎”这一动物意象的展现，以小见大地明晰了笛福在小说中表现出的个人化的欧洲色彩。此外，笛福非洲“老虎”的表达方式以一种独特的方式表明了英国殖民主义早期历史形态，从而给我们一个从文学到文化的新的观照视角。

（二）野蛮人——展现殖民关系

辛格顿和船员一行在荒岛和非洲遇见了不同种类的土人，与身边的文明人不同的是，他们是各式的“野蛮人”。辛格顿站在文明的角度观察他们的生活方式，分析他们的性格特点，继而决定要不要与他们进一步进行交易。从交往关系来说，辛格顿潜在地将野蛮人分为两种：“危险需要震慑的”和“驯良友好的”；从物品交易上来说，辛格顿以文明人的姿态从野蛮人那里获得食物，同时也以“公平交易”的方式满足他们的物质需求。在这一过程中，辛格顿一行对“野蛮人”的认知也存在“动物化”倾向。简单粗略的外表描写、原始的生活方式、物品交换价值的落后认知模式……笛福以辛格顿他们的视角对欧洲之外的“土人”建立起直观简单的印象，与对待不能像人一样理性思考的动物一样。这种直观的印象和动物联系起来的结果就是，将这些野蛮人和动物画上等号。而在性格和交易行为中，他们“土人”不懂钱财的现代价值，而是停留在原始的交易层面上。不管是危险而需震慑的，还是驯良友好的，辛格顿一行在对他们的认知中都占据主动权，存在一种主动——被动的交往关系。

不像出海时和船员等人物的日常交流和交往方式，辛格顿对荒岛和非洲上的“土人”完全是不一样的观察角度和交往模式。“住着那么些人，几乎不是人类，几乎无论如何都无法跟他们交往”。他们每走到一个新的地方，既有对“土人”野蛮凶恶的心理预期，又有关于后果的盘算：要么是凭借先进武器将其震慑的后果；要么是数量庞大的“土人”将他们杀害。在和“土人”打交道时，若是他们友好，就能正常地进行交流，然后进行物品交换；若是野蛮凶恶，则需要靠枪支震慑，使其驯服，比如“黑太子”一众的归顺。辛格顿一行人的成员使用枪支杀害“黑太子”一众中的一名成员，继而又将其救活，使得他们既感激佩服又驯服温顺。在他们眼里，这些“野蛮人”并不是和他们地位对等的人，而是类似于动物。“野蛮人”贪婪残忍又愚昧凶恶，那就需要靠文明和武力（枪支）征服他们。“野蛮人”驯良友善，那就以友好的方式和他们交流、交易。

马克思、恩格斯在《论殖民主义》序言中提到，“欧洲列强辩护对所谓落后的‘野蛮’民族负有‘文明传播的使命’。”在殖民过程中，欧洲人作为文明启蒙的群体，将文明程度不如自己的群体归为“野蛮人”一类，并且以强制的方式“启蒙”他们，使其获得文明。这种文明不是根据他们野蛮人自己本族的需要而产生的，而是为了满足欧洲殖民主义者的统治需要。在与土人交易的过程中，辛格顿一行是占据主动权的。他们分析土人需要什么物品，以及对物品的价值做怎样的界定，从而能够投其所好，然后从土人那儿获取自己需要的必需物品。“他们不知道金钱的价值，也不知道金钱的用途，更不能公平地估定金银的比价。”辛格顿等文明人所公认的现代金银的价值在土人和野蛮人的眼里是没有价值的，他们更需要一些凭借手工制作出来的精美的小玩意儿。所以辛格顿一行能够凭借价值分量不多的银币和制作精美的饰物，而顺利地与他们交换自己所需食物。“文明”与“落后”的界限一目了然：辛格顿能够从西方文明进步的角度思考金银的价值，以及等价交换的交换价值；土人和野蛮人并不明晰金银的价值所在，他们在“等价交换”中的交换价值是不足值的。因此，辛格顿能够站在文明的制高点上，以对待动物的方式对待这些土人和野蛮人。在他们眼里，野蛮人不会衡量金银的价值，只需要给予其一定好处，就能从中获取最大利益。即是说，野蛮人的“等价交换”在辛格顿一行那里是“差价交换”，辛格顿以文明人的姿态在野蛮人不自知的情况下从野蛮人那里获取了利益，并且保持了双方交易的“公正和谐”。之所以能产生这样的效果，在西方文明主义者看来，他们是启蒙理性的群体，而土人野蛮人则不具理性，没有文明意识。所以他们可以像对待动物一样使得他们温顺友好。

总之，《辛格顿船长》对非西方民族的书写反映着“动物化”倾向，这又折射出一定的殖民主义思想。在对“野蛮人”的书写刻画上，十分类似对野兽的书写——野蛮、危险以及最终在暴力之下的驯服。凭借文明和武力的条件，继而出现“驯良的野蛮人”。另外，在物品交易上，文明人从野蛮人不知金银价值的交换过程中获取最大利益。这说明，笛福对“野蛮人”的书写建立在英帝国殖民者的单方面利益之上，根据其利益将野蛮人塑造成“驯良友好的”或者“危险而需要震慑的”两类。

结　语

殖民主义和后殖民主义注重揭示殖民主义和后殖民主义时期中的殖民者与被殖民者、中心与边缘、文明与野蛮等问题。在殖民主义小说中，殖民者通过探险旅行、海外贸易和殖民掠夺等方式展现了文明进步、追求财富和自由、富有冒险进取精神的形象。《辛格顿船长》正是在殖民主义背景下塑造了辛格顿一行殖民主义者形象。在后殖民动物批评视域中，非洲“老虎”的书写，“驯良友好”或“危险而需要震慑的”的野蛮人的书写，从动物意象这一层面揭示了殖民历史，折射了深层的殖民内涵。

参考文献

[1] GrahamHuggan，Helen Tiffin. *Postcolonial Ecocriticism*：*Literanture*，*Animals*，*Environment* [M]. London：Routledge Press，2010.

[2] 姜礼福，孟庆粉. 英语文学批评中的动物研究和批评 [J]. 天津外国语大学学报，2013 (3).

[3] 笛福，张培均. 海盗船长 [M]. 陈明锦，译，南宁：广西人民出版社，1980.

[4] 孙国钧. 非洲常见动物：户外识别图鉴 [M]. 兰州：兰州大学出版社，2015.

[5] Peter Knox-Shaw. *The Explorer in English Fiction* [M]. New York：Palgrave

Macmillan，1986.

［6］JohnRichetti. *The Life of Daniel Defoe* ［M］. USA：blackwell publishing，2005.

［7］罗世平．论《鲁滨逊漂流记》中的殖民主义［J］．四川外语学院学报，2002（2）.

［8］马克思，恩格斯．论殖民主义［M］．易廷镇，等译，北京：人民出版社，1962.

试论文学翻译中的创造性叛逆

——以《飞鸟集》冯唐译本为例

张　群

（西北师范大学文学院）

翻译是语言的转换，更重要的是所承载的文化信息的交流与转换，对民族文学以及文化的发展有着不可替代的作用。古今中外，文学作品的译介都与文学发展潮流密不可分。印度是丝绸之路经济带上的重要国家，中国与印度不仅在经济上有着密切联系，在文化交流上更是频繁。印度著名诗人拉宾德拉纳·泰戈尔的诗集《飞鸟集》在20世纪20年代译入我国，对“五四”转型时期诗歌的发展具有积极影响。

《飞鸟集》是泰戈尔用英文创作的一部散文诗集，包括300余首清丽的小诗，格式自由，意境优美，蕴含着泰戈尔深刻的思考，以及对真理和智慧的探寻。泰戈尔特别关注诗与诗人的关系，正如他自己在《文学的素材》中所说：“培植富于个性的情感，让个人的情感成为所有人的情感就是文学，就是艺术”。[①]

《飞鸟集》在国内有多个中文译本，主要译者有郑振铎、徐翰林、吴岩、冯唐等。其中，郑振铎译本基本无误译现象，语言优美，形式上为散文诗，被公认为最好译本，而冯唐译本则因某些诗篇的语言和形式都与原作相差甚远，成为最受争议译本。

---

① 罗宾德拉纳特·泰戈尔. 泰戈尔笔下的文学［M］. 白开元，译，中央编译出版社，2016：11。

一、创造性叛逆与“挣脱镣铐跳舞”

译者在进行翻译活动时尽管可以发挥其主动性，但却受到语言的限制，总是在原作的基础上进行再创造，因此德莱顿形容译者如同“带着镣铐跳舞”。而冯唐翻译《飞鸟集》的过程则是一种“挣脱镣铐跳舞”的状态，不仅诗歌的语言、形式改变了，有些内容更是面目全非。自严复提出“信、达、雅”作为翻译的标准以来，此原则一直被译者奉为金科玉律。《飞鸟集》冯唐译本被许多人称为“不信不雅”的冯氏诗歌，有些人认为其译本根本是对泰戈尔诗歌的亵渎。诗歌翻译中的创造性与叛逆性在冯唐身上都得到了充分甚至是过度的体现。

最早提出“创造性叛逆”这一说法的是法国文学社会学家罗贝尔·埃斯卡皮，他在专著《文学社会学》中指出：“如果大家愿意接受翻译总是一种创造性叛逆这一说法的话，那么，翻译这个带刺激性的问题也许能获得解决。说翻译是叛逆，那是因为它把作品置于一个完全没有预料到的参照体系里(指语言)；说翻译是创造性的，那是因为它赋予作品一个崭新的面貌，使之能与更广泛的读者进行一次崭新的文学交流，还因为它不仅延长了作品的生命，而且又赋予它第二次生命。”①

谢天振教授赞同埃斯卡皮关于“创造性叛逆”的说法，他进一步指出：“我认为这一说法道出了翻译，尤其是文学翻译的一个本质。”②

创造性叛逆在文学翻译中是不可避免的，在诗歌的翻译中表现得尤为突出。因为诗歌将高度精练的文学形式与无限丰富的内容紧密地结合在一起，使得译者的工作更加艰难：保存了内容，却破坏了形式；照顾了形式，却又损伤了内容。

诗歌语言的朦胧、模糊性，也增加了诗歌翻译的难度。如前面提到的，泰戈尔的诗歌语言恰恰是含糊的、含蓄的，而冯唐写诗则力求直白，求“简”。著名汉学家葛浩文曾指出诗人爱拿外国诗当起点，去写自己的诗，这用来形容《飞鸟集》译者冯唐再合适不过了。

（一）由散文诗到“格律诗”

1912 年，泰戈尔应邀前往英国，他将自己的一些诗歌由孟加拉语译成英

---

① 谢天振. 译介学［M］. 上海：译林出版社，2013：2.

② 谢天振. 译介学［M］. 上海：译林出版社，2013：2.

语。在翻译时，他为了不损害内容而放弃了格律，使用了无韵的自由体诗形式和散文诗的形式，取得了成功。受到这种成功的鼓舞，他后期又创作了一些散文诗和自由体诗，成为东方散文诗第一人。泰戈尔于 1913 至 1916 年完成英文诗集《飞鸟集》(*Stray Birds*) 的创作，无疑又是其散文体诗的一次成功范例。《飞鸟集》语言真切、鲜活，形式自由，符合泰戈尔的审美情趣。冯唐在翻译《飞鸟集》的过程中则尽全力押韵，花费大量时间寻找韵脚，有些翻译的诗篇像极了"格律诗"。

(1) The hurricane seeks the shortest road by the no—road, and suddenly ends its search in the Nowhere.

台风在无路之路

走最便捷的近路

止于最荒芜之处(《飞鸟集》冯唐译本，第 60 页)

(2) The roots below the earth claim no rewards for making the branches fruitful.

地上的枝结满水果

地下的根不计功过(《飞鸟集》冯唐译本，第 134 页)

(3) The dust of the dead words clings to thee.

Wash thou soul with silence.

纠缠你的旧文字的灰尘

在安静中濯净你的灵魂(《飞鸟集》冯唐译本，第 147 页)

通过对比不难发现，泰戈尔的诗歌原文不押韵，是形式自由的散文诗。形式的自由正如诗人思想的自由与不受约束，此外，在选词方面诗人也没有刻意追求尾韵或头韵，诗行如行云流水，内容连贯，衔接自由。反观冯唐的译文，字数相等，韵脚一致，体现了冯唐力求押韵的原则，且语言简洁，文字凝练，极具韵律，不失为"当代格律诗"。如果按照"信、达、雅"的原则，这个翻译显然违背了原则，是对原有诗歌形式的颠覆，断然算不得一个好译本。但是这正体现了冯唐对《飞鸟集》中某些诗篇形式的一种创造性叛逆。

(二) 由"雅"到"俗"

泰戈尔曾经指出："文学为做好自己的事，应借助于修饰、形象、韵律、含蓄和暗示，像哲学和科学那样毫无修饰，是不行的。”① 体现在其诗歌创作中，则表现为对“有生气”字眼的选择和使用。徐志摩有一场演讲，题目为《他是歌颂青春与清晨的》，这里的他即指泰戈尔。泰戈尔在《飞鸟集》中，以白昼、黑夜、溪流和海洋入诗，歌颂自由与真理，青春与清晨。其语言清新自然，“有生气”，可谓之大“雅”。

(1) The world puts off its mask of vastness to its lover.

It becomes small as one song, as one kiss of the eternal.

大千世界在情人面前解开裤裆

绵长如舌吻

纤细如诗行（《飞鸟集》冯唐译本，第 3 页）

世界对着它的爱人，把它浩瀚的面具揭下了。它变得小了，小如一首歌，小如一回永恒的接吻（《飞鸟集》郑振铎译本，第 2 页）

原版诗行语言优美，运用了明喻的修辞手法，把揭下面具之后的世界比作一首歌，一个吻，美好而深情。Mask 是个“含蓄”的单词，既可作名词又可作动词，当它为名词时主要有面具和（掩盖真实情感或性格的）伪装、掩饰之意。郑振铎将其译为“面具”是合情合理的，在中文里，面具可引申为伪装的意思，所以这无疑是个恰当的翻译。冯唐则将 mask 翻译为“裤裆”，这是对其原意的歪曲和误解，进而误译的结果。他自己在接受采访时表示对自己的翻译较为满意，因为这个翻译比郑版直白。在文学作品的翻译过程中，译者出于某种目的，可能会进行“有意误译”，其结果也有好有坏。就此例诗行来说，这个有意的误译是失败的，它招来评论家和读者的口诛笔伐，因其把含蓄的“mask”翻译成了低俗且容易误导青少年的“裤裆”。原本优美，高雅的诗行，“雅”消失不见，被“俗”取而代之。

(2) The great earth makes herself hospitable with the help of the grass.

有了绿草

大地变得挺骚（《飞鸟集》冯唐译本，第 91 页）

大地借助于绿草，显出她自己的殷勤好客（《飞鸟集》郑振铎译本，第 50 页）

---

① 罗宾德拉纳特·泰戈尔. 泰戈尔笔下的文学 [M]. 白开元，译，北京：中央编译出版社，2016：3.

Hospitable 做形容词时可译为“好客的、殷勤周到的”，这里泰戈尔用来形容大地，显然是运用了拟人的修辞手法，表达对大地的喜爱之情。在这里，草的意象可能和惠特曼的《草叶集》里草的意象相同，表示一种普遍的美好向往，是一种无处不在的希望的象征。泰戈尔借助于草的意象，来表示对大地的喜爱与赞美，感激其对人类的“好客”，这恰恰是泰戈尔高尚人格情操的体现。冯唐却把 hospitable 这一带有褒义色彩的词翻译成具有贬义色彩且不雅的“骚”，此处大地的形象面目全非。而 hospitable 也像上一处例句中的 mask 一样，被译者强行带上“不雅”的帽子。

(3) The night kisses the fading day whispering to his ear, “I am death, your mother. I am to give you fresh birth”

白日将近
夜晚呢喃
“我是死啊，
我是你妈，
我会给你新生哒。”（《飞集鸟》冯唐译本，第 119 页）

不得不承认，前半句的翻译是极好的，无论是语义还是形式，都给人以一种审美的感受，可是后半句，突然话锋一转，冯唐幽默代替了泰戈尔式的深沉。口语化的“妈”破坏了原诗的严肃性，而网络热词“哒”的使用，更是使其诗意大减。译者为了给妈找韵脚，强行加上哒，这不但没有为译文增色，反而使其流于轻浮。

（三）“有我”之境

冯唐在《翻译泰戈尔〈飞鸟集〉的二十七个刹那》中指出：“翻译的‘有我’之境，不只是译者的遣词、造句、布局、押韵，更是译者的见识、敏感、光明、黑暗。”① 冯唐似乎是想告诉读者，翻译的有我之境是译者摆脱“隐身人”的身份，以自己的感情、经历融入译文，从而完成译者由“隐身”到“有我”的过程。“由于译者的世界观、立场，以及对所译作家、作品的态度

---

① 罗宾德拉纳特·泰戈尔. 飞鸟集［M］. 冯唐，译，杭州：浙江文艺出版社，2015：339.

的不同，其译作的效果也会不同。”① 译者作为第一读者、第一接受者，也会出现“有一千个读者，就有一千个哈姆莱特”的现象。

（1） You smiled and talked to me of nothing and I felt that for this I had been waiting long.

你对我微笑不语

为这句我等了几个世纪（《飞鸟集》冯唐译本，第 42 页）

你微微地笑着，不同我说什么话。而我觉得，为了这个，我已经等待很久了。（《飞鸟集》郑振铎译本，第 23 页）

郑振铎显然是直译原诗，所选中文词语基本与英文单词对等，形式严格遵从原文的散文体，感情基调也与原文一致，丝毫看不出有夸张的痕迹。阅读郑振铎的版本，我们看到的不是二十多岁的译者本人，年轻、血气方刚，而是已经年过五十的泰戈尔，稳重、深沉。冯唐的译文语言简洁，形式简短，感情基调比原文略强烈。long 在英文里可以表示时间长，且通常是抽象意义上的时间长度，冯唐把它翻译成了“几个世纪”，将其具体化，同时也带有夸张的成分。在冯唐的译文中，我们能感受到那种等待已久的期盼，并且是属于年轻人的期盼，青春的气息不言自明。

（2） Chastity is a wealth that comes from abundance of love.

爱满了

就没空地花心了（《飞鸟集》冯唐译本，第 73 页）

贞操是从丰富的爱情中生出来的财富（《飞鸟集》郑振铎译本，第 40 页）

郑振铎依旧采用直译的方法，abundance of love，从语义上来说翻译成“丰富的爱情”是可以的，chastity 也是表示贞操、贞洁的意思，郑译可谓是一个完全忠实于原文的“信”文。反观冯唐译文，chastity 不见了，花心却从天而降，abundance of love 也摇身一变成为爱满了，“有我”的冯唐取代了作者泰戈尔。在日常生活中，泰戈尔提倡人们应保持贞操，这行诗应该也是这一观点的体现，而冯唐的译本却表达出全然相反的意思，这可能正是冯唐自己所说的“有我”里的“黑暗”。此行诗冯唐译本体现的不是“保守的印度

① 谢天振. 译介学 [M]. 南京：译林出版社，2013：112.

人”，而是“开放”的冯唐式人物，无泰戈尔，有冯唐。

二、缘何挣脱镣铐

冯唐的译本自问世以来，备受争议，冯唐本人更是广受口诛笔伐。赞赏者，如著名社会学家李银河称冯译本为最好译本，还有人称赞其语言凝练，意境优美；批评者则称其译本不知有信，无论达雅、病态翻译、亵渎经典、违反翻译伦理、不忠实、不负责任……为何冯唐一石激起千层浪，缘何其创造性叛逆如此“叛逆”?

冯唐为当代作家、诗人，并自封为超简诗派创始人。所谓超简诗即诗歌超级简短，诗歌长度通常比唐诗七律、七绝、五律、五绝还短，并且力求押韵，追求语言直白，极力营造诗意。

冯唐曾指出在翻译《飞鸟集》的过程中，他没有百分之百尊重原文，但是觉得他有自由平衡信、达、雅。此外冯唐也坦言坚信民国时代的中文还在转型期，他现在有能力把中文用得更好。他评价郑振铎的翻译中正、平实，基本没有错误，但是到底不像是诗，更像散文。因此在翻译《飞鸟集》的过程中，冯唐花大量时间寻找合适的韵脚，比如为了押韵的“哒”。冯译本相对郑振铎的译本来说确实更为简练，语言也更为精练，直白，如第四十二首，冯唐仅用十七个字就准确无误地表达了原作的意思，且意境优美，而郑振铎用了二十九个字，且意境和韵律都不及冯译文。不得不承认，有时候冯唐确实“把中文用得更好”。

诗人译诗免不了要“挣脱镣铐自由发挥”，作家译诗免不了会有自己创作的影子。《飞鸟集》冯唐译本既能看到冯氏诗歌的影子，也能看到冯氏长篇小说的影子。因此有人评价其译本读起来不像是泰戈尔的创作，却像是冯唐自己的诗歌：语言简洁，力求押韵。冯唐的长篇小说，如《十八岁给我一个姑娘》《万物生长》《不二》等，无一不充斥着青春气息和荷尔蒙的味道，对此稍有了解再来看其翻译的《飞鸟集》可能也就不那么惊讶了。《飞鸟集》本身是个很矛盾的译本，赞赏者和批评者各执一词，且都言之有理，究其原因就在于冯唐的创作风格上。冯译本中有些诗篇确实译得极好，无论是对原文忠实度的把握，还是对清新、“有生气”语言的选择，以及优美意境的营造都无可挑剔。但是，在某些诗篇中也存在其长篇小说中充斥的荷尔蒙味道，冯唐使用了“不雅”的词语，如“裤裆”“骚”等，使原本可能备受称赞的译本受到多方诘难。由此可见诗人冯唐以其诗歌和小说元素入泰诗，由此使得其翻译也具有大雅大俗的双重性特征。

自20世纪70年代翻译研究出现“文化转向”以来，翻译理论家们对翻译的认识不再限于语言或者文学文本的范畴，而是将其联系到更为广阔的社会文化语境。根据埃文－佐哈尔的多元系统理论，一个民族文学的强弱决定了翻译文学在其社会多元系统内的位置，从而决定了翻译的策略。根据多元系统理论，当民族文学在整个文学系统中占主导地位（即翻译文学不占主导地位）时，译文为了迁就读者，尽量采用他们熟悉的语言，结构甚至内容，即“归化”策略。20世纪初，我国的民族文学处于新旧转型之时，亟待振兴，在文学的翻译上需要引进和吸收新的语言表现方式。郑振铎翻译《飞鸟集》正是在20世纪初，由于语言革新的需要，他极力忠实于原文，采取“异化”的翻译策略，把国人所不熟悉的语言表达方式以译文的形式介绍给广大中国读者。

经历了近百年的发展，如今的中国民族文学，早已成熟，当代作家莫言荣获诺贝尔文学奖，说明我们的民族文学受到了国际认可。当代的中国文学已然不是“五四”时期的不成熟的民族文学了。“特定历史时期、特定社会背景下民族文学及文化地位对翻译文本转换策略的影响都有着一个共同的内容，即通过译者的主体文化意识发生作用。”① 勒弗维尔认为，译者的行为受制于所处社会文化环境，在一定程度上体现其文化意识，翻译并不是在两种语言的真空中进行的，而是在两种文学传统的语境下进行的。译者对自己和自己文化的理解，是影响他们翻译方法的诸多因素之一。此外，不同的社会意识，决定了读者的价值取向。

泰戈尔于1913年开始创作《飞鸟集》，1916年创作完成。冯唐于2014年开始翻译《飞鸟集》，2015年其译本出版，冯唐和泰戈尔显然不是一个时代的人，而且印度和中国这两大文明古国在文化传统上也存在较大的差异。冯唐处于当今这个文化多元、思想多元的现代化社会，人们普遍追求各种形式的自由，而当今的文学也处于“后现代”时期。冯唐的翻译已然不是为了引进新的语言表现形式，而是为了让读者看到“现代的泰戈尔”，和郑振铎相比，他自信能够把中文用得更好，他想让读者读到“更好的译本”，他想让《飞鸟

---

① 姜秋霞、权晓辉、杨芳．论社会文化对文学翻译的影响[J]．外国文学研究，2003（6）．

集》更具现代气息。关于《飞鸟集》第一首诗歌的翻译，冯唐原本有两种风格的译文，一种贴近中国古体诗，另一种贴近现代诗，他斟酌再三，选择了后一种风格，因为他认为现在是现代，诗歌翻译也应遵循时代特点。冯唐强调自己在翻译时应该有充分的自由，所以他全力押韵，不惜以网络词语入诗，尽力营造诗境，大胆使用难登大雅之堂的词语。冯唐在翻译的过程中可谓是挣脱了原作者和原文的镣铐，自由发挥自己作为一位作家的主观能动性。翻译从来就不是透明的，翻译告诉我们更多的是译者的情况而不是所译作品的情况，译者的文化主体意识对其翻译产生的影响是巨大的。正是冯唐的文化主体意识以及自身的创作风格使得他在翻译《飞鸟集》的过程中挣脱了镣铐，自由发挥。

结　语

《飞鸟集》可以称得上是一部文学经典，因其清新的语言，自由的格式，丰富的意象，深刻的哲理内涵，自问世以来深受广大读者喜爱，也深受评论家好评。为了适应时代发展，《飞鸟集》的译介也与时俱进，各种新版本层出不穷。虽然当今的翻译理论与原则呈现出多元化的趋势，但我认为在尊重原文的基础上，力求达到“信、达、雅”，这乃是翻译永不过时的标准。《飞鸟集》冯唐译本在语言上雅俗并存，形式上古代格律诗与现代散文诗相结合，这不得不说是对泰戈尔《飞鸟集》原作的一种创造性叛逆。明显的创造性叛逆是该译本的一大特色，为冯唐带来赞赏的同时也带来批评的声音。发挥得当的创造性叛逆使得某些诗篇语言精简，诗境优美，能够使读者感受到原作的文学魅力；但是过度发挥的部分，如网络低俗语言的使用，则完全背离了原作的原意，使原本高雅的诗歌变得低俗不堪。

“创造性叛逆”作为文学翻译的孪生姐妹，是不可避免的，而且也不需要刻意避免，但是译者需要叛逆有度，如果叛逆过度，那就不可能产生好的翻译作品。如今的文化状况呈现为多元并存的局面，我国的民族文学相对繁荣，人们的阅读心理也相对复杂，译者在翻译的过程中需要考虑的因素也随之增多。但是无论如何，既然是文学翻译，就一定不能脱离原文本，原文本是翻译的根，同时也是翻译的本质所在，切不可过度发挥译者主体性，使翻译失去根本。

参考文献

［1］罗宾德拉纳特·泰戈尔．泰戈尔笔下的文学［M］．白开元，译，北京：中央编译出版社，2016.

［2］谢天振．译介学［M］．南京：译林出版社，2013.

［3］罗宾德拉纳特·泰戈尔．飞鸟集［M］．冯唐，译，杭州：浙江文艺出版社，2015.

［4］罗宾德拉纳特·泰戈尔．飞鸟集［M］．郑振铎，译，北京：作家出版社，2015.

［5］罗宾德拉纳特·泰戈尔．泰戈尔眼中的中国［M］．徐志摩，等译，南京：译林出版社，2015.

［6］孙宜学．诗人的精神：泰戈尔在中国［M］．南昌：江西高校出版社，2009.

［7］姜秋霞，权晓辉，杨芳．论社会文化对文学翻译的影响［J］．外国文学研究，2003（6）.

［8］查明建、田雨．论译者主体性［J］．中国翻译，2003（24）.

［9］牟莹莹．文学翻译不可失“信”于人——对冯唐翻译风波的反思［J］．海外英语，2016.

［10］侯传文．泰戈尔论诗歌［J］．外国文学研究，2005（5）.